KB253961

조선 후기 한문학과 중국문학

**기태완** 연세대학교 국학연구원 전임연구원
**김진균** 성균관대학교 대동문화연구원 연구교수
**박해남** 서울시립대학교 강사
**신익철** 한국학중앙연구원 한국학대학원 교수
**이지양** 연세대학교 국학연구원 전임연구원
**이철희** 성균관대학교 대동문화연구원 연구교수
**이현우** 동국대학교 문화학술원 연구교수
**진영미** 중국 북경대학 중국고문헌연구중심 객원교수
**최영옥** 성균관대학교 대동문화연구원 연구원
**한　매** 중국 산동대학
**한영규** 성균관대학교 대동문화연구원 연구교수

## 조선 후기 한문학과 중국문학

**초판 인쇄** 2009년 5월 25일　**초판 발행** 2009년 5월 30일
**지은이** 신익철 외　**펴낸이** 박성모　**펴낸곳** 소명출판　**출판등록** 제13-522호
**주소** 서울시 서초구 서초동 1621-18 란빌딩 1층
**전화** 02-585-7840　**팩스** 02-585-7848　**전자우편** somyong@korea.com

값 19,000원

ⓒ 2009, 신익철 외

ISBN 978-89-5626-388-5　93810

# 조선 후기 한문학과 중국문학

신익철 외

소명출판

　한문학은 중세 동아시아의 공용 문어(文語)였던 한문으로 창작된 문학이다. 중세에 우리 민족이 세계와 교류함에 있어 한문학은 필수적인 수단이었던 바, 한국한문학은 그 종주국이라 할 수 있는 중국문학과 부단히 교섭하면서 발전해 왔다. 한문학에 대한 이해를 심화시키고 그 가치를 올바로 인식하기 위해서는 중국문학과의 관련 양상을 면밀히 따져 보아야 하는 이유가 여기에 있다.

　조선 후기에는 중국과의 교류가 더욱 빈번해지고 영향 관계도 한층 긴밀해졌다. 양국 관계가 이전 시기에 비해 더욱 밀접해지게 된 데에는 임진왜란의 발발이 중요한 계기가 되었다. 임진왜란은 서세동점(西勢東漸)의 세계사적 조류에 의해 촉발되어 동아시아의 기존 질서에 심대한 충격을 준 전쟁이다. 7년간에 걸친 동아시아의 대전란 속에서 조선과 명국은 연합군으로 일본의 침략에 맞서 싸우면서 긴밀하게 협력할 수밖에 없었다. 이 기간 동안에 조선과 명의 인적·문화적 교류는 이전 시기에 비교할 수 없을 만큼 빈번하게 이루어졌으며, 이를 통해 상대에 대한 이해의 정도가 깊어졌다.

　임진왜란 이후 중국은 명(明)에서 청(淸)으로 왕조가 교체되는 대변모를 겪었다. 조선은 왕조의 교체까지는 아니지만, 체제의 모순이 노정(露呈)되면서 극심한 사회 변동이 진행되었다. 근대로 이행해 가는 이 시기에 양국의 역사적 처지는 유사한 점이 많았던 바, 서구 열강의 제국주의적 침략이 노골화되던 19~20세기 초엽에 이르기까지 양국은 공히 체제 내의 모순을 해결하고 대외적인 침략에 대응해야 하는 이중의 어려움에 봉착했던 것이다. 이처럼 역사적 처지가 비슷했던 양국은 한층 상대의 동향에 유의하며 시대에 대응하는 문학의 자양분을 섭취하고자 했다.

여기에 수록된 11편의 논문은 모두 조선조 후기에서 근대문학 형성기에 이르기까지 한문학과 중국문학과의 관련 양상을 다룬 글들이다.

김창협·이옥·유득공·정약용·김택영·황현·변영만 등 이 시기 한문학의 주요 작가들의 작품세계에 미친 중국문학의 영향과 그 독자적 성격을 정치(精緻)하게 논증하였으며, 17세기 전반기와 18~19세기 양국의 문학 교류 양상을 조명한 글도 있다. 이들 논문은 조선조 후기 한문학과 중국문학의 관련 양상을 한층 명확하게 밝히는데 크게 기여할 것이며, 이를 통해 이들 주요 작가의 문학세계의 실상 또한 보다 선명하게 드러날 수 있을 것으로 기대한다.

이 논문집의 저자들은 모두 성균관대학교 국어국문학과 출신으로 필자의 제자들이다. 이번에 나의 정년을 기념하여 각자 관심있는 분야를 대상으로 중국문학과의 관련성에 초점을 맞추어 글을 쓰게 된 것이다. 이 논문집을 나의 정년기념논총으로 발간한다고 하면서, 나에게 굳이 서문을 쓰라고 하기에 두서없이 몇 자 적어 서문에 대신한다.

2009년 5월
김시업

# 차례

# 17세기 전반 관료문인(官僚文人)과 명대(明代) 의고파(擬古派)의 연관

박해남

## 1. 머리말

'변화'의 이면에는 주도적으로 그것을 받아들이고 추동(推動)하는 사람들의 생각과 이에 동조하는 일련의 움직임이 있게 마련이다. 비슷한 시기에 활동했던 사람들 사이에서 공통된 주장과 지속적인 모습이 나타난다는 것은, 그런 주장을 내세웠던 사람들의 의도와 논리가 사회에서 일정 부분 인정받았다는 것을 의미한다. 평범한 문학 현상일지라도 그것이 일어나게 된 원인(原因)과 전개 양상을 담당층과의 연관을 통해 살피고 그 의미를 전체적인 흐름 속에서 파악하는 작업이 의미를 가지는 이유가 바로 여기에 있다 하겠다.

이 논문에서는 17세기 전반(前半)에 활동했던 관료문인(官僚文人)들의 문학 양상을 명대(明代) 의고파(擬古派)1)와의 연관을 통해 살펴보고자 한다. 이 시기의 두 나라 문단 상황과 그 관계를 논한 연구는 활발한 편이다.2) 그런데 대부분의 연구성과들이 당대(當代) 문인들이 명대 의고파의 논리를 받아들인 상황을 중심으로 다루었고, 그런 현상이 조선이라는 이질적인 공간에서 수용되어 새로운 양상으로 전개되는 구체적인 이유와 의미에 대한 논의는 미진한 실정이다.

특히 이 시기의 문학을 논하면서 문(文)과 시(詩)를 나누어서 진행한 것은 아쉬운 대목이다. 명대(明代) 문단을 보면 "文必秦漢, 詩必盛唐"이라는 기치를 내세우며 일관되게 주창된 '의고(擬古)'의 기풍은 문과 시에 동일한 관심을 보이는 바, 이것을 분리하여 논의한다는 것은 실상의 일면만을 드러내게 된다. 당시의 조선 문단에서도 '문필진한, 시필성당'의 구호 아래 시와 문에 대한 논의가 고르게 이루어지고 있기 때문이다.

이 논문에서는 17세기 전반 조선이라는 역사적 공간에서 관료문인들이 '의고'를 문학의 주요 방법론으로 채택하여 하나의 지속적인 움직임을 창출하게 된 이유와 의미가 무엇이었는지를 집중적으로 살펴고자 한다. 굳이 17세기 전반이라는 시간적 범위를 설정한 것은 이 시기가 문학이론적인 측면에서 중국과의 교섭을 통해 유입된 '의고'라는 이론

---

1) 이것에 대한 명칭 부여도 진한고문파, 의고문파, 복고파 등 다양하다. 이 시기의 문학 양상을 논함에 있어 文이나 詩 한 부분에 국한하여 논의할 경우 "文必秦漢, 詩必盛唐"을 내세우며 문과 시에 동일하게 적용되었던 의도가 훼손될 우려가 있다. 따라서 이 논문에서는 문장에만 해당될 소지가 있는 '진한고문파'나 '의고문파'라는 명칭을 사용하지 않는다. 또 그들이 내세우는 과거 지향이 단순히 시간적인 의미가 아니라 과거의 문학적 '규범' 또는 '전형'으로 돌아가자는 것이라는 점을 고려할 때 '복고'라는 개념도 '과거의 향수', '회귀'라는 의미로 오해를 받을 수 있다. 세상에 단순한 복고라는 것은 존재하지 않는다. 복고를 주장한다는 것은 그것을 받아들인, 또는 주장하는 시대의 욕구에 따른 새로운 변형이라는 점을 인지해야 한다. 이 논문에서는 '문(writing)'과 '시(poetry)'의 두 영역을 아우른다는 의미로 '擬古派'라는 용어를 사용한다.
2) 대표적인 논의로는 강명관, 「16세기 말 17세기 초 의고문파의 수용과 진한고문파의 성립」, 『한국한문학연구』 18, 한국한문학회, 1995; 강명관, 「16세기 말 17세기 초 진한고문파의 산문비평론」, 『대동문화연구』 41, 성균관대 대동문화연구원, 2002; 정민, 『목릉문단과 석주 권필』, 태학사, 1999; 노경희, 「17세기 명대문학론의 유입과 한문산문의 '조선적' 전개에 대한 일고」, 『고전문학연구』 27, 한국고전문학회, 2005를 들 수 있다.

적 틀이 조선이라는 공간에서 새로운 양상으로 변모하여 전개되었고, 이를 통해 조선 문단에서 시와 문에 대한 이론 형성과 논쟁의 본격적인 출발점이 되는 시기로 파악했기 때문이다. 그리고 그 역할을 한양을 중심으로 활동했던 관료 문인들이 담당했다고 본다. 물론 이전에 문학 이론이나 주장이 없었던 것은 아니다. 다만 이 시기에 등장한 의고적 문학론이라는 것이 이후 전개되는 문학에 이론적 틀을 제공하면서, 논쟁을 통해 문과 시의 내용과 형식을 새롭게 발전시키고 재정립하는 본격적인 계기가 된다는 의미이다.


## 2. 의고풍(擬古風)의 형성과 수용


　명대(明代) 전후칠자(前後七子)들이 "文必秦漢, 詩必盛唐"이라는 기치를 내세우며 '의고(擬古)'라는 방법론을 통해 제기한 문체개혁(文體改革)의 근저에는 단순히 문학의 측면만이 아니라 정치(政治)와 사상(思想) 등 여러 영역에서 변화를 추구하고자 한 주창자들의 의도가 감추어져 있다.3) 15세기 후반 명(明)나라의 문단은 궁정(宮庭)의 귀신(貴紳)·고관(高官)

---

3) 지금의 연구자들에게 '복고' 또는 '의고'라는 단어가 주는 뉘앙스가 상당히 부정적인 듯하다. 문학에서 '복고'와 '의고'라는 것이 가지는 의미는 창작방법에 있어서 앞 시기의 것에서 벗어나 그 이전 시기의 것을 典範으로 삼자는 것이지, 단순히 그 이전 시기의 모든 것을 그대로 답습하자는 것은 아니었다. 당시의 상황에서 '의고'라는 것은 그 시대의 변화와 상황 속에서 채택된 하나의 문학방법론인 것이다. 물론 그것이 전개되는 과정 속에서 표절이나 부분별한 추종과 같은 부작용이 나타나 비판의 대상이 되는 것이지 그 의도 자체가 나쁜 것은 아니었다. 오히려 조선 후기의 문학상황에서 '의고파'를 비판하며 전개되는 과정을 이미 알고 있는 지금의 연구자들이 '당송파'나 '공안파' 등이 행했던 비판의 틀을 그대로 비판의 논거로 삼고 있는 것이 더욱 문제이다. '의고'라는 것은 명대 초기 시대적 상황 속에서 배출된 역사적 산물이기에 선

들을 중심으로 한 권위적 존재들에 의해 온아(穩雅)하고 태평무사(太平無事)를 주 내용으로 하는 대각체(臺閣體)가 주류를 이루었다. 특히 과거(科擧)에서 사용하는 문체인 팔고문(八股文)이 크게 유행했다. 명을 세운 세력들은 한족(漢族)의 문화를 재건하기 위하여 사학(私學)을 세우고 팔고문을 통한 과거제도를 시행했다. 이런 과정을 통해 주자학(朱子學)을 바탕으로 한 전통적 학문의 부흥을 꾀하였는데 본래의 의도와는 달리 문인들이 형식주의와 문학기피 현상에 빠지는 부작용을 낳았다. 글의 제재를 경서의 내용에서 취해 주자(朱子)의 주석에 입각해서 글을 써야 하는 팔고문은 기본적으로 다른 사상이나 지식을 용납하지 않았다. 다른 한편으로 팔고문은 4개의 긴 대구를 사용하여 형식상 번잡스러워 보이지만 실제로는 약간의 형식만 준수하면 비교적 작성이 용이한 시험이기도 했다. 이런 이유로 인해 시험에만 능하고 창조적인 사고가 부족한 인간형을 양산하는 부정적인 결과를 초래하였던 것이다.

팔고문으로 대표되는 대각체의 흐름에 반발하여 이몽양(李夢陽, 1472~1529)을 위시한 전후칠자(前後七子)들이 문학에서의 새로운 기개(氣槪)를 내세우며 문학적 복고주의를 내세웠다.4) 전후칠자들이 특히 팔고문의 병폐를 지적한 것은 공부가 더 이상 성인의 학문을 하는 '참된' 학문이 되지 못하고 피상적으로 타락해 버렸기 때문이다.5) 특히 이런 측면은 명대 상업적 출판의 융성과 결부되어 팔고문 선본(善本)의 출판으로 이어지게 되면서 당대 사회에서 용인될 수 없는 지경에까지 이르게 된다.

> 당시 시험 공구서의 대량 출판, 유포는 선비들로 하여금 깊이 있는 학문에 몰두하게 하기보다는, 결과적으로 기존 시험의 모범 답안을 기계적으로 반복 암송하도록 유도함으로써, 팔고문을 표절과 모방이 양산되는 장으로 만들었

---

입견을 버리고 그것 자체로 먼저 살피는 관점이 필요하다.

4) 入矢義高, 「擬古主義の陰翳」, 『增補 明代詩文』, 平凡社, 2007.

5) 백광준, 「변화의 시대, 변화의 글쓰기—明代 隆慶, 萬曆 年間의 八股文」, 『中國文學』 45, 韓國中國語文學會, 2005, 35~36면.

다. 이 지점에서 팔고문의 요체인 성인의 의리는 의미 없는 문구의 조합으로 전락하였고, 이는 결과적으로 팔고문 자체의 기원으로서뿐만 아니라, 당시 사대부들에게 수용될 수 있기 위한 최소한의 자격으로서 끊임없이 재생산되어야 할 고문과의 매개를 절연시키는 촉매로 작용하고 만다.6)

이렇게 본다면 전후칠자의 복고는 팔고문으로 대표되는 글쓰기의 변질에 대해 고문에 근본을 둔 아정(雅正)한 문장으로의 회복이라는 측면으로 해석될 수 있다. 새로움을 추구하는 모범을 이전 시기인 송(宋)·원(元)을 넘어서는 데서 찾는 것은 당시의 상황에서는 어쩌면 지극히 당연하다 하겠다. 이 과정에서 전한(前漢)의 문(文), 성당(盛唐)의 시(詩)를 시문(詩文)의 역사에서 최고의 완성도에 도달한 고전의 이상형(理想型)이라고 보는 인식이 형성되었던 것이다.

지금까지의 논의는 당시의 중국 문단에 대한 설명으로는 적절할 수 있다. 동일한 복고이지만 그것이 조선이라는 타 공간에서 받아들여지고 전개되는 이유에 대해서는 다른 접근방식이 필요하다. 중국에서 벌어진 복고주의의 흐름이 조선에서 거부감 없이 수용되고 새로운 양상으로 전개된 이유는 무엇일까?

조선에서 진한고문(秦漢古文)을 통해 문장의 쇄신(刷新)을 꾀하자는 움직임의 단초를 김정국(金正國, 1485~1541)에게서 찾을 수 있다. 그는 1527년 「문범서(文範序)」를 쓰면서 사마천(司馬遷)의 『사기(史記)』를 비롯한 진한고문에의 관심을 피력하고 있다.7) 조광조(趙光祖, 1482~1519)를 비롯한

---

6) 백광준, 앞의 논문, 36~37면.

7) 물론 이 시기의 움직임이 중국의 문단 상황을 의식한 결과라고 단정하기는 어렵다. 그렇지만 김정국이 「문범서」를 쓴 것이 1527년이고 李荇이 이몽양의 이름을 처음 들었다는 기록[주) 8 참조]이 1521년임을 감안할 때 그 가능성을 완전히 배제하기도 어렵다.
金正國, 『思齋集』 권3 「文範序」, '序'(『한국문집총간』 23, 민족문화추진회, 43면)(이하 『한국문집총간』은 권수만 표기한다). "文自典謨訓誥, 古而難到, 降戾晉魏, 病於骈縟. 唐宋流於淺近, 至于今愈下而愈卑, 文之弊極矣. 然則不古不下, 可學而到, 以變後世之文體者, 其惟兩漢乎? 司馬遷生於秦火之後, 因六經散絶殘脫之餘, 掇拾補完, 以集著一史. 又創已意, 棄編年以爲本紀, 世家八書列傳之文, 各序其端, 以發其意,

신예 사림(士林)들이 중앙정계에 본격적으로 진출하게 된 것은 중종(中宗, 재위 1506~1544)부터이다. 반정(反正)을 통하여 집권한 중종에게 시급한 과제는 인재를 양성하고 사풍(士風)을 진작시켜 정치적 안정을 꾀하는 일이었다. 이들 기묘사림(己卯士林)들은 수기지학(修己之學)으로서의 성리학을 장려하고 도학정치(道學政治)를 현실에 구현해 내고자 하였다. 성리학적 명분에 충실하지 못했던 이전의 관료나 훈구공신 등 현실의 이익에 안주하려는 당시 집권층이 비판의 대상이 되었다. 그리고 이러한 성리학적 명분으로 훈구세력을 비판하는 무기로 삼았다. 문학에 있어서도 과거로 인해 속된 문장을 좋아하는 풍조에 대해 성리학적 견해로 모범이라 할 만한 문장을 가려뽑은 『문범(文範)』을 지어 시속을 교정하겠다는 언급에서도 침잠(沈潛)된 문화를 새롭게 혁신하고 성리학풍(性理學風)을 진작시키겠다는 의도를 엿볼 수 있다. 그런 노력의 하나로 근본으로 돌아가자는 복고적(復古的)인 경향에 관심을 갖게 되었던 것으로 보인다.

기묘사림의 한 사람으로 이 시기에 이런 견해를 보인다는 것은 기존의 체제를 변화시키고자 하는 의도를 가지고 문체의 변화를 기도한 것으로 파악된다. 문체의 변화라는 것이 하나의 상황에서 다른 상황으로의 단순한 자리바꿈이 아니라, 여기에는 문학담당층의 교체를 통해 주도적 정치세력의 변화를 꾀하는 일정한 정치 논리가 내재되어 있는 것이다. 그렇지만 사화(士禍)로 인해 의도는 실현되지 못하였다.

지금까지의 기록으로 볼 때 조선에서 전후칠자(前後七子)의 존재를 제일 먼저 파악한 것은 이행(李荇, 1478~1534)이었던 것으로 파악된다. 그가 1521년 명나라 가정제(嘉靖帝)의 등극을 알리는 사신이 왔을 때 이몽양의 이름을 처음으로 들었다는 언급이 있다.8) 윤근수(尹根壽, 1537~1616)의

---

其善惡之迹, 興廢之由, 昭然於目擊之餘. 嗚呼! 如遷之文, 亦可謂隽譬拔出之材也, 豈後之作者可及其萬一乎? 班固·范燁仿而著之, 如出一手, 豈亦亞於遷者歟? 余病學文者急於取科第嗜俗文, 未有學兩漢文以矯其弊. 故拈出遷史兩漢書各篇序文, 手寫一帙曰文範, 以勸初學後生云."

8) 尹根壽, 『月汀集』 「漫錄」(『한국문집총간』 47, 369면). "登第後通官高彦明謂余曰:

시대에 이르기까지 이몽양에 대해 잘 모르고 있다가 문집인『공동집(空同集)』을 보고서야 그의 시와 문의 실체를 접하게 되었다고[9] 하였다. 1572년(선조 6년) 9월에 사은사(謝恩使)가 가져온 서책 목록에『공동집(崆峒集)』이 있는 것으로 보아[10] 이때는 이미 이몽양의 저작(著作)이 당대 문인들의 독서범위 안에 확실하게 자리 잡았던 것으로 보인다.

윤근수가 이몽양을 위시한 전후칠자의 문학 활동에 본격적인 관심을 갖기 시작한 이 시기는 당대 정치 역학의 구심점 역할을 하던 문정왕후(文定王后, 1501~1565)의 죽음으로 인한 정치 공백을 왕권 강화의 기회로 삼고자 한 명종(明宗)과 이를 계승한 선조(宣祖)에 의해 사림(士林)이 대거 정치 무대의 전면에 나서게 되었다. 이들은 도학(道學)이라는 이데올로기를 통해 사회 전반에 자신들의 영향력을 확대하려고 하였다. 윤근수도 부수찬으로 있던 1562년(명종 17) 조광조(趙光祖)의 신원을 상소하였다가 과천현감으로 좌천된 적이 있는 것으로 보아 이런 의도를 가졌던 것으로 파악된다.

지금까지의 논의를 통해 볼 때 조선에서 진행된 '문필진한, 시필성당'의 의고적 흐름은 이전의 지배세력인 훈척을 대신하여 정치적 세력으로 등장한 사림들이 문학에서도 도학에 기반한 이론적 틀을 제시한 결과라

---

'昔年曾見李堂和宗, 則言辛巳年嘉靖登極詔使, 唐修撰皐出來時, 遠接使容齋李公問於天使曰 : 當今天下文章誰爲第一? 唐答曰 : 天下文章以李夢陽爲第一.' 其時崆峒致仕, 家居汴梁, 而名動天下, 我國不知, 雖聞此言, 不肯訪問於中原, 可歎. 近世始得崆峒集者, 而始知其詩文兩極其至王李諸公, 極其推尊, 我國之知有崆峒子晚矣."

9) 이런 당시의 사정은 강명관의 「16세기 말 17세기 초 의고문파의 수용과 진한고문파의 성립」(『한국한문학연구』18, 한국한문학회, 1995) 제2장 '의고문파의 수용 과정'에 자세하게 나와 있으니 이 논문에서는 상세하게 다루지 않는다.

10) 柳希春의 『眉巖日記』에 의하면 이때 같이 가지고 온 책이『文苑英華』,『濂溪周元公集』,『敬軒先生集』,『圭峯集』,『類博藁』,『經禮補逸』,『李文公文集』,『東郭文集』,『夷堅志』,『近思錄』,『羅一峯集』,『胡子知言』,『儀禮經傳』,『定山先生集』,『楊文懿公詩選』,『交泰錄』,『崆峒集』,『薛文淸公集』,『小學』,『陳北溪字義』 등이다. 이때의 謝恩使가 朴民獻(1516~1586)과 金繼輝(1526~1582)인데, 唐詩가 90% 이상을 차지하는『文苑英華』이나『羅一峯集』,『定山先生集』,『楊文懿公詩選』,『崆峒集』,『薛文淸公集』 등이 포함된 것이 흥미롭다.

고 할 수 있다. 결국 조선에서의 이런 일련의 흐름이란 것도 명나라의 경우에서 볼 수 있는 바와 유사하게 당대 현실의 쇄신이라는 목적을 문학 활동을 통해 실현시키고자 한 의도가 담겨 있다는 공통점을 가진다.


## 3. 조선에서의 의고풍(擬古風) 전개와 의미


17세기 전반 조선의 중앙 정치무대를 들여다보면 이전 시기의 사장파(詞章派)와는 궤(軌)를 달리하면서 이념적 헤게모니였던 도학(道學)보다는 문장을 통해 입신한 부류들이 있었다.[11] 이들은 도학에 대한 천착보다는 문장(文章) 공부를 주로 하여 과거를 통해 관직에 나아가고, 문장력을 바탕으로 관료로서 자신들의 입지를 유지하였다. 또 이들은 한양을 중심으로 생활하면서 학맥과 혼맥을 통해 서로 긴밀하게 연결되어 있었다.

이렇게 볼 때 당대의 사림도 도학 중시의 사림과 사장 중시의 사림으로 크게 나눌 수 있다. 물론 후자의 경우에도 당시 유행했던 도학의 자장(磁場)에서 자유로울 수는 없는 입장이었다. 오히려 그들이 가지고 있었던 입장에서 인지하는 도학의 영향력이 '文必秦漢, 詩必盛唐'의 주장에 적극 동조하게 된 배경이 되었다. 이런 경향이 가장 먼저 기존의 관각문학에 대한 반발에서 출발하였던 것이다.

새로운 흐름을 도입하고 보급하는데 주도적인 역할을 한 것으로 평가받고 있는 윤근수[12] 이전의 문학 상황에 대한 김상헌(金尙憲, 1570~1650)의

---

11) 申欽, 『象村稿』 권55 「春城錄」(『한국문집총간』 72, 360면). "宣廟中年, 邦域無虞, 生民樂業, 稱小康矣. 上嚮用文學之士, 新進之年少有才藝者, 如漢陰·白沙諸人, 皆能以文章致身, 卒爲國大用, 可謂得其力矣."

언급은 이런 상황을 잘 보여준다.

> 우리 조선조의 문원을 개관해 보면, 변계량(卞季良) 이하로부터 대부분 당나라와 송나라의 문풍을 따라 문장을 지으면서 부드럽고 아름다운 글을 익히기를 좋아하였는데, 이를 관각체(館閣體)라고 불렀다. 그런데 도리어 고문사(古文辭)에 비겨 보면 크게 달라 차이가 났다. 선생(윤근수-필자)께서는 이를 개탄스럽게 여겨 스스로 떨쳐 일어나 사림(詞林)을 위해 주창하면서 손수 적치(赤幟)를 쳐들고는 방향을 가르쳐 주어 후세의 문장을 짓는 무리들로 하여금 나아갈 바를 알게 하였다. 이로부터 서로들 앞 다투어 선진(先秦)과 서경(西京)의 문체를 숭상하게 되어 문풍이 거의 완전히 변하였다.[13]

대체로 이전의 관료문인들은 관각체라고 부르는 '부드럽고 아름다운' 글을 지었는데 이것을 개탄스럽게 여겼다는 점으로 미루어 보건대 윤근수는 도를 넘어선 부드러움과 아름다움을 추구하는 기존의 문학 풍토를 비판할 논리적 논거를 추구하였음을 알 수 있다. 그 이론적 근거가 곧 '고문사'와의 비교이다. 즉 당시의 문학이 가지고 있던 병폐를 극복하기 위한 방편으로 근본에 입각한 '고문사'를 대안으로 내세웠던 것이다.

> 앞장서서 고문(古文)을 하여 선진(先秦)과 서경(西京)을 위주로 하되 사마천(司馬遷)을 매우 좋아하였으며 시는 성당(盛唐)을 으뜸으로 삼았다. 황명(皇明)의 제가(諸家)로 하경명(何景明)·이몽양(李夢陽)·왕세정(王世貞)·이반룡(李攀龍)의 글을 보길 좋아하고 시대를 뛰어넘어 정신적으로 사귀어 개연히 그들과 한 시대에 살지 못한 것에 대해 한탄하였다.[14]

---

12) 金錫冑는 진한고문의 문장 풍토의 시작을 崔岦(1539~1612)에게서 찾고 있다.

13) 金尙憲, 『淸陰先生集』 권39 「月汀先生集跋」 '題跋'(『한국문집총간』 77, 594면). "竊槪我朝文苑, 自卞春亭以下, 率皆規唐藻宋, 樂習軟美, 號爲館閣體. 顧於古文辭, 大有徑庭, 先生慨然自奮爲詞林倡, 手揭赤幟, 啓示指南, 使後來操觚之徒, 知所去就, 自是爭尙先秦西京之文, 幾乎一變."

14) 申欽, 『象村稿』 권26 「海平府院君月汀尹公神道碑銘」(『한국문집총간』 72, 94면). "倡爲古文, 以先秦西京爲主, 而酷好司馬子長, 爲詩宗盛李. 好觀皇明諸家, 信陽·北

윤근수가 내세운 '고문사'라는 것도 결국에는 선진 양한의 문장과 성당풍의 시가 중심이 되었던 것이다. 사장에 대한 도학의 우위가 확고하게 된 시대 상황은 문학에도 어떤 변화를 요구하였다. 시대가 바뀌어 단순히 문장만으로 자신들의 지위를 유지하기는 어려워졌고, 문장에도 새로운 기풍을 통해 당대의 문학을 쇄신하고자 하는 의도에서 새로운 '이론'이 필요했다. 이런 와중에 당시 명나라에서 맹위를 떨치던 의고주의 문학의 대두는 자연스럽게 조선 문인들의 관심을 끌게 되었다.

당시 조선에서 성행하던 유학, 특히 주자학의 경우 이론적인 측면에서 순문학적 기능들을 억제하는 경향이 강했다. 도학적 사림들이 그나마 시(詩)를 추구했던 것은 그들이 이상으로 받들었던 덕치(德治)에 있어서 나름의 효용적 가치가 있었기 때문이지 문학 그 자체의 성격 때문은 아니었다. 즉 당시에 유행하던 도학의 지나친 강조에서 유발하는 문학의 무미건조함과 위축(萎縮)을 극복하고 문장으로 입신한 그들의 지위를 계속 지켜나가기 위해서는 새로운 코드의 문학이 필요했다. 그러던 차에 문학사에 있어서 나름의 정통성과 정당성을 주장할 수 있는 '진한(秦漢)의 문(文), 성당(盛唐)의 시(詩)'는 그들의 욕구를 한 번에 해결해 줄 수 있는 적극적인 대안(代案)이었다.

기존의 문학 중시의 경향에 당대의 도학 중시의 성향을 결합시킬 수 있는 토대를 제공함으로써 도학파의 비판에서도 벗어날 수 있는 이론적 공간을 형성할 수 있었던 것이다. 즉 도학적 측면에 일정한 영향을 받을 수밖에 없는 당대의 상황 속에서 주자 중심이 아닌 넓은 의미에서의 고문 중심이 될 수밖에 없었고, 이런 이유 때문에 그들 대부분이 도학자에게서 흔히 볼 수 있는 경향보다는 유연하고 폭넓은 성향을 보인다.

1577년 유희춘(柳希春, 1513~1577)이 중국에 가는 사신에게 『공동집(崆峒集)』의 구입을 부탁하고, 1580년에는 윤근수가 이몽양의 시에서 칠언고

---

地‧鳳洲‧滄溟曠世神交, 慨然有不並世之嘆."

시(七言古詩) 61수와 율시(律詩) 150수를 선별하여 『공동시(崆峒詩)』를 발간하기도 했다.15) 이렇게 볼 때 1580년에는 이미 윤근수에 의해 의고주의 문학론을 전파하기 위한 움직임이 본격화되었고 이를 계기로 더욱 발전하여 이후 신흠(申欽), 신익성(申翊聖), 정홍명(鄭弘溟), 조익(趙翼), 조찬한(趙纘韓), 조위한(趙緯韓), 김류(金瑬), 이경석(李景奭), 김상헌(金尙憲), 유몽인(柳夢寅) 등으로 확대되었다.

　관료문인들은 외교문서의 작성과 사신을 맞아 수작(酬酌)하는 문학 활동이 중요한 임무였다.16) 현실적이고 원활한 직책 수행을 위해서도 중국의 문학 동향에 예민한 촉각을 세우지 않을 수 없는 입장이었다. 당시 조선에서도 명나라와의 외교 관계에 필요한 문장가의 배출을 위해 호당(湖堂)에서의 '사가독서(賜暇讀書)' 제도를 통해 국가적인 인재의 관리를 제도화하고 있었다.17) 또 의고적 흐름과 연관한 사람들의 대부분이 선조조(宣祖朝)와 인조조(仁祖朝)에 문형(文衡)을 지냈다는 공통점이 있다. 문형이라는 직책은 한 시대의 문풍(文風)을 좌우한다. 따라서 과거를 통해 관료로 나아가야 하는 입장에서는 이들의 주장을 무시할 수 있는 분위기는 아니었다. 예비 관료를 포함한 대다수의 지식인 사회가 이런 흐름에 동조하게 되었다. 실제로 정홍명은 문체에 대한 문제를 과거의 책제(策題)로 출제하기도 한 것18)을 보면 문형의 문학적 성향은 곧 당대

---

15) 尹根壽, 『月汀先生集』 권4 「崆峒詩跋」 '雜著○題跋'(『한국문집총간』 47, 239면) "右崆峒七言古詩六十一首, 律詩一百五十首, 余之居守松都, 用活字印之, 印且訖."
16) 여기에 대해서는 金德秀, 「朝鮮文士와 明使臣의 酬唱과 그 樣相」(『韓國漢文學研究』 27, 韓國漢文學會, 2001)에 자세히 나와 있음.
17) 사가독서제에 대해서는 李鍾默, 「賜暇讀書制와 讀書堂에서의 문학활동」(『한국한시연구』 8, 한국한시학회, 2000) 참조.
18) 강명관, 「16세기 말 17세기 초의 고문파의 수용과 진한고문파의 성립」(『한국한문학연구』 18, 한국한문학회, 1995)의 제3장 참조.
　물론 이런 분위기에서 얼마 지나지 않아 부작용이 생겨났다. 이식의 다음 발언은 이런 상황을 잘 보여준다. "경중에서 재주가 뛰어나다고 하는 유생들을 보면, 원점이나 경서 공부 같은 것은 거들떠보지도 않은 채 오로지 문장 작법에만 힘을 기울이면서 별시 등의 과거 시험에 응시하고 있습니다. 그리고 그들이 지은 문장을 보면 또 경서

의 주도적 문학 흐름이었던 것이다.

일반적으로 명은 주변 국가와의 외교사신으로 환관을 선발하였다. 그러나 유독 조선에는 한림학사를 파견하는 경우가 많아 조정에서는 항상 중국 사신의 접대를 위해 각별한 신경을 기울여야 했다.[19] 이런 활동 속에서 중국 사신과 원활한 문학적 교유를 위해서는 당대 중국의 최신 문학상황에 깊은 관심을 가질 수밖에 없었을 것이다. 1606년 명나라 사신으로 온 한림학사 주지번(朱之蕃)의 경우를 보더라도 그가 당시 중국에서 이름을 떨치던 왕세정의 문인이면서 명문장가로 알려졌기에 이에 대한 준비에 상당한 신경을 기울였다. 당시 조정에서는 접반사(接伴使)로 유몽인, 유근, 신흠, 허균, 권벽(權擘), 김현성 등 당대의 문장가들을 대거 참여시키고 있다.[20] 이런 입장에 선 당사자의 경우 명대 문단의 최신 동향에 대해 깊은 관심을 가져야만 하는 입장이었다. 당시풍(唐詩風)에 대한 요구도 같은 맥락에서 이해할 수 있다. 이렇듯 의고파의 문장과 시는 17세기 전반 조선의 관료 문인들에게 적극적으로 받아들여져 한때의 확고한 문학 흐름으로 자리잡았다.

사상이나 문화의 전파에는 반드시 전달매체를 필요로 하게 된다. 조선시대도 예외는 아니어서 일련의 출판 현황을 통해 새로운 흐름의 양상을 살펴볼 수 있다. 먼저 진한고문과 관련된 출판을 보면 유몽인(柳夢寅, 1559~1623)이 편한 『대가문회(大家文會)』(1606년 간행)가 주목된다.[21] 유몽인

---

에 근본을 두지 않고 있으며, 한유와 구양수 같은 근리한 글도 진부한 표현으로 여기고는, 오직 사마천의 『사기』나 『장자』와 같은 글에만 관심을 기울이며 희한하고 기이한 표현을 서로들 숭상하고 있습니다."[李植, 『澤堂先生別集』 권14 「丙子諭大學諸生榜」 '雜著'(『한국문집총간』 88, 510면). "京中才俊之流, 則不事圓點治經, 專務作文, 以應別試等科. 而其爲文, 又不本於經書, 如韓·歐近理之文, 亦視以陳言, 惟從事於馬史莊子等書, 務以瑰奇相尙."]

19) 김덕수, 앞의 논문에 의하면 『皇華集』에 기록된 총 24회의 사행 중 14회가 한림원 출신이다.

20) 『宣祖實錄』 39년 正月條.

21) 黃渭周는 「翠蘂文庫 所藏 漢詩文選集 資料에 대하여」(『영남학』 3, 영남문화연구원, 2003)에서 『刪補大家文會』를 "柳夢寅이 선조 39년(1606) 황해도 관찰사로 있을

은 송대 이후의 글은 이미 고문이 아닌 금문이고, 세상에 구양수와 소동파의 글이 많이 있지만 한번도 눈여겨 본 적이 없다고 하였다. 그리고 대가를 공부하면 대가의 글이 되고 소가를 공부하면 소가의 글이 되는데, 문장으로 대가를 이룬 것은 『좌전(左傳)』, 『국어(國語)』, 『전국책(戰國策)』, 『사기(史記)』, 『한서(漢書)』와 한유, 유종원의 글에서 모두 21편22)을 편집하여 실었다.23) 이 책은 유몽인이 진한고문을 널리 유포시킴으로써 문풍의 혁신을 꾀하고자 의도적으로 송문(宋文)을 누락시키고 있다.

당시(唐詩)의 보급에 대해서는 이수광(李睟光, 1563~1628)의 일관된 행보가 눈에 띈다.24) 그는 명(明) 고병(高棅)의 『당시품휘(唐詩品彙)』90권을 간략하게 다시 추려서 『당시휘선(唐詩彙選)』 8권을 편찬하였다.25) 나름의 선별 기준에 의해 가려 뽑은 선집의 보급을 통해 당시풍의 확산과 창작 풍토의 확대를 도모하기 위한 의도가 엿보인다. 나아가 이수광은 실제 작품을 창작하고 이를 보급하는 데도 상당한 공력을 기울였다. 이런 노력의 결과가 차천로(車天輅, 1556~1615)가 가려 뽑고 김현성(金玄成, 1542~1621)이 교열한 『악부신성(樂府新聲)』이라는 책의 편찬을 가져온 것이다. 여기서 차천로는 "이제 몇 사람의 것을 모아 묶어서 한 질을 만들고 잇따라 짓는

---

때 海州牧使 尹暉에게 부탁하여 간행한 中國文選集"(75면)이라고 했다. 『刪補大家文會』는, 유몽인의 사후(1623년)에도 『大家文會』가 널리 읽히자 李進(1582~?)이 구양수, 소식의 글과 유종원의 글을 추가하여 편찬한 刪補版이다(자세한 내용은 김순미, 국립중앙도서관『大家文會』 초록 참조). 과거시험장 주변에서 賣文을 하던 이진이 刪補版을 내었다는 것은 과거를 준비하면서 古文을 필요로 하는 사람들이 많았다는 것을 말해주는 것으로 당시 진한고문이 크게 위세를 떨쳤음을 잘 보여주는 대목이다.

22) 여기서의 편은 권에 해당한다. 모두 권21 10책으로 추정된다.

23) 柳夢寅,『於于集』권6「大家文會跋」(『한국문집총간』 63, 446면). "宋以下則今文也. 歐蘇之文世多有, 余未嘗一窺其文, 故只取先秦兩京韓柳, 而闕於宋, 觀者恕之."

24) 이 시기 당시풍의 보급과 명대 시단의 내용을 소개하는데 가장 활발한 활동을 보인 이는 허균이다. 여기에 대해서는 강명관,「허균과 명대문학」(『민족문학사연구』 13, 민족문학사연구소, 1998)에서 자세하게 다루었다.

25) 李睟光,『芝峰集』 21「唐詩彙選序」‘雜著’(『한국문집총간』 66, 198면). "如正音鼓吹三體等編, 亦多主晚唐, 或失之太簡. 而唯品彙之選, 所取頗廣, 分門甚精, 視諸家爲勝, 第編帙似夥, 學者病之. 余嘗擇其中尤雋永者爲八卷, 命曰唐詩彙選."

자가 나오기를 기다린다"26)고 하여 자신들이 이 책을 묶은 의도를 그대로 드러내 보이고 있다. 이런 일련의 활동은 관련 서적의 수입과 재편집 과정을 통해 조선에서 당시풍을 널리 진작(振作)함으로써 저변 확대를 꾀하고 실제 창작 사례를 직접 보급한다는 측면에서 의미를 가진다.


## 4. 맺음말


　변화의 실질적인 내용은 그 변화를 지향하는 어떤 요구에 대한 적절한 반응 내지 대응이라고 할 수 있다. 조선이 사대(事大)를 중국과의 기본적인 외교 노선으로 추구하는 한, 이런 관계 속에서 사신(使臣)을 맞고 또 사신으로 가서 시문(詩文)을 통해 원활한 업무를 수행해야 하는 관료 문인들의 경우 당대의 최신 문학 상황에 대해 소홀히 할 수 있는 입장이 아니었을 것이라는 점이 한양을 중심으로 한 조선의 문단에서 명대의 의고주의 문학론이 수용된 한 원인이 되었다. 그렇지만 그것을 받아들여 발전시킬 만한 내적 환경이 조성되지 않았다면 그것은 일시적인 구호에 그쳤을 것이다.

　16세기에 정치적으로 등장한 도학 중심의 문학론에 맞서 과거를 통해 관료로 성장한 세력－사장 중심의 사림이 과거의 문학 세력과는 확연히 구분되는 새로운 문학론의 구축을 필요로 하였다. 이런 요구에 때맞춰

---

26) '樂府新聲'에 대해서는 黃渭周, 「樂府新聲에 대하여」(『국어교육연구』 21, 국어교육학회, 1989) 참조. 『樂府新聲』의 원문은 『嶺南漢文學』 5집(嶺南漢文學會, 1993)에 부록으로 영인 수록되었다. 여기에는 최경창(12수), 백광훈(14수), 임제(40수), 이달(50수), 이수광(59수)의 악부시 총 175수가 있다.
　車天輅. "故今取數家彙爲一帙, 以俟夫繼而有作者."

명(明)나라에서 유행하던 의고의 움직임은 그들에게 이론적 틀을 제공하였던 것이다. 자신들이 가지고 있던 기존 문학 존중의 입장뿐만 아니라 시대의 대세로 작용하던 '도학(道學)'의 성향과도 일정하게 타협점을 찾을 수 있는 의고(擬古)라는 코드가 절묘한 합일점을 도출하였다. 특히 생경(生硬)하여 새롭게 보일 수 있는 문학론이 아니라 기존의 양식에 바탕을 둔, '간명(簡明) 솔직(率直)'함을 규범화하는 전형(典型)을 모의(模擬)하는 일은 여러 모로 유용한 방법이었을 것이다.

중국의 경우 명대의 문학적 상황에 대한 직접적인 극복 방안으로 의고라는 주장이 내세워졌다. 그렇지만 조선에서의 사정은 중국의 그것과는 다른 방향으로 전개되었다. 조선의 문단에서는 관각체에 대한 반발에서 사림의 문학론이 제기되었다. 이런 상황 속에서 위기감을 느낀 관료문인들이 쇄신과 유지라는 이중적 대응 방책으로 '의고'가 주장되었다는 점이 중국과는 다른 점이라 하겠다.

이렇게 본다면 조선의 문학 상황 변화는 대체로 다음과 같이 정리할 수 있다. 조선 초기의 상황은 나라를 세운 사람—고려 후기의 신흥사대부(新興士大夫)—들에 의해 주도되었다. 이후 세종, 성종 시대를 거치면서 문화적 안정기를 누리게 되면서 관각문학—관각체—이 시대적 대세였다. 이런 흐름에 큰 변화를 추동하게 되는 것은 사림의 등장이었다. 이들은 문학에서도 이전의 방만한 형식과 내용을 제거하고 도(道)의 원리주의에 입각한 문학론은 주창하고 이것이 한 시대의 주류를 형성하였다. 하지만 이런 흐름은 당시 문장을 위주로 입신한 부류들에게는 그대로 따를 수도 없는 것이 현실적인 입장이었다. 특히 한양을 중심으로 관료로 활동하면서, 평소 포괄적이고 개방적인 학문세계를 유지하고 있던 일군의 문인들은 이전의 사장파와는 다르면서 당대 도학파의 문학 이론보다도 좀더 유연한 이론의 도입이 급선무였을 것이다. 중국에서 발흥한 '文必秦漢, 詩必盛唐'의 기치는 17세기 전반 조선의 관료문인들의 요구에 부합(符合)하는 논리적 기틀이었다.[27]

물론 처음의 의도와는 달리 문학의 전범을 미리 설정하고 그것에 집착했던 것이 결국 문학의 발랄함, 창의성을 제한했다고 하는 비판의 빌미를 제공하기는 했지만 그런 비판도 어디까지나 이런 흐름이 있었기에 가능했던 후대의 산물이다. 따라서 17세기 전반 조선의 문단에서 일어났던 이런 의고의 흐름은 이후 전개되는 시와 문에 대한 본격적인 논의의 단초를 제공하였다는 점에서 중요한 문학사적 의미를 갖는다 하겠다.

---

27) 지금의 연구 성과에서 명대 의고파를 수용한 17세기 초기의 조선 문단을 평가하면서 기계적으로 이후에 진행된 당송파의 논리에 근거하여 비판하는 것은 부적당한 논리적 틀을 적용하고 있음을 알아야 한다. 조선에서 명대 의고문파의 수용은 단순히 복고에 치중되었다는 논지로만 설명될 수 있는 것이 아니라 조선이라는 상황에서 새로운 기풍의 도입과 창출이라는 측면에서 논의되어야 할 부분이기 때문이다.

| 참고문헌 |

강명관, 「16세기 말 17세기 초 의고문파의 수용과 진한고문파의 성립」, 『韓國漢文學
　　　　研究』 18, 韓國漢文學會, 1995.
＿＿＿, 「許筠과 明代文學」, 『민족문학사연구』 13, 민족문학사연구소, 1998.
＿＿＿, 「16세기 말 17세기 초 진한고문파의 산문비평론」, 『大東文化研究』 41, 성균
　　　　관대 대동문화연구원, 2002.
＿＿＿, 『안쪽과 바깥쪽』, 소명출판, 2007.
＿＿＿, 『공안파와 조선 후기 한문학』, 소명출판, 2007.
金德秀, 「朝鮮文士와 明使臣의 酬唱과 그 樣相」, 『韓國漢文學研究』 27, 韓國漢文
　　　　學會, 2001.
노경희, 「17세기 明代文學論의 流入과 漢文散文의 '朝鮮的' 전개에 대한 一考」,
　　　　『고전문학연구』 27, 한국고전문학회, 2005.
신익철, 『柳夢寅 文學 研究』, 보고사, 1998.
李鍾默, 『해동강서시파연구』, 태학사, 1995.
＿＿＿, 「賜暇讀書制와 讀書堂에서의 문학 활동」, 『한국한시연구』 8, 한국한시학회,
　　　　2000.
정　민, 『목릉문단과 석주 권필』, 태학사, 1999.
黃渭周, 「樂府新聲에 대하여」, 『국어교육연구』 21, 국어교육학회, 1989.
＿＿＿, 「翠葊文庫 所藏 漢詩文選集 資料에 대하여」, 『영남학』 3, 영남문화연구소,
　　　　2003.


郭紹虞, 『中國文學批評史』, 台北 : 文士哲出版社, 1988.
袁震宇・劉明今, 『明代文學批評史』, 中國 : 상해고적출판사, 1991.
入矢義高, 「擬古主義의 陰翳」, 『增補 明代詩文』, 平凡社, 2007.

# 김창협(金昌協)의 비평과 구양수(歐陽脩)의 비지서사(碑誌敍事) 창작법*

진영미

## 1. 서론—법(法)과 도(道)


글을 어떻게 지을 것인가? 이는 동서고금을 막론하고 역대 문장가들이 안고 있는 가장 큰 고민거리 중 하나이다. 이에 대해 크게 두 가지로 나누어 살펴볼 수 있다. 하나는 지금까지 내려온 글쓰기 방법을 그대로 받아들이는 것이요, 다른 하나는 전혀 새로운 글쓰기를 모색하는 것이다. 곧 법고(法古)와 창신(創新)이다. 법고는 고인의 글을 본받는 데 무게를 둔 반면, 창신은 기존의 틀을 거부하고 개성과 자유로움을 추구하는

---

* 본고는 2006년 11월 28,29일 북경에서 개최한 "中國古文獻學与文學國際學術研討會"(북경대학 중국고문헌연구중심, 복단대학 중국고대문학연구중심, 대만성공대학 문학원 공동 주최)에서 발표한 중문원고를 번역 정리한 것임. 중문원고는 『北京大學中國古文獻研究中心集刊』(제7집, 북경대학출판사, 2008.1)에 수록되어 있음.

데 무게가 실려 있다. 그런데 법고하는 자는 옛것에 구애됨[泥蹟]이 많은 게 흠이고, 창신하는 자는 법에 어긋남[不經]이 많은 게 흠이다.

조선 후기 문인 농암 김창협(農巖 金昌協, 1653~1708)은 법고와 창신의 어려움을 인식, 어떻게 하면 진정한 문장을 지을 수 있는지 고심한 결과, 법고를 제대로 하는 것이야말로 창신으로 나아감은 물론, 일가(一家)를 이룰 수 있는 지름길이라고 주장하였다. 법고와 창신 가운데 어느 하나를 선택한다는 것은 실제 창작에 있어서 가능하지 않기 때문이다. 그의 주장의 이론적 토대는 송인(宋人) 증공(曾鞏)이 지은 「전국책서(戰國策序)」의 다음 내용에서 찾을 수 있다.

> 법(法)이라는 것은 변화에 따라야 하기 때문에 반드시 다 같을 필요가 없고, 도(道)라는 것은 근본을 세워야 하기 때문에 마땅히 하나이어야만 한다.[1]

증공은 법과 도를, '법(法)－적변(適變)－부필진동(不必盡同)'과, '도(道)－입본(立本)－불가불일(不可不一)'로 각각 구분해서 보았다. 법은 때에 따라 변할 수 있는 것[적변(適變)]이다. 변할 수 있기 때문에 달라질 수 있으니 반드시 다 같을 필요가 없다[不必盡同]. 그러나 도는 근본을 세우는 것[立本]이다. 근본을 세운다는 것은 변해서는 안 되며 당연히 한결같아야[不可不一] 한다. 농암은 증공의 이 원칙을 두고 "지극히 간단하면서도 합당하여 비록 성현일지라도 바꿀 수 없다"[2]고 극찬하면서 지론(至論)으로 받아들였다. 법과 도에 대한 증공의 위의 정의는 농암의 창작비평론에 그대로 적용된다. 옛사람이 쓴 문장의 정수(精髓)와 전형(典型)이 무엇인지 정확히 파악하고, 그 창작 원리를 반드시 지키되 때로는 상황에 맞게 변화를 추구해야

---

1) 曾鞏, 『唐宋八家文讀本』 「戰國策目錄序」(『漢文大系』 권27, 富山房, 1973년). "法者所以適變也, 不必盡同, 道者所以立本也, 不可不一."
2) 金昌協, 『農巖集』 권34 「雜識」(『한국문집총간』 162, 373면). "說得爲治之義, 極簡當, 雖聖賢無以易之."

하는 것이 바로 그것이다. 이런 주장은 도(道)와 문(文)을 하나로 인식한 농암의 도문관(道文觀)이 있기 때문에 가능하다.3) 농암은 법고를 제대로 하여 일가를 이룬 이상적인 문장 가운데 하나로 구양수의 비지문(碑誌文)을 들고 있다.


## 2. 구양수(歐陽脩) 비지서사(碑誌敍事)의 특성


농암은 구양수의 비지서사는 사마천으로부터 사전체의 정수를 얻은 동시에 한유로부터 비지서사의 전형이라 할 수 있는 간엄지묘(簡嚴之妙)를 얻어 일가(一家)를 이루었다고 했다.


### 1) 사마천(司馬遷)의 정수-풍신(風神)

농암은 왕세정의 비지를 구양수의 비지와 비교하여 다음과 같이 평하였다.

    ①

    왕감주는 스스로 반고와 사마천을 배웠다고 하였다. 그가 지은 비지서사는 힘써 모방하여 고인을 추종하려고 한 것 같지만 그 실상은 송나라 구양수와 왕안석에도 크게 미치지 못하고 있다.

---

3) 金昌翕, 『農巖集』 「農巖集序」(『한국문집총간』 162, 302면). "蓋天地間, 固自有順氣中聲, 不乖不雜, 與人心相流通者, 自然成象而入律, 一涉作爲, 輒間隔以失之矣, 得之自我先生久矣, 夫文與道二而於是乎一矣."

②

　요즘 구양수의 여러 비지를 읽어보니, ㉠강령을 제설함과 ㉡관절을 착종함에 종종 법이 있다. ㉢간결하면서도 갖추어져 있고, 상세하면서도 번다하지 않다. ㉣의도는 한가하되 정사가 곡진하다. ㉤풍신이 빛이 나는 곳에서는 때때로 그림과 같다. ㉥모녹문이 태사공 사마천의 정수를 얻은 자라고 한 것은 이 때문이다.

③

　㉠, ㉡감주는 고인들의 제설과 착종의 묘를 알지 못하였다. ㉢다만 자구로 모의했기 때문에 그가 지은 비지서사는 크고 작고 가볍고 무거운 것을 불문하고 죄다 갖추어 실어 번거로움과 외설스러움이 걸핏하면 책에 넘쳐난다. ㉣강령과 안목이 자연스럽게 드러나지도 않고, 수미와 본말에는 신축변화가 전혀 없다. ㉤스스로 풍신이 감도는 경색이라고 여긴 곳은 사마천과 반고의 자구를 써서 외관을 꾸미고 견강부회한 것에 불과하다. ㉥이런데 어찌 고인의 묘와 함께 논의할 수 있겠는가?

①

　王弇州自謂學班馬. 其爲碑誌敍事, 極力摹畫, 若將以追蹤古人, 而其實遠不及宋之歐王.

②

　今讀歐公諸碑誌, ㉠其提挈綱領, ㉡錯綜關節, 種種有法. ㉢簡而能該, 詳而不繁. ㉣意度閑暇, 而情事曲盡. ㉤風神生色處, 又往往如畫. ㉥茅鹿門以爲得太史公之髓者, 此也.

③

　㉠, ㉡弇州不知古人提挈錯綜之妙, ㉢而只欲以句字步趣摸擬, 故其爲碑誌敍事, 不問巨細輕重, 悉書具載, 煩冗猥瑣, 動盈篇牘, ㉣綱領眼目, 未能挈出點注, 首尾本末, 全無伸縮變化. ㉤其所自以爲風神景色者, 不過用馬字班句, 緣飾傅會耳. ㉥此何足與議於古人之妙哉!(農巖雜識)

　농암은 ①에서 왕세정이 비지를 지으면서 스스로 반고와 사마천을 배웠다고 주장하고 있지만 그가 지은 비지를 보면 구양수와 왕안석에 크게 미치지 못하고 있다고 결론을 내린 뒤, ②와 ③에서 그럴 수밖에 없는 이유를 상세히 밝히고 있다. ②에서는 구양수의 비지서사의 특성으로 ㉠ 제설강령(提挈綱領) ㉡ 착종관절(錯綜關節) ㉢ 간이능해(簡而能該), 상이불번(詳而不繁) ㉣ 의도한가(意度閑暇), 정사곡진(情事曲盡) ㉤ 풍신생색(風神生色) ㉥ 득태사공지수(得太史公之髓)라 하였고, ③에서는 왕세정의 비지서사의 특성으로 ㉠, ㉡부지고인제설착종지묘(不知古人提挈錯綜之妙), ㉢이구자모의(以句字摸擬), 불문거세경중(不問巨細輕重), 실서구재(悉書具載), 번용외쇄(煩冗猥瑣), 동영편독(動盈篇牘) ㉣강령안목(綱領眼目), 미능설출점주(未能挈出點注), 수미본말(首尾本末), 전무신축변화(全無伸縮變化) ㉤기소자이위풍신경색자(其所自以爲風神景色者), 부과용마자반구(不過用馬字班句), 연식부회이(緣飾傅會耳) ㉥차하족여의어고인지묘재(此何足與議於古人之妙哉)라고 하였다. 구양수의 비지서사의 특성과 왕세정의 비지서사의 특성을 자세히 비교해 보면 ②-㉠~㉥과 ③-㉠~㉥은 번호 순서대로 여섯 구절 모두 각각 대구를 이루고 있으나 평가는 완전히 상반되고 있음을 알 수 있다. 구양수의 경우 제설강령과 착종변화에 종종 법이 있고 의도가 한가하고 정사가 곡진하여 풍신생색이 나는 단계로 나아가 자기 나름대로 일가(一家)를 이룬 데 반해, 왕세정은 제설과 착종의 묘를 알지 못해 주요 내용과 주제가 분명히 드러나지 않고 수미와 본말에 신축변화가 전혀 없는 등 여전히 형식적 틀을 극복하지 못하고 있다고 했다. 강령과 안목이 자연스럽게 드러나지 않는데 풍신이 빛이 나기를 기대한다는 것은 당연히 무리이다. 이 때문에 농암은 왕세정 스스로 풍신경색(風神景色)이라고 여긴 곳도 사실은 『사기』와 『한서』의 자구를 끌어다 쓴 것에 불과하여 그와는 고인의 묘를 논의할 수 없다고 하였다. 구양수의 경우 이와는 달리 사마천의 정수를 얻었고, 고인의 묘를 터득하였으니, 법고를 제대로 하여 결국 문장가로서 진정한 일가(一家)를 이루었다고 보았다. 문장가로서 진정한 일가(一家)를 이루는 길이 무엇인지 구양수의 비지서사법을 통해 해답을 찾아보고자 한다.

## (1) 제설강령(提挈綱領, 提挈之妙)

제설(提挈)이란 제시하여 드러내 보이는 것, 강령(綱領)이란 근본이 되는 주된 내용을 뜻한다. 따라서 제설강령이란 글의 중심 내용을 드러내는 것이다. 제설강령(提挈綱領)을 줄여 제강(提綱)이라고도 하고, 달리 제강진령(提綱振領)이라고도 한다. 농암은 이에 대해 다음과 같이 언급하였다.

> 고인의 간결함이 편법에 간결한 반면 명인의 간결함은 자구에 간결하고, 고인의 상세함이 대체(大體)에 상세한 반면 명인의 상세함은 자질구레한 일에 상세하다. 구양공이 지은 왕단(王旦), 범중엄(范仲淹) 두 문정공의 비는 이천 자가 넘지 않으면서도 재상으로서의 사업과 평생의 대절이 거의 다 묘사되어 있는 반면에, 왕세정이 지은 전「상판부녀지」는 그 인물이 보잘것없어 기록할 만한 것이 없는데도 그 글이 걸핏하면 수백 수천 자가 되니, 이것으로 공졸의 차이를 알 수 있다.4)

농암은 고인은 대체(大體)에 상세하다고 했다. 여기서의 대체는 소사(小事)와 반대되는 개념으로 문장의 요점 곧 중심 내용을 말한다.「왕문정비－대위문정왕공신도비명(大尉文正王公神道碑銘)」의 경우 재상의 업적이,「범문정비－자정전학사호부시랑문정범공신도비명(資政殿學士戶部侍郎文正范公神道碑銘)」의 경우 평생의 대절이 곧 대체이다. 구양수는 비지문이 2천 자가 넘지 않음에도 불구하고 대체를 상세히 언급함으로써 재상의 업적과 평생의 대절을 드러내는 데 남김이 없도록 하였다. 대체를 상세히 한 반면에 소사는 생략하거나 간략히 했기 때문이다. 소사는 자질구레한 일이거나 주제를 드러내는 데 그다지 중요하지 않은 일이다. 일 그 자체가 아무리 중요하다 할지라도 문장 내에서 대체가 아닐 경우

---

4) 金昌協, 앞의 책(『한국문집총간』162, 374면). "古人之簡, 簡於篇法, 明人之簡, 簡於句字, 古人之詳, 詳於大體, 明人之詳, 詳於小事. 故歐陽公作王, 范二文正碑, 其文不滿二千言, 而其作相事業與平生大節, 摸寫殆盡. 弇州作商販婦女誌傳, 其人瑣瑣無足記, 而其文動累百千言, 此可見工拙之辨也."

는 소사일 뿐이다. 구양수의 비지 가운데 「매성유지(梅聖兪誌)」는 오로지 시학(詩學)만을 서술한 경우도 있다.5) 일반적으로 중요하다고 인식할 수 있는 여타 사건과 행적마저도 모두 간략히 하거나 생략하였다. 구양수는 이처럼 비지서사에 있어서 대체를 중시하였다. 구양수의 이와 같은 비지서사 창작방법은 사마천으로부터 나온 것이다.

사마천의 『사기』 가운데 「신능군전」의 후생을 맞이하는 일을 서술한 부분과 「관부전」의 한 자리에 모여 서로 욕설을 한 일을 서술한 부분은 곡절로 변화가 많고 자세하게 서술하여 조금도 빠뜨리지 않았다. 감주나 창명 등 여러 사람들이 비지와 사전을 지으면서 대체로 모두 이런 점들을 모방하였으나, 「신능군전」에서는 오로지 선비를 예의로 대하고 현사에게 몸을 낮추어 어려움에 처했을 때 힘을 얻겠다는 것을 주요 내용으로 하고, 「관부전」에서는 오로지 전분(田蚡)과 두영(竇嬰) 두 집안이 은혜와 원수로 얽혀 서로 다투고 빼앗는 것을 주요 내용으로 하였다는 사실은 알지 못하였다. 후생을 맞이하는 부분과 한 자리 모여 서로 욕설을 한 부분은 바로 긴요한 관절이다. 때문에 서술이 상세하면 할수록 더욱 묘해진다. 이것으로 미루어 예를 들어보면, 『사기』와 『한서』의 전들도 모두 그러하다. 만약 사건의 크고 작고 긴박하고 느슨함이 없이 모든 것을 자세하게 그리고 차례대로 서술하려 했다면 어찌 또 체요가 있겠는가? 감주와 같은 무리들은 오직 이런 뜻을 알지 못하였다. 때문에 비지와 사전을 지으면서 그 사람의 일생 동안 겪었던 일을 거론할 경우 일상적인 자질구레한 일에 이르기까지 한결같이 『사기』와 『한서』의 순차적인 서술 방법을 준거로 모사하였던 것이다. 이 또한 웃음이 나올 뿐이다.6)

---

5) 金昌協, 앞의 책(『한국문집총간』162, 394면). "歐文王文正碑專叙相業, 胡安定表專叙師道, 梅聖兪誌專叙詩學, 他事行皆略之, 其叙事有體要如此."
6) 金昌協, 앞의 책(『한국문집총간』162, 374면). "馬史, 如信陵君傳叙迎侯生, 及灌夫傳叙罵坐等處, 曲折纖悉, 毫髮不遺. 弇州滄溟諸人作誌傳, 大抵皆摹倣此等, 而不知信陵君傳專以禮士下賢臨難得力爲案, 灌夫傳專以田竇兩家恩怨傾奪爲案. 迎侯生及罵坐處, 正其緊要關節. 故叙得愈詳愈妙. 推比例之, 史漢諸傳皆然. 若事無巨細緊歇, 皆欲纖悉叙次, 則豈復有體要乎? 弇州諸人, 惟不識此意. 故其爲誌傳, 擧其人一生行事, 以至日用細瑣, 一準史漢叙次之法, 而摸寫之. 其亦可笑也已."

사마천의 『사기』 가운데 「신능군전」의 후생을 맞이하는 일을 서술한 부분과 「관부전」의 한 자리에 모여 서로 욕설을 한 일을 서술한 부분은 곡절로 변화가 많고 자세하게 서술하여 조금도 빠뜨리지 않았는데 그것은 바로 그 부분이 긴요한 관절이기 때문이다. 여기서의 긴요한 관절은 강령이요 대체이며 나아가 위 문장에서 말한 체요(體要)이다. 이들 모두는 작자의 의도 및 문장의 주제를 가장 잘 드러낼 수 있는 핵심내용이다. 핵심내용이 잘 드러나면 드러날수록 작가의 의도나 문장의 주제는 더욱 분명해진다. 그러니 이러한 문장은 상세하면 상세할수록 번용미만(繁冗靡曼)하지 않고 오히려 간정(簡整)한 맛이 있게 된다. 이런 이유 때문에 농암은 긴요한 관절은 서술이 상세할수록 묘하다고 한 것이다. 앞서 살펴보았듯이 구양수는 이런 제설강령의 서술 방법을 제대로 알고 이 방법을 그의 비지 서사에 그대로 실현시켰다.

그런데 왕세정과 같은 의고문파들은 이런 뜻을 알지 못해 사건의 크고 작고 긴박하고 느슨함이 없이 모든 것을 차례대로 자세하게 서술하였던 것이다. 『사기』, 『한서』의 순차적인 서술 방법만을 준거로 모사한 것은 겉으로 드러난 형식과 체재만을 그대로 좇은 것이다. 순차적인 방법을 왜 사용하였는지 그 필요성에 대한 깊이 있는 헤아림을 간과하였다. 『사기』와 『한서』에서 때로 순차적인 서술 방법을 사용한 것은 순차적 방법이야말로 작가의 주장을 드러내는 데 가장 적절한 서술방법이었기 때문이다. 이는 하나의 방법이지 불변의 법칙이 아니다. 따라서 문장의 서술방법은 강령을 어떻게 드러내느냐에 따라 완전히 달라질 수 있다.


### (2) 착종관절(錯綜關節)[錯綜之妙]

구양수의 글 가운데 비지서사(碑誌叙事)는 사(辭)를 지으면서 사건을 엮는 법(法)을 한결같이 사용하였으되, 다만 연월(年月)의 선후(先後)만으로 차례를 삼지는 않았다. 「왕문정비(王文正碑)」와 같은 것은 평장사(平章事)로 임명된 일을 쓴 뒤, "재상이 되어 고사(古事)를 힘써 행하였다" 등을 곧바로 말하고, 다음으로 "재상의 자리에 있은 지 십여 년이다" 등을 말한 뒤, "지금까지 현재상(賢宰相)이라고 칭송되고 있다"로 결론을 내림으로써 글의 대개(大槪)를 총괄하였다. 그 아래는 다시 삼단(三段)으로 나누어 서술하였는데, 하나는 사람을 등용하고 선비를 천거하는 일이고, 다른 하나는 간묵(簡默)하면서도 결단(決斷)을 내릴 수 있음이며, 나머지 하나는 인주(人主)의 노여움을 잘 풀고 남의 죄를 판단하여 다스릴 줄 아는 일이다. 단락마다 각기 여러 가지 사례(事例)를 들어 실증함으로써 그것이 재상으로 있으면서 한 사업(事業)들이라는 것이 문득 손바닥을 가리키는 것처럼 명백해졌다. 만약 후인(後人)의 서사(叙事)처럼 다만 연월(年月)만을 써서 차례를 삼았다면 이와 같은 일들은 앞뒤가 어긋나 그 요지를 잘 드러낼 수 없었을 것이다. 구공(歐公)의 서사(叙事)는 대체로 태사공(太史公)에 근본을 두고 있어, 『史記』의 여러 전(傳)들을 잘 살펴보면 그 유래한 바를 알 수 있을 것이다.7)

농암은 구양수의 비지서사는 사(辭)를 지으면서 사건을 엮는 법(法)을 한결같이 사용하였으되, 다만 연월의 선후만으로 차례를 삼지 않았다고 했다. 여기서 '사를 지으면서 사건을 엮는 법을 한결같이 사용하였다'는 것은 비지를 짓는데 있어서 반드시 지켜져야 할 원칙을 말한 것이고, '연월의 선후만으로 차례를 삼지 않았다'는 것은 때에 따라 변화를 주어 반드시 다 같을 필요가 없음을 드러낸 것이다. 구양수는 이처럼 비지를 지을 때 한결같이 지켜야 할 원칙과 그렇지 않고 변화가 요구되는 서술 방법을 적절히 활용하였다. 위에서 예문으로 제시한 「왕문정비」는 착종을 통해 문장에 변화를 준 예이다. 착종이란 체단(體段)의 혼성(渾成)

---

7) 金昌協, 앞의 책(『한국문집총간』 162, 395면). "歐文碑誌叙事, 一用屬辭比事之法, 不但以年月先後爲次序. 如王文正碑, 書拜平章事後, 卽言其爲相務行古事云云, 次言在相位十餘年云云, 而結之以至今稱爲賢宰相, 以總其大槪. 其下又分叙三段, 其一用人薦士, 其一簡默能斷, 其一善解主怒辨理人罪, 每段各有數事以實之, 其作相事業, 便了然如指諸掌. 若如後人叙事, 但用年月爲次, 則此等事後先錯出, 無以領其要矣. 歐公叙事, 大抵本太史公, 熟觀史記諸傳, 可見其所自來."

과 같은 것으로 연대의 순차를 밟지 않고 드러내고자 하는 중요한 사실에 따라 해당되는 것을 끌어다 복잡하게 얽어 서술하는 방식이다. 그런데 이처럼 착종을 통해 변화를 준 이유는 글의 요지를 잘 드러내기 위해서이다. 「왕문정비」의 경우 대체적인 내용을 총괄한 뒤 이어 세 단락으로 나누어 서술하면서 사례를 충실하게 들어 실증함으로써 재상으로서의 업적을 확연히 드러내고 있다. 작자의 의도를 분명히 드러내기 위한 장치로 사건의 선후를 바꾸었다고 보면 된다. 서술 방법에 변화를 준 것이다. 여기에는 지극한 법이 있다. 피차(彼此)와 빈주(賓主)가 분명하게 드러나야 한다. 문장에 착종이 많으면 곡절현상(曲折現象)이 있어 자칫하면 서로 어긋나 어지러울 수가 있기 때문이다. 대체로 구양수의 비지서사는 착종이 심한 편이다.[8] 그러나 구양수는 착종의 묘를 제대로 구현시켰기 때문에 자세히 풀어보면 이력의 차례를 알 수 있다. 대표적인 글로 「두기공지(杜祁公誌)」와 「유원부지(劉原父誌)」를 들 수 있다.[9]

### (3) 신축변화(伸縮變化)[篇章變化]

신축변화 또한 착종변화와 마찬가지로 문장에 변화를 주는 창작방법 가운데 하나이다. 앞서 살펴보았듯이 착종변화가 순서를 뒤섞어 서술함으로써 얻을 수 있는 변화라면 신축변화는 장단(長短)·상략(詳略)·경중(輕重)·난이(難易)·개합(開闔) 등을 적절하게 섞어 서술함으로써 얻을 수 있는 변화이다. 장단으로 신축변화를 주면서 체요(體要)를 잘 드러낸 예문을 들면 다음과 같다.

「왕문정비(王文正碑)」는 진사가 된 때부터 한림학사에 이르기까지의 서술은

---

8) 金昌協, 앞의 책(『한국문집총간』 162, 391면). "韓碑多直叙, 歐碑多錯綜."
9) 金昌協, 앞의 책(『한국문집총간』 162, 395면). "歐文杜祁公劉原父誌丁元珍表敍事 尤錯綜變化, 須細繹之, 見其履歷次序."

겨우 이백 자 정도인데, 재상이 된 이후의 서술은 천여 자가 넘는다. 중간쯤, 한림학사를 시작으로 추밀원을 거쳐 참지정사가 된 곳은 먼저 그 사람됨의 대략을 써서 재상이 될 만한 인품임을 드러내 보였고, 또 전약수의 말을 인용하여 재상이 될 만한 그릇임을 증명하였으며, 다시 진종과 약수와의 주고받았던 말을 써서 크게 등용될 조짐을 드러낸 뒤에 바야흐로 재상에 임명된 일을 썼다. 이런 것들은 모두 지극한 법(法)이 있다.10)

위 예문에서 농암은, 왕문정공이 재상이 될 만한 인품을 지니고 있었다는 점, 전약수의 말을 인용하여 그것을 증명한 점, 그리고 재상으로 등용될 조짐이 있었던 점을 구양수가 왕문정공비지를 지으면서 상세히 길게 서술한 것을 두고 지극한 법이 있다고 하였다. 지극한 법이란 무엇인가? 먼저 「왕문정비」의 체요인 재상으로서의 업적을 잘 드러내기 위해 전단계(前段階)[大用之兆]를 설정하였다는 서술 방법 자체가 지극한 법이 될 수 있다. 다음으로는 짧은 문장은 2백 언 정도인데 긴 문장은 수천 언이나 되는 문장의 장단(長短)을 적절히 활용한 점이 지극한 법이 될 수 있다. 사건을 서술함에 있어서 길이를 길고 짧게 하는 것은 편장 (篇章)의 변화 속에서 가능하다. 물론 편장(篇章)의 변화에는 장단의 변화 이외에도 혹 열려 있기도 하고 혹 닫혀 있기도 하며, 한 차례 쥐었다가 한 차례 놓아주는 등 다양한 방법이 있다.11) 중요한 것은 구양수의 문장은 편장의 변화에 기묘함이 있다는 점이다.12) ②-ⓒ에서 밝혔듯이 구양수의 문장은 간결하면서도 갖추어져 있고 상세하면서도 번다하지 않다[簡而能該, 詳而不繁]. 이러한 구양수 문장의 특성은 제설강령과 착종

---

10) 金昌協, 앞의 책(『한국문집총간』 162, 395면). "王文正碑自爲進士, 至翰林學士, 所叙僅二百言, 而其叙入相以後, 幾千餘言. 中間自翰林學士歷樞密院爲參知政事處, 先書其爲人大略, 以見相品, 又引錢若水語, 以證相器, 又書眞宗與若水問答語, 以見大用之兆. 然後方書其拜相事. 此等具有至法."
11) 金昌協, 앞의 책(『한국문집총간』 162, 393면). "大都一篇之內, 或開或合, 一拈一放, 皆有意思, 而不見痕跡, 非老筆人化, 無以及此."
12) 金昌協, 앞의 책(『한국문집총간』 162, 391면). "韓體謹嚴, 其奇在於句字陶鑄, 歐語雅馴, 其奇在於篇章變化."

변화를 구현하는 데 중요할 뿐만 아니라 신축변화를 구현하는 데 있어서도 무척 중요하다. 그런데 왕세정은 이런 사실을 모르고 '크고 작고 가볍고 무거운 것을 불문하고 죄다 갖추어 실어 번거로움과 외설스러움이 걸핏하면 책에 넘쳐 났던 것'(③-ⓒ)이다. 그리하여 '강령과 안목이 자연스럽게 드러나지도 않고, 수미와 본말에는 신축변화가 전혀 없었던 것'(③-ⓒ)이다. 구양수와 왕세정 모두 고인의 법을 배웠지만 둘 사이의 거리가 이처럼 현격하게 먼 것은 구양수의 경우 비지서사 창작법 가운데 그대로 본받아야 할 것과 변화를 주어야 할 것을 적절하게 활용한 반면 왕세정의 경우는 형식적 의고에 얽매어 그렇게 하지 못했기 때문이다.


### (4) 풍신생색(風神生色)[風神景色]

농암은 구양수의 문장을 두고 앞서 서두 가운데 ②-ⓒ, ⓜ에서 "의도는 한가하되 정사가 곡진하다. 풍신이 빛이 나는 곳에서는 때때로 그림과 같다[意度閑暇, 而情事曲盡. 風神生色處, 又往往如畵.]"라고 하였다. 풍신(風神)이란 무슨 뜻인지, 그리고 한가한 의도 및 곡진한 정사와는 어떤 관련이 있는지 살펴보고자 한다. 어원으로 볼 때 풍(風)은 바람이고, 신(神)은 번개이다.[13] 그런 만큼 풍신은 순간적으로 느껴지는 바람의 기세와 역시 순간적으로 눈에 들어오는 강렬한 빛이 하나로 합성된 단어이다. 자연현상을 묘사한 풍신은 점차 인물 묘사[14]와 문예미를 표현하는 데 사용되었다. 문장 안에서 사용된 풍신의 일례를 들면 다음과 같다.

계곡 장유의 글은 전칙(典則)과 이치가 있어 비록 송대의 대가들에 접근하였지만 지나치게 평이 완만함이 흠이다. 송나라 문장가 가운데 구양수와 같은

---

13) 『說文解字』. "神, 申也"
14) 「裴楷傳」, 『晉書』 35. "風神高邁, 容儀俊爽"

사람은 비록 관평화완한 것 같으면서도, 그의 봉사와 주차는 이해득실을 지적 진술하고 사정을 모사함이 곡진하면서도 깊고 절실하여, 뼈를 찌르고 골수에 사무쳐서 임금으로 하여금 듣게 하여 마음을 감동시켜 잘못을 깨닫도록 한다. 그의 서·기·비지·제문 등의 문장은 풍신이 굳세고 아름다우며, 음조가 빼어나고 호탕하여, 부앙 감개하고 일창삼탄하게 되니, 왕왕 흐느끼다가 혼절하게 되는 곳이 있다. 이것이 미칠 수 없는 바이다.[15]

농암은 구양수의 서·기·비지·제문 등의 문장은 풍신이 굳세고 아름다우며, 음조가 빼어나고 호탕하여, 부앙 감개하고 일창삼탄하게 되니, 왕왕 흐느끼다가 혼절하게 되는 곳이 있다고 하였다. 풍신주여(風神遒麗)에서의 주(遒)는 힘차고 빼어남을 뜻하고 여(麗)는 빛이 나 아름다운 것을 뜻한다. 특히 주(遒)의 경우 원래 '가까이 닥치다[迫近]'라는 일차적 의미로 인해 직감할 수 있는 힘찬 기세라는 의미가 함축되어 있다. 따라서 풍신주여(風神遒麗)란 필세가 바로 눈앞에서 꿈틀거리듯 생동감이 넘치고 문채가 아름다운 그런 문장을 표현하는 풍격 용어이다. 풍신생색(風神生色)과 풍신경색(風神景色) 역시 같은 범주에 든다. 동시에 풍신(風神)에서, 풍(風)이 풍채(風采)·풍운(風韻) 등 외양이나 형식 묘사를 위주로 한다면 신(神)은 변화가 지극하여 통하지 않음이 없는 정신경계(精神境界)와 관련이 있다. 이렇게 볼 때, 풍신이란 신태(神態)가 나는 최고의 심미적(審美的) 경계(境界)이다.

농암은 구양수의 문장을 읽게 되면 부앙 감개하고 일창 삼탄하게 되어 왕왕 흐느끼다가 혼절하게 되는 곳이 있다고 하였다. 이처럼 감개하게 되는 것은 음조가 일탕하기 때문이기도 하지만 무엇보다도 풍신이 주여(遒麗)하기 때문이다. 곧 풍신은 구양수의 글에 심취하도록 하는 주

---

15) 金昌協, 앞의 책(『한국문집총간』 162, 382면) "谿谷之文, 典則理致, 雖近宋大家, 然失之太平緩. 宋文如歐公, 雖若寬平和緩, 而其封事奏箚, 指陳利害, 摸寫事情, 委曲深切, 刺骨透髓, 令人主聽之, 不得不動心開悟. 其序記碑誌祭文等文, 風神遒麗, 音調逸宕, 俯仰感慨, 一唱三歎, 往往有歔欷欲絶處, 此所以不可及也."

된 요인이 되고 있다. 이런 이유 때문에 풍신과 감개는 종종 풍신감개(風神感慨)가 되어 주술관계로 연결되기도 한다. 그런데 이는 뛰어난 문장가가 아니면 도달할 수 없는 경계이다. 농암은 목재(牧齋) 전겸익(錢謙益)의 「장익지묘표(張益之墓表)」와 「진우모묘지(陳愚母墓誌)」를 평하면서 풍신이 감개하여 몹시 구양수와 같아서 명나라 문장 중에서도 얻기 어려운 것이라고 하였다.16) 풍신이라는 심미적 경계에서 목재 전겸익이 구양수와 궤를 같이하고 있음을 알 수 있다. 형식적 모방만으로는 절대 도달할 수 없는 경계이다. 앞에서 농암이 형식적 모의만을 일삼았던 의고파 왕세정을 두고 풍신경색을 전혀 알지 못해 그와 함께 고인의 묘를 논할 수 없다고 한 것은 그만한 이유가 있었던 것이다.


## 2) 한유(韓愈)의 전형(典型) — 간엄(簡嚴)

비지(碑誌)와 사전(史傳)은 같은 점도 있지만 다른 점도 있다. 구양수는 비록 사마천을 배웠지만 비지를 지을 때는 사전체(史傳體)를 죄다 쓰지 않고 한유의 비지서사의 간엄지법(簡嚴之法)을 썼다. 간엄이 비지서사의 전형이기 때문이다.

> 비지와 사전은 그 문체는 대략 같지만, 사전은 오히려 넉넉히 갖추는 것을 위주로 하고, 비지의 경우는 한결같이 간엄을 위주로 한다. 그러므로 한유의 비지 서사는 『사기』, 『한서』와 크게 다르다. 유독 문장만 절로 구별되는 것이 아니라, 그 문체도 마땅히 그러하다. 구양공이 비록 사마천을 배웠지만, 비지를 지으면서 오히려 사전체를 죄다 쓰지 않은 것은 이 때문이다. 명나라 사람들에 이르러서 비로소 순전히 사전체만을 써서 비지를 짓게 되는데, 고인의 서사의 법을 알지 못한 것이다. 때문에 그들의 글은 마침내 요체가 없어 비지

---

16) 金昌協, 앞의 책(『한국문집총간』162, 378면). "如張益之墓表陳愚母墓誌等數篇, 其風神感慨, 絶似歐公, 明文中所罕得也."

의 간엄한 법이 사라지게 되었다.[17)

농암은 '비지와 사전은, 그 문체는 대략 같지만, 사전은 오히려 넉넉히 갖추는 것을 위주로 하고, 비지의 경우는 한결같이 간엄함을 위주로 한다'고 하였다. 비지의 경우 한결같이 간엄함을 위주로 한다는 것은 간엄(簡嚴)이야말로 비지서사를 지을 때 반드시 지켜야 할 원칙임을 명시한 것이다. 간엄(簡嚴)이란 간이(簡易)와 엄격(嚴格)이 합해진 단어로, 지극히 쉽고 간단하면서도 뜻이 명료하여 한 자도 고칠 수 없는 문장을 두고 일컫는 말이다. 농암은 목재(牧齋) 전겸익의 비지(碑誌) 속에는 경사(京師)를 두고 장안(長安)이라고 말한 곳이 많은데, 이는 전혀 마땅하지 않다고 했다. 장안(長安)은 본래 관중(關中)에 있는 하나의 작은 현(縣)으로 한(漢)나라 당(唐)나라 때 이곳을 도읍지로 하였기 때문에 드디어 경사(京師)로 일컫게 되었지만, 명(明)의 경사(京師)는 연지(燕地)인 만큼 다시 관중(關中)의 작은 현(縣)의 이름으로 경사를 일컬을 수 없다고 했다. 시문(詩文)의 용사(用事)로 가차(假借)할 수 있는 것이 있지만 오직 지명(地名)만은 안 되고, 시에서는 오히려 가능해도 문(文)에서는 더욱 불가(不可)하며, 다른 문(文)에서는 가능할지라도 비지서사(碑誌敘事)에서는 더욱 불가(不可)하다고 했다.[18) 비지서사는 한 인물의 생평을 다루는 글인 만큼 정확성과 객관성이 확보되어야 하기 때문이다. 구양수는 비지와 사전의 이런 차이를 잘 알고 있었기 때문에 사마천을 배워 초월자재하여 풍신이 생색나는 문장을 지으면서도 비지서사에서만큼은 간엄을 추구하였

---

17) 金昌協, 앞의 책(『한국문집총간』 162, 374~375면). "碑誌與史傳, 文體略同, 而史傳猶以該贍爲主, 至於碑誌, 則一主於簡嚴. 故韓碑敍事, 與史漢大不同. 不獨文章自別, 亦其體當然也. 歐陽公雖學司馬遷, 而其爲碑誌, 猶不盡用史傳體, 亦以此耳. 至明人, 始純用史傳體爲碑誌, 而又不識古人敍事之法. 故其文遂無體要, 而碑誌簡嚴之法掃地矣."
18) 金昌協, 앞의 책(『한국문집총간』 162, 378면). "牧齋碑誌中, 說京師處, 多云長安, 此殊未當. 長安本關中一小縣也. 漢唐時都此, 故遂爲京師之稱, 明之京師乃燕地也, 何得復以關中一小縣之名稱之乎? 凡詩文用事, 有可假借者, 而惟地名不可. 詩猶可而文尤不可, 他文猶可 而碑誌叙事之文尤不可."

던 것이다. 구양수의 간엄이라는 창작법은 한유로부터 배운 것이다. 한유의 비지서사는 『사기』, 『한서』와 크게 다르다.

　　녹문은 「팔대가문초논」에서 '세상에서 한유의 문장을 논하는 사람들은 모두 그의 비지를 제일로 칭찬하지만, 그러나 내가 보기에 한유의 비지는 기굴하고 험휼함이 많아 『사기』와 『한서』의 서사법을 얻지 못했다. 때문에 풍신에 간혹 주일함이 적었다. 구양공의 비지문에 와서야 사마천의 정수를 얻었다고 할 수 있다'라고 하였다. 녹문의 이 논의는 그런 것 같다. 그러나 비지와 사전은 비록 둘 다 서사문에 속하지만, 그 체는 사실상 같지 않다. 하물며 한유의 문장이 세상에 드러나게 된 것을 반드시 『사기』를 쓴 사마천에 비길 필요는 없다. 한유가 쓴 비지는 한결같이 엄약 심중하고 간고 기오함을 위주로 하였다. 대체로 『상서』 · 『좌씨』와 천고의 금석문자를 근원으로 하였으니, 마땅히 이것으로 조종을 삼아야지 어찌 반드시 『사기』를 쓴 사마천의 풍신으로 구하겠는가? 그러나 서사한 곳에 가끔 일종의 빛이 나는 곳이 절로 있기도 한데, 다만 한쪽으로 흐르는 유탕함이 간엄한 체를 해치는 것을 즐겨 하지 않았다. 구양공과 같은 사람은 그의 문조가 본래 태사공으로부터 나왔기 때문에 그의 비지서사는 풍신을 얻은 곳이 많지만, 전형에 있어서는 또한 한유에 근본을 두었기 때문에 죄다 『사기』와 『한서』체를 쓴 것은 아니다.19)

　농암은 한유의 비지를 두고 기굴하고 험휼함이 많아 『사기』와 『한서』의 서사법을 얻지 못해 풍신에 주일함이 적기 때문에 제일이라고 칭찬하는 데 문제가 있다는 모곤의 평을 우회적으로 비판하고 있다. 한유의 비지서사를 군이 사마천이 즐겨 쓴 사전체의 특성인 풍신에 비기는

---

19) 金昌協, 앞의 책(『한국문집총간』 162, 379면). "鹿門八大家文鈔論云, 世之論韓文者, 共首稱碑誌, 予獨以韓公碑誌, 多奇崛險譎, 不得史漢序事法, 故於風神或少遒逸, 至於歐陽公碑誌之文, 可謂獨得史遷之髓. 鹿門此論似然矣. 然碑誌史傳, 雖同屬敍事之文, 然其體實不同. 況韓公文章命世, 正不必摸擬史遷. 其爲碑誌, 一以嚴約深重, 簡古奇奧爲主. 大抵原本尙書左氏千古金石文字, 當以此爲宗祖, 何必以史遷風神求之耶? 然其敍事處, 往往自有一種生色, 但不肯一向流宕以傷簡嚴之體耳. 若歐公則其文調本自太史公來, 故其碑誌敍事, 多得其風神, 然典刑則亦本韓公, 不盡用史漢體也."

것 자체가 문제가 있다고 하였다. 한유가 쓴 비지는 한결같이 엄약 심중하고 간고 기오함을 위주로 하였는데, 이는 사마천의 『사기』에서 비롯된 것이 아니라 『상서』, 『좌씨』와 천고의 금석문자에서 비롯되었다. 한유의 비문 가운데 「조성왕비」, 「평회서비」, 「오씨묘비」, 「원씨묘비」, 「전홍정선묘」와 같은 글은 모두 '야(也)'자를 사용하지 않았는데 대개 『상서』를 법으로 한 것이다.[20] 글을 지을 때 '야(也)'자와 같은 허사를 자주 사용하게 되면 문장에 간엄한 맛이 덜해지기 때문이다. 물론 한유의 비지 가운데 서사한 곳에 가끔 빛이 나는 곳이 절로 있기도 하지만, 이 역시 간엄한 체를 해치지 않는 범위 내에서 가능했을 뿐 즐겨 쓰지는 않았다. 구양수 역시 비록 그의 문조(文藻)가 본래 태사공으로부터 나왔기 때문에 그의 비지서사에 풍신을 얻은 곳이 많지만, 그러나 전형에 있어서만큼은 한유의 비지서사법에 근본을 두었다. 구양수와 한유가 지은 비지를 통해 둘 사이의 영향관계를 밝히면 다음과 같다. 먼저 구양수의 「범문정공비」의 간엄함을 살펴보고자 한다.

> 범문정공은 송나라의 제일가는 인물이다. 평생 동안 행한 일 중 후세의 법으로 삼을 만한 일이 매우 많지만, 구양공이 그의 신도비를 지을 때 다만 사업의 출처와 대절의 시종만을 서술하였을 뿐, 그 나머지 아름다운 말이나 행동은 모두 간략히 하였다. 의전 및 맥주와 같은 일은 더욱이 옛사람이 하기 어려운 일이었는데도 비에 오히려 싣지 않았다. 서사가 간엄하여 구차하지 않음이 이와 같다. 후대의 비지는 비록 명현과 위인에게 위대한 업적과 훌륭한 절행이 있어도 또한 반드시 자질구레한 행적까지 갖추어 실었고, 필묵과 같은 작은 일마저도 또한 하나도 빠뜨리지 않고 실었다. 이같이 하지 않으면 비지를 얻는 사람도 만족스럽지 않고 비지를 쓴 사람도 또한 마음이 편하지 않았던 것이다. 습속으로 굳은 지 오래되어 그 폐단을 고치기가 어렵다.[21]

---

20) 金昌協, 앞의 책(『한국문집총간』 162, 380면). "韓碑如曹成王平淮西烏氏廟袁氏廟田弘正先廟等文, 皆不使也字, 盖法尙書也."

21) 金昌協, 앞의 책(『한국문집총간』 162, 374~375면). "范文正公, 宋朝第一人物也. 其平生行事, 可爲後世法者極多, 而歐陽公作神道碑, 只其出處事業終始大節, 而其餘

후대의 비지를 보면, 명현과 위인에게 위대한 업적과 훌륭한 절행이 있으면 반드시 자질구레한 행적까지 모두 갖추어 실었다. 심지어는 필묵과 같은 작은 일마저도 또한 하나도 빠뜨리지 않고 실었다. 이같이 하지 않으면 비지를 얻는 사람이 만족스러워하지 않음은 물론 비지를 쓴 사람도 또한 마음이 편하지 않았기 때문이다. 이와는 달리 구양수는 송나라에서 제일가는 인물인 범중엄의 비문을 지을 때조차도 비지의 전형이라 할 수 있는 간엄지법(簡嚴之法)을 철저히 지켰다. 범중엄이 평생 동안 행한 일 중 후세의 법으로 삼을 만한 일이 매우 많지만, 구양수는 그의 신도비를 지을 때 다만 사업의 출처와 대절의 시종만을 서술하였을 뿐, 그 나머지 아름다운 말이나 행동은 모두 간략히 하였다. 의전 및 맥주와 같은 일은 더욱이 옛사람이 하기 어려운 일이었는데도 불구하고 비에 싣지 않았다. 구양수의 서사가 간엄하여 구차하지 않음이 이와 같았다.

구양수의 서사가 간엄하여 구차하지 않은 것은 한유의 비지서사법에서 비롯된 것이다. 예를 들어 한유의 문장 가운데 「공좌승묘지」와 같은 것은 지내온 벼슬과 행해온 사업에 대해서는 자못 갖추어져 있는 반면 그의 사람됨됨이에 대해서는 간략히 서술하였다. 예를 들면, "훤하고 장신이며 웃음과 말수가 적다"라고 하여 여덟 자만으로 공규(孔戣)의 용모와 기상을 직접 눈으로 본 것처럼 완연하게 드러내었고, 또 "수절이 청고하고, 논의가 정평하며, 나라 걱정에 집도 잊고, 마음씀씀이가 지극히 주도면밀하다"라고 하여 그 사람됨의 대체를 구체적으로 알 수 있도록 하였다. 굳이 번거롭게 다시 서술할 필요성이 없다. 「왕홍중지문」에서도 "기품이 예리하면서도 방정하고 또 강직하면서도 엄했다. 남을 사

---

嘉言善行皆略之. 如義田及麥舟事, 尤古人所難能, 而碑猶不載也, 其事簡嚴不苟如此矣. 後來碑誌, 雖名賢偉人有大事業大名節, 亦必俱載其細行, 至於筆翰小事, 亦皆不遺. 不如此則得者不滿, 而作者亦不安. 習俗之弊久矣, 其難變也."

랑함을 극진히 하여 싫증을 내어 그만두는 법이 없다. 벗과 어울리는 자리에서는 순하기가 부녀자와 같다"라고 하여 왕홍중의 자질과 성품을 남김없이 다 드러내고 있다. 농암은 한유의 이와 같은 간엄함은 모두 법으로 삼을 만하다고 하였다.[22] 짧은 문장으로 드러내고자 한 바를 함축적으로 잘 드러냈기 때문이다. 간엄함 속에 드러내고자 하는 바를 모두 갖추었으니 신묘하다고 아니할 수 없다. 간묘(簡妙)와 간정신묘(簡整神妙)는 바로 이렇게 구현된 비지서사의 풍격이다. 구양수는 비지서사를 지을 때 한유의 바로 이런 점을 잘 배웠던 것이다.[23]


## 3. 결론(結論)―구확(矩矱)[典則]과 이치(理致)


이상 구양수의 비지서사 창작법에 대해 살펴보았다. 구양수의 비지서사는 『사기』를 지은 사마천과 비지문의 대가인 한유로부터 크게 영향을 받았다. 사마천으로부터는 풍신을, 한유로부터는 간엄함을 배웠다. 이 때문에 구양수의 문장은 풍신(風神)이 우여(紆餘)하면서도 때론 간엄(簡嚴)한 묘(妙)가 있다. 구양수의 문장에서 간엄지묘는 풍신우여를 구현

---

22) 金昌協, 앞의 책(『한국문집총간』 162, 380면). "韓文如孔左丞墓誌敍, 歷官行事頗該, 而顧不詳其爲人, 似簡略. 然銘云, 白而長身寡笑與言, 只此八字, 孔公之容貌氣象, 宛在目中. 又序中, 載公請留疏云, 守節淸苦, 論議正平, 憂國忘家, 用意至到, 則其爲人大體, 尤可具見, 固不待復煩敍述也. 王弘中誌文, 亦於銘中, 詳其爲人曰, 氣銳而方, 又剛而嚴, 愛人盡已, 不倦而止, 與其友處, 順若婦女. 王之資稟性行, 盡於此, 皆可法也."

23) 金昌協, 앞의 책(『한국문집총간』 162, 392면). "歐集吉州學記有二本, 不但句字多所增損, 章段先後亦頗移易. 一是石本, 一是昇平時印本, 而石本載居士集, 印本載外集. 石本字數頗减, 文尤簡暢, 當是後來修改者. 世言, 歐公作文, 雖尺牘, 亦多追後修改, 其不苟於述作如此. 此記亦其一證. 試將二本比對稱量, 亦可窺其詳略去取之意料簡刮摩之功. 周益公序, 據舊鑑新, 因悟爲文之法者, 正謂是耳(以下乙酉所錄)."

하는 데 전혀 방해가 되지 않았다. 오히려 한유로부터 배운 간엄지묘는 제설강령(提挈綱領)은 물론 착종관절(錯綜關節) 및 신축변화(伸縮變化)를 더욱 두드러지게 하였고, 나아가 사마천 문장의 정수인 풍신우여를 배가시켰다. 풍신우여와 간엄지묘의 어우러짐이야말로 구양수 문장만이 갖는 독창성이다. 사마천도 한유도 아닌 진정한 구양수의 문장이 탄생한 것이다. 법고를 제대로 함으로써 창신이 가능하였다고 할 수 있다. 법고를 제대로 한다는 것 그것은 바로 문학에서의 변화와 불변의 원칙이 무엇인지 그것을 정확하게 인식하고, 그러한 인식의 토대 하에서 창작이 이루어질 때 비로소 가능하다. 이 점에 대해 농암은 다음과 같이 구확(矩矱)[典則]과 이치(理致)로 대변하였다.

> 모녹문은 『팔대가문초』를 지어, 왕세정과 이반룡 등 여러 사람들의 안작과 표절의 습속을 바로잡았고, 고금의 문장의 편정과 득실을 논함에 있어 또한 법에 적중됨이 많았다. 그러나 그 자신이 지은 글을 보면 쓸데없이 길게 늘어지고 부미 화려하다. 말이 번다하면 뜻이 적고, 문이 승하면 질이 약해진다. 감주의 체재가 준정하고 결구가 치밀한 것과 비교해 보면 도리어 미치지 못했다. 대개 구양수의 풍신우여를 사모하였으나 구확과 이치를 터득하지 못하였다. 글의 어려움을 믿을 수 있다.[24]

농암은 모곤이 『팔대가문초』를 지어 왕세정과 이반룡 등 명나라 문인들의 안작과 표절의 습속을 바로잡고, 고금의 문장의 편정과 득실을 논함에 있어 법에 적중됨이 많았으나 정작 그 자신이 지은 글을 보면 쓸데없이 길게 늘어지고 부미 화려하다고 했다. 대개 구양수의 풍신우여를 사모하였으나 구확(矩矱)과 이치(理致)를 얻지 못해 빚어진 결과라고 보았다.

---

24) 金昌協, 앞의 책(『한국문집총간』 162, 375~376면). "茅鹿門作八大家文鈔, 盖以矯王李諸人贗剿之習, 其論古今文章偏正得失之際, 亦多中窾. 及觀其所自爲, 則曼衍冗長, 浮靡華豔. 辭繁而意寡, 文勝而質弱. 其視弇州之體裁遒整, 結構緻密, 反不及焉. 盖慕歐公之風神紆餘, 而不得矩矱理致爾. 信乎文之難也."

한편, 농암은 조선시대 문인 계곡(谿谷) 장유(張維)의 글을 평하면서 비록 지나치게 평이 완만한 것이 좀 흠이긴 하지만 그래도 그의 문장은 전칙(典則)과 이치(理致)가 있어 송나라 시대의 대가들에 접근했다고 하였다.[25]

그렇다면 농암이 이처럼 문학 창작비평론에서 언급한 구확(矩矱)과 이치(理致) 그리고 전칙(典則)과 이치(理致)는 구체적으로 무엇을 뜻하는가? 구확은 원래 '곱자와 자'를 일컫는 말로 규칙이나 법도를 지칭하고, 전칙은 전범이 될 만한 법칙이다. 이렇게 보면 구확과 전칙은 같은 뜻이다. 이에 반해, 이치는 글이나 작가의 문제의식에 수반되는 정당하고 합당한 판단 내지는 타당성과 같은 것이다. 구확과 전칙이 법(法)에 가깝다면, 이치는 도(道)에 가깝다고 할 수 있다. 농암의 문학 창작비평론의 근저에 증공의 법과 도에 대한 지론이 있었음을 알 수 있다. 농암은 이러한 법과 도에 대한 지론을 가장 잘 구현하여 일가(一家)를 이룬 문인으로 구양수를 꼽고 있다. 구양수는 비록 사마천과 한유의 문장을 배웠지만, "법(法)이라는 것은 변화에 따라야 하기 때문에 반드시 다 같을 필요가 없고, 도(道)라는 것은 근본을 세워야 하기 때문에 마땅히 하나이어야만 한다"는 법과 도에 대한 구분을 명확하게 인식한 결과, 간엄지묘와 풍신우여가 적절히 구현된 좋은 문장을 지을 수 있게 되었다고 하였다. 곧 농암은 구양수의 문장을 통해 법고를 제대로 한 창신이라야 법고 위주의 이적(泥跡)이나 창신 위주의 부경(不經)에 떨어지지 않는 진문장(眞文章)을 지을 수 있다는 것을 보여 주었다.

---

25) 주) 15 참고.

| 참고문헌 |

『說文解字』.
『晉書』 35 「裴楷傳」.

『唐宋八家文讀本』 권27, 『唐宋八家文讀本』, 『漢文大系』 권27, 富山房, 1973.
金昌協, 『農巖集』, 『한국문집총간』 162, 민족문화추진회.

# 『연경(烟經)』에 나타난 '문오(文娛)' 취향과 절목식 글쓰기
### 이옥의 원굉도 문학 수용과 관련하여

이현우

## 1. 머리말

이옥(李鈺, 1760~1815)은 꽃을 몹시 사랑하여 하루라도 차군(此君)이 없어서는 안 된다고 할 정도로 화벽(花癖)이 있었다.[1] 또 지독한 애연가로서 스스로 담배벽[烟癖]이 있음을 밝히기도 하였다.[2] 이러한 집착과 몰두는 꽃과 담배의 세계를 깊이 탐구, 정리하는 작업으로 이어졌는데, 『화국삼사(花國三史)』[3](1781년)와 『연경(烟經)』(1810년)이 그것이다. 기전체

---


1) 이옥,『白雲筆』「談花」. "余性懶, 平生不勤花政, 而年旣向老, 性甚愛花, 漸覺有'一日不可無君'之意." 본고에서 이옥의 글은,『完譯李鈺全集』(실시학사 고전문학연구회 역주, 휴머니스트, 2009)을 인용하였다. 이하 출전은 밝히지 않는다.

2) 이옥,『烟經』「序」. "余癖於烟, 甚愛且嗜."

3) 신축년(1781)년 5월에 紀傳體 형식을 갖춘, 거작『花國三史』를 지었다고 밝혔는데, 이 책은 현전하지 않는다.『白雲筆』「談花」편, '花國三史' 조를 통해 대강의 체재와

(紀傳體) 형식의 앞의 책은 현재 전하지 않고, 만년에 찬집한 뒤의 저작은 원굉도(袁宏道, 1568~1610)의 소품 『병사(瓶史)』와 『상정(觴政)』에 자극을 받아 지어진 듯하다. 그는 '취미에 방해되는 것'과 '적합하는 것'을 품평한 『상정』의 경우와 같이, 담배도 술과 같은 부류로 그 이치가 술과 다를 것이 없다[4]고 하여 원굉도의 방법을 원용하였음을 직접 언급하기도 하였던 것이다.

　　『연경』의 선행 연구는 김영진 교수가 근래에 이 자료를 발굴, 학계에 소개하면서 개인의 호사취(好事趣)가 있는 잡저소품으로 다루었고,[5] 안대회 교수는 책의 내용과 학술적 가치를 자세히 소개한 바 있다.[6] 앞의 두 연구에서는 원굉도와의 관련성을 언급했으나 그 관계를 본격적으로 논의하지는 않았다. 그리고 『연경』의 주요 글쓰기인 절목화(節目化)는 청년시절에 이미 『중흥유기(重興遊記)』나 「남정십편(南程十篇)」과 같은 유기(遊記)에서 실험한 바 있는데, 이옥이 원굉도 문학을 낮게 비평한 것을[7] 어떻게 이해할 것인가. 생존에 영향을 주지 않는 자잘한 사물의 중요성에 대해 주목한 것 또한 소품과 소설 등 이른바 주변 문학에 대한 관심의 연장으로 이해할 것인가. 본고에서는 이러한 문제와 관련하여 『연경』의 내용과 형식을 분석하면서 원굉도의 문학세계, 특히 『상정』과 『병사』의 수용 양상을 살펴보고자 한다.

---

　규모를 알 수 있다.

　4) 『연경』 권4. "嘗觀袁石公『觴政』編, 專論趣味之妨宜, 則烟亦酒之類也, 其理宜與酒而無間."

　5) 김영진, 「李鈺 문학과 明淸 小品―신자료 소개를 겸하여」, 『고전문학연구』 23, 한국고전문학회, 2003.

　6) 안대회, 「李鈺의 저술 '담배의 烟經'의 가치」, 『문헌과 해석』 24, 문헌과해석사, 2003 가을.

　7) 이옥은 「戲題袁中郎詩集後」라는 글에서 원굉도 문학을 비평한 바 있다. '戲題'라는 글제를 붙인 데서도 알 수 있거니와, 錢謙益의 말을 인용하여 명대 문단에 끼친 원굉도의 공과를 언급하면서 그 문학적 성취를 낮추어 말하였다.

## 2. '문오(文娛)'[8] 취향

담배를 몹시 사랑하고 즐긴 이옥은 젊어서부터 만년에 이르기까지 담배에 관련된 글을 여러 편 남겼다. 곧 1791년에 담배를 의인화한 가전(假傳) 형식의 「남령전(南靈傳)」과, 1795년 귀양 도중에는 송광사 중과 담배연기를 담론하면서 지은 희작(戲作) 성향의 글이 있고, 해배 후에 완성한 잡록『백운필(白雲筆)』(1803)에도 '담배' 항목을 두었다.『연경』은 자신의 담배 관련 글의 완결편인 셈인데, 과거에 쓴 기록을 다시 활용하고[9] 장절을 두어 편폭을 크게 확대하여 연초 재배로부터 담배조리법, 흡연에 소용되는 도구, 향유하는 법에 이르기까지 담배에 관련한 사항을 거의 망라하여 다루고 있다. 각권의 목록을 일별하면 이 시기에 활발히 저록되었던 실용적 전문서적으로 분류할 수 있는 것이다.

인용한 자료도 대단히 굉박한데, 이식(李植)의 「남령초가(南靈草歌)」, 임경업(林慶業)의 가전(家傳)에 나오는 담배 기사 한 구절, "담배가 처음 왔을 때는 담배 한 근에 말 한 필"[10]이라는 얘기도 예사로이 보지 않았다. 담

---

8) 여기서 '文娛'라는 말은 '文으로써 自娛한다[以文爲娛]'는 의미로 사용한다. 이는 명말의 문인 鄭元勳(1604~1645)이 편집한『媚幽閣文娛』(1643년)에 보이는 용어이다. 『文娛』라고도 불리는 이 책은 명말 작가들을 위주로 入選하여, 賦・文・書・序跋・雜文 等 160여 편을 수록하였다. 책머리에 陳繼儒의 「文娛序」와 鄭超宗의 「文娛自序」가 실려 있다. 歐明俊은 「易學與晚明小品」(『易學研究』, 山東大學, 2002. 제2기)에서 정원훈의 「文娛自序」와 관련하여 소품을 이렇게 말하였다. "晚明小品家以文爲娛, 視文爲淸玩・雅玩, 鄭元勳還從理論上闡述文娛・文玩的價値, 「媚幽閣文娛・自序」云 : '吾以爲文不足供人愛玩, 則六經之外俱可燒. 六經者, 桑麻菽粟之可衣可食也; 文者, 奇葩, 文翼之怡人耳目, 悅人性情也. (…중략…) 人不得衣食不生, 不得怡悅則亦槁, 故兩者衡立而不偏絀.'"
9) 「嗜烟」(『연경』 권2)의 「남령전」 말미에 나오는 얘기이고, 「烟忌」(『연경』 권4)의 한 칙은 송광사의 일화를 말한 것이다.『백운필』의 담배 기록은 권2와 권4에 대부분 수용되어 있다.
10) 이 말은 왕포의『인암쇄어』에 나오는 구절인데,『인조실록』에도 들어 있고, 정조의 策問 「남령초(南靈草)」(1796년)에도 인용되어 있어, 이옥이 어떤 자료를 열람했는지

배의 전래에 대해서는 『인암쇄어(蚓庵瑣語)』(淸, 李王逋)에서, 담배 벽을 지닌 한담(韓菼)의 일화는 『분감여화(分甘餘話)』(明, 王士禎)에서, 담배의 효용을 극찬한 말은 『독서기수략(讀書紀數略)』(淸, 宮夢仁)에서, 담배 신(神)에 대한 전설은 『박물지(博物志)』에서 인용하였다. 『수구기략(綏寇紀略)』(明, 吳偉業)에 나오는 담배 기사도 열람하고 있음이 확인된다. 그리고 『연경』 서문에는 『다경(茶經)』(陸羽), 『다록(茶錄)』(蔡襄), 『매국보(梅菊譜)』(范成大), 『모란보(牧丹譜)』(歐陽修)와 같은 당·송대의 이름난 보록(譜錄)을 거명하고 있는데, 술, 차, 향, 꽃 등 모두 20여 종이나 된다. 이처럼 오랜 관심과 다양한 자료를 섭렵한 가운데, 『연경』을 집록하였던 것이다.

그런데 이옥 당시에는 조선팔도에 이미 흡연이 보편화, 일상화되어[11] 담배로 인한 질환, 폐농, 화재 등 그 폐해도 익히 알려진 뒤여서 담배 관련 자료를 수집하여 집필에 착수하기란 쉽지 않은 일이었다. 더구나 담배와 같은 일상의 천근한 사물에 매달리는 일은 완물상지(玩物喪志)라 하여 금기시되었기에,[12] 이옥은 이에 스스로 비웃음을 두려워하지 않고 이 책을 엮는다[13]고 힘주어 말한다. 그는 권마다 소서(小序)를 두어 첫 문장을 성현의 말씀으로 시작하는데, 각각 『논어(論語)』에서 공자(孔子)가 말한 채마밭을 가꾸는 일과 장인(匠人)은 기구를 미리 준비해야 한다는 구절, 『중용(中庸)』에서 맛을 아는 이는 드물다고 한 대목, 『주자어류(朱子語類)』에서 주자가 꽃병에는 꽃병의 이치가 있다고 한 절을 인용하였다. 곧

---

알 수 없다.

11) 「七 烟癖」(『연경』 권4)에서 "其初, 吃者, 百一二, 近古, 不吃者, 猶十一二, 今則男子皆吃, 婦女亦皆吃, 賤者猶皆吃, 遍一世, 無不吃烟者"라고 하여 흡연이 보편화, 일상화된 것을 알 수 있다.

12) 이에 대해서는 정민, 「18세기 지식인의 玩物 취미와 지적 경향」(『고전문학연구』 23, 한국고전문학회, 2003) 참조 이 논문에서 18세기 후반 이후에 玩好하는 사물을 기록하는 새로운 유형의 지식인 집단이 대두하였음을 유득공의 『鷄鴿經』과 이덕무의 『綠鸚鵡經』을 중심으로 논의한 바 있다.

13) 『연경』 「序」. "則二百年間, 宜其有文字之所以記焉者, 而纂輯家, 未聞有所誌焉, 則豈物瑣事冗, 不足爲墨卿之從事歟! 盖有之而余未之見也, 有固寡之愧歟, 抑其出猶不久矣."

성현이 일상의 자잘한 사물에서 촉발하여 고원한 도를 논하였듯이 이 책이 보잘것없는 사물을 다루었지만 유의미한 일임을 주장하고 싶은 것이다. 담배를 주류적 지식과 다름없이 학적 탐구의 대상으로 삼기에는 부정적 편견을 의식하지 않을 수 없었던 이옥의 고민을 보여준다.

그러면 다음에 두 예문을 들어본다.

> 씨는 검으면서도 약간 황적색이다. 작기가 무엇과도 견줄 수 없으니, 조 알갱이조차도 담배씨보다는 세 배쯤 크다. ○'오십엽(五十葉)'이라는 것이 있는데, 혹은 '서연(西烟)'이라고도 한다. '우설엽(牛舌葉)'이라는 것이 있는데 맛이 못하다. 잎이 성근 것을 '왜엽(倭葉)'이라고 하는데, 키[箕] 모양을 하고 있으며 작다. ○저장을 단단히 하지 않으면 쥐가 구멍을 뚫고 먹어치운다.(「收子」)[14]

> 책상에 앉아 글을 읽을 때, 중얼중얼 반나절을 보내노라면 목구멍이 타고 침도 마르는데, 먹을 만한 것이 없다. 글 읽기를 마치고 화로를 당겨 담배를 비벼 넣고, 천천히 한 대 피우면 달기가 엿과 같다. ○대궐 섬돌 아래로 달려가 임금을 모실 때, 엄숙하고도 위엄 있는 가운데 입을 다물고 오래 있노라면 입안이 깔깔하다. 겨우 대궐 문을 빠져나와 황급히 담뱃갑을 찾아 재빨리 한 대 피우면 오장이 모두 향기롭다. ○길고 긴 겨울밤 첫닭 우는 소리에 깨어 대화할 상대가 없고 할 일도 없을 때, 잠시 부시를 탁 하고 쳐서 튀는 불꽃을 받아 천천히 이불 아래로부터 은근히 한 대 피우면 봄기운이 빈 방에 피어난다. ○서울 성안에 날은 뜨겁고 길은 좁은데, 어물전과 도랑과 변소에서 온갖 냄새가 코를 찔러 사람들로 하여금 구역질이 나게 한다. 서둘러 친구 집으로 가 서로 인사를 마치기도 전에 집주인이 담배 한 대를 권하는데, 정신이 번쩍 나는 것이 새로 목욕한 듯하다. ○산길의 허름한 주막에서 병든 노파가 밥을 파는데, 밥은 벌레와 모래가 뒤섞여 있으며 젓갈은 비리고 김치는 쉬었다. 다만 내 몸, 내 목숨 때문에 할 수 없이 토하고 싶은 것을 참고 억지로 삼키노라면 위장이 멈춰 움직이지 않는다. 수저질을 겨우 마치고 곧 담배 한 대를 피우면 마치 생강과 계피를 먹은 듯하다. 이러한 담배 맛은 모두 그러한 상황을 당해 본 자만이 알 것이다.(「烟味」)[15]

---

14) 『연경』 권1 「一 收子」. "子黑微黃赤, 細無倫, 粟可三之. ○有曰'五十葉', 或曰'西之烟', 曰'牛舌葉', 味下之. 葉疎曰'倭葉', 箕而矮. ○藏不密, 鼠穴而亂."

'씨 거두는 법'의 「수자(收子)」와 담배 맛을 기술한 「연미(烟味)」의 전 문이다. 앞의 3칙은 씨의 형태, 서연(西烟)이 질 좋은 종자라는 것과 일 본 종자의 특징, 씨를 저장할 때의 주의할 사항 등 주로 연초 농사에 필 요한 객관적 정보를 기술하였다. 이에 비해 뒤의 5칙은 자신의 체험이 나 주관적 취향을 자오(自娛)하듯이 적었다. 담배 맛을 내는 여러 상황을 설정하여 엿 같이 단 맛, 봄기운이 피어나는 맛, 목욕한 듯이 정갈한 맛, 오장이 향기로운 맛이라 표현한 바, 생동하는 비유와 세밀한 묘사, 참신 한 언어감각이 두드러진다. 이처럼 『연경』에는 담배의 유래, 담배 신에 관한 전설, 담배를 즐긴 사람의 일화 등 흥밋거리가 많이 수록되어 있 으며, 여러 흡연 예속과 품격을 세세하고 운치 있게 기술하여 한 편의 문학 작품으로서 손색이 없다.

한편, 장시에서 담배가 생산 소비되는 현상에 대해 이옥은, "산골짜 기에 사는 사람들이 한 이랑의 땅이라도 있으면 곡식을 심지 않고 담배 를 심으며, 시골에 사는 사람들이 좁은 땅뙈기라도 있으면 채소를 심지 않고 담배를 심는다. 그래서 산촌·어촌의 장시에 등에 지고 서로 줄을 잇는 것이 바로 담배이다"라고 하여 나라 전체가 담배 생산에 열을 올 리며, "하루에 그날 썰어 놓은 담배를 다 피워버리고, 한 해에 그해 심 어놓은 담배를 다 피워버리는"16) 광경을 일상의 한 풍경처럼 담담히 기 록하였다. 사회 현실에 대해 아무런 주장을 내보이지 않고 구현하는 방

---

15) 『연경』 권4 「四 烟味」. "對案讀書, 咿唔半晌, 喉燥涎膠, 無口可吃. 讀旣已, 引爐撚 筒, 細進一杯, 其甘如飴. ○趁陪殿陛, 旣嚴且威, 緘口自久, 五味甘澁. 纔脫禁局, 忙 索烟匣, 促進一杯, 五內皆香. ○冬夜漫漫, 睡覺雞初, 無人可酬, 無事可賴. 潛叩火 刀, 一剟承燐, 徐從被底, 穩進一杯, 春生虛室. ○長安城裏, 日熱道狹, 鮑肆溝圊, 百 臭破鼻, 使人幾乎失嘔. 忙向友舍, 未暇敍阻, 主人勸進一杯, 頓如新浴. ○峽路荒店, 病嫗賣飯, 蟲沙雜蒸, 醯腥葅酢. 只顧軀命, 强呑忍吐, 胃滯不輪. 匙纔停, 卽進一杯, 如食薑桂. 是皆當之者知之."
16) 『연경』 권4 「八 烟貨」. "居峽者, 有一頃地, 不種粟而種烟, 鄉居者, 有一席地, 不種 菜而種烟. 故山海之市, 負而相首尾者, 烟也. (…중략…) 一日吃一日之切, 一歲吃一 歲之種,"

법은 이옥 글쓰기의 한 특징이거니와, 조선왕조가 농업국가임을 감안하면 담배 재배의 확산에 따른 경작지의 축소, 식량 고갈 등의 사안에 대해 어떤 입장도 내비치지 않은 채, 물화가 한데 모이고 흥성하게 소비되는 일상의 장면을 흥미롭게 관찰한 듯하다.[17] 현실 문제에 한 발 비껴 서서 개인적 취향에 경사되어 있다는 것, 이것이 '이문위희(以文爲戲)'를 내세워 사회현실에 대해 비판과 풍자의 메스를 댔던 연암의 글쓰기와 변별되는 지점이기도 하다.

이로써 보건대 담배는 이옥에게 흡연의 즐거움을 제공하는 기호물이자 기록을 할 수밖에 없는 흥미로운 대상이지, 제민(濟民)을 위한 작물은 아니다. 『병사』 서문에서 꽃병 속의 꽃을 다루는 것에 대해 "이것은 잠시 동안 마음을 유쾌하게 하는 일"이며, "기이한 일을 추구하기 좋아하기는 하면서도 가난한 여러 사람들과 함께 하련다"[18]라고 밝혔듯이, 원굉도의 두 소품은 명말(明末)의 문사들이 일상 사물을 즐기면서 그 운치를 품평하던 '문오(文娛, 以文爲娛)'의 분위기에서 산출되었다. 자신의 재기에 의존하여 문오하는 창작태도는 원굉도를 위시한 공안파(公安派) 문학의 특징이거니와,[19] 『연경』 역시 개인적, 자오(自娛) 취향의 글이라 할 수 있다. 이처럼 담배를 주류적 지식과 다름없이 학적 탐구의 대상으로 삼았으나, 『연경』을 학술적, 실용서의 범주에 넣을 수 없는 것은 글이 까다롭게 조직되어 있고, 참신한 언어와 여러 수사법이 구사되어 있는 것이다. 소품과 소설 등 그의 글쓰기 영역이 이른바 주변 문학에서 비문학인 실용서적에까지 그 외연이 확장되었음을 알 수 있다.

---

17) 애연가였던 正祖는 담배를 예찬한 「南靈草」라는 策問을 출제한 바 있으나, 담배농사로 경작지가 줄어드는 현상에 대해 우려하였다. "벼는 지대가 높고 건조한 곳에서 가꾸고 (…중략…) 좋은 땅은 모두 모두 담배와 차를 심어 농사가 위태롭게 되었다"(『弘齋全書』 권29 「綸音 4」).

18) 원굉도, 「幷引」 『瓶史』. "此暫時快心事也 (…중략…) 凡瓶中所有品目, 條列於後, 與諸好事而貧者共焉." 원굉도 글 번역은 심경호·박용만·유동환 역, 『역주 원중랑 전집』(소명출판, 2004)을 참조하였다.

19) 강경범, 「원굉도 산문 연구」, 성균관대 박사논문, 2000, 82면.

## 3. 절목화(節目化)

『연경』의 체제는 산문으로서는 매우 특이한 형태이다. 각 편의 길이
가 극히 단소(短小)하고 매 편마다 일련번호를 매겼으며 주제별로 절목
을 두어 기술한 것이다.20) 숫자 표기는 육우(陸羽)의 『다경(茶經)』에 보이
기도 하나 원래 장부 문서를 적는 방식이고, 편폭을 짧게 나누어 제목
을 붙인 것은 문장의 흐름을 끊어 놓기 때문에 산문에서 기피하는 형태
이다. 『연경』 서문을 통해 알 수 있듯이 이옥은 평소 주보(酒譜), 다보(茶
譜), 향보(香譜), 화보(花譜)와 같은 기호류 서적을 탐독하면서 주제에 따
라 장절로 나누고 소제목을 붙이는 방식에 익숙하였을 것이다.21)

그러나 이 새로운 글쓰기는 보다 직접적으로 원굉도의 소품 『상정』과
『병사』22)의 영향을 받은 것으로 보인다. 『상정』은 인간사에 얽힌 법령이
나 제도에 비의하여 주령(酒令)을 16개의 절목으로 나누었다. 곧 一 之吏,
二 之徒, 三 之容, 四 之宜, 五 之遇, 六 之候, 七 之戰, 八 之祭, 九
之刑, 十 之掌故, 十一 之刑書, 十二 之品第, 十三 之杯杓, 十四 之飮
儲, 十五 之飮食, 十六 之歡具 등이며 부록으로 주평(酒評 附)을 수록한
바, 관련 사항을 주제별로 묶어서 등급의 고하와 그 운치의 차이를 기술
하였던 것이다.

---

20) 이옥에 앞서 이덕무 또한 「記遊北漢」(1761년)라는 글에서 북한산에 소재한 사찰을
　　탐방하고 14題로 절목을 두어 기술한 바 있다. 洗劍亭, 小林菴, 文殊寺, 普光寺, 太古
　　寺, 龍巖寺, 重興寺, 山映樓, 扶旺寺, 圓覺寺, 鎭國寺, 祥雲寺, 西巖寺, 津寬寺 등이
　　그것이다.
21) 『연경』에서 언급한 보록류 외에, 『白雲筆』 「談花 · 花國三史」 조를 살펴보면 劉蒙
　　의 『菊譜』, 范成大의 『국보』, 史正志의 『국보』 등도 탐독하였다.
22) 『병사』는 瓶花의 揷法에 대해 12편으로 절목을 두었는데, 一 花目, 二 品第, 三 器
　　具, 四 擇水, 五 宜稱, 六 屛俗, 七 花崇, 八 洗沐, 九 使令, 十 好事, 十一 淸賞, 十二
　　鑑戒 등이다. 흥미로운 것은 「七 花崇」 편에 "花下不宜焚香"라는 대목이 있고, 『연경』
　　「三 烟忌」에도 피우지 말아야 할 곳으로 "十五, 梅花前, 不可"라는 조목이 들어있는
　　점이다.

이옥은 일찍이 산수유기에도 이 체제를 실험한 바, 『중흥유기』(1793년)에서 2박 3일 간의 여정을 時日, 伴旅, 行李, 約束, 譙堞, 亭榭, 官廨, 寮刹, 佛像, 緇髡, 泉石, 草木, 眠食, 盃觴, 總論 등 15개의 작은 단위로 쪼개었고, 그 2년 뒤 귀양 도중에 쓴 「남정십편」(1795년)에도 절목화한 글쓰기를 반복하고 있는데, 敍文, 路問, 寺觀, 烟經, 方言, 水喩, 屋辨, 石嘆, 嶺惑, 古蹟, 棉功 등이 그것이다. 시간에 따라 순차적으로 적어나가는 기존의 산수유기와 달리, 맨 앞에 전체 노정을 밝힌 뒤 견문한 내용을 주제별로 장면화하여 기술하는 경향을 보이는 것이다.

청년기에 유기소품에서 실험하던 글쓰기를 만년에 이르러 『연경』을 집필할 때 다시 채택하였다. 제1권의 목차를 들어보면 一 收子, 二 撒種, 三 窩種, 四 行苗, 五 壅根, 六 漑根, 七 下藥, 八 剔筍, 九 禁花, 十 除蟲, 十一 愼火, 十二 騸葉, 十三 采葉, 十四 編葉, 十五 暴葉, 十六 曬葉, 十七 罨根 등 모두 17편인데, 연초 재배 기술을 시간에 따라 순차적으로 배열한 가운데 종자를 간수하는 항을 맨 앞과 뒤에 놓음으로써 강조하는 점을 알 수 있고, 열거한 소제목을 통해 전체 내용을 일별할 수 있는 것이다. 이와 같은 방식으로 제2권에는 모두 '○烟'이라는 표제를 붙여 19편으로 정리하고, 제3권은 '烟○'과 '火○'라는 표제로 12편을, 제4권은 10편에 모두 '烟○'라고 명명하여,23) 장절 간의 관계가 체계적으로 드러나도록 하였다. 이 또한 글쓰기의 하나로 중시했음을 알 수 있다.

이옥은 원굉도에 비해 더욱 섬미(纖微)함을 추구하여, 각 항목마다 다시 칙(則)을 두었다. 1칙의 길이는 10자 내외로 매우 단소한 것도 있다. 『연경』은 모두 58제(題) 163칙(則)으로 구성되어 있는데, 이러한 세칙이

---

23) 제2~4권의 절목은 각각 다음과 같다. "烟經 二 : 一 原烟, 二 字烟, 三 神烟, 四 功烟, 五 性烟, 六 嗜烟, 七 品烟, 八 相烟, 九 辨烟, 十 校烟, 十一 輔烟, 十二 嘆烟, 十三 鋪烟, 十四 剉烟, 十五 儲烟, 十六 斟烟, 十七 着烟, 十八 吸烟, 十九 洞烟. 烟經 三 : 一 烟刀, 二 烟質, 三 烟杯, 四 烟筒, 五 烟囊, 六 烟匣, 七 烟盒, 八 火爐, 九 火箸, 十 火刀, 十一 火茸, 十二 烟臺. 烟經 四 : 一 烟用, 二 烟宜, 三 烟忌, 四 烟味, 五 烟惡, 六 烟候, 七 烟癖, 八 烟貨, 九 烟趣, 十 烟類."

원굉도에게서는 보이지 않는다. 이리하여 그 주제에 관련된 사항은 아무리 소소한 것이라도 따로 칙을 마련하여 기록할 수 있었다. 조선조 후기의 연초 재배에 관한 세세한 정보를, 담배 조리법이 얼마나 복잡하고 까다로운지, 흡연 도구가 얼마나 다양하고 정교한지, 흡연 예속이 조선의 고유한 전통과 의례에 상충하지 않으려면 어찌해야 하는지를 낱낱이 집록할 수 있었다.

전술한 바, 『연경』이 일반 실용서와 구별되는 점은 한 편의 개성적인 글을 만들겠다는 의식이다. 문장은 호흡이 매우 짧으면서 험벽한 글자를 놓아 구두가 끊어지지 않을 정도로 까다롭다. 절목과 세칙을 두어 단소함을 추구한 문장은 정조(正祖)가 첨박(尖薄), 세쇄(細瑣), 파쇄(破碎)하다24)고 한 소품의 부정적 속성이기도 한데, 『연경』에서는 이것이 극단적으로 구현되어 있는 것이다.


## 4. '취(趣)'의 추구


『병사』나 『상정』에서, 우리는 간결하고 아취 있는 문체에 명말(明末) 문사들의 특정 사물에 대한 집요한 관심과 사랑, 전문적이고 수준 높은 감식안을 살펴볼 수 있다. 원굉도가 『상정』을 창작한 동기는 시사(詩社)에서 과음하는 무리들을 가까이해 보니 그들이 술 마시는 태도가 아주 거칠다는 것을 알고 나서였다25)고 한다.

---

24) 正祖의 「日得錄」(『弘齋全書』)에 각각 권163 6장, 13장, 권164 12장에 출전하는 용어.
25) 원굉도, 『觴政』. "余飮不能一蕉葉, 每聞鑪聲, 輒踊躍. 遇酒客與留連, 飮不竟夜不休. (…중략…) 社中近饒飮徒, 而觴容不習, 大覺鹵莽. (…중략…) 今采古科之簡正者, 附以新條, 名曰『觴政』."

『연경』을 집필하던 19세기 초에는 남녀노소와 지위고하를 가리지 않고 가리지 않고 흡연 풍조가 확산되었으나, 담배를 즐기는 데에 풍취가 없었던 것 같다. 다음에 한 편의 글을 들어본다.

아이 녀석이 한 길 되는 담뱃대를 물고 서서 담배를 피우다가 이따금 이 사이로 침을 뱉는다. 가증스러운 일이다. ○규방의 치장한 부인이 낭군을 대하고 앉아 태연하게 담배를 피운다. 부끄러운 일이다. ○나이 어린 계집종이 부뚜막에 걸터앉아 안개를 뿜어내듯 담배를 피운다. 통탄할 일이다. ○시골 남정네가 길이가 다섯 자 되는 백죽통(白竹筒)을 가지고 가루로 된 담뱃잎을 침으로 뭉쳐 넣고는 불을 당겨 몇 모금 빨아들여 곧 다 피우고는 화로에 침을 뱉고 앉은 자리를 재로 뒤덮어버린다. 민망한 일이다. ○다 떨어진 벙거지를 쓴 거지가 지팡이만한 긴 담뱃대를 들고 길거리에서 사람들을 막아서서 한양의 종성연(鐘聲烟) 한 대를 달란다. 두려운 일이다. ○대갓집의 말몰이꾼이 짧지 않은 담뱃대를 가로로 물고 고급 서연(西烟)을 마음대로 피워대면서 손님이 그 앞을 지나가는데도 잠시도 멈추지 않는다. 곤장을 칠 만한 일이다.(「烟惡」)26)

담배를 피우는 꼴불견의 사례를 눈앞에서 벌어진 일인 양, 여섯 칙에 걸쳐 생동하게 그렸다. 어린아이, 규방의 젊은 부인, 나이 어린 계집종, 시골 남정네, 거지, 대갓집의 말몰이꾼이 담배를 피우는 모습이 참으로 가관이다. 대상을 제시할 뿐, 가치판단이나 호오의 감정을 유보하는 이 옥 글의 특성을 고려할 때, '가증스러운 일', '부끄러운 일', '통탄할 일', '곤장을 칠 일'이라고 자못 감정을 실어 품평한 것이 흥미롭다.

흡연 예속이 문란하다고 보았기에 그는 흡연자가 지켜야 할 규범(「烟忌」편)을 16가지나 열거하였는데, 그 중에 높은 사람 앞, 어른 앞, 아버지

---

26) 『연경』 권4 「五 烟惡」. "童子含一丈筒立吃, 時復從齒間唾, 可憎. ○閨閤衣紅婦人, 對郎君, 自如吃, 可愧. ○年少鴉鬟, 踞竈頭, 吃如吐霧, 可痛. ○野人携五尺白竹筒, 粉末烟葉, 和唾引火, 數吸便盡, 而棄唾於爐, 埋灰於席, 可悶. ○破笠丐子, 筒與節長, 而道上攔人, 索漢陽鐘聲烟一杯, 可怕. ○朱門騶僕, 橫植不短之筒, 爛焚西烟, 而客過其前, 不暫停吃, 可榜."

와 할아버지 앞, 스승 앞, 귀한 사람 앞, 연장자 앞 등 상하 신분에 따라 지켜야 할 흡연 예속을 여섯 가지나 들었다. 청나라 육요(陸燿)의 『연보(烟譜)』(1774년)에는 거문고 연주를 들을 때, 학에게 모이를 줄 때, 매화를 감상할 때, 조정에서 조회할 때, 미인과 잠자리를 같이할 때 담배를 피우지 말아야 한다고 하였다. 육요가 상류층의 입장에서 세련된 흡연의 규범을 제시했다면 이옥의 경우, 이조 후기 유교사회 일반에 두루 해당하는 흡연 예절을 제시한 셈이다. 이처럼 『연경』에서 진짜 말하고자 하는 것도 운치 있는 흡연 문화, 취미를 즐길 줄 아는 사회를 기대하고자 한 것이 아닐까.

앞 「연기(烟忌)」 편에서 든 흡연 규범은 그저 담배를 좋아하는 사람을 대상으로 한 것이라면, 「연벽(烟癖)」 편에서는 당시에 담배벽을 지닌 사람들의 기이한 모습에 주목하고, 특히 귀인(貴人)·수인(愁人)·한인(閑人) 중에 담배벽을 지닌 사람들이 많다고 하였다. 벽(癖)을 '좋아함이 남들보다 지나친 상태'라고도 하였다.[27] 원굉도는 술을 하지 못했으나 술 마시는 분위기를 유난히 좋아한, 기이한 벽을 지닌 사람이었다.[28] 그는 화벽(花癖)을 기술하면서 벽을 지닌 사람을 "어느 한쪽에 지나칠 정도로 취향을 응집함으로써 세속에 얽매이지 않고 남달리 웅장하고 빼어난 기운을 거기에 기탁하였던 사람들"이라고 예찬하고, "세상에서 그 말이 무미건조하고 면목이 가증스런 사람은 다 벽이 없는 사람들"[29]이라고 단언하였다. 이옥과 원굉도는 벽에 대해 추구해야 할 생활의 멋 내지 고상한 삶의 방식으로 이해한 것 같다.

그런데 이러한 벽은 그저 생기지 않고 '취(趣)'가 있어야 한다. 벽과 취는 18세기 이후의 우리 나라 작가들에게 나타나는 중요한 표징으

---

27) 『연경』 권4 「七 烟癖」. "然而貴人多癖, 愁人多癖, 閑人多癖, 癖之者蓋亦多矣."
28) 『상정』 「幷引」. "余飮不能一草葉, 每聞鑪聲, 輒踴躍. 遇酒客與留連, 飮不竟夜不休. 非久相狎者, 不知余之無酒腸也."
29) 『병사』 「十 好事」. "嵇康之鍛也, 武子之馬也, 陸羽之茶也, (…중략…) 皆以僻而寄其磊傀儁逸之氣者也. 余觀世上語言無味面目可憎之人, 皆無癖之人耳."

로,30) 취는 원래 원굉도가 풍격론으로 내놓은 용어이다. 여기서는 유명한 「서진정보회심집(敍陳正甫會心集)」이라는 글에 나타난 '취'의 내용을 요약하면 '취'란 산 위의 색, 물속의 맛, 꽃의 광채, 여인의 자태와 같아서 마음으로 깨달은 자만이 알 수 있다. 어린아이는 취를 알지 못하더라도 모든 행동에 취가 있다. 자연 상태에서 얻은 것이 깊고 학문을 통해 얻은 것은 얕다. 나이가 들고 벼슬이 높아지면 취와 점점 멀어진다. 견문과 지식에 얽매여, 이(理)에 들어가면 갈수록 취와는 더욱 멀어진다31)는 것이다. 김학주 교수는 취를 일상적인 경험이나 감각에 의해 파악되는 멋이나 맛으로 해석하기도 하였는데,32) 요컨대 취란 어린아이와 같이 천진한 본심을 지닌 상태에서 얻어진다는 것이다. 이옥의 평문 가운데 '취'를 직접 말하지 않았으나, 천진한 본심을 지닌 어린아이에게 취가 깃든다는 주장은 사실 이탁오(李卓吾)의 「동심설(童心說)」의 연장이거니와, 이옥에게 이르러 『이언(俚諺)』에서의 주장, 곧 예교의 세례를 받지 않은 시정여성이야말로 '참 그대로'의 진정(眞情)이 유로(流露)된다는 설로 전개된 것이라 보아진다.33)

흥미로운 것은 이옥이 「연취(烟趣)」편을 따로 두어 흡연에 있어서의 '취(趣)'의 상태를 다섯 가지로 상술한 점이다. 그 중 세 가지를 들어본다.

---

30) 정민은 「18세기 山水遊記의 새로운 경향」(『18세기 연구』 4, 한국18세기학회, 2001)에서 趣는 작품 속에서 미학의 원리로 분명히 드러나나, 벽은 성향과 관련되므로 문면에 포착되지 않는다고 취와 벽의 관계를 설명한바 있다.

31) 원굉도, 「敍陳正甫會心集」. "世人所難得者唯趣, 趣如山上之色, 水中之味, 花中之光, 女中之態, 雖善說者不能下一語, 唯會心者知之. (…중략…) 夫趣得之自然者深, 得之學問者淺. 當其爲童子也, 不知有趣, 然无往而非趣也. (…중략…) 山林之人, 無拘無縛, 得自在度日, 故雖不求趣而趣近之. (…중략…) 迨夫年漸長, 官漸高, 品漸大, 有身如梏, 有心如棘, 毛孔骨節, 俱爲見聞知識所縛, 入理愈深, 然其去趣愈遠矣."

32) 김학주, 『改訂中國文學序說』, 新雅社, 329면.

33) 최근 강명관도 『공안파와 조선 후기 한문학』(소명출판, 2008)에서 이탁오의 「동심설」의 영향 하에 성립된 원굉도의 성령론이 이조 후기에 우리 나라에 인지, 수용되어 18세기 후반 박지원, 이옥에게 이르러 심화되었다는 논의를 펼친 바 있다.

젊은 낭군님이 소매에서 작은 담뱃갑을 꺼내고는 은으로 卍자를 새긴 동래 배(東萊杯)를 끌어당긴다. 준비를 끝낸 뒤에 담뱃대를 왼쪽 입술로 비스듬히 물고, 또 주머니 속에서 좋은 부시를 꺼내 한 번 치면 '탁!' 하고 불씨가 이미 손가락 가까이 일어난다. 불씨를 담배 속에 넣고 부지런히 입술과 혀를 놀려 한 번 빨고 두 번 빨아들임에 연기가 곧바로 입에서 나온다. 바로 이것이 묘 격(妙格)이다. ○아리따운 여인이 님을 만나 애교를 부리고 잠자리를 같이하 다가 님의 입 속에서 아직 반도 태우지 않은 은삼통(銀三筒) 만화죽(滿花竹) 담뱃대를 뽑아서는 재가 비단치마에 떨어지는지 생각할 겨를도 없이, 침이 방 울져 떨어지는 것도 모른 채, 바삐 앵두같은 붉은 입 속에 넣고서 웃으며 피 워댄다. 바로 이것이 염격(艷格)이다. ○무논을 김매던 농부가 호미질을 멈추 고, 수수밭 두둑의 푸른 풀밭에 앉아 보리막걸리를 한 순배 돌리고, 맨상투머 리 위에서 비스듬히 꽂아둔 곰방대를 뽑아내어 담뱃잎을 말아 통담배 모양을 만들어 그것을 담배꼬바리 위에 얹어놓고, 왼손에 담배꼬바리를 들고 오른손 에는 부시를 잡고 불을 사르면 연기가 봉홧불처럼 피어올라 곧바로 코를 찌 른다. 바로 이것이 진격(眞格)이다.(「烟趣」)[34]

한편의 세밀화를 대하는 듯하다. 기성 문인들은 사물을 멀리 떨어져 인상을 그렸지 안으로 치고 들어가 헤집어보는 치밀함이 없었다. 이옥 은 가까이 들여다보고 어디에 어떤 색깔로, 어떤 자태로 어떻게 위치하 고 있는지, 일일이 거론하는데, 이 글에서도 당시의 생활 정태가 구체적 으로 드러나 있는 것이다. 염격에서 보이는 거침없는 표현도 성리학적 세계관에 반하는 것이지만, 작품의 '취'를 구현하기 위해 사실적으로 기 술한 것이라 판단된다. 위 젊은 낭군의 재주 부리는 묘격(妙格), 아리따 운 여인의 교태스러운 염격(艷格), 농부의 투박 진솔한 진격(眞格) 외에,

---

34) 『연경』 권4 「九 烟趣」. "年少郎君, 袖出小匣, 引銀卍字東萊杯. 粧訖, 虛橫左吻, 又 於囊裡, 取出精緊火刀, 一聲춍然, 火已近指. 揷在烟心, 緊弄脣舌, 一吸再吸, 烟已出 口, 便妙格. ○天韶佳人, 逢歡, 撒嬌就歡, 口裡拔出銀三筒滿花竹燃未半者, 不暇念 灰散羅裙, 不曾顧涎流滴珠, 忙揷在櫻紅脣間, 且笑且吸, 便艷格. ○鋤水農人, 停鋤 坐稻膣靑艸間, 麥酒初巡, 於露髻上, 拔出橫簪短竹杯, 捲烟葉作烟洞狀, 安在杯上, 左手擎杯, 右手執火而燃之, 烟出如烽, 直衝其鼻, 便眞格.

위엄 높은 관리의 귀격(貴格), 수복을 누리는 노인의 복격(福格)이 있다. 이옥은 사람마다 그 나름의 품격이 있고 그 나름의 운치를 지닌다고[35] 보았는데, 담배를 피우는 모습이 젊은이는 젊은이답고 여인은 여인답고 농부는 농부답게 멋들어지기에, 저마다 품격을 지녔다고 볼 수 있다. 그렇지만 이옥이 추구한 문학세계가 '참 그대로'의 진(眞)을 재현하는 것이므로 이옥은 농부의 꾸밈없는 진솔한 멋, '진격(眞格)'에 의미를 두었을 성 싶다. 고된 노동 뒤에 피우는 농부의 흡연이야말로 앞에서 설명한 '취'의 요건에 근접한 상태로 여겨지는 것이다.

이상에서 살펴보았듯이 담배가 일상적 기호품으로 자리 잡자, 이옥은 풍기가 문란한 흡연 세태에 주목하여, 주로 유교적 상하 신분 질서에 따른 흡연 예절에 유의하였다. 사교의 도구로써, 고상한 생활 취미의 일부로써 담배의 쓰임을 예찬하고, 기호를 향유하는 데 있어서 사람마다 각기 높은 풍취를 지닐 수 있다고 보았다. 일률적으로 논할 수 없지만 원굉도의 『병사』와 『상정』은 당시 식자층을 대상으로, 주로 품격 있는 취미생활을 유지하는 데에 필요한 사항들을 기술한 것이다.


## 5. 맺음말


지금까지 이옥이 원굉도의 『상정』과 『병사』의 글쓰기를 수용하여 『연경』을 기술한 양상을 살펴보았다. 『연경』의 문장은 호흡이 매우 짧으면서 구두가 끊어지지 않을 정도로 까다롭다. 절목과 세칙을 두어 단

---

35) 위와 같은 곳. "天下事, 事事皆有其格, 苟失其格, 便覺沒趣. (…중략…) 人各有其格, 格各有其趣, 相與姍之曰 : "君獨未知其趣耳.""

소함을 추구한 글은 정통 고문가들이 첨박, 세쇄, 파쇄하다고 한 소품의 부정적 속성이기도 한데, 『연경』에서는 이것이 극단적으로 구현되어 있다. 원굉도의 두 소품과 비교할 때, 전고가 드물고 주로 일상적 어휘를 사용하여 당시 생활 감각이 잘 나타나 있으며, 더욱 섬미(纖微)함을 추구하는 모습을 보이고 있다.

원굉도의 두 글은 17세기 초에 허균(許筠)의 편서(編書)인 『한정록(閑情錄)』에 소개한 이래 이조 후기의 문인들 사이에 많이 읽혀 왔는데,36) 작품 창작으로 나간 사람은 이옥이 처음이 아닌가 싶다. 일찍이 「희제원중랑시집후(戱題袁中郎詩集後)」에서 원굉도를 낮게 평가한 것은 외적 상황을 의식한 발언으로 여겨진다. 이조 후기에 문인 지식인들이 원굉도를 널리 읽으면서도 그에 대해 드러내놓고 긍정적인 평가를 내린 사람이 없거니와,37) 문체반정 때에 정조는 "대체로 명청의 문장은 초쇄(奇詭), 기궤(奇詭)하여 실로 치세의 문장이 아닌데, 원중랑집(袁中郎集)이 그 중에서 가장 심하다"38)라고 하여, 원굉도를 소품체 유행의 원흉으로 지목한 사실과 관련될 것이다. '희제(戱題)'라 글제를 붙였지만, 원굉도의 특징으로 비판한 학고(學古)의 배격, 쇄쇄(細瑣)하고 연약한 문체, 인정에 핍근하고, 마음에서 우러나오는 말을 적었다는39) 것은 사실 이옥 자신

---

36) 『병사』와 『상정』을 탐독한 대표적 사람들로 18세기 중엽에 金履萬, 18세기 후반에는 沈鐸와 朴趾源 등이 있다.(강명관, 앞의 책, 252~399면 참조)
37) 강명관, 앞의 책, 404면. 원굉도를 위시한 공안파는 그들의 사상적 기반을 양명좌파에 두고 있었으므로, 그 이단성으로 말미암아 조선 학계에 '긍정적으로' 수용될 수 없었다고 보았다.
38) 『正祖實錄』정조 15년 11월 7일. "大體明淸之文, 噍殺奇詭, 實非治世之文, 袁中郎集爲其最矣."
39) 이옥, 「戱題袁中郎詩集後」. "錢虞山論明詩之所由變, 石公必居其一, 至以比大承氣湯. 蓋石公矯王·李, 而啓鍾·譚, 功罪相半故也. 以余觀於石公, 不過一尋常文人也, 非有德位之著也, 而其爲辭又不肯師古, 只以石公, 有舌之筆, 記錄石公由情之語, 固一代之變風也. 顧又細瑣輭弱, 不可以大家稱. 使石公處于今, 不過爲南山下數間茆屋, 種一畝殘花, 日與龍子猶輩, 沾沾自鳴者也. 使隣人, 不見其詩而指斥之, 則幸矣. 彼安得登文壇, 主詞盟, 麾旂鳴鼓, 而天下靡然乎從之耶? 豈石公之時, 天下詩道, 不及乎今, 故以石公而猶宗之耶? 抑石公之道, 近乎人情, 不似白雪樓之空事咆哮, 故天

이 일관되게 지향한 문학이기도 한 것이다.

문학의 시대성을 인정하고 작가의 개성과 창의를 존중하는 이옥의 문학세계는 사실 원굉도 문학을 위시한 명청 서적을 탐독한 결과, 그 문학 정신에 힘입은 바 크다. 원굉도 수용을 심화하여, 『연경』에서 그 시대 조선의 생활감각을 오롯이 재현, 연보류(烟譜類)에 해당하는 자료를 가지고 개성 넘치는 한 편의 문학 작품으로 구성하였던 것이다. 소품과 소설 등 그의 글쓰기 영역이 이른바 주변 문학에서 비문학인 실용서에까지 그 외연이 확장되었음을 알 수 있다.

下知其然而從之耶? 在石公, 固雄矣. 噫! 此一時也, 彼一時也, 其時則易然.”

| 참고문헌 |

실시학사 고전문학연구회 역주, 『完譯李鈺全集』, 휴머니스트, 2009.
李德懋, 『靑莊館全書』, 민족문화추진회, 1997.
正　祖, 『弘齋全書』, 민족문화추진회, 2000.
『正祖實錄』.
『四庫全書』(子部, 譜錄類).
심경호·박용만·유동환 역, 『譯註袁中郎全集』, 소명출판, 2004.
鄭元勳, 『媚幽閣文娛』 不分卷, 臺北 國立中央圖書館, M14366.


강경범, 「원굉도 산문 연구」, 성균관대 박사논문, 2000.
강명관, 『공안파와 조선 후기 한문학』, 소명출판, 2008.
김영진, 「이옥 문학과 명청 소품-신자료 소개를 겸하여」, 『고전문학연구』 23, 한국고전문
　　　학회, 2003.
김학주, 『개정중국문학서설』, 신아사, 1997.
안대회, 「이옥의 저술, '담배의 경전(烟經)'의 가치」, 『문헌과 해석』 24, 문헌과해석
　　　사, 2003 가을.
원정식, 「18세기 중국사회의 흡연문화 연구」, 『명청사연구』 29, 명청사학회, 2008.
정　민, 「18세기 산수유기의 새로운 경향」, 『18세기 연구』 4, 한국18세기학회, 2001.
＿＿＿, 「18세기 지식인의 완물 취미와 지적 경향」, 『고전문학연구』 23, 한국고전문
　　　학회, 2003.
티머시 브룩, 「담배, 중국을 사로잡다」, 이수영 역, 『흡연의 문화사』, 이마고, 2006.

# 이옥(李鈺)과 풍몽룡(馮夢龍)의 산문에서 통속성과 진정의 관계
### 여성의 열절(烈節)을 소재로 한 전(傳)을 중심으로

이지양

## 1. 문제제기 – 왜 이 두 작가를 비교하는가?

　필자는 「이옥(李鈺)의 문학에서 '남녀 진정(眞情)'과 '열절(烈節)'의 문제」[1]라는 논문에서, 명말청초(明末淸初)의 문인 풍몽룡(馮夢龍, 1574~1646)과 조선조 18세기의 문인 이옥(李鈺, 1760~1815)의 영향관계를 부분적으로 논한 바 있다. 이옥의 문학 내에서 '남녀 진정'을 강조한 성격의 작품군과 '열절'을 소재로 한 작품군 간의 상관성을 고구(考究)하면서, 여성을 보는 이옥의 시선과 주장이 풍몽룡의 『정사(情史)』에서 일부 영향을 받았음을 지적하였었다. 그렇지만, 풍몽룡이 정(情)과 이(理)의 관계를 당시의 선비들의 통념과 반대로 설정하고 주자의 도학적 문체를 부정했음에 비해,

---

1) 이지양, 『한국한문학연구』 29집, 한국한문학회, 2002, 433~462면.

이옥은 다만 정(情)을 강조했을 뿐이며 주자의 문장에 대해서도 그 가치를 부정하지는 못했다는 점에서, 차이가 있음을 밝힌 바 있다. 그리고 이옥이 여성의 열절에 관심을 가졌던 것은 여성 자체에 대한 관심이 아니라, 세상을 관찰하는 환기창과 같은 통로로 인식했던 것임도 밝혔다. 그는 여성의 열절(烈節)을 사(士)의 충렬(忠烈)을 반성하는 거울로 삼고자 했는데, 그것은 그가 18세기 조선의 현실을 비판적으로 조망하는 사의식(士意識)에 충실했기 때문이라고 평가했었다.

그런데 본고에서는 풍몽룡과 이옥의 열녀전[2]을 보다 구체적으로 비교 고찰하고자 한다. 이들은 남녀 진정을 옹호하는 관점을 보였다는 점 외에도, 통속한 소재를 즐겨 취했고, 통속한 이야기를 통해 비판적 메시지를 담아냈다는 점, 특이한 문체로 주목받았다는 점에 있어서도 공통점이 발견되기 때문이다. 그러나 이런 공통점은 연구자의 포괄적이고 주관적인 느낌에 불과할 수 있다. 두 문인에 대한 연구자의 연구가 그다지 깊지 못한데다, 그중에서도 풍몽룡에 대해서는 그가 한 방대한 작업의 극히 일부분만을 들춰본 수준에 불과하기에 더욱 그러하다. 따라서 부분적이나마 정밀한 비교 검토를 통해 객관성 있는 검증이 필요하다고 생각한다.

그러기 위해서는 우선 이들 두 문인이 여성의 열절을 다룬 전(傳) 작품들 내에, '통속성'이 어떻게 내포되어 있는지를 분석해야 할 것이다. 풍몽룡의 경우, 중국문학사나 중국소설사에서 그가 통속소설에 심혈을 기울였던 작가임이 인정되고 있지만, 이옥의 경우는 아직 그러한 관점

---

2) 이 글에서 '열녀전'이란 烈女 · 節女 · 貞女를 대상으로 삼은 傳을 의미한다. 이때의 '傳'도 장르적인 변별점을 명확히 한 개념이 아니다. 풍몽룡의 『정사』는 기존의 다른 서적들에서 그 자료를 폭넓게 수집하여 수록한 것인데, 중국문학 연구자들 가운데는 그 자체를 '문언소설'처럼 여기는 경우가 있기도 하고, 이옥이 지은 傳의 경우도 '碑誌 傳狀'의 '전'과는 그 내용과 서술 문체가 많이 다르다. 「심생전」처럼 완전히 소설로 손색이 없는 작품도 있는 것이다. 당나라 때 傳奇小說 역시 史傳의 체제를 따라 인적 사항, 행적 및 업적, 논평의 형식을 갖추고 있기 때문에, 작품 하나하나에 대한 장르적 완성도는 작품론에 의해 심도 있게 규명해야 할 과제라고 생각한다. 때문에 장르 성격의 전환 문제는 본고에서는 거론하지 않는다.

에서 구체적 조명이 이루어진 바 없기 때문이다. 뿐만 아니라, 풍몽룡의 경우, 『정사』와 '삼언(三言)'으로 일컬어지는 통속소설류 사이에 어떤 차이3)가 있는지, 그렇다면 『정사』는 '통속성'의 함량이 '삼언'에 비해 적은 것인지 살펴보아야 할 것이다. 마찬가지로 이옥의 경우도 그가 지은 열녀전 9편이 모두 다 통속성을 지니고 있는지, 작품별 층차가 어느 정도 있는지 살펴보아야 할 것이다. 이 작업의 관건은 통속성(通俗性)을 분석하는 방법에 달려있다. 문학 작품의 통속성을 분석하기는 결코 쉬운 작업이 아니겠지만, 일단 그 분석 층위를 작품 내적인 요소로 제한하여 분석하고자 한다. 그런 다음, 통속성이 '진정(眞情)'과 어떤 연관이 있는지 고찰할 것이다.

　이 연구는 문학의 통속성에 대한 이해를 구체화시켜 주는 것 외에도, 포괄적으로 논의했던 두 문인의 영향관계 및 공통점을 명료하게 비교해 줄 것이다. 또, 두 문인의 작품 세계가 지닌 개성을 보다 명확하게 짚어줄 것으로 기대한다.


## 2. 통속성의 개념과 그 분석방법


　'통속'의 "통(通)이란, 그것이 세속에 적용될 수 있음을 취하는 것"4)이

---

3) 文言文으로 쓰여진 『情史』는 사건의 결과 중심으로 요약 설명, 제시되는 경향이 강하고, 白話文으로 쓰여진 '三言'은 인물의 심리 묘사와 사건의 동기 묘사에 심혈을 기울인다는 것이 이 분야 연구자들의 공통된 지적이다. 뿐만 아니라 백화문에는 운문이 많이 삽입되는데 그 앞에는 일상의 상투적인 말이 사용된다고도 한다. 또 문언 소설에 비해 백화문으로 쓰여진 소설은 전지적 서술의 관점에서 작가가 개입하는 문맥이 빈번하다고 한다.

4) 풍몽룡, 「醒世恒言序」『醒世恒言』, 북경 : 중국희극출판사, 2002, 1면. "通者, 取其可以適俗也."

라고 한다. 이는 풍몽룡의 말이다. 그는 통속이란 의미를 글자 그대로 '세속에 통하는 것'으로 풀이했다. 우리 나라 국어사전에서 '세상에 널리 통하는 일반적인 풍속', '전문적이 아니고 일반 대중이 쉽게 알 수 있는 일'이라고 풀이한 것과 별반 차이가 없다. 그런데 '통속'이라고 할 때는 그 의미가 비교적 간단하게 파악되고 가치 폄하되는 느낌이 없는 데 비해, '통속문학(通俗文學), 혹은 통속예술'이라고 할 경우에는, 이미 가치가 폄하되는 느낌이 따라 붙는다. 고급한 문학, 혹은 고급예술이 지닌 창의성과 비판성 같은 것이 없고, 흔하고 진부하다거나 고리타분함, 대중들의 흥미나 기호에 편승하는 성향 같은 것을 떠올리게 되는 것이다. 국어사전에서는 통속문학의 개념을 '문학적 교양이 비교적 낮은 독자를 대상으로 하여 흥미에 중점을 둔 내용으로 평이하게 쓴 문학'이라고 개념을 풀이하고 있다. 딱히 가치 폄하했다고는 할 수 없지만, '교양이 낮은 독자를 대상'으로 했다는 말이 '의미 전달에 효과적'이라는 것인지, 전반적으로 '수준이 낮다'는 것인지, 아니면 그 두 요소를 다 함축한 의미인지 분명치 않다.

과연, 통속문학이라고 평가할 때, 한 작품의 어떠한 요소를 두고 그렇게 말하는 것일까? 한 작품 내에서 통속성의 요소를 추출하는 기준이나 방법에 대한 논의는 그다지 활발하지 않은 듯하다. 오히려 통속문학, 혹은 통속성의 효용성이랄까, 가치에 대한 논의는 다소 상반된 방향에서 발견되는 데 비해, 정작 통속성을 어떤 기준으로 진단할 수 있는지에 대한 논의는 발견하기 어려운 것이다.

우리 나라의 18세기의 문사 가운데 이덕무(李德懋, 1741~1793)는 '통속성의 가치'를 적극 긍정하는 논리를 편 바 있다. 「이목구심서(耳目口心書)」(『청장관전서』)에서, "문인 재사(文人才士)로서 통속(通俗)을 모르면 훌륭한 재주라고 할 수 없다. 만약 상것들의 통속이라고 물리친다면 인정(人情)이 아니다. 청(淸)나라 선비 장조(張潮)가, '문사는 능히 통속 글을 해도 속인은 능히 문사의 글을 못하고 또 통속 글에 능하지 못하다' 했으니,

참으로 지자(知者)의 말이다"라고 하여, 통속적인 것도 두루 섭렵할 필요성이 있음을 역설하였다. 생활의 통속성에서 취할 점이 있으므로 물리치지 말아야 한다고 했고, 글에 있어서도 유교 경전이나 성인, 선현의 글로 대상 제한을 두지 않았으며, 통속적인 글도 섭렵하여 취할 점이 있음을 말했다. 물론, 이런 주장은 이덕무가 언급한 '장조' 외에도, 본고에서 고찰하려는 '풍몽룡' 같은 중국 문사도 했다. 풍몽룡도 사람의 마음을 깊고 빠르게 감동시키려면 통속적이어야 한다[5]고 주장했던 것이다.

이것은 우리 나라의 문예론에서는 그 이전에 보지 못했던 새로운 주장이다. 통속성의 가치에 주목하는 이러한 문예 논리는 당대의 진보적 문사들이 적지 않게 지니고 있었는데, 그 논리들의 기저에는 무엇이 진(眞)이며, 무엇이 실(實)인가, 무엇이 허위(虛僞)이며, 가식(假飾)인가에 대해 성찰하려는 문제의식이 있었다. 통속성 속에 '취할 점'이 있음을 분명하게 인식하고 있었던 것이다. 하지만 당시의 논의 속에서도 통속성을 가려낼 수 있는 명확한 기준에 대한 논의는 잘 발견되지 않는다. 다만, 통속성에 대해 부정적이지만은 않았다는 것이다. 그러했던 인식이 왜 지금은 막연하게 '통속적인 문학'은 '2류 문학' 혹은 '아류' 정도로 인식되도록 변했는지는 의문이다. 혹시 근대 이후 서구 문예이론의 영향을 받은 것일까?

아놀드 하우저의 『예술의 사회학』에는 '통속예술'에 대해 비교적 상세히 논하고 있다. 그는, 통속예술을 정의하면서 이런 설명을 하였다. "진정한 고급 예술 창작에 깃들여 있는 진지함과 엄격함이 통속예술에 있어서는 때로는 편안함과 만족의 수준으로, 또 때로는 무제한적으로 충일된 감정과 극단적인 센세이션의 수준으로 떨어지게 된다."[6] "고급 예술은 불안을 야기시키고 또 충격과 고통을 주는 반면, 통속예술은 불

---

5) 풍몽룡, 「喻世明言序」, 앞의 책, 2면. "雖小誦孝經論語, 其感人未必如是之捷且深也. 噫! 不通俗而能之乎?"

6) 아놀드 하우저, 최성만·이병진 역, 『예술의 사회학』, 한길사, 1995, 235면.

안을 진정시키고 삶 속에서 부딪치는 고통스러운 문제들을 피하게 해주며, 적극적인 자세와 긴장, 비판 및 자기반성에로 자극하는 대신 소극적인 자세와 자기도취에 빠져들도록 부추긴다."[7] 아놀드 하우저에 따르면, 통속예술은 긴장을 해소·이완시키고, 위안을 주며, 문제를 도피하는 심리를 자극하는 역할을 한다는 것이다. 뿐만 아니라, 정통하지는 않지만, 통속예술은 고급예술 형식을 얼치기 식으로 흉내 낸 세련미를 갖추고 있다고도 하였다. 그렇지만 통속예술이 반드시 고급예술과 명확히 구분되는 것은 아니며, 일부 통속예술은 통속성을 지녔지만 지적인 면에서 매우 까다롭고 비판적인 감상층을 만족시킴으로써 지식층의 동조를 얻은 덕택에 명성을 누렸다고 하였다. 또, 통속예술은 고급예술과 대중예술 사이에 위치하지만, 그 각각의 특성은 고정되어 있는 것이 아니라 상호침투 및 이동 가능성이 있다고도 하였다. 아놀드 하우저의 경우에도 통속예술의 가치를 일괄 폄하하지 않은 것이다. 통속예술 가운데 고급예술과 통하는 경우를 설정해 두었다는 점은, 어딘지 이덕무의 문예 인식과 공통분모를 설정해 볼 여지가 있음을 감지하게 한다. 하지만, 이상의 논의를 종합해 보아도 여전히 어떤 문학 작품의 통속성을 어떻게 분석해야 할지, 또 통속적 요소를 어느 정도 내포하고 있어야 통속문학이라고 판정할 수 있을지를 알 수는 없다.

　문학 작품의 통속성은 작품 내적인 요소도 있고, 작품 외적인 요소도 있을 것이다. 독자들의 수용 방식에 의해 통속적으로 해석되고 수용되는 것은 작품 외적인 요소로 인해 통속문학이 되어버리는 대표적인 경우일 것이다. 그러면, 작품에 통속적 요소가 있다고 해서 작품 자체를 곧장 통속문학이라고 할 수 있을까? 작품에 충분히 통속성이 있는데도 독자들은 그렇게 여기지 않을 때는 어떻게 구분해야 할까? 아놀드 하우저가 지적했듯이 '통속성을 지녔으면서도 매우 까다롭고 비판적인 감상

---

7) 위의 책, 237면.

층을 만족'시킬 만큼 고급예술로 진입하는데 성공하는 경우는 어떻게 구분할 수 있을까?

이런 의문에 접근하고자, 본 논문에서는 우선 작품 내적인 요소에 한정하여 다음과 같은 기준으로 한편의 문학 작품이 지닌 '통속성'을 분석[8]하려고 한다. ㉠ 문체(어휘, 비유, 어투)[9]가 친숙한 구어체이거나 재미있고 인상적인 비유를 사용했는가? ㉡ 소재나 상황에 세속적 인기를 끌 만한 요소가 있는가? ㉢ 등장인물이 특별히 흥미로운 인물인가? ㉣ 작품의 주된 정서 및 주제가 서민 다수의 공감을 얻을 만한가? ㉤ 논평이 참신하면서도 생활인의 공감을 자아내는가?, 이렇게 5항목으로 구분하여 그 작품 내에 특별히 세속적 공감을 얻을 만한 요소가 있는지 가려내는 것이다. 이러한 분석 방법이 문학 작품의 행간에 암시된 통속적 메시지까지 분석해 낼 수 있진 못하겠으나, 그런 미묘하고 복잡한 요소는 어차피 별도의 분석과 설명을 추가해야 할 것이다. 그 점을 감안한다면, 문학작품의 통속성을 작품 내적 요소로 구분하여 분석하는 것은 일정 정도는 객관적이고 구체적 근거를 제시하는데 도움이 되리라고 본다.

---

8) 이러한 방법은 金敏鎬의 「풍몽룡의 삼언 소설 연구—작품상의 교화성과 통속성을 중심으로」(고려대 석사논문, 1990)에서 암시 받은 바가 크다. 그는 풍몽룡의 소설이 지닌 통속성을 분석하면서 '작품 내용상의 통속'과 '표현기교상의 통속'으로 구분하여 분석하고, 표현 기교를 다시 '노골적 묘사, 욕설, 흥미있는 묘사'로 세분하여 분석하였다.

9) 풍몽룡은 통속성을 '문체'와 관련지어 언급한 바 있다. 풍몽룡, 「喩世明言序」(앞의 책 1면)에서 "당나라 사람은 언어를 선별하여 文心으로 들어갔으며, 송나라 사람은 세속에 통하여 마을 사람들의 귀에 잘 어울렸다"[大抵唐人選言, 入于文心; 宋人通俗, 諧于里耳]라고 하였다. 조선조의 박지원 역시 眞機 발현의 문제를 문체와 연결지었다. 「嬰處稿序」에서 "방언을 문자로 옮기고, 민요를 운율에 맞추기만 하면 자연히 문장이 이루어지고 眞機가 발현된다. 답습을 일삼지 않고, 남의 것을 빌어오지 않으면서, 지금 있는 그대로를 가지고 온갖 것들을 표현해 낼 수 있다"(박지원, 신호열·김명호 역주, 『국역 연암집』, 민족문화추진회, 2004, 166면)라는 주장을 했다. '통속성'이나 '진'의 문제를 '문체'와 연관지어 생각하고 있는 것이다.

## 3. 이옥의 열녀전,[10] 그 통속성과 진정

　조선조 후기의 한문학은 그 작품의 대상 소재와 주제를 양반층이 아닌 하층민에게로 옮겼으며, 하층민들이 사는 시정공간을 그려내는 것에 적극적으로 의미를 부여했다. 그것은 사대부계급의 애민의식에서 민생을 시찰하는 관풍(觀風)[11]의 전통을 계승한 듯 보이면서도, 반드시 유교의 윤리에 합당하도록 민간의 풍속을 교화시키려고 하지 않는다는 점에서 명백한 차이를 보이는 현상이 문학 속에 나타났다. 특히, 18세기를 전후하여 일부 양반 문인층들의 문장관에 변화가 보인다. 그것은 문장을 통해 유학의 도(道)를 드러내고 시가를 통해 비루한 감정을 씻고 성정을 도야하고자 했던 조선전기의 가치관과는 분명히 구별되는 것이었다.

　그러나 주지하다시피 이러한 인식과 문예 창작은 정조의 '문체반정'으로 인해 위축되었다. 본고에서 이옥 산문을 특별히 주목하는 것은, 바로 이옥이 문체 검열의 대표적 희생자이자 저항자이기 때문이다. 그는 문체 검열에 걸려, 국왕 정조로부터 4차례나 견책[12]을 받음으로써 스스로 과

---

10) 이 글에서 이옥의 작품은 모두 『이옥전집』 1·2·3(이옥, 실시학사고전문학연구회 역주, 소명출판, 2001)을 텍스트로 활용하였다.

11) 관풍이란 『예기』 「王制」편에 "太師(악관)에게 명하여 시를 모아서 백성의 풍속을 살핀다"에서 나온 말이다. 여기서 '풍'이라는 말은 '민풍', '풍속'의 의미 외에 '교화'의 의미도 같이 포함하고 있다. 즉, 사물이 바람의 움직임으로 인하여 소리가 생겨나고 그 소리가 또한 족히 사물을 움직일 수 있는 것처럼, 윗사람의 말이 바람처럼 움직여 나가 천하 백성을 교화한다는 의미이다.

12) 국왕 정조로부터 견책을 당한 것은 1792년, 1795년 8월, 1795년 9월, 1796년, 이렇게 모두 4차례였으나, 3번째의 경우가 문서 기록상의 착오로 누락되어, 억울하게도 1799년 겨울에 재충군되는 수난을 겪었으니, 결과적으로는 5차례나 시련을 겪고 말았다. 문체 때문에 이토록 고통을 겪은 문인은 이옥뿐일 것이다. 그리고 나서 그는 과거 응시를 단념한 채, 고향에서 문필활동에 전념하였다. 이 문제는 신익철, 「이옥 문학의 일상성과 사물인식」(『한국실학연구』 12, 한국실학학회, 2006, 179~202면)에 잘 정리되어 있다. 이옥이 처음부터 끝까지 자신의 문체, 즉 정조에게 견책 받았던 패사소품체적인 焦殺한

거 응시를 단념했다. 그럼에도 그는 시종일관 자신의 문체를 바꾸지 않았다. 심지어는 충군(充軍)의 명을 받아 1795년에 삼가현으로 다녀온 과정을 적은 「남정십편(南征十篇)」, 그 기록이 잘못 누락되어 1799년에 재충군되어 삼가현에 가 있던 시절의 생활을 적은 「봉성문여(鳳城文餘)」, 상처 입은 마음으로 고향집으로 돌아온 1800년 이후에 집필한 「백운필(白雲筆)」에서조차도, 자신의 독특한 문체를 일관되게 구사[13]했던 것이다. 임금의 명에 따라 다른 선비들이 자송문(自訟文)을 쓰고, 바른 문체로 지은 글을 제출하여 검열을 받을 때, 끝끝내 자신이 선택한 문체를 바꾸지 않은 이옥의 문체를 다시 음미해 볼 가치가 있지 않을까? '초쇄(焦殺)[14]'하다는 지적을 받은 이옥의 문체는 과연 그가 열녀를 입전한 산문에도 해당되는 것일까? 그렇다면 문체와 통속성, 혹은 진정의 문제는 어떤 연관이 있는가? 그 점을 고찰하고자 한다.

이옥의 열녀전은 그 형식이 일반적 전(傳)과 다르다. 그 점은 이옥의 전(傳) 작품 전체가 지닌 공통점인데, 열녀전 역시 마찬가지이다. 핵심 일화만을 중심으로 내용을 구성[15]하고 있다는 점이 그것이다. 그래서

문체를 바꾸지 않은 것에 대해서는 신익철의 논문에도 지적되어 있다. 그리고 김영진은 「이옥 문학과 명청소품」(『고전문학연구』 23, 한국고전문학회, 2003, 379면)에서 "이옥의 의식과 관심은 초년부터 만년까지 변함이 없었다"고 지적하였다.

13) 이 세편의 글이 지닌 통속성과 그 문예적 가치에 대한 해명은 별도의 원고를 준비 중이다.

14) 焦殺의 의미는 한어대사전에 '성조가 촉급함을 말한다[謂聲調急促]'고 풀이되어 있는데, 이 경우 문맥을 보면 글을 읽었을 때 발성이나 발음만이 그렇다기보다는, 글의 분위기가 경박한 느낌이 드는 것을 의미하는 것이 아닌가 싶다. 초쇄라는 말은 종종 淫哇라는 말과 함께 쓰이곤 하는데, 음왜 역시 지나치고 편벽된 기운이 있는 것을 지적할 때 쓰이곤 한다.

15) 연암 박지원의 「맏누님 증 정부인 박씨 묘지명[伯姊贈貞夫人朴氏墓誌銘]」역시 연암과 누님의 잊지 못할 일화를 추억하는 것으로 구성되어 있다. 바로 그러한 점 때문에 중존(仲存)이 "이 글을 옛사람의 문장을 기준 삼아 읽는다면 당연히 이의가 없겠지만, 지금 사람의 문장을 기준 삼아 읽기 때문에 의아해하지 않을 수 없는 것이다. 상자 속에 감추어 두기 바란다.[此篇, 以古人之文讀之, 則當無異辭, 而以今人之文讀之, 故不能無疑. 願秘之巾衍.]"(박지원, 신호열·김명호 역주, 앞의 책, 239면)이라고 충고했던 것으로 보인다. 문장에 따로 법도가 없고, 진정이 지극하면 그것이 예에 부족함이

이옥의 전 가운데 「심생전」은, 연구자들이 진작부터 단편소설로 인정해
왔을 정도이다. 서사적 구조가 짜임새 있고 묘사가 상세하여 사실성이
빼어난 작품이기 때문이다. 이옥의 전이 그런 파격적인 형식을 취하게
된 것은, 입전 대상이 한미한 신분의 인물이라서 인물의 성명도 잘 모
르고 가계(家系)나 인적 사항이 잘 파악되지 않는 탓도 있다. 하지만, 작
가가 처음부터 일부러 그런 인물만을 선택했을 수 있다는 점을 고려해
야 할 것이다. '이씨 열녀'는 양반가에 시집가긴 했지만 이씨 자체의 신
분은 명확치 않고, '수칙'의 경우도 나중에 품직이 내려지긴 했지만, 원
래 신분은 한미한 여성으로 보인다. 이옥의 전(傳)은, 전의 형식에서 일
반적으로 갖추어야 할 몇 가지 내용을 생략하는 대신, 서사적 전개에
합리적 인과성이 강화되어 있고 서술 문체가 상황 묘사적이어서 독자
를 흡인하는 힘이 뛰어나다. 이러한 요소들은 대상을 보는 이옥의 관점
자체가 독특하기 때문에 가능한 것일 터인데, 그런 점이 모두 이옥의
문체가 '초쇄'하다는 지적을 받게 만든 것이 아닐까 한다. 과연 이옥이
쓴 열녀전도 '초쇄한 문체'인지, 그런 문체는 열녀전에도 과연 통속성을
내포하게 만들었는지, 그 통속성은 이옥이 추구했던 진정(眞情)과 어떤
상관성이 있는지에 대하여 이제부터 하나하나 분석해야 할 것이다.

　이옥의 열녀전은 크게 두 유형으로 구분할 수 있다. 하나는 사건의
줄거리가 간결하게 요약 설명되어 있고 논평이 긴 것이다. 「상랑전」,
「생열녀전」, 「열녀이씨전」, 「수칙전」이 해당된다. 그리고 다른 하나는
사건의 줄거리가 자세하게 묘사되어 있고 논평이 짧은 것이다. 「심생
전」, 「마상란전」, 「협창기문」, 「협효부전」이 해당된다. 「포호처전」의 경
우는 논평이 짧다고는 할 수 없겠으나 줄거리가 자세하게 묘사되어 있
다는 점에서 후자에 포함시켜야 좋을 듯하다. 전자를 ① 유형이라 하고,

<hr>

없건만, 경직된 儒子들이 그것을 법도에 벗어난다하여 문제삼는 상황을 우려한 충고
로 읽힌다. 이 글에도 누님의 가계나 성장과정, 품성, 시댁에 대한 소개 등, 일반적으로
傳에서 거론되는 내용들은 모두 빠져 있고, 지극히 간략히 처리되어 있다.

후자를 ② 유형이라 명명하기로 하자.

### ① 유형

| 열녀전 제목 | 문체 | 소재<br>(상황·줄거리) | 주요 인물 | 주제 | 논평 |
|---|---|---|---|---|---|
| 상랑전<br>(尙娘傳) | 간결, 평이.<br>인과관계를 설득력 있게 구성 문언적인 표현 | 남편·시댁에서 소박당함. 친정에는 계모와 아들 형제가 개가시키려하여 있을 수 없음. 시댁에 돌아갔으나 시아버지가 문을 막아서 들어가지 못함. 상낭이 낙동강에 가서 이웃집 처자에게 하소연하고 강물에 뛰어들어 죽음. 시댁과 친정에서 놀람. | 주인공 계층은 서민 | 남편과 시대에서 버림받은 여자의 선택, 죽음. | 서두에 조선의 열녀풍속에 대한 감탄. 논평 말미에 배우지 못한 미천한 여자의 정숙함에 대해 예찬 |
| 열녀이씨전<br>(烈女李氏傳) | 인적 사항없이 곧장 남편이 죽게 된 상황부터 시작. | 남편 입관시에 따라가겠다고 약속 남편 사후에 아이를 낳음. 가족들이 만류, 의지 약화되기 쉬움. 약속 지킴. | 주인공 계층은 양반 용인의 서민 아낙이 한미한 양반에게 시집감. | 고절(苦節). 충동이 아니라 오랜 계획과 의지로 열녀가 된 경우. | 남편을 따른 것은 의(義)이고, 약속을 지킨 것은 신(信)이고, 죽은 것은 성(誠)이다. |
| 수칙전<br>(守則傳) | 앞뒤에 긴 논평. 신해년(1791) 7월에 임금이 내린 전교도 베낌. 실제 사실 상황에 대해서는 매우 짧은 분량. | 성밖에 살면서 점과 침선(針線)으로 생계를 꾸리는 여자. 단 한번 우연히 성은을 입고 30년을 두문불출하며 방 밖으로 나오지 않은 여인. | 주인공 계층은 서민. 단 한번 우연히 성은을 입은 여자. | 마음에서 우러난 정절(貞節) | 서두에 긴 논평. 절부는 천지의 정렬한 기운을 모은 것. 살아서의 열절이 죽기보다 어려움. 말미에 긴 논평. 남의 이목 때문이 아니라, 마음에서 우러나온 일. |

| 생열녀전<br>(生烈女傳) | 사실 상황제시는 짧음.<br>논평의 길이는 2배 길다. | 아내가 칼로 자기 허벅지 살을 베어 구워 남편의 종기를 치료. 허벅지 또한 나음. | 주인공 계층은 한미한 사족의 딸인듯.<br>평산 신씨로 용인 사람. | 살아서의 열절 장려 | 살아서 정려문을 세운 경우는 처음 들었음. 허벅지 살점을 베어 남편을 살린 것보다, 술주정 시아버지께 효도한 것이 더 놀라운 일. |
|---|---|---|---|---|---|

　① 유형에 포함된 열녀전들은 사실기록 부분이 매우 짧고, 논평이 길다는 점, 그리고 열절을 지키려는 주인공의 자발적 의지가 강한 경우라는 공통점이 있다. 주인공으로 선택된 대상들 또한 모두 한미한 처지이거나 신분이 낮은 여인들이다. 이들에 대해 이옥은 적극적으로 예찬하고 기리는 논평을 붙이고 있다. 그 점에 있어서는 당시 사대부들의 일반적 열절 관념과 하등의 차이가 없다. 오직 차이가 있다면, 그 논평의 초점은 모두, 그 행동이 '충동적 결과'가 아니라 '오래 고민하여 선택한 자발적 의지'에 의한 것이라는 점에 맞춰져 있다는 점이다. 하지만, '열절'을 중시하는 관념에 차이가 없다면, 이옥의 글은 왜 비판을 받은 것일까? 열녀전의 경우는 이옥이 비판 받았던 문체에서 제외되는 것일까? 이옥은 자신의 문체를 한 번도 바꾼 적 없이 일관되게 유지했는데, ① 유형의 열녀전만 예외가 될 수 있을지, 의문을 갖게 된다.

　그런데 사실기록 부분이 매우 짧은 분량으로 구성되어 있어도 이옥의 글은 뚜렷한 특성을 드러낸다. 주인공의 심리나 의지를 표출한 부분이 강조되어 있는 것이다. 「수칙전」에서는 '수칙의 평소 생활 모습의 비밀스러운 광경'을 매우 잘 제시해두고 있으며, 그런 점이 전혀 불가능한 「생열녀전」에서는 논평에서 술주정뱅이 시아버지를 섬기는 며느리의 효심이 드러나게끔 일화로 소개하고 있다. 그럼에도 불구하고 ① 유형에서는 이옥의 문체에서 '감각적이고 다정다감한 묘사'나 '인물 심리에 대한 묘사'를 찾아내기는 어렵다. 따라서 ① 유형의 열녀전이 지닌 통속성은 주인공들이 신분이 낮은 인물들이라는 점과 그들이 처한 특별하고도 극적인 상황이 불러일으키는 흥미에서 찾을 수 있을 뿐이다. 그럼, ②유형을 보기로 하자.

**②유형**

| 열녀전 제목 | 문체 | 소재<br>(상황·줄거리) | 주요 인물 | 주제 | 논평 |
|---|---|---|---|---|---|
| 심생전<br>(沈生傳) | 구어체<br>재미있고 인상적인 비유<br>인물 묘사 상세<br>심리 묘사 상세 | 신분이 차이나는 청춘남녀의 자유연애.<br>몇 단계의 장애 극복<br>남자측 부모의 반대<br>여자의 3가지 소원이 담긴 편지 | 주인공 계층은 중인의 딸, 양반집 아들. | 신분 차이로 인한 사랑의 비극 | 매우 새로운 이야기이니, 『정사』의 보유를 삼을까 한다고 함. |
| 마상란전보유<br>(馬湘蘭傳補遺) | 사랑에 눈먼 자의 심리를 보여주는 문답 | 노기(老妓)에게 반한 앳된 선비. | 주인공 계층은 늙은 기녀, 앳된 선비 | 절대적 사랑 현실의 벽 | 논평이 없음.<br>소년이 고집피우다 체벌을 받고 떠남. |
| 협창기문<br>(俠娼紀聞) | 대화를 통한 심리 묘사 뛰어남.<br>상황 묘사 상세. | 세속적인 기녀의 의리와 절개<br>홍문관 예문관 관인의 반열에서 형의 죄에 연루되어 제주 관노로 추락한 양반<br>기녀가 따라가 주색으로 안락사를 부추김. | 주인공 계층은 기녀<br>관인에서 관노로 몰락한 양반 | 기녀의 순정과 절개, 제주 사람들과 한양의 옛 지인들이 모두 동정. | 참으로 자기를 잘 지킨 자 세간의 시교(市交)하는 사람들에게 경종을 울림. |
| 협효부전<br>(峽孝婦傳) | 호랑이와의 의사소통 설정을 본 듯이 묘사 | 깊은 산골 외딴집에서 남편 일찍 죽고 병들고 눈먼 시어머니 개가시키려는 친정아버지<br>호랑이의 도움, 호랑이에게 보은 신이한 기적 | 주인공 계층은 산골 아낙. | 효성과 절개 강제로 개가시키려는 부모가 회심. | 호랑이와 관련된 신이한 일을 믿기 어려움. |

| 포호처전<br>(捕虎妻傳) | 상황 묘사<br>심리 묘사 | 외딴 산골, 남편이 장에 간 사이, 해산한 여인의 집에 호랑이가 침범. 그 집 개도 강아지를 3마리 낳았으므로 2마리를 호랑이 주고, 마지막에는 숯불에 달은 돌을 던져줘서 호랑이를 잡음. | 주인공 계층은 서민<br>정읍 산성(井邑山城) 아래 숯 굽는 남자의 처 | 긴박한 상황에서 위기 모면한 지혜 | 형세가 급박하면 약한 사람도 강한 것을 이길 수 있다.<br>죽을 땅에 놓인 뒤에야 살게 된다. |
| --- | --- | --- | --- | --- | --- |

②유형에 포함된 열녀전들은 사실기록 부분이 글 전체의 거의 대부분을 차지하고, 논평이 짧거나 거의 없다는 점, 그리고 열절을 지키려는 주인공의 자발적 의지가 강한 경우라는 공통점이 있다. ①유형과 마찬가지로 주인공으로 선택된 인물들이 모두 한미한 처지이거나 신분이 낮은 여인들이라는 점도 공통점이다. 이들에 대해서도 역시 이옥은 적극적으로 예찬하고 기리는 논평을 붙이고 있다. 그 점도 당시 사대부들의 일반적 열절 관념이나 ①유형의 글에서 자신이 보여준 견해와 아무 차이가 없다. 그리고 ①유형과 차이가 있다면, 논평에서 열절 자체를 예찬하는 논지가 약화되어 있다는 점이다.

이 두 유형 가운데 '통속성'을 보다 선명히 내포하고 있는 것은 ②유형일 것이다. ②유형은 세간의 흥미를 자극할 만한 요소를 이미 줄거리 속에 상황으로 뚜렷하게 내포하고 있다. 시집갈 나이의 처녀가 품고 있는 3가지 소원이 담긴 편지가 이야기 속에 삽화로 들어가 있다든가, 늙은 기녀에게 반한 앳된 선비라든가, 홍문관 예문관 관인의 반열에 있던 관인이 형의 죄에 연루되어 제주 관노로 추락했는데 기녀가 따라가 주색으로 안락사를 부추긴 일이라든가, 호랑이와 효부의 신이한 보은관계 같은 것이 이미 그 자체로 충분히 세인의 관심을 자극하는 요소가 된다. 그런데다가 인물 묘사와 심리 묘사가 상세하게 이루어져 있다. "복사빛

빰에 버들잎 눈썹", "버들 눈, 별 눈동자의 네 눈이 서로 부딪혔다", "늙어 빠진 가죽 주머니와 같은 몸매"처럼 감각적이고 재밌는 비유를 구사한다든가, 사랑에 눈먼 자의 심리를 잘 보여주는 문답 등을 구사하여, 매우 감각적이고 정감이 풍부하도록 만들었다. 호랑이와의 의사소통 설정을 마치 현장에서 본 듯이 그려낸 것 역시 마찬가지이다. 이런 부분은 독자의 흥미를 견인해 들어가며, 시선을 뗄 수 없게 만든다. 역시 '세속의 심리에 그대로 통하게끔 통속적'인 것이다. ② 유형의 열녀전을 보면, 이옥의 글이 지닌 통속성은 '주제'나 '논평'에서보다는 '문체'와 이야기의 줄거리 자체에서 비롯되는 요소가 강하다고 하겠다.

이상, 이옥의 열녀전 전체를 보면, '열절'을 중시하는 관념이나 '충효'를 중시하는 관념은 동시대의 다른 글들과 별반 차이가 없다. 그럼에도 불구하고 그가 여러 차례 고난을 겪었던 것은 문체 때문이었다. 그의 글은 '정감'과 '상황의 구체성'이 강화되어 있어 그 감동이 크고, 설득력 강하게 전해졌던 것이다. 이런 문체는 글의 통속성을 강화하는 요소로 작용했다. 뿐만 아니라 이옥의 글은 사건의 인과 관계 및 인물의 심리적 동기를 매우 중시하고 있는데, 이점 또한 글의 설득력과 감동을 높임으로써 글의 통속성을 강화하는 요소로 작용하였다. 이옥이 중시했던 '진정'은 바로 '인물 내면의 자발적 동기'인 바, 통속한 상황이라야 그 자발적 동기에 힘입어 진정이 잘 표출되었으며, '진정'이 추구되어야 글의 통속성도 강화되는 효과를 냈던 것이다. 결국 '진정'은 '통속성'을 그 토대이자 분모로 삼고 있다고 할 수 있다. 요컨대 이옥의 문체는 상황의 정감적 요소를 강화함으로써 글의 통속성을 높였으며, 그 통속한 글 속에서 인물의 자발적 동기를 중시하여 적극 묘사함으로써 '진정'을 추구했다고 할 수 있다.

그렇다면, 열절 중시 관념에도 불구하고 이옥의 글이 불온시 된 이유는 어디에 있을까? '진정'을 중시한 것이 왜 불온할까? '진정'을 중시하는 것은 '관습적 열절'에 찬물을 끼얹는 효과를 내기 때문이다. 즉, 현실 관행으로 굳어져 아무 의미도 없이, 맹목적으로 지키는 열절에 대해 그 의미를 돌아보게 만들고 비판하는 역할을 수행하기 때문인 것이다. 마치 독재 정치가 사람의 감정, 특히 자유로운 연애 감정을 통제하려 들듯이, 통치자의 목소리가 일사불란하게 먹혀들게 하려면 '진정'을 중시하지 말아야 한다. '진정'은 '개인의 주체적 자아각성'과 직결되는 까닭에 외부의 지시를 거부하게 만드니까. 이옥의 열녀전은 기존 관념과 차이 없이 모두 열절을 중시하고 있다. 다만 그 근거가 다를 뿐이다. 당시의 관행적 열절 관념을 따르지 않고, '한 여인의 자유 의지적 열절, 자발적 진정에서 우러나는 열절'을 중시하여 담아낸 점이 다르다. 그 진정을 중시하면, 인물의 심리 내면과 정감을 상세히 묘사할 수밖에 없으니, 통속성이 높아지는 글이 되는 것이다. 그 점은 ① 유형처럼 논평이 강화된 경우의 글이나, ② 유형처럼 논평이 없다시피 한 글이나, 마찬가지다. 이옥은 열절에 관한 도덕적 근거를 '타율성'으로부터 '자율성'으로 환원시켰던 것이다.


## 4. 풍몽룡의 『정사』 「정정류(情貞類)」, 그 통속성과 진정


풍몽룡이 찬(撰)한 『정사』는 전체 24권으로, 24류 882조의 이야기로 구성되어 있다. 수록된 이야기는 모두 다 풍몽룡이 창작한 것은 아니고, 역대의 다른 서적에서 인용, 편집한 것이 대부분이다. 자신이 쓴 서문에서 "고금의 정에 관한 이야기 가운데 아름다운 것을 가려 취하였다"[16) 라고 밝혔듯이, 『태평광기』에서 221건, 『이견지(夷堅志)』 70건, 그리고 송

---

16) 풍몽룡, 魏同賢 편주, 『정사』 상, 풍몽룡전집 권 1·2, 상해고적출판사, 1993, 4면. "擇取古今情事之美者, 各著小傳, 使人知情之可久."

(宋)과 원(元)의 전기(傳奇) 소설, 명(明)의 통속 유서(類書)와 청(淸)대의 소설, 그리고 사서(史書) 및 지방지(地方志) 등에서 광범위하게 수집한 것이라 한다.[17] 그리고 각 권 별로 하나의 유형이 끝날 때마다 대체로 '정사씨왈(情史氏曰)'이라는 논평을 붙여두었다. 그 가운데 여기에서는 여성의 열절을 다룬 제1권 「정정류(情貞類)」만을 대상으로 '통속성'과 '진정'의 문제를 고찰하기로 한다.

「정정류(情貞類)」에는 모두 48편의 글이 수록되어 있는데, 그 가운데 「왕사아(王四兒)」[18] 1편을 제외하고는 모두 『정사』 이전의 서책에서 수집한 것이다. 조동매와 김원희의 논문 부록을 참조하면, 그 1권의 48편을 원 출전과 비교했을 때 출전과 문자가 같은 것이 19편,[19] 같지 않은 것이 3편,[20] 일부 변동이 있는 것이 4편,[21] 그 문제에 관해 아무런 언급 없는 것이 22편[22]이다. 이 글들은 원 출전의 문장보다 풍몽룡이 가필을 많이 한 문장을 찾기는 어려운데, 마침 「정정류(情貞類)」 48편 중 「범희주(范希周)」[23]·「김삼처(金三妻)」[24]·「관반반(關盼盼)」[25] 3편이 개작되어

---

17) 조동매(趙冬梅)의 「풍몽룡『情史』연구」(고려대 박사논문, 2004)와, 김원희의 「『情史』故事源流考述」(復旦大學 박사논문, 2005) 참조. 조동매의 논문에는 「『情史』故事的來源和影響」, 김원희의 논문에는 「『情史』故事來源總目」가 부록으로 실려 있다. 이 논문들의 부록에는 『정사』에 수록된 이야기 전체를 편마다 원래의 출전을 밝혀 정리해 두었으며, 원 출전과 『정사』에 수록된 글의 문자가 동일한가, 그렇지 않은가에 대해서도 밝혀두고 있다.

18) 김원희의 앞의 논문 147면에. "未見『情史』出版之前的文獻. 見於明徐應秋『玉芝堂談薈』권10 '濟寧李東'; 『盦史』권21, 注出『疏齋匿語』, 此書作者是虞淳熙, 字長孺錢塘人"으로 밝혀져 있다.

19) 范希周, 祝瓊, 天台郭氏, 盧夫人, 狄阿毛妻, 泖湖謝氏, 史五妻, 徐君實妻, 鄧廉妻, 海昌董氏, 章綸母, 歌者婦, 鄴中婦人, 高娃, 楊娼, 李媒, 齊錦雲, 皇甫規妻, 李眞童.

20) 李妙惠, 王氏婦, 張寧妾.

21) 從二姑—문자 간결, 美人虞—文後評에 龍子猶의 詩, 隨淸娛—문자 간결, 沈眞眞—기본 동일, 말미—조금 다름.

22) 盛道, 羅敷, 金三妻, 申屠氏, 王世名妻, 惠士玄妻, 獨腕尼, 綠珠, 戚大將軍妾, 張小三, 韓香, 關盼盼, 王四兒, 朱葵, 魯陶嬰妻, 虞氏, 楚貞姬, 張美人, 濟南張義婦, 黃帛, 劍州民婦, 吳金童處.

23) 이 편의 출전에 대해서는 조동매의 앞의 논문, 부록 253면과 김원희의 앞의 논문, 부록 143면의 설명에 약간의 차이가 있다. 조동매는 「范希周」에 대해 이렇게 고증하였다.

"『정사』에서는 출처를 밝혀놓지 않았다. 이 사실은 송나라 王明淸(1127~1202 이후)이 저술한 『撫靑雜說』에 보이며, 『고금도서집성』 권40, '閨義部·列傳'에서 '范希周妻呂氏條' 또한 『척청잡설』에서 인용하고 있는데, 문자는 『정사』와 약간의 글자 축약이 있으나 기본적으로 동일하다. 「범희주」편은 『척청잡설』에서 유래한 것이라는 결론을 얻을 수 있다. 이 편은 또한 풍몽룡에 의해 백화소설로 개작되어 『警世通言』 권12 「范鰍兒雙鏡重圓」이 되었다." 그런데 김원희는 이렇게 고증하였다. "송나라 왕명청의 『척청잡설』은 완위산당본 『설부』 권13에 보이는데, 『정사』와는 문자가 약간 차이난다. 명나라 王圻의 『稗史彙編』 권43 「夫婦守節義」는 『정사』와 문자가 서로 일치한다. 이 편은 『경세통언』 권12 「범추아쌍경중원」의 本事이다."

조동매는 약간의 글자 출입이 있더라도 기본이 일치하므로 「범희주」편이 『척청잡설』에서 나왔다고 본 데 비하여, 김원희는 왕기의 『패사휘편』 권43 「부부수절의」가 『정사』와 그대로 문자가 일치하므로 이것을 출전으로 본 것이다. 필자도, 문자가 그대로 일치하는 쪽이 원 출전일 가능성이 높다고 생각한다.

24) 이 편의 출전은 『정사』에 "事在『耳談』"이라고 注가 달려 있으므로 이견이 없다. 다만 조동매(부록 255면)와 김원희의 논문(부록 143면)의 설명 내용이 다르므로 참고로 제시한다.

조동매는 이렇게 고증하였다. "『耳談類增』 권8에 나오며, 원제는 「武騎尉金三重婚」이다. 『이담유증』은 작자가 명나라 사람 王同軌이다. 이 조목은 여러 다른 서책에 인용 수록되어 있다. 명나라 劉仲達의 『鴻書』 권36 「五倫部 3」, '金氏子'조의 주에 『耳談』에서 인용하였다고 명시되어 있다. 趙吉士의 『寄園寄所寄』 권10에 또한 인용되어 있다. 또, 『古今閨媛逸事』 권4 情愛類 '破氈隱語'와 『古今情海』 권17 '金三妻'에도 보인다. 『정사』에서 인용한 문자는 전적으로 『고금규원일사』 권4 정애류 '파전은어'와 동일하다. 이 일을 근본으로 삼아 창작한 소설이 「宋小官團圓破氈笠」(『경세통언』 권22)인데, 송은 그 姓이고, 김은 그 이름이다. 『茶香室續鈔』 권16에 '金三'조가 있는데, 기록이 비교적 간단하지만, 끝에 이르기를, '소설 중에 宋金郎事라는 것이 있는데, 바로 이것이다. 다만 이에 근거하면, 金은 그 성이지, 이름이 아니니, 아마도 전해들은 차이일까?'라고 하였다."

김원희는 이렇게 고증하였다. "『이담』 권1 「무기위김삼」과 『이담유증』 권8 「무기위김삼중혼」, 『談薈』 중 「破氈笠記」에 보인다. 명나라 유중달의 『홍서』 권36 '김씨자' 주에 『이담』에 나온다고 하였다. 청나라 조길사의 『기원기소기』 권10 「驅睡寄」 주에 『홍서』에서 나왔다고 하였다."

25) 이 편의 출전에 대해서도 조동매(부록 258면)와 김원희의 논문(부록 146면)의 설명을 참고로 제시한다. 조동매는 이렇게 고증하였다. "『白氏長慶集』에 보인다. 『麗情集』,『類說』,『綠窗新話』 및 『全唐詩』에 고르게 이 일이 집록되어 있다. 『靑泥蓮花記』 권4 「記節」에 인용되었는데, 제목이 「張建封妾盼盼」이다. 이 편은 당시 풍몽룡이 각 편 중에서 선택, 編輯하여 완성하였다."

김원희는 이렇게 고증하였다. "『백씨장경집』 권15 '연자루 3首'에 보인다. 『여정집』 '연자루'는 『류설』 권29에 보인다. 『녹창신화』 권下 「張建封家姬吟詩」는 주에 『麗媚記』에서 나왔다고 하였다. 『청니연화기』 권4 「장건봉첩반반」은 주에 『백씨장경집』과 『여정

『경세통언(警世通言)』26)에 수록되어 있으므로27) 그 3편을 통해 풍몽룡의 글이 어떻게 '통속성과 진정'을 담아냈는지 살펴볼 수가 있다.『경세통언(警世通言)』은 풍몽룡의 대표적 통속소설로 손꼽히기 때문이다. 그 3편은『정사』에서는 비교적 편폭이 짧고, 문장이 사건 전개 중심으로 짜여 있는데 비하여,『경세통언』에서는 그 편폭이 길게 확장되어 있을 뿐 아니라 신파조와 같은 낭만적 분위기로 바뀌어 있다.

  ㉮「범희주(范希周)」→『경세통언』권12「범추아쌍경중원(范鰍兒雙鏡重圓)」(徐信의 이야기도 入話)
  ㉯「김삼처(金三妻)」→『경세통언』권22「송소관단원파전립(宋小官團圓破氈笠)」
  ㉰「관반반(關盼盼)」→『경세통언』권10「전사인제시연자루(錢舍人題詩燕子樓)」

이 3작품은 모두 '사랑과 신의'28)를 다루고 있다. 이 3편에 대해 역시 ㉠문체, ㉡소재(상황·줄거리) ㉢주요 인물 ㉣주제 ㉤논평의 항목으로 나누어 '통속성'의 요소를 살펴보기로 한다.

먼저「범희주」의 경우를 보자.

---

집』에서 나왔다고 하였다.『艷異編』권27「張建封妓」.『繡谷春容』잡록 권1「반반연자루술회」. 林本, 馮本『燕居筆記』권1「燕樓守節」. 何『燕居筆記』권1「반반수절」에 보인다.『경세통언』권10「전사인제시연자루」의 앞 단락은 이 일에 근본을 둔 듯하다."

26) 본고에서는 텍스트로 2종류의『경세통언』을 참조하였다. 한 종류는『續修四庫全書』 1784번(상해고적출판사)에 수록된 것이고, 다른 하나는 彭詩琅이 주편한『경세통언』(중국회극출판사, 2002)이다. 본 논문에서 원문을 인용할 경우는 한자가 繁體字인『속수사고전서』1784번을 이용하였다.

27) 김미정,「풍몽룡『정사』와 '삼언'의 서사 특징 비교 연구」, 전남대 석사논문, 2002, 28면.

28) 패트릭 하난, 김진곤 역,『중국백화소설』, 차이나하우스, 2007, 246면. "풍몽룡이 창작한 것으로 생각되는『경세통언』의 열세 작품에서 가장 주요하게 다루어지는 주제는 바로 사랑과 배신이다."

그런데 김미정의 앞의 논문에서는「범희주」,「김삼처」는 사랑과 신의를,「관반반」은 신의를 중요한 주제라고 보았다.

|  | 범희주(范希周) | 범추아쌍경중원(范鰍兒雙鏡重圓) |
|---|---|---|
| ㉠문체 | 사건 전개 중심<br>인물 간의 대화 | 송나라 말기의 금나라 침입으로 인한 시국과 세태의 어지러움과 민생고 강조.<br>시를 여러 편 삽입하여 감정을 고조.<br>장면마다 수식하여 확대 부연.<br>주인공의 인물됨과 내력을 미화. |
| ㉡소재<br>(상황·줄거리) | 역적 범희주가 토벌 장수의 딸 여씨(呂氏)를 아내로 맞아, 온갖 고난을 겪으면서도 피차 재혼하지 않고 신의를 지키다 재회함. | 앞부분은 서신(徐信) 부부의 신의<br>뒷부분은 범희주 부부의 신의<br>조상에게서 물려받은 보경(寶鏡)이 신표로 등장 |
| ㉢주요 인물 | 역적의 괴수 조카 범희주,<br>토벌 장수의 딸 여씨 | 범희주의 이름을 범추아(范鰍兒)로 바꿈.<br>토벌 장수의 딸 여씨 |
| ㉣주제 | 부부의 신의 | 부부의 신의 |
| ㉤논평 | 하늘이 또한 그 부부의 정절을 돌봄. | 하늘도 감동 |

　이상에서 보면 서사적 전개의 절실함이나 긴박성, 혹은 주제의 명료성은 「범희주」쪽이 우수하다고 생각된다. 그런데 풍몽룡은 그것을 확대 부연하여 감정을 고조시키고, 등장인물의 내력이나 자질을 좀 더 미화한다. 그리고 보배로운 거울을 소품으로 등장시켜 흥미를 유도하며, 그 거울이 자자손손 대대로 전해지는 것으로 그 집안의 복됨을 상징하듯 결말을 맺고 있다. 그러나 작품의 등장인물이나 주제, 논평의 논지가 변화된 것은 없다. 그렇다면 풍몽룡의 개작으로 인해 생겨난 '통속성'이란 문체와 직결된다. 대개는 대화를 삽입하거나 인물 심리 묘사를 통해서 흥미를 더하는 것이 일반적이지만, 이 작품의 경우는 대화나 심리 묘사를 가필한 것은 거의 없다. 인물 묘사가 확대 부연된 부분을 예로 들어본다.

　「범희주」: 관서인 여충익(呂忠翊)이 복주(福州) 세관(稅官)에 제수되어 이제막 부임하다가 길이 건주를 지나게 되었을 때, 17,8세 남짓한 딸을 적도들에게 빼앗겼다.

　(有關西人呂忠翊, 受福州稅官, 方之任, 道過建州, 有女十七八歲, 爲賊徒所掠.)29)

---

29) 위동현 주편, 『풍몽룡전집』『정사』上 권1·2, 상해고적출판사, 1993, 135면.

「범추아쌍경중원」 : 여충익에게 딸이 있는데, 소명(小名)은 순가(順哥)이다.
나이 바야흐로 16세로, 태어날 때부터 용모가 맑고 아름다웠으며, 성정은 따뜻
하고 부드러워, 부모가 복주로 부임할 때에 따라갔다.

    (呂忠翊有個女兒, 小名順哥, 年方二八, 生得容顔淸麗, 情性溫柔, 隨着父母福
州之任.)[30]


    패트릭 하난은, 이 작품에서 '남녀 주인공의 (도덕적)지위가 완전히 역
전되어 있음'[31]을 지적하였는데, 선뜻 동의하기 힘든 지적이다. 여자 주
인공 역시 역적의 아내가 되어 반역자인 남편과 입장이 일치되었으므로
사회적으로는 도덕성에 아무런 차이가 없기 때문이다. 그보다는 이 주인
공들이 처음에는 역적과 토벌 장수의 딸이라는 점에서 서로 적대적인 입
장인데, 나중에는 부부로 절의를 지키게 된 상황 자체가 세상의 흥미를
끌기에 매우 적합하다고 생각된다. 그런데 이 작품은 원작도, 풍몽룡의
개작도, 모두 역적이라든가 하는 문제보다는 부부간의 신의에만 초점을
맞추고 있다. 이런 점에 대해 패트릭 하난은, 풍몽룡이 유가사상을 바탕
에 깔고 세상사에 관심을 가지고 있으면서 교양을 지니고 낭만적으로 행
동하는 면모를 보였으며, 신의와 애정을 저버리는 것이 아니라면 공공의
도덕에 관계되지 않은 개인의 문제에 대해서 관대했다고 평하였다. 바로
그 점, 작품의 사건 전개와 논지를 애정 문제에 집중되게끔 만드는 자체
가 통속성과 관련이 깊다고 하겠다. 그것은 대단한 흥미를 유발하여 작
품을 쉽게 읽도록 만들기 때문이다. 또, 감정을 풍부하게 고조시키는 방
향으로 문체를 바꾸어 이야기를 개작하였는데, 그것 역시 읽기 쉽고 재
미있게 만든 것이다. 풍몽룡은 이미 그런 점을 충분히 의식하고 있어서,

    "이야기가 쉽고 세속에 통해야만 널리 전해지며,
    글이 반드시 도덕풍속에 관계되어야 비로소 사람을 감동시킨다."[32]

---

30) 풍몽룡, 『경세통언』(『속수사고전서』 1784번), 상해고적출판사, 2001, 667면.
31) 앞의 책, 246면.

라고 말했을 정도이다. 풍몽룡은 도덕적 교화를 빠르게 성취하는 수단
으로서 통속성을 중시했고, 강조했다. 개작 이전과 이후를 간단히 간추
리면, 열절에 대한 중시는 기존의 관념과 동일한데, 풍몽룡은 '열절'의
동기가 '진정'에서 우러나야 함을 강조했다. 하지만, 이 글은 원 글에서
주인공들의 자발적 감정, 신의가 중시되어 있기 때문에, 개작에서 그 점
이 확대 부연되어 있을 뿐인 탓에 '자발적 진정'을 강조한 의도가 잘 살
아나진 않는다. 그렇다면, 통속적으로 변화한 가장 뚜렷한 점은, 글의
문체가 감정이 풍부하게 바뀌었다는 점이 될 것이다.


　　다음은 「김삼처(金三妻)」의 경우를 살펴본다.

| | 김삼처(金三妻) | 송소관단원파전립(宋小官團圓破氈笠) |
|---|---|---|
| ㉠문체 | 사건 전개 중심<br>인물 간의 대화 | 사건 전개시 상황, 동기를 상세 묘사<br>인물간의 대화 많아짐<br>작가의 설명 개입 |
| ㉡소재<br>(상황·줄거리) | 곤산(崑山) 주사(舟師) 양씨(楊氏)는 친구 김씨가 죽자 그의 아들 김삼(金三)을 데려와 길러서 자신의 배에서 회계를 맡기다가 사위를 삼았다.<br>김삼(金三)은 자신의 딸이 죽자 그 슬픔으로 몸이 쇠약해졌다.<br>장인이 김삼(金三)을 쓸모없게 여겨 무인도에 데려가서 버리고 돌아와, 다시 딸을 개가시키려 함.<br>딸이 부모에게 항거하며 수절을 함.<br>김삼(金三)은 무인도에서 도둑이 숨겨놓은 재물을 발견해서 살아나와 그 재물로 국가 위기를 평정하고 부부 모두 관작을 받음.<br>부부가 서로 약속한대로 절의를 지켰으므로 반갑게 다시 만나 해로함. | 소주의 송돈(宋敦)과 유유재(劉有才)는 마흔이 넘도록 자식이 없어 불공을 들여 자식을 얻음.<br>송돈은 아들 송김(宋金), 유유재는 딸 유의춘(劉宜春).<br>유유재는 송돈과 사돈을 맺고자 하나 선비집 안인 송돈이 유유재를 비천하게 여김.<br>송돈 부부가 차례로 먼저 죽어 송김이 고아가 되고 가난에 시달림.<br>유유재가 송김을 자신의 배에서 회계 보게 하다가 데릴사위를 삼음.<br>송김이 병들어 치유하기 힘들자 유유재 부부는 송김을 무인도에 버림.<br>유의춘이 부모에게 항의하며 식음 전폐, 남편을 찾아달라고 하여 유유재 부부가 송금을 찾아 나섰으나 찾지 못함.<br>송김은 섬에서 노스님을 만나 병을 치유, 강도들이 숨겨둔 금은보화를 발견하여 부자가 됨.<br>부부가 절의를 지켜 재회, 재결합. |

---

32) 풍몽룡, 『경세통언』(『속수사고전서』 1784번), 상해고적출판사, 2001, 666면. "話須通
　　俗方傳遠, 語必關風始動人".

| ⓒ주요 인물 | 곤산 주사 양씨 부부의 딸. 양씨 친구인 고(故) 주사 김씨의 아들, 김삼 | 송돈과 그 아들 송금 유유재와 그 딸 유의춘 노스님 |
|---|---|---|
| ⓓ주제 | 딸 부모의 이기심, 부부의 신의 | 딸 부모의 이기심, 부부의 신의 |
| ⓔ논평 | 없음 | 없음 |

이 작품은 개작을 통해 「범희주」의 경우처럼 인물 묘사와 심리 묘사가 많이 삽입되었다. 그 뿐만 아니라, 주인공의 거주지와 성명도 완전히 바뀌었으며, 새로운 인물인 '노스님'이 등장하여 일정한 역할을 할 만큼 줄거리가 여러 곳 확대 부연되었다. 이러한 줄거리 확장은 사건의 동기를 좀 더 명확히 하여 독자가 앞뒤 정황을 수긍하기 쉽게 만들고 있다. 대중적 설득력을 증폭시키는 효과를 낸다는 점에서 통속성이 강화된 것이라 할 수 있겠다.

또, 부모의 이기적 행동에 의해 남편을 잃은 딸이, 부모에게 항의하며 식음을 전폐하여 부모가 다시 사위를 찾아나서게 만드는 것이나, 유유재 부부가 자신들이 버린 사위 송김을 찾아 나섰으나 찾지 못해 난처해하는 것도 독자들에게 설득력을 높이며 통쾌함을 준다. 이런 변화들은 모두 문맥을 정서적으로 풍부하게 만들고 있다는 점에서 '세속에 통용되도록' 통속성을 높이고 있는 것이다. 또, 「김삼처」는 사건이 간단하고 빠르게 요약 전개되는데 비해, 「송소관단원파전립」에서는 사건 전개 시의 상황과 동기가 상세히 묘사된다. 글이 시작되는 첫 부분의 경우, 「김삼처」33)에 비하면 「송소관단원파전립」에서는 그 정도 단계로 사건이 전개될 때까지는 글의 분량이 이미 「김삼처」의 전체 글의 분량을 훨씬 초과하고 있다. 글이 얼마나 확장되었는지 짐작할 수 있을 것이다. 하지만, 작품 전체의 사건 골격과 주제에는 전혀 변동이 일어나지 않았

---

33) "崑山 舟師 楊씨 성을 가진 자가 본디 김씨 성을 가진 자와 친하였다. 김씨 성을 가진 자가 죽고, 그 아들이 있어 김삼이라 하였는데, 나이 17,8세로 가난함이 심하여 장차 구걸을 하려 하였다."[崑山舟師楊姓者, 雅與金姓者善. 金姓者死, 有子曰金三, 年十七八, 竇甚, 將行乞]

다. 그 점을 고려하면, 결국 통속성은 '줄거리의 인과적 동기' 및 '정감
적 요소를 강화한 문체'로 말미암아 비롯된 것임을 알 수 있다.
「관반반(關盼盼)」의 경우를 마저 보자.

|  | 관반반(關盼盼) | 전사인제시연자루(錢舍人題詩燕子樓) |
|---|---|---|
| ㉠문체 | 간결, 건조 시를 중점 제시함 | 상황을 자세히 묘사.<br>인물을 미화하는 묘사 및 설명.<br>인물간의 대화를 많이 삽입. |
| ㉡소재<br>(상황·줄거리) | 상서 장건봉이 사랑하는 기녀 관반반.<br>장상서 사후, 추억 깊은 연자루에서 관반반이 십여 년 살며 3수의 시를 남김.<br>백낙천이 그 시에 화답.<br>반반이 백낙천의 시를 읽고서 자신이 따라죽는 것이 장상서의 명예에 누가 될까봐 삼간 것이라 말하고 화답시를 읊은 후, 열흘간 음식을 먹지 않고서 죽었음. | 장건봉의 관직 이동 및 기녀 관반반과의 만남 자세히 확대 부연.<br>건봉과 백낙천이 관반반과 시를 짓고 즐김.<br>백낙천이 관반반에게 시를 지어줌.<br>장건봉이 관반반을 위해 연자루를 지어줌.<br>관반반의 시 300여 수가 실린 시집 『연자루집』이 세상에 전함.<br>장상서 사후, 추억 깊은 연자루에서 관반반이 10여 년 살며 3수의 시를 남김.<br>백낙천이 그 시에 화답.<br>반반이 백낙천의 시를 읽고 시녀에게 자신의 심정을 말함.<br>반반이 장상서 명복을 빌며 불경을 암송<br>반반이 죽은 후 노모가 반반을 연자루 뒤에 장사지냄.<br>중서사인(中書舍人) 희백(希白)이 연자루를 배회하고 시를 짓다 잠들었는데 꿈에 기녀 반반과 대화를 나눔. |
| ㉢주요 인물 | 상서 장건봉, 기녀 반반, 시인 백낙천 | 상서 장건봉, 기녀 반반, 시인 백낙천, 중서사인 희백. |
| ㉣주제 | 기녀 반반의 일편단심. | 기녀 반반의 일편단심. |
| ㉤논평 | 소동파가 연자루에 올라서 지은 소사(小詞) | 중서사인 희백이 꿈에 반반을 만나고 쓴 시. |

　「관반반」의 경우는 줄거리라고 할 만한 짜임새가 없고 관반반의 시
와 백낙천의 시가 제시되어 있고, 반반이 단심으로 죽은 사실만 기록되
어 있다. 그런데 「전사인제시연자루」에서는 특히 장건봉과 반반의 사
랑, 장건봉 사후에 반반을 보는 다른 사람의 시선, 반반의 심정, 그런 반
반을 추억하는 후세 사람이 등장하여 이야기를 구성해 나가고 있다. 이
경우, 반반의 심정이 가장 상세하고 절실하게 묘사된다. 그리고 중서사

인 희백(希白)이 우연히 연자루에서 반반의 행적과 단심을 추억함으로써 반반의 열절이 더욱 아련하게 미화되어 그려진다.

 이상, 『정사(情史)』 「정정류(情貞類)」에 수록된 열녀전 가운데 『경세통언』에 개작되어 들어간 3작품을 살펴보면, 풍몽룡이 당시에 중시하던 열절 관념을 그대로 중시했다는 점에서는 아무런 차이가 없다. 다만, 열절에 대한 교화성의 근거를 '맹목적인 도덕'에 두지 않고, '자발적 진정'에 두었다는 점에서 매우 중요한 차이를 보인다. 그는 인물의 품성이나 내면적 심리 동기 묘사를 강화했으며, 대화를 통해 현장감을 강화하고, 상황 묘사를 통해 정서를 풍부하게 만들었다. 그런 요소들은 주인공의 진정을 그려내는 데 유효했으며, 그 이야기를 세상에 소통시키는 데도 매우 적절한 효과를 발휘했다. 그야말로 '세속에 통하는' 통속성이 담지되었기 때문이다.

 풍몽룡은 「정정류(情貞類)」 전체의 논평을 통해 이렇게 말한다.

 "정사(情史)씨는 말한다. '예로부터 충효 열절이, 도리를 좇아 하는 것은 억지로 하기를 힘썼고, 지극한 정을 좇아 나온 것은 반드시 참으로 간절하였다. 부부는 그 가장 가까운 사람이지만 무정한 지아비는 필시 능히 의부(義夫)가 되지 못하고, 무정한 지어미도 필시 능히 절부(節婦)가 되지 못하였다. 세상 유자들은 단지 이(理)가 정(情)의 규범이 되는 줄만 알 뿐, 누가 정이 이의 벼리가 되는 줄 알겠는가. (…중략…) 첩이면서도 아내의 뜻을 품었다면 아내라 할 만하고, 창녀인데도 첩의 일을 행한다면 첩이라 할 만하다. 저들이 정(情)으로써 다른 사람을 허여한 것이라면, 나도 그에 따라 정으로써 허여할 것이다. 저들이 진정으로써 다른 사람을 위해 순사(殉死)하였는데, 내가 다시 잡정(雜情)인가 의심할 수는 없다. 이것이 군자가 다른 사람과 더불어 선을 행하기를 즐거워하는 뜻이다. 그렇지 않다면 여대(輿臺 : 미천한 하인)와 서얼(庶孼)이 장차 충효의 성품에 도달함을 얻을 수 없을 것이리라.'"[34]

_______________

 34) 풍몽룡, 위동현 주편, 『정사』 권上, 상해고적출판사, 1993, 83면. "情史氏曰 : 自來忠

풍몽룡의 경우도, 열절의 도덕적 가치 자체를 부정한 것은 아니었다. 오히려 그 점을 제대로 중시하는 입장이었다고 할 수 있다. 다만, 사회 현실의 압력에 등 떠밀려 타율적으로 실천하는 도덕이냐, 한 인간의 내면에서 절실히 우러나와서 실천하는 도덕이냐의 문제를 두고 그는 후자를 선택했을 뿐이다. 그는 '자발적 동기'와 '진정'을 강조하되, 신분이 낮은 사람의 좋은 행동을 인정하고 기려줌으로써 그 도덕적 가치가 더욱 장려되고 확충되기를 원했다. 풍몽룡의 글에서 통속성과 진정은 서로를 강화시키는 관계를 이루고 있다. 진정을 추구하면 인물의 심리와 사건의 인과가 강화되고, 정감 또한 풍부한 문체의 글이 되어 통속성이 강해지며, 통속성이 강화되면 진정이 더욱 뚜렷하게 드러나게 되는 것이다. 그는 글의 통속성과 진정을 통해 도덕적 가치를 한 개인의 내면에서부터 자율적으로 강화시키고자 하였다.


### 5. 맺음말 — 이옥과 풍몽룡 열녀전의 동이점(同異點)


이상에서 이옥(李鈺, 1760~1815)의 열녀전 9편과, 풍몽룡(馮夢龍, 1574~1646)의 『정사(情史)』「정정류(情貞類)」에 수록된 열녀전 가운데 『경세통언』에 개작되어 들어간 3작품을 대상으로 하여, 통속성과 진정의 함수관계를 비교 분석하였다. 각 작품을 문체, 인물, 소재, 주제, 논평이라는 5가지

---

孝節烈之事, 從道理上做者必勉强從, 至情上出者必眞切. 夫婦其最近者也. 無情之夫, 必不能爲義夫; 無情之婦, 必不能爲節婦, 世儒但知理爲情之範, 孰知情爲理之維乎. (…중략…) 妾而抱婦之志焉, 婦之可也; 娼而行妾之事焉, 妾之可也. 彼以情許人, 吾因以情許之. 彼以眞情殉人, 吾不得復以雜情疑之. 此君子樂與人爲善之意. 不然, 輿臺庶孼, 將不得達忠孝之性乎哉."

항목으로 구분하여 통속성 내포 여부를 파악하고자 했다. 그 결과 두 작가의 작품에서 다음과 같은 공통점과 차이점을 발견할 수 있었다.

풍몽룡은 전대의 서적에서 광범위하게 여성, 그리고 정(情)으로 인해 야기된 사건들을 수집 편찬하였고, 이옥은 자신이 듣고 본 것을 직접 창작하였다. 그런 이유로 풍몽룡의 『정사』「정정류(情貞類)」는 특별히 풍몽룡이 가미한 통속적 문체를 발견하기 어렵지만, 그 가운데 3편을 개작하여 『경세통언』에 실은 것은 통속성이 강화되어 있다. 생활의 구체적 생동감이 살아 있게 묘사한다든가, 인물의 심리를 그려낸다든가, 사건의 인과성을 강화한 점에서 두드러진다. 풍몽룡은 그런 식으로 글을 개작하는데 대하여 그 가치를 확신하고 있었다. 통속성이 기존의 가치 근거를 비판하고 자신의 주장을 제대로 확산시켜주는 장치라고 여겼기 때문이다. 그러나 이옥의 경우는 열녀전 내에서도 통속성이 좀더 두드러진 글과 그렇지 못한 글로 구분된다. 그것은 아마도 문체에 대해 충분히 자유로운 입장이 아니었기 때문으로 추측된다. 하지만 이옥 역시 문학의 통속성에 대해, 가치를 알고 있었다. 그렇기에 이들은 모두 정감적 문체와 인물의 심리 묘사, 사건의 인과성 강화 등으로 그들의 작품에 통속성을 담지해냈다.

풍몽룡과 이옥은 그 당시에 사람들이 중시하던 열절 관념에 대해 그 자체를 부정하진 않았다. 그들 둘 모두 열절을 중시했던 것이다. 그럼에도 불구하고 이들이 열절을 소재로 쓴 글은 중요한 의미를 갖는다. 그것은 열절에 대한 교화성의 근거를 바꾸었기 때문이다. '관습적이고 맹목적인 도덕 추구'나 '결과적 열절'에 집착하지 않고, '자발적 진정'과 '열절의 과정과 동기'에 의미를 부여한 점이 중요한 차이점이다. 이 차이점은 도덕의식의 일보 전진을 의미하며, 이들 문학이 문학사의 지평을 새롭게 여는데 기여했다고 해도 과언이 아닐 것이다.

| 참고문헌 |

풍몽룡, 위동현 주편, 『풍몽룡전집』『정사』上 권1·2, 상해고적출판사, 1993.
풍몽룡, 『警世通言』, (『續修四庫全書』 1784번), 상해고적출판사, 2001.
______, 彭詩琅 主編, 『警世通言』, 북경 : 중국희극출판사, 2002.
______, 「醒世恒言序」, 『醒世恒言』, 북경 : 중국희극출판사, 2002.

박지원, 신호열·김명호 역주, 「맏누님 증 정부인 박씨 묘지명(伯姊贈貞夫人朴氏墓
　　　誌銘)」, 『국역 연암집』 1, 민족문화추진회, 2005.
박지원, 신호열·김명호 역주, 「영처고서(嬰處稿序)」, 『국역 연암집』 2, 민족문화추
　　　진회, 2004.
아놀드 하우저, 최성만·이병진 역, 『예술의 사회학』, 한길사, 1995.
이　옥, 실시학사 고전문학연구회 역주, 『이옥전집』 1·2·3, 소명출판, 2001.
패트릭 하난, 김진곤 역, 『중국백화소설』, 차이나하우스, 2007.
김미정, 「풍몽룡『정사』와 '삼언(三言)'의 서사 특징 비교 연구」, 전남대 석사논문,
　　　2002.
김민호, 「풍몽룡의 삼언(三言) 소설 연구－작품상의 교화성과 통속성을 중심으로」,
　　　고려대 석사논문, 1990.
김영진, 「이옥 문학과 명청소품」, 『고전문학연구』 23집, 한국고전문학회, 2003.
김원희, 「『情史』故事源流考述」, 복단대학 박사논문, 2005.
신익철, 「이옥 문학의 일상성과 사물인식」『한국실학연구』 12, 한국실학학회, 2006.
이지양, 「이옥(李鈺)의 문학에서 '남녀 진정(眞情)'과 '열절(烈節)'의 문제」, 『한국한
　　　문학연구』 29, 한국한문학회, 2002.
조동매, 「풍몽룡『정사』연구」, 고려대 박사논문, 2004.

# 이옥(李鈺)의 김성탄(金聖嘆) 수용

韓 梅

## 1. 머리말

李鈺(1760~1813)은 자 기상(其相), 호 문무자(文無子)이다. 그는 이른바 '신문체(新文體)'를 창출한 인물 중의 하나이고, 조선 후기의 문단에서 개성적인 문학창작으로 많은 주목을 받은 인물이다. 정조(正祖) 16년 (1792) 성균관(成均館) 상재생(上齋生)으로 있던 이옥은 응제문(應製文)으로 작성한 글의 문체가 패관소설체(稗官小說體)를 답습하고 있다는 지적을 받고, 매일 50수의 사륙문(四六文)을 지으며 문체를 반성하도록 하라는 왕의 견책(譴責)을 받은 적 있고[1] 그 후인 정조 19년(1795) 영란제(迎鑾製) 에서 그는 다시 문체가 초쇄(焦殺)하다는 지적을 받아, 과거 응시를 금지

---

1) 『국역 조선왕조실록』 정조 16년 10월 19일 갑신조; 동년 10월 24일 기축조.

하는 '정거(停擧)'의 명을 받았다가 지방의 군적에 편적되는 '충군(充軍)'의 명을 받기도 하였다. 곧이어 있었던 과거에서도 여전히 문체를 고치지 않고 있다는 지적을 받고 영남의 삼가(三嘉)로 이적되었다. 이듬해 그는 다시 별시(別試) 초시(初試)에서 방수(榜首)를 차지했으나 계속 문체가 문제되어 방말(榜末)에 붙여졌고, 정조 23년(1799) 삼가현(三嘉縣)으로 다시 소환되어 4개월 동안 머물게 되었다. 이옥 자신의 기록에 의하면 국왕 정조가 문체를 문제삼아 처음에는 정거의 명을 내렸다가, 과거를 준비하는 유생에게 너무 가혹한 조치라고 여겨 과거에 응시할 수 있도록 충군으로 명을 바꾼 것이다.[2] 이옥에게 반성의 기회를 준 것이다.

당시 국왕 정조가 '문체반정(文體反正)'의 의지를 갖고 이옥의 문체를 여러 번 질책하고, 또한 처벌 조치를 취한 것은 이옥의 문학이 새로운 경향을 대변하는 개성적이고 또한 영향이 컸다는 것을 말한다. 그럼에도 불구하고, 이옥은 자신의 독특한 문체를 계속 고집하였다. 이것은 자신의 문학에 대해 그가 분명한 인식과 높은 긍지를 갖고 있었던 것을 시사한다. 그렇다면 이옥의 문학창작에서 보여준 새로운 문학관과 독특한 문체 등은 어디에서 비롯되고, 어떠한 성격을 띠고 있었는지를 살피는 것이 조선 후기 문학의 새로운 흐름을 정확히 파악하는 데 의의가 있다고 하겠다.

주지하는 바와 같이 김성탄(金聖嘆)은 소설·희곡의 비평에 있어 새로운 장을 연 중국의 대표적 비평가이다. 그리고 그의 문학비평이 조선왕조에도 전래될 수 있었다. 한국에 현존하는 각 도서관의 고서 목록을 보면 『수호전(水滸傳)』은 대부분 김성탄(金聖嘆)이 평점하고 편집한 70회본(回本)이다. 그 중에서 1657년 간행된 『제5재자기서(第5才子奇書) 수호전(水滸

---

2) 『鳳城文餘』「追記南征始末」. "乙卯八月. 臣以上齋生, 應迎鑾製, 上以體怪, 命停擧, 改命充軍. 大司成招諭聖教, 曰: '慶科不遠, 若停擧, 則將不得赴. 故改以充軍, 其卽往而歸, 應製諸科, 如前並赴.' 又命所編邑, 許賜科由, 臣惶恐感泣, 卽馳往忠淸道定山縣, 編籍訖, 卽復赴洛, 九月又應製. 上以嚴勘之下, 噍殺又甚, 命移充稍遠邑. 臣益惶感, 自定山踰熊峙, 至慶尙道三嘉縣編籍, 留三日, 卽又還歸."

傳)』의 목판본(木板本)과 그 후에 간행된 석판본(石板本), 활자본(活字本) 등 중국 간행본들과 조선 필사본은 수십 종에 이른다.[3] 김성탄 평점(評點) 『제6재자서(第6才子書) 서상기(西廂記)』도 십여 종의 목판본, 석판본이 각 도서관에 소장되어 있다. 이러한 사실을 미루어 볼 때 조선 후기에 김성탄의 『수호전』, 『서상기』 평점본이 다수 전래되어 독서계를 풍미하였다는 것을 알 수 있다. 현존하는 자료에 의해서 확인되는 김성탄 평점본(評點本)의 최초 전래시기는 18세기 중·후반이다.

조선 문인들은 김성탄 문학비평에 나타난 신선함에 매료되어, 이를 자신의 세계관과 문학적 취향에 따라 다양한 형태로 수용하였다. 그 중에 실학자들이 주류를 이루었다.[4] 같은 조선 후기의 문인인 이옥은 김성탄의 문학비평에서 많은 영향을 받아 여러 작품을 창작한 것으로 보인다.

본고는 이옥의 작품 중에서 김성탄 문학비평과 관련양상을 보이는 몇 작품을 비교·고찰함으로써 김성탄 문학비평에 대한 이옥의 수용양상을 구체적으로 살펴보도록 한다.


## 2. 새로운 문학관의 수용─『서상기(西廂記)』평


이옥의 작품에 「칠절(七切)」이라는 수필 성격의 글 한 편이 있다. 이 글은 서(序), 발(跋)에서 자주 사용되는 대화체의 전통을 따라 객(客)과 석

---

3) 閔寬東, 『中國古典小說在韓國之傳播』, 學林出版社, 1998, 119~136·254~255면.
4) 한매, 「조선 후기 문인의 김성탄 문학비평 수용」, 『비교문학』 29, 한국비교문학회, 2002; 한매, 「조선 후기 김성탄 문학비평의 수용양상 연구」, 성균관대 박사논문, 2002; 한매, 「실학파의 김성탄 수용」, 『중한인문학연구』 10, 한중인문학회, 2003.

화자(石花子)라는 두 인물을 등장시켜 일곱 가지 일에 대하여 토론을 벌이는 내용이다. 객은 석화자에게 일곱 가지 일을 권하고 석화자는 이에 대한 자신의 입장을 표명한다. 세 번째 일로 객은 선비들의 눈을 즐겁게 하는 것에는 책만큼 좋은 것이 없다고 운을 뗀 후, 대부분의 책들은 한번 읽으면 끝이지만 『서상기』만은 그렇지 않다고 하면서 다음과 같이 장황하게 평하였다.

> 객이 말하기를, "오직 최씨(崔氏)의 『춘추(春秋)』 즉 쌍문(雙文)의 아름다운 전(傳)인데, 그 내용이 아름답고 은근하며, 그 문장은 찬란하여서 동해원(董解元)과 왕실보(王實甫)가 창화(唱和)했던 바이고, 김성탄(金聖嘆)이 좋아라 춤추고 손뼉치던 것으로, 남쪽의 가곡에도 맞게 몇 장(場)으로 나누어지고 극장에서 역할을 분담하여 공연되는 것을 방불하다. 그것을 읽는 자는 모두가 사탕수수를 씹는 것 같고, 술에 취해 눈이 어질어질한 듯하며, 미루(迷樓) 안으로 들어가 돌아오고 싶어도 스스로 할 수 없는 것과 같고, 경국지색(傾國之色)을 가진 여인을 대하는 것과도 같고, 공연히 무엇에 걸린 듯 손에서 놓을 수 없고 눈을 돌릴 수도 없다. (…중략…) 진실로 한중(閑中)의 묘한 심심풀이요, 참으로 인간 세상에서의 훌륭한 감상거리이다. 부딪쳐 깨달음을 얻게 되고, 자양도 가히 얻을 수도 있다. 『수호지(水滸誌)』라는 소설은 비견할 것이 안 되고, 『모란정(牡丹亭)』이라는 극(劇)은 둘도 안 된다."[5]

위 인용문은 우선 이옥이 김성탄 평본 『서상기』를 접하였다는 사실을 확인해주고 있다. 그 증거는 두 가지를 들 수 있다. 하나는 『서상기』를 '쌍문(雙文)의 아름다운 전(傳)'이라고 하기도 하였다. '쌍문'은 김성탄이 『서상기』를 논평하고 개작하면서 여주인공 최앵앵(崔鶯鶯)을 위

---

5) 李鈺, 「七切」. 번역문은 『역주 李鈺全集』(實是學舍 고전문학연구회, 2001)을 참조하고 약간의 보완과 수정이 있음. 客曰. "儒之娛目, 莫美黃卷. (…중략…) 惟崔氏之春秋, 卽雙文之佳傳, 其事則燕婉, 其文則璘絢. 董王之所唱和, 歎可之所舞抃, 葉南腔之分齣, 像醜淨於戲院. 讀之者, 莫不如蔗之咀哎, 如酒之瞑眩, 如入迷樓之中, 欲歸而不自擅, 如對傾國之佳人, 公然有物之相冐, 手不能釋, 目不能轉 (…중략…) 洵閑中之妙解, 盡人間之佳賞, 因觸而語, 可滋而養. 誌水滸而未肩, 劇牡丹而莫兩."

해 새로 지은 이름이다. 그래서 오직 김성탄의 『서상기』 평점을 읽은 사람이라야 '쌍문'이라는 이름을 안다. 이외에도 위 인용문에서 나온 '김성탄이 좋아라 춤추고 손뼉치던 것'이라는 표현은 김성탄의 『서상기』 평점을 염두에 두고 있는 것을 분명히 하였다.

『서상기』에 대한 논의의 내용을 보면 객(客)과 석화자가 서로 다른 차원에서 『서상기』에 대한 작자의 견해를 대변하고 있다. 우선 객은 『서상기』의 아름다운 사적('事'), 현란한 표현('文'), 정교로운 극적 형식을 지적하였다. 그리고 『서상기』의 향유가 '사탕수수를 씹는 것 같고', '경국지색(傾國之色)을 가진 여인을 대하는 것과도 같다'고 독자에게 주는 정신적 즐거움을 후각과 시각의 쾌감에 비유하여 형상적으로 표현한다. 또한 『서상기』가 독자로 하여금 '술에 취해 눈이 어질어질한 듯하며, 미루(迷樓) 안으로 들어간' 것처럼 스스로 헤어 나오지 못하게 할 만큼 그 즐거움, 즉 강한 예술적 감화력을 가지는 것을 강조한다. 그러자 항상 객의 제의에 반대 입장을 표시하던 석화자는 자신도 『서상기』를 좋아하는 사실을 인정하면서 다만 그 원인이 세상사람처럼 작품이 유명하거나 남녀지정을 다루기 때문이 아니라 작품의 기이함('奇')과 작가의 뛰어난 재주('才')라는 것을 강조한다.

이상의 논평을 요약하자면 이옥은 『서상기』를 위시로 하는 희곡도 문학작품의 일부분이라는 것을 인정하고, 그 중에서도 『서상기』가 높은 심미적 가치와 강한 감화력을 지닌다고 극찬하고 있다. 이것은 문이재도론(文以載道論)에서 벗어나 문학작품의 오락 기능에 대한 긍정, 나아가 문학의 예술성, 심미성에 대한 강조하기에 이르러 당대에는 진보적인 문학관을 피력하고 있다고 할 수 있다.

정통적인 문학관에서 크게 벗어난 객의 이러한 발언에 대해 석화자는 반대를 표하지 않는다. 그는 "나는 그 기이함을 좋아하지만 다른 사람들은 그 정을 좋아하고, 나는 그 재주를 좋아하지만 다른 사람들은 그 이름을 좋아한다"6)고 하며 자신도 『서상기』를 좋아하는 것을 인정하고, 다만 그 원인이 『서상기』의 높은 지명도나 정(情)의 절실한 표현 때문이 아니라, 작품의 새롭고 기발함과 작가의 뛰어난 문학적 재능 때문이라고 강조한다.

당전기(唐傳奇)의 한 편인 원진(元稹)의 「앵앵전(鶯鶯傳)」을 극본으로 각색된 『서상기』는 예(禮)의 질곡 속에서 남녀 주인공의 자유연애를 묘사하였다. 우여곡절이 많은 사건 전개와 남녀 주인공의 심리를 곡진(曲盡)하게 표현하기 때문에 중국에서 대단한 인기를 누렸다. 그렇지만 다른 한편으로 예를 벗어난 남녀의 사랑행각을 구체적으로 다루었으므로 정통문인에게서 '음서(淫書)'라고 비난도 많이 받았다. 그래서 몇 번이나 금서(禁書)로 분류되기도 하였다. 이러한 분위기에도 불구하고 김성탄이 이 작품을 고금에 가장 훌륭한 문장이라고 높이 평가하고 그에 대한 비평에 많은 심혈을 기울인 것 자체가 김성탄의 특립독행적(特立獨行的)인 성격과 비범한 용기를 보여주었다. 한국에 전입된 『서상기』는 이와 비슷한 대우를 받게 되었다. 당대 문인들 사이에 많이 애독된 것은 여러 문헌을 통해 알 수 있지만 이옥처럼 구체적으로 논평하고, 분명한 긍정을 자술한 것 자체가 별로 극히 드문 경우이다.7) 그 뿐 아니라 이옥은 『서상기』를 높이 평가한 이유를 문학작품의 '기(奇)'와 작가의 '재(才)', 그리고 문학작품의 가치로서 '오목(娛目)'을 분명하게 제시하였다. 이것은 개성적인 문학에 대한 뚜렷한 지향과 문학 창작주체의 중요성, 문학의 미적 가치에 대한 깊은 인식을 나타내고 있다. 이옥에게 나타난 이러한 새로운 문학관은 혹시 그가 익히 알고 있는 김성탄의 『서상기』 비평과 무관한 것이 아닌가? 김성탄의 문학비평은 작가의 '재(才)'를 중요하게 주장하는 것이 하나의 특징이다. 주지하는 바와 같이 김성탄은 고금의 저작물 중에서 자기 나름대로 가장 훌륭한 것이라고 평가하는 6종

---

6) 이옥, 앞의 글. "石花子曰 : '且我愛其奇, 人愛其情, 我愛其才, 人愛其名.'"
7) 이옥보다 시대적으로 2,30년 늦은 학자 김정희(1786~1856)가 후에 『서상기』의 예술성에 대한 높은 평가를 표명하였다.

을 선정하고 이른바 '육재자서(六才子書)'라는 이름을 붙였다. 즉 이처럼 훌륭한 작품을 창작한 작가를 그는 뛰어난 재주를 가진 사람, 즉 '재자(才子)'라고 칭하는 것이다. 김성탄은 『서상기』를 바로 '육재자서' 중의 한 작품으로 꼽았고, 『서상기』 비평을 비롯한 문학비평에서 '재자'나 '금수재자(錦繡才子)'라는 말을 자주 사용한다. 심지어 그는 이러한 작품을 비평하는 목적의 하나도 독자들이 그것을 읽어서 모두 '재자'가 되고 훌륭한 작품을 창작하라는 것이라고 밝히기도 한다.8)

김성탄은 『서상기』 비평에서 시종일관 그 작품이 '천하기문(天下奇文)'으로서의 기발함을 강조하고 있다. 본문 앞에 붙어있는 「독법(讀法)」이나 제2장 제4회의 협비에서 "『서상기』는 그야말로 기서(奇書)이다"라고 감탄한다. 제4장 2회의 비평문에서도 『서상기』가 '기문(奇文)'이라고 평하고 제2장 4회 회수평(回首評)에서 "『서상기』의 용필(用筆)은 참으로 천고기절(千古奇絶)이라"고 고평(高評)하였다. 제1장 제4회의 회수평은 아예 전부 이 장의 내용 전개, 인물 묘사 등이 얼마나 기발한가('奇')를 설명하는 데에 할애하였다. 그 외에도 김성탄은 내용의 구성, 인물 형상화 내지 구체적인 문구 등의 기발함을 설득력 있게 보여주기 위해 자상하게 해석한 내용들을 종종 볼 수 있다.

문학작품의 심미적 가치도 김성탄의 비평에서 거듭 강조된다. 김성탄에게 있어서 문학은 더 이상 재도(載道)의 도구만이 아니라 심미의 대상이고 흥미와 감동과 즐거움을 줄 수 있는 정신적 양식(糧食)으로 변모되었다. 그는 이전 시대의 문학관에서 흔히 강조되는 도덕적 효용성 대신에 문학이 독자에게 감동과 쾌락을 주어야 한다고 수없이 강조한다.9)

---

8) 金聖嘆 평, 『懷永堂本 繪像第六才子書』(『西廂記』) 권2, 성균관대 도서관 소장본, 25면. "天下萬世錦繡才子讀聖嘆所批『西廂記』, 是天下萬世才子文字, 不是聖嘆文字."; 권7, 30면. "普天下錦繡才子齊來看其反又如此用筆, 眞乃天仙化人, 通身雲霧, 通身氷雪, 聖嘆惟有倒地百拜而已." 이후 이 책이 인용된 경우 『懷永堂本 繪像第六才子書』와 권수, 쪽수만 기재한다.

9) 金聖嘆, 『수호전』 12회의 회평. 施耐菴, 金聖嘆 평, 『繪圖增像 第五才子書水滸傳』

그래서 그의 비평은 교훈을 찾고자 하는 이전의 것과는 확연히 달리 감동과 즐거움을 얻는 예술성 감상에 초점을 맞추었다. 구체적인 예로서 『서상기』 제4회 제2장의 회수평(回首評)인 「불역쾌재(不亦快哉)」에서 인생의 여러 가지 즐거움을 열거하고 소탈한 인생관을 피력한다. 그리고 뒤에 바로 이어져있는 「고염(拷艶)」한 장도 즐거움을 주는 글이라고 감탄한다.[10] 이외에도 그는 정서의 진실한 표현과 사실적인 묘사를 통하여 감동을 주어야 하고[11] 다양한 표현 기법을 통하여 흥미를 배가시킬 것을 주장하였다.[12] 이러한 대목에서 김성탄은 문학작품이 독자들에게 쾌락과 감동과 재미를 제공해야 할 것을 전제하고 있다.

이상에서 이옥의 『서상기』 평과 김성탄의 문학비평과의 비교를 통하여 이옥이 문학에 대한 여러 가지 새로운 인식을 갖게 되기까지 김성탄의 비평과 관련이 있는 것을 확인할 수 있었다. 조선전기 소설은 많은 사람의 비난을 받으며 발생·발전하였다. 소설을 옹호하는 사람들이라도 진심이든 아니든 간에 대부분 교화라는 실용적 동기를 내세웠다. 이러한 시대적 배경에도 불구하고, 『서상기』에 대한 평에서 나타나듯이 이옥은 김성탄의 문학비평에서 작품의 문예적 가치에 대한 긍정적인 측면을 수용하고 도덕적 효용성 대신 문학이 독자에게 정서적 감동과 심미적 쾌락을 주어야 한다고 강조하기에 이르렀다. 이것은 문학관에 있어서 의미가 있는 진전이라고 할 수 있겠다.

---

권5, 성균관대 도서관 소장본, 2면. "嗚呼! 天下之樂第一莫若讀書, 讀書之樂第一莫若讀水滸. 卽又何忍不公諸天下后世之酒邊燈下之快人恨人也."
10) 『懷永堂本 繪像第六才子書』 권5, 성균관대 도서관 소장본, 2면.
11) 金聖嘆 평, 『懷永堂本 繪像第六才子書』 권5, 77~81면.
12) 金聖嘆 평, 『懷永堂本 繪像第六才子書』 권2, 7~23면.

## 3. 문체의 형성과 희곡의 창작 – 「김신부부사혼기 제사(金申夫婦賜婚記 題辭)」

이옥(李鈺)의 작품에서 특히 주목을 끄는 것은 한국의 첫 한문 희곡인
『김신부부사혼기(金申夫婦賜婚記)』(일명 『동상기(東廂記)』)이다. 이미 연구자
들에 의해 『동상기』가 『서상기』의 영향을 받았다는 것이 밝혀진 적이
있다.13) 이 작품은 한문 작품으로 형식면에서 사패(詞牌), 과백(科白) 등
을 완벽하게 갖추고 있는 4장의 희곡으로 되어 있다. 사실 『동상기』로
되어 있는 이 작품의 제목이나 김성탄의 평점(評點) 및 개작을 거친 『서
상기』도 4장으로 구성된 희곡이라는 것을 상기하면 양자 간 관련성이
있으리라고 쉽게 짐작할 수 있다. 본고에서는 주로 이옥이 직접 쓴 『동
상기』의 「제사(題辭)」와 김성탄의 비평을 비교·고찰함으로써 이옥의 독
특한 문체의 형성과 참신한 한문희곡의 창작 동기와 연관된 김성탄 비
평과의 관계를 밝히고자 한다.

「제사」에서 이옥은 이 작품이 1791년 왕명에 의해 노총각 김희집(金禧
集)과 노처녀 신씨(申氏)의 혼인이 성사된 일을 듣고 사흘만에 완성한 것
이라고 자술한다. 구체적으로 그는 다음과 같이 서술하고 있다.

신해년 유월, 찌는 듯한 더위에 장마가 겹쳐 사람들은 그 괴로움을 견디지
못하였다. 과거공부를 해보려 해도 함께 공부할 창반(窓伴)이 없으니, 혼자 억
지로 하기도 어렵고, 고문(古文)과 시를 지어보려 해도 재주가 미치지 못할 뿐
만 아니라 흥미도 시들하다. 책을 보고자 해도 졸음이 금방 밀려오고, 잠을 자
려 하면 어느새 수십 마리 파리떼가 눈썹을 핥고 코를 빨아 꿈을 이룰 수도
없다. 일어나 나가보려 해도 비가 오는 데다 땅이 질척거려 발이 빠지니 나가
볼 수도 없다. 형편이 어찌할 수 없는지라, 또한 미치고 병나지 않는다고 스스
로 보장할 수도 없었다. 어린 종이 장터에서 돌아와 들은 것을 이야기해 주는
데, 아주 새로운 것이었다. 나는 그것을 듣고, "기이하도다. 거룩하도다. 그리

---

13) 趙潤濟, 『國文學史』, 探求堂, 1974, 326~327면.

고 나의 한가로움을 물리칠 수 있겠다"라고 하고, 몸을 일으켜 붓을 놀려 한 편 희곡을 지으니, 손이 조금 풀리고 눈이 조금 맑아짐을 느꼈다. 무릇 전사(塡詞)를 하는 데 하루, 교정을 보는 데 하루, 등사하는 데 또 하루, 모두 삼일 동안의 한가함을 해소시킬 수 있었다. 이 삼일 동안은 비도 더위도 파리떼도 문제가 되지 않았으니, 내가 얻은 바가 또한 많았다. 행여 관객이 계신다면 사건이 혹 거짓인가 묻지 말 것이며, 이 글이 어떠한 체제인지도 묻지 말 것이며, 또한 모름지기 작자가 누구인지도 묻지 말 것이다. 다만 한가함을 해소하는 데 소용이 된다면 또한 반나절의 도움은 될 것이다.14)

위 인용문의 내용을 그대로 따르면 그 창작 경위는 이렇다. 여름의 무더위에 장마까지 겹친 날씨에 이옥은 공부도 잘 되지 않고 외출도 하지 못하며 잠도 자지 못하는 지루한 나날을 보내다가 종에게 김희집과 신씨의 혼사 이야기를 전해 들었다. 사건의 내용이 기이하고도 갸륵하게 여겨서 소재로 삼았다. 작품을 짓는 3일 동안 몸이 개운해지고, 기승을 부리던 비도, 무더위도, 파리도 전혀 느껴지지 않았다. 이 작품의 창작은 소한(消閑)하는 데 도움이 되었고, 독자들도 그렇게 읽어달라고 주문한다. 단순해 보이는 이 글을 김성탄의 『서상기』 비평과 비교해 보면 주목할 만한 사항 몇 가지가 있다.

우선 무더위에 장마까지 겹치는 여름 날씨에 대한 묘사에 대한 주목이 필요하다. 『서상기』「고염(拷艷)」편의 회평(回評)으로 나와 있는 김성탄의 글인 「불역쾌재(不亦快哉)」에서 무더위에 대한 묘사와 대조해 보면

---

14) 李鈺, 「金申賜婚記 題辭」, 『東廂記』, 舞天 학술부, 1990, 13~14면. "歲辛亥六月, 炎而霖, 人不堪其苦. 欲治學業, 則無窓伴, 難自强, 欲事古文及詩, 則非徒才不逮, 興亦漫矣. 欲看書, 則睡輒至, 欲睡, 則便有數十蠅, 舐睫吮鼻, 不可得夢. 欲起而走, 雨且泥, 尼不得出. 其勢不可奈何, 亦不能自保其不狂且病也. 小奚歸自市門, 說所聞, 甚新. 曰. "奇哉盛矣! 吾可以已吾閑." 起弄筆作劇一篇, 覺手稍開, 眼稍揩. 凡塡詞一日, 讎校一日, 謄錄一日, 所消爲三日閑. 是三日, 無雨無暑無蠅, 在余, 所得亦多矣. 幸有看官, 勿問事之或訛, 勿問文之爲何體裁, 亦勿須問作者之爲誰某, 而只消閑爲用, 則亦可爲半晌之助云爾."

공통점을 많이 발견할 수 있다.

여름철 칠월 한더위, 불덩이 같은 해가 하늘에 덩그러니 걸렸고, 바람도 구름도 없다. 이런 뙤약볕에 앞 뒤 뜰이 마치 커다란 풍로처럼 달아오르는데 새 한 마리도 감히 얼씬하지 못한다. 온 몸에 흐르는 땀이 이쪽 저쪽으로 개울을 이루듯 하거늘, 밥상을 앞에다 놓고도 먹을 엄두를 내지 못한다. 대자리를 깔고 땅바닥에 펄썩 눕고 싶었지만 축축한 바닥도 기름처럼 끈적인다. 게다가 파리가 덤벼들어 목에도 윙윙 코끝에서도 윙윙, 쫓아도 좀처럼 도망가질 않는다. 정말 어찌 할 바를 몰아 쩔쩔매는데 갑자기 하늘에서 시커먼 수레바퀴들이 떼지어 굴러 나오는 듯, 아니면 수백 개의 금고(金鼓)가 한꺼번에 울리듯 우렁쾅쾅 천둥이 울리며 소나기가 내리 퍼부었다. 처마 끝의 낙수는 폭포보다 요란했다. 땀이 걷히고 습기가 가시고 파리 떼가 자취를 감추자 숟갈을 들었으니, 이 또한 즐거움이 아닐까?15)

위의 구절은 김성탄의 「불역쾌재」 33칙 중에서 한여름의 무더위에 아무 일도 못하고 있을 때 소나기가 갑자기 쏟아져 내리는 것을 묘사하는 1번 칙이다. 이 문단에서 해, 뙤약볕, 새, 파리, 땅바닥, 천둥소리, 그리고 사람의 짜증스러운 기분 등이 섬세한 묘사를 통하여 생생하게 표현되고 있다.

이옥의 글과 대조해 보면, 「불역쾌재」에서 날씨 때문에 '밥을 먹을 수 없다(不可得喫)'고 한 것은 이옥(李鈺)의 「제사(題辭)」에서 똑같은 문형으로 '꿈을 꿀 수 없다(不可得夢)'로 되어 있다. 「불역쾌재」에서 '파리가 목을 타고 코에 앉는다(緣頸附鼻)'로 표현하고 있는 것은 「제사」에서는 '속눈섭을 핥고 코를 빤다(舐睫吮鼻)'는 좀더 생동하는 표현으로 변형된

---

15) 김성탄 평, 『懷永堂本 繪像第六才子書』 권7, 26~27면. "其一,夏七月, 赤日停天, 亦無風亦無雲. 前後庭赫然如洪爐, 無一鳥敢來飛. 汗出遍身, 縱橫成渠. 置一飯於前, 不可得喫.呼簟欲臥地上, 則地濕如膏.蒼蠅又來, 緣頸附鼻, 驅之不去. 正莫可如何, 忽然大黑, 車軸疾澎, 澎湃之聲, 如數百萬金鼓. 檐溜浩於瀑布, 身汗頓收, 地燥如掃, 蒼蠅盡去, 飯便得吃.不亦快哉!"

다. 사람의 막무가내한 심정을 「불역쾌재」에서 '막가여하(莫可如何)', 「제사」에서 '불가내하(不可奈何)'로 표현되는가 하면 김성탄의 글에서 소나기가 한바탕 오고 난 후 '땀이 걷히고 습기가 가셨으며 파리떼가 자취를 감추었다'고 하고, 이옥의 글에서도 '이삼 일 동안은 비도 더위도 파리 떼도 없었다'고 하여 날씨의 변화와 기분의 전환에 대한 언급을 빠뜨리지 않았다.

이상에서 「불역쾌재(不亦快哉)」와 「김신사혼기(金申賜婚記) 제사(題辭)」라는 글 두 편을 대조한 결과, 이옥의 글은 김성탄의 글에서 사용된 단어와 문형, 문장의 구성, 분위기 조성 기법 등을 부분적으로 수용하고, 실감나는 묘사를 통해 섬세하고 생동하는 문체의 특징을 띠게 되었다. 이옥은 신선한 문체로 알려진 작가이다. 따라서 이옥의 신문체의 형성 배경과 그 성격이 어떤가에 대한 구체적인 연구가 필요하다고 하겠다. 이러한 의미에서 「김산사혼기 제사」라는 짧은 글이 김성탄의 비평문에 대한 수용과 변용이 있었다는 사실은 이옥 신문체의 형성에 김성탄 문학비평이 일정한 영향이 있었다는 것을 단편적으로나마 확인해 준 셈이다.

그 다음 이옥이 『동상기』라는 새로운 양식의 작품을 창작한 동기가 도대체 무엇인가 하는 것을 짚어 보고자 한다. 작자의 자술에 의해 『김신사혼기(金申賜婚記)』를 짓게 된 것은 그 사건이 새롭고 기이하며 성대하기 때문이라고 한다. 이는 그 사건은 좀처럼 얻기 어려운 좋은 소재라고 인식하였다는 말이다. 그런 다음 이옥은 이 작품을 창작한 목적이 '소한(消閑)'[심심풀이]이라고 대수롭지 않게 제시한다. 더없이 훌륭한 소재를 가지고 그냥 심심풀이를 삼아 작품을 지었다는 이 두 가지 언급이 왠지 잘 맞지 않는 느낌을 준다. 그 외에도 당시에 고문과 시, 그리고 다른 책에 모두 흥미를 잃은 작가가 이 작품의 창작에 몰두한 나머지 그토록 기승을 부리는 장마, 무더위, 파리를 전혀 느끼지 못하였다는 언급은 고문이나 시, 다른 책들보다 이 작품에 훨씬 많은 애착과 흥미를 가진다는 것을 은근히 나타낸다. 게다가 위에서 이미 살펴본 듯이 이옥은 『서상기』를 가장 애독하고 그 심미적 가치나 새로움, 작가의 재주 등을 높이 평가한다. 그렇다면 『서상기』를 의식해서 창작한 『동상기』가 다만 심심풀이로 가볍게 지은 작품이라는 것도 역시 앞뒤가 잘 맞지 않는다.

이옥은 창작동기로 사용하는 '소한(消閑)'이라는 용어는 '파한(破閑)', '보한(補閑)' 등과 비슷한 것으로 고대 문인들이 고문이나 시 등 정통문학의 본령이 아닌 글을 쓰거나 서적을 편찬할 때 흔히 내세운 동기이다.16) 여기서 이옥도 그러한 용어를 사용한 것은 얼핏 보면 이러한 관습을 답습한 것처럼 보인다. 하지만 작품의 제재와 본보기인 『서상기』에 대한 그의 격찬, 한문희곡으로서 『동상기』의 완벽한 형식과 방대한 분량으로 볼 때 그의 창작동기가 다만 '소한'으로 간주하기에는 너무 진지하다. 그가 한국문학사에 일찍이 없었던 새로운 양식이라는 것을 감안하면, 작가에게 비상한 용기와 수많은 심혈이 필요하였을 것이고, 따라서 작가의 자각적이고 적극적인 창작의도가 작용하였을 것이라는 추측이 나온다. 또한 그 모방의 대상이 김성탄 평점본 『서상기』라는 점을 염두에 둔다면 김성탄의 문학비평, 창작의 동기와 관련시켜 살펴볼 필요가 제기된다.

김성탄이 『서상기』 서문에서 문학 비평의 동기로 일견 이옥의 '소한'과 비슷한 '소견(消遣)'이라는 용어를 제시한다. 하지만 그가 말하는 '소견'은 가벼운 '심심풀이'가 아니라 훨씬 중요한 의미를 가진다.

어떤 사람이 성탄에게 묻기를 "『서상기』를 왜 평하고 발행하는가?" 성탄은 얼굴빛이 조용히 변하고 일어서서 대답하기를 "수억 년의 세월이 마치 물이

---

16) 徐居正의 『東國滑稽傳』 서문. "至於稗官小說, 亦儒者以文章爲戲, 或資博聞, 或因破閑, 皆不可無者也. 贊名教, 助談笑."

흐르고 구름이 휘말리며, 바람이 지나가고 번개치는 것처럼 사라지지 않는 것
이 없다. 그런데 금년 금월(今月)에 이르러 내가 잠시 있게 된다. 이 잠시 있는
나도 어찌 물이 흐르고 구름이 휘말리고 바람이 지나가고 번개치는 것처럼
잠깐 사이에 사라지지 않겠는가? 그러나 다행스럽게도 아직 여기에 잠시 있는
것이다. 다행스럽게도 아직 여기에 잠시 있으니 나는 어떠한 소견법(消遣法)으
로 소견해야 하는가? (…중략…) 나는 소견할 방법이 없던 중에 자신의 마음대
로 스스로 소견을 하였을 뿐이다. (…중략…) 후세 사람들이 내 문장을 읽을
것을 나는 이미 알고 있다. 그도 역시 물이 흘러가고 구름이 휘날리며, 바람이
지나고 번개치는 것을 어쩔 수 없어서 부득이 내 문장을 가지고 스스로 소견
할 것이다. (…중략…) 아! 고인의 재능과 식견이 나보다 열 배 이상 뛰어나므
로 나는 그를 위해 통곡하고자 하나 그가 누구인지 나는 모른다. 그러므로 나
는 그를 위해 (『서상기』를) 평점(評點)하고 간행해주는 것이다. 내가 그를 위해
평점해 주고 간행해주는 것으로써 통곡을 대신하는 것이다. 따라서 내가 고인
을 통곡하는 것은 고인을 통곡하는 것이 아니라 나의 또 하나의 소견법(消遣
法)이다."17)


이처럼 『서상기』 「서일(序一) 통곡고인(慟哭古人)」에서 김성탄은 작가
가 이 작품을 창작한 동기, 자신이 이 작품을 비평한 동기가 '소견(消遣)'
이라고 길게 설명하였다. 그 내용을 간략하게 설명하자면, 인생이 짧고
허무하여 소견법(消遣法)이 필요한데, 사람들은 자기 나름대로의 소견법
(消遣法)이 있다. 자신의 소견법(消遣法)은 바로 『서상기』를 비평하고, 간
행하는 것이다. 『서상기』 비평과 간행을 통해 재능은 뛰어나지만 세월

---

17) 金聖嘆 평, 『懷永堂本 繪像第六才子書』 권1, 4~9면. "或問于聖嘆曰, 『西廂記』何
爲而批之刻之也? 聖嘆悄然動容, 起立而對曰, (…중략…) 幾萬萬年月, 皆如水逝雲
卷, 風馳電掣, 無不盡去. 而至于今年今月而暫有我. 此暫有之我, 又未嘗不水逝云卷,
風馳電掣而疾去也, 然而幸而猶尙暫有于此. 幸而猶尙暫有于此, 則我將以何等消遣
以消遣之? (…중략…) 我亦于無法作消遣中, 隨意自作消遣而已矣. (…중략…) 後之
人之讀我之文字, 我則已知之耳, 其亦無奈水逝云卷, 風馳電掣, 因不得已而取我之
文自作消遣云爾. (…중략…) 嗟乎! 是則古人十倍于我之才識也, 我欲慟哭之, 我又不
知其爲誰也, 我是以與之批之刻之也. 我與之批之刻之, 以代慟哭之也. 夫我之慟哭
古人, 則非慟哭古人, 此又一我之消遣法也."

을 이기지 못해 끝내 사라져 버린 고인 즉『서상기』의 작가에게 흠모와 경의를 표하고, 자신이 평점한『서상기』가 후대 사람들에게도 소견법(消遣法)이자 자신을 오래 기억하게 해줄 만한 흔적도 남겨주자는 것이다. 따라서 김성탄이 사용하는 '소견'은 자면(字面) 그대로의 '심심풀이'가 아니라 소설·희곡 창작과 비평은 문인이 인생을 보람있게 살고, 이름을 후세에 길이 남길 입언(立言)의 한 수단으로 제시된 것이다.

소설·희곡의 창작, 비평을 통하여 자아가치의 실현을 떳떳하게 추구하자는 김성탄의 주장은 출사(出仕)의 길이 막힌 불우한 문인들에게 인생을 의미있게 사는 한 방도를 제시함으로써 쉽게 공감을 불러일으킬 수 있었다. 또한 김성탄의 이러한 주장은 김성탄 평점본『수호전』,『서상기』가 사회에서 널리 인정받음으로써 충분히 입증되었으므로 더욱 설득력을 갖게 되었다. 그러한 견해에 고무되어 중국에서 김성탄 이후 소설·희곡 비평가로 나선 문인들이 많이 등장하였는가 하면 한국에서도 이옥보다 조금 앞선 18세기 후반의 문인 유만주(兪晩柱, 1755~1788)도 김성탄의 그 주장을 받아들여 직접 소설의 창작과 비평을 시도할 의향을 표명한 적 있다.[18] 그러한 사실들을 감안하여 이옥이 '소한'이라는 용어로 나타낸『동상기』의 창작동기는 김성탄이 사용한 '소견'이라는 표현을 그대로가 아니지만 궁극적으로 김성탄이 주장하는 소견, 즉 자아실현과 같은 것이 아닌가 한다. 다시 말하여 이옥이 새로운 장르인 한문희곡의 창작을 시도하기에 이르기까지 소설·희곡의 창작·비평을 적극 권장하고 중요한 의미를 부여한 김성탄의 주장에 대한 수용이 적극적인 역할을 하였다고 할 수 있다.

---

18) 兪晩柱,『흠영』권5, 서울대 규장각, 1997, 187면.

## 4. 문학 감상법의 제시 – 「독초사(讀楚辭)」

　김성탄 문학비평의 중요한 특징의 하나는 또한 작품을 읽는 방법을 강조하는 점이다. 이것은 작품 본문 앞에 붙인 「독법(讀法)」에 집중적으로 나타난다. '독법'이라는 조목은 김성탄이 소설·희곡 평점(消遣)에 처음 도입한 것으로 『수호전』과 『서상기』 비평에서 긴요하게 사용된다. 이 독법은 독자가 작품을 접하기 전에 총체적인 내용과 특징 등을 자유롭게 소개하고 작품을 감상하는 시각, 태도, 방법까지 구체적으로 가르쳐주므로 평점이 담당하는 독서 안내의 기능을 톡톡히 해낸다. 『서상기』의 앞에 첨부된 「독제6재자서상기법(讀第6才子西廂記法)」은 81칙이나 되는 장문으로 작품의 감상법, 가치평가, 인물론 등을 세밀하게 분석하였다. 그 일부는 다음과 같다.

　　61칙,[19] 『서상기』는 반드시 바닥을 쓸고 나서 읽어야 한다. 바닥을 쓰는 것은 티끌이 조금이라도 가슴에 남기지 않게 하기 위해서이다.
　　62칙,[20] 『서상기』는 반드시 향을 피워서 읽어야 한다. 향을 피워서 읽는 것은 공경한 뜻을 나타내고 귀신과 통하기를 기대하기 위해서이다.
　　63칙,[21] 『서상기』는 반드시 눈[雪]을 마주보며 읽어야 한다. 그 깨끗하고 맑은 기운을 돋구기 위해서이다.
　　64칙,[22] 『서상기』는 반드시 꽃을 마주보며 읽어야 한다. 그 아름다움을 더하기 위해서이다.

---

19) 金聖嘆 평, 『懷永堂本　繪像第六才子書』 권2, 23면. "必須掃地讀之. 掃地讀之者, 不得存一點塵于胸中也."
20) 金聖嘆 평, 『懷永堂本　繪像第六才子書』 권2, 23면. "必須焚香讀之, 焚香讀之者. 致其恭敬, 以期鬼神之通之也."
21) 金聖嘆 평, 『懷永堂本　繪像第六才子書』 권2, 23면. "必須對雪讀之. 對雪讀之者, 資其潔清也."
22) 金聖嘆 평, 『懷永堂本　繪像第六才子書』 권2, 23면. "必須對花讀之. 對花讀之者. 助其娟麗也."

65칙,23) 『서상기』는 반드시 하루밤의 힘을 들여 단숨에 다 읽어야 한다. 단숨에 다 읽는 것은 그 발단부터 결말까지 모두 파악하기 위해서이다.

66칙,24) 『서상기』는 반드시 보름이나 한 달의 공을 들여 꼼꼼하게 읽어야 한다. 꼼꼼하게 읽는 것은 그 세부의 결을 자세히 찾기 위해서이다.

67칙,25) 『서상기』는 반드시 미인과 나란히 앉아서 읽어야 한다. 미인과 나란히 앉아서 읽는 것은 그 다정다감함을 확인하기 위해서이다.

68칙,26) 『서상기』는 반드시 도사(道士)와 마주앉아 읽어야 한다. 도사와 마주앉아 읽는 것은 해탈할 길이 없다고 감탄하기 위해서이다.


위 인용문에서 문학작품의 문예적 가치를 인정하는 것을 전제로 하고 그것을 제대로 체득하고 음미하기 위해 독자에게 심미적 시각으로 작품을 감상할 것을 요구한다. 김성탄의 주장에 의하면 『서상기』와 같은 아름답고 빼어난 작품을 제대로 감상하기 위해서는 잡념이 없는 청정심(淸淨心)과 조용하고 깨끗한 장소, 그리고 눈이 내리거나 꽃을 피운 아름답고 그윽한 자연경치 등이 필수적이라는 것이다. 그리고 이 작품을 읽는 데 소요해야 할 시간도 자상하게 설명하고, 같이 읽어야 할 동반자 즉 미인과 도사(道士)를 곁에 앉혀 놓음으로써 작품에 표현되어 있는 애정과 숙명의 의미를 깨달으라고 한다.

김성탄 비평의 특징으로 나타난 문학 감상의 방법에 대한 구체적인 제시는 이옥의 글에도 반영되어 있다. 이옥의 「독초사(讀楚辭)」라는 글이다. 「독○○」(~읽는다)라는 제목이 흔한데 예로부터 관습적으로 사용된 독후감 성격의 글이다. 즉 그러한 제목 밑에서 어떤 작품을 읽은 후 그

---

23) 金聖嘆 평, 『懷永堂本 繪像第六才子書』 권2, 23면. "必須盡一日一夜之力, 一氣讀之. 一氣讀之者, 總攬其起盡也."
24) 金聖嘆 평, 『懷永堂本 繪像第六才子書』 권2, 24면. "必須展半月一月之功, 精切讀之. 精切讀之者, 細尋其膚寸也."
25) 金聖嘆 평, 『懷永堂本 繪像第六才子書』 권2, 24면. "必須與美人竝坐讀之. 與美人竝坐讀之者. 驗其纏綿多情也."
26) 金聖嘆 평, 『懷永堂本 繪像第六才子書』 권2, 24면. "必須與道人對坐讀之. 與道人對坐讀之者, 嘆其解脫無方也."

에 대한 느낌이나 감상을 쓰는 것이 관례이다. 그러나 이옥의 이 글은 이와 같은 관습을 타파하고 『초사(楚辭)』를 읽는 방법을 다음과 같이 제시하고 있다.

> (『초사(楚辭)』를) 마땅히 읽을 만할 때, 그리고 읽을 만한 곳에서, 혹 한두 번, 혹 서너 번, 혹 대여섯 번 읽되, 읽기를 절제하고 많이 읽지 말아야 한다. 나뭇잎이 떨어지는 한밤중이나 달 밝은 밤, 서리 내린 새벽, 해질 무렵, 벌레 우는 때, 기러기 우는 때, 꽃이 떨어지고 소쩍새가 우는 밤이 읽을 만한 때이며, 백 척의 높은 누 위, 낙엽이 진 나무 아래, 졸졸 소리가 나는 작은 시냇가, 국화가 피는 곳, 대나무가 있는 곳, 매화나무 곁, 여울에 거슬러 올라가는 배 안, 천 길의 석벽 위가 읽을 만한 곳이다. 우선 진한 술을 큰 잔으로 들이키고, 읽을 때에는 한 자루의 옛 동검을 어루만지며, 읽고 나서는 거문고를 끌어당겨 보허사(步虛詞)를 한 곡조 뜯어 풀어낸다. 이와 같이 읽어야 바야흐로 『초사(楚辭)』를 읽어내었다고 말할 만하다. 『초사(楚辭)』 중에 특히 「삼구(三九)」가 그러하다.27)

위 인용문에서 이옥은 『초사』를 읽는 횟수와 읽는 시간과 장소, 방식을 구체적으로 제시하고 있다. 횟수에 대해서 너무 많이 읽지 말라고 제한하고, 시간이나 장소는 다양하게 규정하고 있다. 시간은 대체로 가을밤이나 새벽, 저녁으로 하고, 장소는 인적이 드문 높은 누나 석벽, 아니면 국화꽃, 대나무가 있는 시냇가 등으로 하고 있다. 한 마디로 아름답고 고요하면서도 처량한 분위기를 조성하는 자연환경으로 설정하는 것이다. 그리고 읽기 전에 술을 마시고, 읽을 때 동검을 어루만지며, 읽은 후에 거문고 한 곡을 타라고 한다. 아마도 『초사』의 비분강개한 정

---

27) 李鈺, 「讀楚辭」. "宜於可讀時, 可讀處, 或一二遍, 或三四遍, 或五六遍, 讀愼, 不可多讀. 葉落夜半, 月明夜, 霜曉, 日欲落時, 蟲鳴時, 雁唳 時, 花落鵑啼夜, 可讀時. 百尺危樓, 無葉樹下, 小溪有聲處, 菊花處, 竹處, 梅旁, 上灘舟中, 千仞石壁上, 可讀處. 先飮醇酒一大杯, 讀時, 摩挲一 古銅劍, 讀已, 援琴作步虛詞, 一弄以解之. 如是讀, 方可謂讀楚辭來. 楚辭中, 惟三九然."

서에 완전히 몰입하도록 하였다가 전문을 읽은 후에 또다시 헤어나도록 하기 위해서인 것 같다. 김성탄의 「독법」과 비교해 보면 이옥의 「독초사」는 작품을 접하기 전에 미리 감상법을 가르쳐주는 독서 안내라는 성격을 띠는 면에서 김성탄의 「독법」을 수용한 것을 알 수 있다. 즉 김성탄의 「독법」에 접한 이옥은 그의 견해를 받아들여 문학작품을 감상함에 있어 방법이 중요하고 또한 「독초사」를 통하여 구체적인 방법을 설명하기에 이르렀다.

이옥이 제시하는 『초사』 읽는 법은 읽기 전의 청소나 음주를 통하여 정서적인 준비를 요구하고, 배경으로는 그윽하고 아름다운 자연경치를 설정하며, 읽을 때의 미인이나 동검 같은 도구를 이용하라는 것은 김성탄이 제시한 『서상기』「독법」과 마찬가지로 작품에의 완전한 감정몰입을 위해 주·객관인 면에서 분명한 요구를 제기한 것이다. 다만 내용으로 보면 이옥의 「독초사(讀楚辭)」가 김성탄의 「독법(讀法)」보다 훨씬 더 섬세하고 다양하게 환경을 제시하고 있는 것이 돋보인다. 특히 『초사』의 문학적 특성을 감안하여 처량하고 쓸쓸한 환경을 위주로 독서의 장소로 설정하고, 또한 읽는 대상 작품의 비분강개한 정서와 문체에 어울리게 무게가 있고 강건한 이미지를 가진 옛 동검을 중요한 보조 도구로 독창적으로 제안하고 있다. 또한 형식적인 면을 보면 이옥의 「독초사」는 김성탄의 「독법」에 대한 변용으로 이루어진 것을 알 수 있다. 우선 김성탄의 글은 문학 작품 본문 앞에 붙어있고 작품에 의존하고 있지만 이옥의 글은 독립적인 산문 한 편이라고 하거나, 독립적인 글 한 편에 독서 안내를 삽입한 것이라고 볼 수 있다. 그리고 김성탄의 「독법」은 수십 조목으로 산만하게 되어 있지만 이옥의 글은 나열 등 수법을 이용하여 구성이 치밀하고 자연스러운 글 한 편으로 형성되어 있다. 다시 말하여 이옥의 「독초사」는 한 편의 작품으로 김성탄의 「독법」보다 훨씬 높은 문학성을 갖게 된다.

이옥의 「독초사」를 통하여 이옥은 김성탄 문학비평에서 강조된 문학

작품에 대한 심미적 감상 태도는 물론, 구체적인 감상법도 수용한 것을 확인할 수 있었다. 그렇지만 김성탄의 「독법」에 대한 이옥의 수용은 단순한 모방이 아니라, 읽는 작품의 성격에 따라 적절한 감상법을 제시하였을 뿐 아니라, 김성탄의 「독법」의 단점을 극복하고 그것을 독자적이고 문학성이 높은 문학작품으로 발전시키기 위한 노력이 특히 높이 평가할 만하다.


## 5. 맺음말


이상에서 고찰한 듯이 이옥은 김성탄 문학비평에서 문학작품의 문예적 가치를 적극 인정하는 주장을 수용하고 도덕적 효용성 대신 문학이 독자에게 정서적 감동과 심미적 쾌락을 주어야 한다고 강조하였다. 그리고 작가의 재주에 대한 강조, 문학작품의 중요한 기준으로 새로움과 기발함을 내세우게 되었다. 이러한 문학관은 조선 후기에는 모두 신선하고 진보적인 것이라고 할 수 있다.

이옥은 또한 김성탄 비평에서 문학감상에 대한 견해를 받아들여 문학작품을 심미적으로 감상하는 태도와 구체적인 방법도 제시하였다. 여기서 특히 이옥은 김성탄의 비평을 그대로 답습하지 않고, 내용과 형식면에서 적극적인 변용을 보여줌으로써 강한 주체의식을 표현하였다.

그 뿐만 아니라 이옥은 소설·희곡의 창작·비평을 자아가치의 실현과 결부시킨 김성탄의 주장을 받아들여 당시 천대를 받던 대중문학을 긍정적으로 인식하고 새로운 문학장르의 창작도 적극 시도하였다. 그 결과 이옥은 문학사에서 첫 한문희곡을 창작하고, 한국고전문학의 다양성을 한층 더하는 데 중요한 기여를 하게 되었다. 이외에도 신문체라고 지목을 받은 이옥의 개성적인 문체 또한 김성탄 비평문의 문체의 영향을 어느 정도 받은 것을 확인할 수 있었다.

이 글을 통해 확인된 이옥의 김성탄 수용은 조선 후기 문단의 새로운 흐름은 김성탄의 문학비평과 관련이 있는 것을 시사하고 있다. 향후 이러한 면에서의 구체적이고 심도 있는 연구가 요구된다고 본다.

| 참고문헌 |

『조선왕조실록』, 國史編纂委員會, 1968.
金均泰, 「李鈺의 文學理論과 作品世界의 研究」, 서울대 박사논문, 1986.
金仁順, 「「東廂記」와 「西廂記」의 비교 연구」, 성신여대 석사논문, 1990.
孟昭連 외, 『中國小說學通論』, 安徽教育出版社, 1995.
閔寬東, 『中國古典小說在韓國之傳播』, 學林出版社, 1998.
施耐菴, 金聖嘆 평, 『회도증상 第五才子書水滸傳』, 성균관대 도서관 소장본.
王先霈 외, 『明清小說理論批評史』, 花城出版社, 1988.
王實甫, 金聖嘆 평, 『懷永堂本繪像第六才子書』, 성균관대 도서관 소장본.
俞晚柱, 『欽英』, 서울대 규장각, 1997.
李　鈺, 「金申賜婚記 題辭」, 『東廂記』, 舞天학술부, 중문출판사, 1990.
＿＿＿, 『역주 李鈺全集』, 實是學舍 고전문학연구회, 소명출판, 2001.
＿＿＿, 「七切」, 「讀楚辭」, 「追記南征始末」.
趙潤濟, 『國文學史』, 探求堂, 1974.
韓　梅, 「金聖嘆 문학비평에 대한 조선 후기 문인의 수용양상 연구」, 『비교문학연
　　　구』 29, 한국비교문학회, 2002.
＿＿＿, 「實學派의 김성탄 수용」, 『중한인문학연구』 10, 한중인문학회, 2003.
＿＿＿, 「조선 후기 金聖嘆 문학비평의 수용양상 연구」, 성균관대 박사논문, 2002.

# 18세기 한중 문학 교류와 유득공(柳得恭)의 『이십일도회고시(二十一都懷古詩)』

이철희

## 1. 머리말

영재(泠齋) 유득공(柳得恭)의 『이십일도회고시』는 조선의 강역에 존멸하였던 21국의 도읍지를 회고시로 읊은 작품이다. 『발해고(渤海攷)』, 『사군지(四郡志)』와 더불어 역사지리 분야에서 유득공의 위상을 높인 대표작으로 꼽힌다. 유득공의 민족적 역사의식과 실학사상 및 북방경략의 의지가 관철되어 있는 저작으로서, 각 작품 또한 날카로운 역사비평과 문화적 자긍심이 중심 주제를 이루고 있다는 평가를 받고 있다.[1] 이와 같은 평가는 오늘날 학계에서 하나의 통설로 받아들여지고 있다.

---

1) 송준호, 『유득공의 시문학 연구』, 태학사, 1985, 120~125면.

한편, 후사가(後四家)라 칭해지는 이덕무, 유득공, 박제가, 이서구 등의 청대 시문학 수용 양상을 연구하는 과정에서 주목을 받았다. 이들이 초기에 수용한 왕사정(王士禎)의 신운풍(神韻風)에서 벗어나 청대시단에 대두한 고증적 시풍이나 영사시의 대가로 알려진 원매(袁枚)의 시풍을 수용한 대표작으로 조명되었다.2)

그러나 『이십일도회고시』는 우리 나라 시문학사에 존재하지 않았던 새로운 체제를 지니고 있으며, 한중 문화 교류사에서도 매우 획기적인 의미를 지닌다는 점 또한 주목해야 한다.

조선 후기에 들어서면서 우리 역사를 다룬 시는 다채롭고 활발하게 창작되어, 이익(李瀷), 이복휴(李福休), 이학규(李學逵)의 「해동악부(海東樂府)」와 같은 거편대작의 영사악부(詠史樂府)가 출현하기도 하였다. 그러나 회고시라는 제명(題名)하에 조선의 전 강역과 역사를 체계화시켜 다룬 저작은 이전에 찾아볼 수 없는 것이다. 또한 주석뿐만 아니라 각 나라에 대한 개관을 별도의 단락으로 기술하여 놓아, 각 나라의 역사와 회고시를 동시에 읽을 수 있는 특이한 체제를 이루고 있다.

또 하나 특기할 점은 국내에서보다 중국에 먼저 알려진 저작이라는 사실이다. 1778년에 처음 완성된 『이십일도회고시』는 바로 그해 3월 연행을 떠나는 이덕무와 박제가 편에 보내져 중국의 문인학자들에게 소개된다. 이때 반정균(潘庭筠)으로부터 "후세에 반드시 전해질 작품이다(必傳之作)"라는 평을 받는 등 당시 한중 문학 교류에 참여한 인물들로부터 주목을 받았으며, 그 뒤 기윤(紀昀), 옹방강(翁方綱) 등 청대학계를 대표하는 석학들의 손을 거쳐 1877년에는 조지겸(趙之謙)의 『학재총서(鶴齋叢書)』에 수록되어 간행되기도 하였다. 『이십일도회고시』가 우리 나라에서 주목을 받은 이유도 바로 중국에서 얻은 관심과 인기에 따른 것이었다.

이와 같이 새로운 방식의 저작이 생겨난 원인은 무엇이고, 또 이 저

---

2) 이경수, 『한시사가의 청대 시 수용 연구』, 태학사, 1995년, 153~158면, 174~175면; 「영재 유득공 시의 신운풍과 고증학적 경향」, 『대동한문학』 27집, 대동한문학회, 2007.

작이 우리 나라가 아니라 중국에서 주목받은 이유는 무엇일까? 이 문제는『이십일도회고시』의 실체를 이해하는 관건이라 할 수 있다.

18세기에 들어서면 홍대용, 박지원 등 소위 '북학파(北學派)'라 칭해지는 일군의 지식층이 출현하며, 한중 문학 교류는 활기를 띠게 된다. 중국의 문물을 배운다는 의미의 '북학'은 일방적 수용으로 비칠 수 있으나, 그 실상을 살펴보면 조선 문인들의 시문집과 금석문 관련 자료 등이 적극적으로 중국에 전해졌음을 확인할 수 있다. 당시 중국은 고증학의 흥성과 세계인식의 변화에 따라 외국에 대한 지적 욕구가 확대되고 있었던 바, 한중 교류에 참여한 우리 나라의 문사들은 이러한 요구에 적극적으로 응하였으며, 유득공을 비롯한 연암그룹이 그 선하(先河)를 열어놓고 있었다.3) 따라서『이십일도회고시』는 개인적 의식의 산물이나 중국문학 수용의 한 현상으로 보는 기존 연구의 관점을 넘어 18세기에 진행된 한중 문학 교류의 한 성과로 새롭게 주목해야 한다.4)

본고에서는 위의 관점에 입각하여『이십일도회고시』에 대한 몇 가지 문제점을 검토하고자 한다. 첫째, 그동안 명시하지 않았던 저작 동기를 보다 분명하게 파악하여 제시하고자 한다. 둘째, 회고시로서는 매우 특이한 구성과 체제가 탄생하게 된 요인과 그 과정을 살펴보고자 한다.

---

3)『韓客巾衍集』과 유득공의『이십일도회고시』를 비롯하여 이덕무의『청비록』, 박제가의『정유고략』, 이서구의『薑山詩集』,『薑山筆豸』등이 중국에 전해졌고, 이 중에는 중국인들의 손에 의하여 간행된 것도 있다.(박현규, 「중국에서 간행된 조선후사가 저서물 총람」,『한국한문학연구』24, 한국한문학회, 1999) 이러한 교류는 점차 확대되어 19세기에 이르러서는 중국학자 董文煥이 우리 나라의 名詩를 선집한『韓客詩錄』의 편찬을 시도하였고, 劉喜海는 우리 나라의 금석문을 집대성하여『海東金石苑』을 편찬하였다.(김명호, 「동문환의『한객시존』과 한중 문학 교류」,『한국한문학연구』26, 한국한문학회, 2000)

4) 이와 관련하여 후지츠카(藤塚鄰)의 다음 글은 시사하는 바가 있다. "『이십일도회고시』,『한객건연집』의 소책자들은 단순히 시집으로서만 보아서는 안 된다. 그들은 이것을 매개로 하여 많은 석학들과 교제를 시도할 수 있었던 것이다. 홍대용의 인물과 학문을 가지고도 얻을 수 없었던 대가들과의 접촉이 실로 이 소책자를 통하여 가능하게 된 것이다. 藤塚鄰, 박희영 역,『추사 김정희의 또 다른 얼굴』, 아카데미하우스, 1994, 40면.

셋째, 유득공의 민족적 역사의식을 중심으로 파악해 온 작품의 성격과 주제를 한중 문학 교류라는 관점에서 조명해 보고자 한다. 유득공이 왜 회고시를 매개체로 중국의 문인학자들과 소통하려 했는지를 해명하고자 한 것이다.

이상의 논의는 18세기 활발하게 진행된 한중 문학 교류에 우리 나라 문인학자들이 어떻게 대응하였는지 그 구체적 실상을 확인시켜 줄 것이다.


## 2. 저작 배경과 동기


유득공이 『이십일도회고시』를 저작한 동기는 무엇이었을까? 현재까지의 통설로는 유득공의 민족적 역사의식과 북방경략 의식이 거론되어왔다. 초기연구의, "발해왕조까지는 진취적, 행동적이었던 역사의지가 후대로 내려오면서 점점 약화되어 당시에는 단순한 잠재의식만으로 남게 된 북방경략(北方經略)의 문제를 겨레 앞에 다시 각성, 인식시키기 위해서 『발해고』를 편술하고 『이십일도회고시』를 읊었다고 생각된다"[5]라는 글에서 그 단서를 확인할 수 있다. 유득공이 1778년 첫 입연(入燕) 전에 저작한 『이십일도회고시』가 입연 후 6년 뒤인 1784년 저작한 『발해고』와 동일한 목적의식 아래 저작되었다는 주장이다. 입연 전부터 이미 북방경략에 대한 사관(史觀)이 확고하게 수립되었다고 본 것이다.[6] 이러한 주장은 『이십일도회고시』가 처음 저작된 판본과 14년 뒤에 재편집된 판본 사이

---

5) 송준호, 앞의 책, 124면.
6) 앞의 책, 130면.

에 몇 글자의 출입만 있을 뿐 동일한 내용이라는 점에 근거를 두고 있다. 두 판본 사이에 변화가 없다는 사실은 14년 사이에 역사의식의 변화가 없었음을 뜻하며, 따라서 『발해고』의 저작 동기인 북방경략 의식을 『이십일도회고시』에도 소급하여 적용한 것이다. 그러나 이러한 판단의 근거에는 결정적인 오류가 존재한다. 뒤에서 다시 거론하겠지만, 기존연구에서 다룬 판본 이외에 1778년 처음 저작된 내용의 필사본이 존재하는데, 내용과 체제가 여타 다른 판본과 현격히 달라 유득공의 역사의식에 변화가 있었음을 시사한다. 따라서 입연 전부터 이미 북방경략에 대한 사관(史觀)이 확고하게 수립되었으며, 이 사관이 『이십일도회고시』의 저작 동기라는 주장은 마땅히 재고되어야 한다. 사실 그러한 의식을 입연 전부터 유득공이 지니고 있었고, 『이십일도회고시』를 저작하게 된 바탕이 되었다고 하더라도, 보다 직접적인 저작의 동기에 대한 해명이 필요하다.

대개 저작의 동기는 서문에 밝혀져 있기 마련이다. 그러나 『이십일도회고시』가 최초로 저작되었을 때 쓴 서문은 없으며, 그로부터 7년이나 지난 1785년과 다시 7년이 지난 1792년에 유득공이 과거를 회상하며 지은 「제이십일도회고시(題二十一都懷古詩)」라는 글이 서문의 역할을 대신하고 있다. 논의의 편의상 이 글에서는 서문이라고 칭하도록 한다. 이 글은 저작 동기에 대하여 직접적으로 거론하고 있지 않지만, 저작의 배경을 비롯하여 유득공의 창작의도를 엿볼 수 있는 내용이 서술되어 있다. 1785년에 쓴 서문 다음과 같이 시작한다.

> 회상해 보니 무술(戊戌, 1778)년 무렵 종현(鍾峴) 부근 산턱에 우거(寓居)하고 있었다. 낡은 집 세 칸에 붓과 벼루, 칼과 자가 뒤섞여 있었는데, 이런 것이 싫증나서 자그만 채마밭에 자주 앉아 있게 되었다. 콩 넝쿨과 무꽃 위에 벌과 나비가 한가로이 날아드니 비록 밥 짓는 연기가 여러 번 끊겼지만 의기(意氣)는 소심하지 않고 그대로였다. 때때로 우리 나라의 지지(地誌)를 열람하면서 한 수의 시를 얻으면 곧 여러 날을 고심하며 읊조리게 되니 어린 아들과 계집아이 종이 모두 이를 듣고 외울 정도였다. 내 마음 씀이 얕지 않았다는 것을 알 수 있다.7)

1778년 31세 때 유득공은 오늘날 명동성당 부근인 종현에 살며 한가한 시기를 보내고 있던 듯하다. 밥을 굶을 정도로 궁핍하였지만 마음은 매우 여유로웠다고 회상하고 있다. 이 해는 백탑시사의 일원으로 활동하던 이덕무, 유득공, 박제가가 인생의 큰 전환을 맞이하는 시기였다. 소위 '백탑청연(白塔淸緣)'이라 일컬어지는 난만한 분위기 속에서 북학에 대한 열정을 키워왔던 이들에게 연행을 직접 다녀올 수 있는 기회가 주어지고, 다음해에 신설되는 규장각 검서관직의 발탁이 예고되고 있었기 때문이다. 서족출신으로서는 기대할 수 없었던 밝은 미래를 눈앞에 두고 있던 것이다.

이러한 미래를 앞두고『이십일도회고시』와 같은 저작에 고심한 까닭은 무엇일까? 이보다 2년 전인 1776년에 자신의 시가 포함된『한객건연집(韓客巾衍集)』이 중국에 소개되어 매우 긍정적인 평가를 받았다는 사실로부터 그 원인을 찾아볼 수 있다. 당시 북학에 대한 열정을 공유하고 있던 연암그룹은 벗을 '제2의 나'라고 표명하는 교우론(交友論)에 깊이 공감하며 동인적 결속을 다져나가는 한편 소위 '천애지기(天涯知己)'라 칭하는 중국문사들과의 교유를 열망하고 있었다. 박제가는 홍대용이 중국문사들과 나눈 필담을 기록한「회우록(會友錄)」을 읽으면 마치 실성한 듯 밥을 먹다가도 숟가락질을 잊는다고 표현할 정도였다.[8] 홍대용이 중국에서 맺은 감동적인 교우는 신분제의 질곡과 당파의 분열 속에서 갈등하던 이들에게 참다운 교우의 이상(理想)으로 각인되었던 것이다. 화이관(華夷觀)에 따른 민족과 문화의 차별을 초월한 참다운 우정은 북학을 위한 현실적 통로일 뿐만 아니라, 조선의 폐쇄성을 돌파할 수 있는 숨통으로까지 여겼던 것이다. 이토록 갈망하던 '천애지기'와의 교유가

---

7) 유득공,「題二十一都懷古詩」. "憶戊戌年間, 寓居鍾岡, 老屋三楹, 筆硯與刀尺雜陳, 以是爲苦, 多坐小圃之傍, 荳棚菁花, 蠹蝶悠揚. 雖炊烟屢絶, 意氣自若. 時閱東國地誌, 得一首, 輒苦吟彌日, 稚子童婢, 皆聞而誦之, 可知其用心之不淺也."

8) 박제가,『貞蕤閣文集』권4「與徐觀軒常修」. "會友記送去耳. 僕常時非不甚慕中原也. 及見此書, 乃復忽忽如狂, 飯而忘匙, 盥而忘洗."

『한객건연집』을 통하여 직접 소통할 수 있는 기회가 열렸고, 이 성취는 연행을 기대하고 있던 그들에게 매우 고무적인 것이었다. 이로부터 2년 뒤인 1778년에 이덕무의 『청비록(淸脾錄)』과 이서구의 『강산필치(薑山筆致)』와 함께 유득공의 『이십일도회고시』가 저작되어 연행을 떠나는 이덕무와 박제가 편에 보내져 중국에 전해진 것은 우연의 일치라고 보기 어렵다. 『이십일도회고시』는 『한객건연집』을 뒤이어 중국의 천애지기에게 보내기 위해 저작되었을 가능성이 농후하다.

여기서 한 가지 주목해야 할 점은, 당시 조선에 대한 중국 지식인들의 몰이해와 오인에 대하여 연암그룹이 심각하게 인식하고 있었다는 점이다. 홍대용의 연행경험을 통하여 중국 지식인에게 조선은 낯선 변방국에 지나지 않는다는 사실을 자각하게 된 것이다. 홍대용이 연행 도중 하룻밤 사이에 우리 나라의 역사, 사회, 문화를 개술한 『동국기략(東國紀略)』을 지어 중국인에게 전달했던 사정이나, 우리 나라 역사를 왜곡한 『명기집략(明記輯略)』에 대하여 "이렇게 역사를 왜곡하는 사람들은 동방의 영원한 원수라고 해야 할 것이다"라고 격분했던 사실에서 그 일단을 엿볼 수 있다.9) 이런 상황에 대응하여 우리 나라를 중국에 알리기 위한 노력이 경주되기도 하였던 바, 위 3종의 저작들은 바로 이러한 의식을 배경으로 저술되었으며, 실제적으로 우리 나라의 문학과 역사를 중국에 제대로 알리는 역할을 수행하기에 충분한 저작들이었다.

예컨대, 이서구의 『강산필치』는 전겸익(錢謙益)의 『열조시집(列朝詩集)』과 주이존(朱彛尊)의 『명시종(明詩綜)』에 게재된 우리 나라 시들의 오류를 바로 잡은 저작이다. 그 서문에서 이서구는 "다행히 중국의 군자들에게 전해진다면, 족히 새로운 견문을 넓히고 고아한 담론의 자료가 될 것이다"라고 하여, 『강산필치』가 중국의 지식층을 상대로 저작된 것임을 은연중에 피력해 놓고 있다.10) 유득공의 『이십일도회고시』 역시 중국의

---

9) 김태준, 『한국문학의 동아시아적 시각』 1, 집문당, 1999, 46~48면.
10) 이서구, 『강산필치』. "幸而薦之於中國之君子, 足以廣異聞資雅談."

지식층에게 우리 나라의 역사를 바로 알리려는 의도가 저작의 주요한 동기였을 가능성이 충분하다.

『이십일도회고시』가 중국문사들과의 소통을 위한 저작임은 다음 글을 통하여 엿볼 수 있다.

㉮ 이 해에 무관(懋官 : 이덕무)과 차수(次修 : 박제가)가 연경에 가게 되어 한 부를 베껴 반향조(潘香祖; 반정균) 서상(庶常)에게 부쳤더니, 반향조의 답장을 받아보매, 크게 감탄하고 칭찬을 하면서 "죽지(竹枝)·영사(詠史)·궁사(宮詞) 등 여러 체(體)의 좋은 점을 겸하여서 반드시 후세에 전해질 작품이다"라고 하였다. 이묵장(李墨莊 : 李鼎元)은 절구 한 수를 써주었고 축편수(祝編修 : 祝德麟)는 따로 또 한 권을 달라고 하였다. 다른 나라 사람들이 한 목소리를 내는 것은 자못 즐거워할 일이며, 후세에 전해지고 전해지지 못하고는 꼭 논하지 않아도 된다.11)

㉯ 나는 이 책을 경술년(庚戌年, 1790) 가을 연경에 갈 때 가지고 갔는데, 기효람(紀曉嵐 : 紀昀) 상서(尙書)가 가장 옛것을 좋아하는지라 그에게 주었다. 나양봉(羅兩峰 : 羅聘)은 "포이문(鮑以文 : 鮑廷博)에게 보내어 『지부족재총서(知不足齋叢書)』의 속편에 넣고자 한다"고 하면서 애써 책을 달라고 하는데 응할 수 없었다. 양봉이 자못 섭섭해하였다. 차수가 두 번째로 연경에 갔을 때, 양봉의 책상머리에 오사란(烏絲欄)으로 장정된 책이 놓여 있는 것을 보니 글씨가 정묘(精妙)한데 효람에게서 빌려다 베낀 것임을 알겠더라고 하였다. 중국의 문인들이 책을 좋아함이 이와 같다.12)

㉮는 1785년에, ㉯는 1792년에 작성된 서문의 중심 내용을 인용한 것인데, 대부분 『이십일도회고시』가 중국측 인사들로부터 받은 관심과 반

---

11) 유득공, 앞의 글. "是歲, 懋官·次修入燕, 手抄一本, 寄潘香祖庶常. 及見潘書, 大加嗟賞, 以爲兼竹枝·詠史·宮詞諸體之勝, 必傳之作. 李墨莊, 爲題一絶, 祝編修, 另求一本, 異地同聲, 差可爲樂, 傳不傳, 不須論也."
12) 앞의 글. "余此卷, 庚戌秋携至燕中, 紀曉嵐尙書, 最好古, 贈之. 羅兩峰云 '欲寄鮑以文, 續刻知不足齋叢書中', 力求, 無以應, 兩峰頗怏怏. 次修再入燕, 見兩峰案頭置一本烏絲欄書, 字畫精妙, 知從曉嵐處借鈔也. 中國之士, 嗜書如此."

응을 서술하고 있다. 유득공 스스로 "다른 나라 사람들이 한목소리를 내는 것은 자못 즐거워할 일이며, 후세에 전해지고 전해지지 못하고는 꼭 논하지 않아도 된다"라고 말하고 있듯이, 『이십일도회고시』는 후세보다는 당대 중국 문인학자들과의 소통에 더 주의를 기울인 저작이라 할 수 있다.

『해동악부』의 작가 심광세(沈光世)가 "우리 나라 역사를 읽는 가운데 감계(鑑戒)될 만한 것을 골라 짓는다"라고 밝히거나,[13] 안정복이 스승인 성호 이익의 영사악부에 속편을 지으면서 "역사서의 빠진 부분을 보완한다.(補史家之闕)"고 그 의의를 부여한 것[14]과는 그 창작 의도가 사뭇 다름을 보여준다. 『이십일도회고시』는 소위 '천애지기'를 염두에 두고 기획하여 완성한 작품이라고 할 수 있다.


## 3. 창작 방식과 체제의 특성


『이십일도회고시』의 창작 방식과 체제는 매우 특이한 성격을 지니고 있다. 회고시라는 제목으로 조선의 전 강역을 다룬 저작은 이전에 찾아볼 수 없는 것이며, 시 작품과 역사 기술(記述)이 공존하는 구성방식 역시 기존에 존재하지 않던 것이다. 그럼에도 불구하고 기존연구에서는 이 점에 대하여 전혀 주목을 하지 않았다. 그러나 새로운 창작 방식과

---

13) 심광세, 『海東樂府』「海東樂府序」. "間閱東史就其中, 可以贊詠鑑戒者, 除出若干條, 作爲歌詩, 名曰海東樂府."
14) 안정복, 『순암선생문집』권1「觀東史有感效樂府體五章」. "吾東方樂府古歌有數種, 而休翁沈光世所著, 稱爲巨擘. 我星湖先生樂府出而後, 集大成而發揮幽隱, 多可以補史家之闕. 然而成己以下數條見漏, 故兹敢效嚬, 先生之作. 詞雖蕪拙, 其事則不可闕矣."

체제를 모색하게 된 원인을 규명하는 것 또한 『이십일도회고시』를 이해하는데 중요한 관건이라 할 수 있다.

　『이십일도회고시』의 창작과정에 대하여 유득공은 "때때로 우리 나라의 지지(地誌)를 열람하면서 한 수의 시를 얻으면 곧 여러 날을 고심하며 읊조리게 되었다"라고 밝히고 있다. '회고시'는 유적지에서 보고 느낀 역사의 흥망성쇠와 그에 대한 감회를 표현하는 장르이다. 역사 사건과 인물을 제재로 삼아 치란과 득실에 대한 의론을 주로 펴는 '영사시(詠史詩)'와 뚜렷이 구분할 수 없는 경우가 많아 '영사회고시(詠史懷古詩)'라 칭하기도 하지만, 유적지를 작자가 직접 대면하였느냐의 여부를 변별의 기준으로 삼기도 한다. 즉 '촉경서정(觸景抒情)'―눈 앞의 전경에 촉발되어 시인의 감상을 표현하는 것을 회고시의 본질로 파악한 것이다. '영사시'는 하나의 역사적 사건이나 인물을 다룬 경우도 있지만, 음영의 대상과 편폭을 얼마든지 늘려『해동악부』와 같이 과거 역사 전체를 다룬 연작시도 가능하다. 반면 회고시는 연작시를 짓더라도 「백제성회고(白帝城懷古)」, 「금릉회고(金陵懷古)」와 같이 대개 어느 한 지역에 국한되는데, 이것은 회고시의 본질적 특성이 작자가 유적지를 대면하고 지어야 한다는 점에 있음을 입증한다. 유득공이 '영사시'가 아니라 '회고시'라고 제명(題名)한 이유는 자신이 추구하는 작품세계가 '촉경서정'에 바탕을 두고 있었기 때문이라고 알 수 있다. 실제 작품을 살펴보면, 직접 가보지 않은 곳을 대상으로 지은 작품도 마치 자신이 직접 눈으로 보고 있듯이 묘사하고 있음을 확인할 수 있다. 유득공은 회고시의 장르적 성격을 분명하게 인식하고 있었던 것으로 보인다.

　이러한 관점에서 본다면, 창작 방식의 특성은 유득공이 가본 곳뿐만 아니라 가보지 않은 지역을 대상으로 회고시를 지었다는 점에 있음을 알 수 있다. 이처럼 작자가 가보지 않은 곳을 문헌지식에 따라 상상하여 작품화하는 방식은 청대 우동(尤侗)의 『외국죽지사(外國竹枝詞)』에서 그 선례를 찾을 수 있다. 육대주의 세계 각국에 대한 상상의 견문을 7언절구, 110수로 쓰고, 각 나라에 대한 지식을 매 수의 말미에 주석의 형식으로 기재해 놓고 있다. 유득공이 이와 같은 방식을 택한 것은 21개국의 도읍지 모두를 연작의 회고시로 저작하려는 기획에 따른 것으로, 비록 북방의 몇몇 나라들과 강역이 제외되었지만 우리 나라 전체를 다루겠다는 분명한 목적의식이 있었음을 보여준다.

『이십일도회고시』는 창작 방식만이 아니라 시집의 체제에서도 특이한 성격을 보여준다. 현재 전하는 이본과 판본은 여러 종이 있으나, 대개 두 가지 계통으로 구분된다. 1792년에 작성한 서문에서 "내 책상자에는 부본(副本)이 없고, 기억이 아득하여 지난번의 주석이 어떠했는지를 알 수가 없으므로 역사서를 참고하고 검토하여 다시 주석을 붙였다"15)라고 하였던 바, 애초에 저작된 '초편본'과는 다른 '재편본'이 1792년에 제작되었음을 밝히고 있다.16)

'초편본'과 '재편본' 사이에는 작지 않은 차이가 존재한다. 『이십일도회고시』에 대한 유득공의 생각이나 역사의식 등이 14년 사이에 변화가 있음을 뜻한다. 양자의 차이에 대해서는 향후 정밀한 비교연구가 진행되어야 할 것이다. 여기에서는 '초편본'과 '재편본'의 차이를 중심으로 체제의 특징을 살피는 것으로 논의를 한정하고자 한다. 먼저 체제의 변화를 살펴보기 위하여 목차와 해당 편수를 괄호 안에 제시한다.

---

15) 유득공, 앞의 글. "余篋中, 更無副本, 茫然不知舊註之如何, 考訂前史, 再爲箋釋, 亦自笑其癖也. 壬子仲春又題."

16) 박현규, 「새로 발굴한 조선 유득공의 初篇系統本－淸鈔本『이십일도회고시』」, 『중한인문과학연구』 7집, 중한인문과학연구회, 2001. 이 논문은 조선간본이나 학재총서본 이전에 편집된 초편본을 중국 국가도서관에서 발견하고, 재편본과 차이를 개괄적으로 제시하였는데, 중국 국가도서관본(善4964本)과 동일한 체제로 편집된 초편본 계통의 필사본이 성균관대학교 존경각에도 소장되어 있다. 『이십일도회고시주』(청구기호; D03B－0866)로 판심 하단에 '玉蘂書屋'이라고 표기되어 있어 玉蘂堂 韓致奫이 필사한 것임을 알 수 있다. 유득공과 한치윤은 친분이 있어 한치윤의 『해동역사』에 유득공이 서문을 썼다.

〈초편본〉

平壤府[檀君朝鮮(1), 箕子朝鮮(2), 衛滿朝鮮(1), 高句麗(2)] 益山郡[馬韓(1), 報德國(1)] 成川府[沸流國(1)] 江陵府[濊國(1), 溟洲國(1)] 春川府[貊國(1)] 扶餘縣[百濟(3)] 仁川府[彌趨忽國(1)] 濟州牧[耽羅(1)] 慶州府[新羅(6)] 金海郡[金官國(1)], 高靈縣[大伽倻國(1)] 開寧縣[甘文國(1)] 鬱陵島[于山國(1)] 鐵原府[泰封(1)] 全州府[後百濟(1)] 開城府[高麗(8)]


〈재편본〉

檀君朝鮮(1) 箕子朝鮮(2) 衛滿朝鮮(2) 韓(1) 濊(1) 貊(1) 高句麗(5) 報德(1) 沸流(1) 百濟(4) 彌鄒忽(1) 新羅(6) 溟州(1) 金官(1) 大伽倻(1) 甘文(1) 于山(1) 耽羅(1) 後百濟(1) 泰封(1) 高麗(9)


'초편본'은 16곳의 도읍지별로, '재편본'은 21개의 나라별로 편집되어 있다. 그러므로 '이십일도(二十一都)'에서 '도(都)'는 '국(國)'을 의미하며, 같은 곳에 도읍을 세운 나라들이 있으므로 도읍지는 16곳이 된다. 다산 정약용이 아들 정학연(丁學淵)에게 보내는 편지에서 『이십일도회고시』를 지칭하여 「십육도회고시(十六都懷古詩)」라고 한 것은 이 때문인 것으로 보인다.17)

'초편본'은 지지(地誌)의 편차를 그대로 유지한 것이라면, '재편본'은 단군조선으로부터 고려까지 우리 나라 역사의 흐름에 따라 편차를 새롭게 구성한 것으로 보인다. 우리 나라 역사의 전반적 흐름을 이해하는 가운데 회고시를 감상할 수 있도록 개편한 것이다.

특히 주목되는 점은 '초편본'에는 시와 주석으로 구성되어 있는 반면, '재편본'에는 각 나라마다 그 나라에 대한 개괄적 설명이 서문의 형식으로 덧붙여 있다는 점이다. '초편본'이 순수한 시집의 형태라면 '재편본'은 시와 역사 기술이 공존하는 특이한 형태를 취한 것이다. 따라서 유득공이 최종적으로 완성한 '재편본'은 나라마다 개괄적 설명을 붙인

---

17) 정약용, 「寄淵兒 戊辰冬」, 『국역 다산시문집』 권21, 민족문화추진회, 1994.

서문과 본장으로서 시 작품, 그리고 자주(自注), 이렇게 3단으로 구성되어 있다.

나라를 설명하는 서문은 각 나라마다 시조의 신화나 건국의 유래 및 연혁 등을 설명한 뒤 후반부에서는 왕도의 지리적 설명을 덧붙이는 등, 일정한 틀을 유지하고 있다. 먼저 『사기』, 『한서』, 『삼국지』, 『위서』, 『당서』 등 중국 측의 정사(正史)를 반드시 먼저 인용하고, 뒤이어 『고려사』, 『여지승람』, 『동국여지지』, 『문헌비고』, 『삼국사기』 등 우리 나라의 국고문헌을 인용하는 방식을 취하고 있다. 다음은 '예(濊)'국의 예이다.

> 『한서(漢書)』에 "무제(武帝) 원년에 예(濊)나라 군주인 남려(南閭) 등 인구 28만 명이 항복하거늘 그곳을 창해군(滄海郡)으로 삼았다"라고 하였다. 『후한서』에 "예는 북쪽으로 고구려와 옥저, 남쪽으로 진한과 접하며 동쪽으로는 바다까지 닿고 서쪽으로는 낙랑까지 이르는데 본래 조선의 땅이었다"라고 하였고, 가탐(賈耽)의 『고금군국지(古今郡國志)』에 "신라의 북쪽 경계인 명주(溟州)는 옛 예나라이다"라고 하였다. 『문헌비고』에 "지금 강릉부 동쪽에 예나라 때에 쌓은 고성(古城)의 옛 터가 있다"라고 하였다.[18]

이와 같이 중국 정사를 앞서 인용하고 우리 나라 문헌을 뒤에 인용하는 체제를 선택한 이유는 중국 역사서의 공신력을 바탕으로 해설 전체의 신뢰도를 높이고자 한 것으로 보인다. 유득공은 한치윤(韓致奫)의 『해동역사』에 서문을 쓰면서, 고려 이전의 시대를 다룬 우리 나라의 역사서는 신뢰할 수 없거나 소략함을 면치 못하기 때문에 중국의 21사(史)로부터 우리 나라 관련 자료만을 수집·정리하는 새로운 저술을 기획한 적이 있

---

18) 유득공, 앞의 책, 「濊」. "『漢書』. '武帝元朔元年, 蕨君南閭等, 口二十八萬人降, 爲滄海郡.' 『後漢書』. '濊, 北與高句麗沃沮, 南與辰韓接, 東窮大海, 西至樂浪, 本朝鮮之地也.' 賈耽, 『古今郡國志』. '新羅北界溟州, 古濊國.' 『文獻備考』. '今江陵府東, 有濊時所築古城遺址.'"

다고 밝힌 바 있다.[19] 비록 이 저술은 실행되지 못하였으나, 『이십일도회
고시』 중 나라에 대한 설명 부분은 그 단초를 보여준다고 할 수 있다.

자주(自註)는 시어를 적출하여 표제어로 제시한 뒤, 한두 종 정도의 문
헌으로부터 관련 내용을 인용하고 있다. 다음은 백제의 첫 번째 시에
붙인 주석이다.

> **반월성(半月城)** 『여지승람』 부여현(扶餘縣)조에 "반월성은 돌로 쌓아 주위
> 가 1만 3천6척(尺)인데 이곳이 바로 옛 백제의 도성(都城)이다. 부소산(扶蘇山)
> 을 안고 쌓아 양쪽 끝머리가 백마강(白馬江)에 닿았는데, 그 형상이 반달과 같
> 다"라고 하였다.
> **자온대(自溫臺)** 『여지승람』에 "자온대는 부여현 서쪽 5리에 있다. 낙화암
> 에서 물을 따라 서쪽으로 내려가면 바위가 물가에 걸쳐 있는데, 십여 명이 앉
> 을 만하다. 세속에 전하기를 백제왕이 이 바위에서 놀면 바위가 스스로 따뜻
> 해졌다고 한다"라고 하였다.[20]

위에서 볼 수 있듯이 자주의 해설은 유득공 본인의 서술이 아니라 인
용서에서 기사를 절취하여 편집하는 방식을 취하고 있다. 따라서 자신
의 설명이나 인용처가 불분명한 기술은 전혀 보이지 않는다. 바로 이
점이 '초편본'과 현격한 차이를 보여준다. '초편본'은 인용처를 밝히지
않거나, 시와 직접적인 관련이 없는 내용을 설명하는 등 비교적 자유롭
게 기술하는 방식을 취하고 있다. 이러한 차이는 역사 기술의 신뢰성과
객관성을 중시하는 입장에서 개편이 이루어졌음을 보여준다.

---

19) 유득공, 「해동역사서」. "東史, 凡幾種哉. 所謂古記, 都是緇流荒誕之說, 士大夫不
言, 可也. 金富軾三國史, 人咎其脫略不足觀, 而名山石室, 茫無所藏. 雖金富軾, 亦且
奈何. 然則唯有鄭麟趾高麗史而已. 高麗以前何從而鏡考乎. 余嘗欲取二十一史東國
傳, 刪其重複, 以注以辨. 與三國高麗二史相依而行, 則庶或有資於徵信, 卒卒未遂."
20) 앞의 책. "半月城. 『輿地勝覽』, 扶餘縣. '半月城, 石築, 周一萬三千六尺, 卽古百濟
都城也. 抱扶蘇山而築, 兩頭抵白馬江, 形如半月' 自溫臺. 『輿地勝覽』. '自溫臺, 在
扶餘縣西五里, 自落花巖順流而西有巖跨水渚, 可坐十餘人. 俗傳百濟王遊于此巖,
則巖自溫.'"

이와 같은 성격으로 인하여 기존연구에서는 고증학과 관련시켜 이해하려는 주장도 제기되었다. "『이십일도회고시』는 민족의 역사와 지리에 대한 자료를 수집하고 기록하려는 고증학적 태도가 시에 강하게 반영된 것이었다"라고 주장하며,[21] 실제 몇몇 작품은 "역사적 사실을 고증한" 내용이 담겨 있다고 보았고, 주석 또한 "역사에 대한 고증학적 내용을 담으려는 의지의 소산"이라고 보았다.[22] 그러나 시 작품은 물론 역사 기술 또한 고증학이라 칭할 수 있는 것과는 거리가 있는 것이다. 대개 중국의 사서나 우리 나라의 문헌에서 절취한 내용을 엮어 설명한 글일 뿐이며, 고증을 위한 문제의식을 가지고 자료를 수집하거나 분석한 글이 결코 아니기 때문이다. 물론 앞서 언급한, 사료의 신뢰성과 객관성을 중시하는 의식은 명말청초 대두한 고증학과 관련시켜 이해할 수도 있다. 그러나 시 작품이나 역사 기술 부분이 직접적으로 '고증학'의 내용을 담고 있다는 논지는 실상에 부합하지 않는 지나친 평가라 할 수 있다.

오히려 나라에 대한 설명이나 주석에 관한 문제는 한중 문학 교류의 관점에서 이해하는 편이 훨씬 더 타당할 것으로 생각된다. 결론부터 말하자면 우리 나라의 역사지리에 익숙하지 않은 중국 측 독자들을 염두에 두고 붙인 것이라 할 수 있기 때문이다. 유득공의 개인문집인『영재집』에 실려 있는『이십일도회고시』에는 시 작품만 기재되어 있고 일체 다른 기술들이 모두 빠져 있다. 즉 나라에 대한 설명이나 주석의 내용은 우리 나라의 역사에 익숙한 독자에게는 따로 전할 필요가 없기 때문이다. 또한 1785년에 쓴 서문에서 유득공은 내각에 봉직한 뒤 벼슬생활을 하면서 아이들이 이 책을 읽고 있는 모습을 보게 되면 감개에 젖었

---

21) 이경수, 「영재 유득공 시의 신운풍과 고증학적 경향」, 위의 책. 173~174면.
22) 이경수, 『한시사가의 청대 시 수용 연구』, 태학사, 1995, 174면. 고구려를 다룬 시에서『후한서』의 '하구려'란 명칭이 착오임을 지적하고, 연개소문이 규염객전의 주인공임을 변증하였으며, 貊을 다룬 시에서는 단군이 彭吳에게 명을 내렸다는 우리 나라의 기록이 오류임을 지적하였는데, 이러한 작품들이 고증적 경향의 시풍을 보여준다고 주장하였다.

다고 회상한 바 있는데,23) 『이십일도회고시』가 초학자들의 독서물로 존재하고 있다는 사실 역시 『이십일도회고시』의 성격을 이해하는 데 고려해야할 사항이다.

이상의 논의를 종합하면 『이십일도회고시』는 우리 나라 역사지리에 익숙하지 않은 중국 측 독자나 초학자가 회고시를 통하여 우리 나라의 역사를 보다 풍부하게 인식하고 감상하도록 제작된 저작임을 확인할 수 있다. 또한 '초편본'에서 '재편본'으로의 개편은 우리 나라 역사의 전반적 흐름을 파악할 수 있도록 특별히 배려하고, 고증학이 성행하던 당시의 학문풍토에 걸맞게 지식들의 정확성과 객관성을 확보하기 위한 방향에서 추구되었던 것이다.

이와 같이 우리 나라의 역사를 중국 지식인에게 알린다는 관점에서 본다면 우동의 『외국죽지사』와 대비하여 그 의의를 생각해 볼 수 있다. 우동의 『외국죽지사』에서 게재된 조선 부분의 시와 주석에는 많은 오류가 있었는데, 이에 대하여 연암그룹은 여러 곳에서 지적한 바 있다. 이덕무는 『이목구심서』에는 "조선을 읊은 것을 한번 보니, 모두 4수인데 풍문(風聞)을 주워 모은 것으로 오류가 많았다. (…중략…) 중국에서 최근의 것이 이와 같으니, 그 나머지 시대가 먼 것은 미루어 알 만하다"24)라고 하였고, 『열하일기』의 「피서록(避暑錄)」에도 박지원이 『외국죽지사』의 오류를 교정하여 중국인사에게 알려준 사실이 기록되어 있다. 그렇다면 유득공의 『이십일도회고시』는 우동의 『외국죽지사』가 지닌 오류와 한계를 극복했다는 의미를 부여할 수 있는 저작이라 할 수 있다. 4수가 아니라 43수의 시로 조선의 역사와 강역 전체로 확대시켜

---

23) 유득공, 「제이십일도회고시」. "輒苦吟彌日, 稚子童婢, 皆聞而誦之, 可知其用心不淺也. (…중략…) 公退之暇, 見此卷爲兒輩所讀, 不覺悵然, 題之如此. 乙巳仲秋, 古芸居士."

24) 이덕무, 「이목구심서 6」, 『국역청장관전서』, 민족문화추진회, 1978. "淸儒尤侗字展成, 號悔庵, 長洲人也. 作外國竹枝詞百餘篇, 各道其風俗, 又有注脚. 試觀咏朝鮮者, 凡四首, 掇拾風聞, 多所訛謬. 今皆記之. 中國最近者如此, 則其餘退裔, 可推也."

새롭게 소개하는 역할을 수행하고 있기 때문이다. 『외국죽지사』를 통하여 조선을 인식했던 중국의 지식인이 『이십일도회고시』를 통하여 다시 조선을 인식하였을 때 느끼는 현격한 인식의 차이야말로 유득공이 생각한 『이십일도회고시』의 의의가 아니었을까 생각해 볼 수 있다.


## 4. 작품의 주제


『이십일도회고시』에 수록된 각 작품들을 어떻게 분석하고 이해할 것인가의 문제에서도 가장 핵심적 요소는 유득공의 역사의식이었고, 역사에 대한 '비판'과 '상탄(傷嘆)' 및 '역사의지에 대한 찬양', '문화적 자긍' 등이 주요 내용으로 제시되었다.25) 예를 들자면, 기자조선의 기준왕이나 백제의 의자왕, 신라의 경애왕 등 어리석거나 향락에 빠져있던 제왕들을 읊은 작품은 날카로운 역사의식의 비판과 풍자를 담고 있고, 을지문덕, 양만춘, 연개소문, 온달장군 등 영웅명장을 다룬 시에서는 민족의 진취적 기상을 표출하는가 하면, 공후인, 을지문덕의 시, 김생의 글씨와 솔거의 그림 등을 다룬 시에서는 민족 문화의 자존과 긍지를 보여주었다는 것이다.

　그러나 시집 전체를 놓고 본다면 위와 같은 일관된 역사의식 아래 창작하였다고 보기 어렵다. 첫 번째 이유는 역사의식이 창작의 가장 핵심

---

25) 송준호는 『이십일도회고시』의 각 작품을 다음 7가지로 분류하고 있다. '역사 오도에 대한 비판'(18수), '영사 또는 회고'(10수), '역사의지에 대한 찬양'(5수), '문화적 자긍'(4수), '죽지'(3수), '궁사'(2수), '기사오류 수정'(1수) 등이다. 그러나 주제에 따른 분류와 시체에 따른 분류가 혼재하여 일정한 기준에 의거한 분류라고 보기 어렵다. 송준호, 앞의 책, 170~171면.

적 동인이었다면 신라의 문무왕이나 김유신, 고려에서는 무신 집권이나 몽고 침입과 같은 역사상 중요한 사건과 인물들이 들어가야 할 터인데 전혀 언급조차 하고 있지 않다. 두 번째 이유는 회고시의 근본적 서정 방식이라 할 수 있는 역사의 흥망성쇠에 대한 감회를 표현한 작품들 역시 큰 비중을 차지하고 있기 때문이다.

그런데 이 두 가지 점은 사실 기존의 연구자가 이미 스스로 제기한 문제이다. 역사의식을 중심으로 분석할 때 발생하는 문제점을 인식하고 있었음을 내비치고 있다. 첫 번째 이유에 대해서는 몇 가지 중요한 의미를 지닌다고 언급하였을 뿐 구체적 해답을 제시하지 않았고,26) 두 번째 이유에 대해서는 표면적으로 회고의 감상적 서정이 표출되어 있지만, 궁극적 주제의식은 몇 가지로 유형화 되어 작품의 이면에 숨겨 있다고 주장하였다.27) 즉 작품의 주제를 표면적 주제와 이면적 주제로 이원화시켜 표면적 주제는 감상적 서정을 표출하지만, 그 이면의 주제는 역사의식에 놓여있다는 논리를 취한 것이다.

그러나 후속 연구에서는 위와 같은 문제의식이 사라지고 오로지 유득공의 역사비평 의식만이 전적으로 강조되었다. 초기연구에서는 "유득공은 감정의 시인이었기에 역사의 무상에서 받은 상흔을 눈물로 읊기를 마지않았으니, 이는 회고시이지 역사의 기술이 아니기 때문에 당연했던 것이다. 곧 시인의 영회(詠懷)였지 사가(史家)의 기기(紀記)가 아님에서다"28)라고 하였듯이, 유득공의 역사의식을 중심 주제로 파악하면서도 회고시로서의 감상적 특성을 고려하여 설명하였다. 그러나 이후 연구자들은 그러한 고려를 주의하지 않고 역사의식과 실학사상 및 북방 경략의식에 대한 부분만을 인용함으로써 『이십일도회고시』를 편향적으로 접근하고 있다.29) 이러한 문제점들은 기존연구가 지나치게 유득공의

---

26) 송준호, 앞의 책, 129면.

27) 앞의 책, 205면.

28) 앞의 책, 128면.

역사의식에 집착한 데에서 기인한 것이다. 그렇다면 역사의식이라는 강박에서 벗어나『이십일도회고시』의 의미를 파악해 보는 것이 문제해결의 단서가 될 것이다.

첫 번째 문제는 유득공이 '역사서'가 아니라 '지리지'를 보면서 시를 지었다는 사실에서 그 원인을 찾을 수 있다. 즉 어떠한 역사관에 입각한 것이 아니라 지리지의 '풍속', '산천', '형승'(形勝), '고적'(古蹟), '제영'(題詠) 등의 기사로부터 비교적 자유롭게 작품의 제재를 취했던 것이다. 예컨대, 신라의 경우 '만파식적', '포석정', '안압지(雁鴨池)', '송화방(松花屋)', '서출지(書出池)', '오기일(烏忌日)', '상서장(上書莊)', '김생의 글씨', '솔거의 그림' 등 지리지에 등장하는 세부 항목들을 소재로 삼아 시를 창작하고 있다. 반정균이 "죽지(竹枝), 영사(詠史), 궁사(宮詞) 등 여러 시체의 장점을 겸하고 있다[兼竹枝 · 詠史 · 宮詞諸體之勝]"라고 평한 것도 이를 반증한다. 그러므로 제재 선택에 있어서 중요한 관건은 역사적 사건의 중요도가 아니라 풍부한 감상을 표현할 수 있는 시적 흥취였다고 보는 것이 타당하다.

두 번째 문제는『이십일도회고시』중 가장 큰 비중을 차지하는 두 가지 경향에 대한 것이다. 기존연구의 분류에 따르면 첫 번째 경향은 역사에 대한 비판과 풍자를 표출한 작품이고, 두 번째 경향은 역사의 무상함과 그에 대한 감상(感傷)의 표현한 작품이다. 문제는 양자를 모두 유득공의 역사의식으로 설명하려는 데서 발생한다.

이 문제를 이해하기 위해서는 두 경향의 작품들에 대한 기존의 해석과 평가를 재검토할 필요가 있다. 고려 편에서 두 작품을 예로 든다.

①

指點前朝宰相家,　　　　　손을 들어 전조(前朝) 재상의 집 가리켜보니
廢園風雨土牆斜.　　　　　황폐한 정원에 비바람 치고 흙담이 기울었네

---

29) 이경수,『한시사가의 청대 시 수용 연구』, 156면; 김태준, 앞의 책, 54면.

牧丹孔雀凋零盡,　　　　모란(牧丹)과 공작(孔雀)30)이 쇠해져 다 없어지고
黃蝶雙雙飛菜花.　　　　노랑나비만 쌍쌍이 나물 꽃에 날아드네


②
荒凉二十八王陵,　　　　　　　황량한 스무 여덟 왕릉,31)
風雨年年暗漆燈.　　　　　비바람에 해마다 칠등(漆燈)이 어둡다.
進鳳山中紅躑躅,　　　　　　진봉산(進鳳山)32) 속 붉은 철쭉은
春來猶自發層層.　　　　　봄이 오면 그래도 층층이 꽃을 피우네.


　①은 모란과 공작을 통하여 사치와 자기 본분을 잃은 권력자들을 비판한 작품으로,33) ②는 자연과 대비되는 인간의 유한성에 대한 감상적 정조를 읊은 작품으로 해석하고 있다.34) 전자가 비판과 풍자의 대표작이라면 후자는 역사의 무상함에 대한 감상을 표현한 대표작이다. 그런데 ②작품 또한 고려가 진취적 기상을 상실하였다고 본 유득공의 역사관이 투사한 것으로 해석한다. 유득공의 역사의식을 양자 모두에게 관철시키고자 한 것이다. 그러나 두 작품의 공통적 경향은 역사의 흥망성쇠에 대한 감회를 형상화하는데 있다. 황폐한 재상가의 정원에 무심한 한 쌍의 나비가 꽃을 찾고 있는 것이나, 제왕의 무덤가에 봄이 되어 피어있는 철쭉꽃은 모두 망국에 대한 애상적 정조를 표출하고 있는 것이다. 작품 ①이 은연중에 당시 권력자들을 비판하고 후세를 경계하는 의

---

30) 원주는 다음과 같다.『고려사』에 "神宗 초에 參知政事 차약송과 特進 기홍수가 함께 中書省에 들어갔다. 약송이 홍수에게 묻기를 '공작이 잘 있느냐?' 하니, 대답하기를 '생선을 먹다가 목구멍이 뼈에 걸려 죽었다.'하였다. 이내 모란을 키우는 법을 묻자 약송이 자세히 말해주었다. 듣는 사람들이 기롱했다"라고 하였다.
31) 원주는 다음과 같다.『文獻備考』에 "고려 太祖 이하 스물여덟의 왕릉은 開城府의 松岳山・進鳳山・碧串洞・鳳鳴山 등 여러 곳에 있다"라고 하였다.
32) 원주는 다음과 같다.『輿地勝覽』에 "進鳳山은 開城府의 동남쪽 9리에 위치하고 있으며 杜鵑花가 많이 피기 때문에 세상 사람들이 '진봉산의 철쭉'으로 일컫는다"라고 하였다.
33) 송준호, 앞의 책, 167면.
34) 앞의 책, 163면.

미를 지닌다는 점을 인정하더라도 이 작품에서 가장 주된 정조는 망국에 대한 감회라고 보는 것이 작품의 감상에 순조롭다.

『이십일도회고시』에는 작품 ①과 같이 나라를 오도하거나 향락에 빠진 제왕을 다룬 작품들이 여러 편 보인다. 또 다른 고려 편에서는 "다른 사람에게 정동행성(征東行省)을 주관케 하고, 원(元)에 머물며 노구(蘆溝)의 만권당에서 취하여 지냈네[敎人提擧征東省, 留醉蘆溝萬卷堂]"라고 하여 조국인 고려로 귀환하지 않은 채 향락에 빠져있던 충선왕을 풍자하기도 하였고, 백제 편에서는 나당연합군의 협공을 막아낼 성충의 책략을 무시하였던 의자왕의 어리석음을 비판하며, "어찌하여 성충의 방책을 쓰지 않고, 도리어 강 속 호국 용을 믿었던가[奈何不用成忠策, 却恃江中護國龍]"라고 하였다. 이러한 작품들은 역사의 치란득실에 대한 의론을 펼친 영사시의 성격을 지닌 것으로 역사에 대한 분명한 비판의식을 보여준다. 그러나 기존연구에서 역사에 대한 비판과 풍자를 가한 작품으로 분류한 18수의 작품 중에는 ②의 경우와 같이 망국에 대한 감회에 보다 비중을 두어 해석해야 할 작품들이 여러 편 존재한다. 다른 한 편을 예로 들어 본다.

③

| | |
|---|---|
| 三月初旬去踏靑 | 삼월초순 답청을 하러 가니 |
| 蚊川花柳鎖冥冥 | 문천(蚊川)35)의 꽃과 버들, 우거져 그윽하네. |
| 流觴曲水傷心事 | 유상곡수(流觴曲水)36) 가슴 아픈 일 |

---

35) 원주는 다음과 같다. 『여지승람』에 "문천은 경주부 남쪽 5리에 있으며 史等川 하류이다. 고려 때 金克己의 「蚊川祓禊」라는 시가 있다"라고 하였다(불계는 삼월 上巳節에, 流觴曲水의 놀이를 하면서 神에게 빌어 災厄을 떨어버리는 일이다─필자주).

36) 원주는 다음과 같다. 『여지승람』에 "포석정은 경주부 남쪽 7리, 금오산 서쪽 기슭에 있는데, 돌을 다듬어 鮑魚[전복] 형상을 만든 까닭에 그렇게 이름 지었다. 유상곡수의 남은 자취가 완연하다." 『삼국사기』에 "甄萱이 갑자기 신라의 수도에 침입하니, 그때 왕과 왕비, 잉첩이 포석정에 나와 노닐며 술자리를 벌여 즐기고 있었다. 침입을 받자 낭패스러워 어찌할 바를 몰랐다. 시종과 신료 및 궁녀 악관들이 모두 잡혀 죽었다"라고 하였다.

休上春風鮑石亭　　　　　　　봄바람에 포석정 오르지 말라.

　위 시의 자주(自註)에는 신라의 왕(경애왕—필자주)이 포석정에서 유상곡수의 향락을 즐기다 후백제 견훤의 급습을 받은 사실을 밝혀 놓고 있다. 기존 연구자는 "'포석정에 오르지 말라'는 유상곡수의 연회로 망국한 경애왕을 꾸짖는 역사의 채찍이 숨겨져 있다"라고 하였다.37) 그러나 역사에 대한 비판과 교훈이 암시적으로 표출되어 있다는 점 외에도 '망국에 대한 애상적 감상'을 통해 표현하고 있다는 점에 주의해야 한다. 해마다 다시 피는 꽃과 버들이 우거진 아름다운 경치와 과거 포석정에서 벌어진 살육의 참상을 중첩시키면서 역사에 대한 감상적 정조를 표현하고 있기 때문이다.

　이상의 논의에서 볼 수 있듯이 『이십일도회고시』의 각 작품들은 유득공의 역사의식보다는 역사의 흥망성쇠에 대한 감회를 표현한 작품이라는 정도에서 그 기본 성격을 규정하는 것이 적절할 듯하다. 물론 반정균이 지적하였고, 기존의 논자들이 이미 여러 가지 제재별로 분류를 해놓고 있듯이 다양한 제재들이 혼재해 있지만, 유득공이 '회고시'라고 제목을 붙인 이유는 망국에 대한 감회를 읊은 것이 가장 중심을 이루고 있기 때문인 것으로 보인다. 눈앞에 보이는 고적을 배경으로 망국의 원인에 대한 비판의 일침을 가하는가 하면, 망국에 대한 감상을 표출하기도 했던 것이다.

　여기서 유득공이 왜 영사시가 아니라 회고시를 선택했는가를 살펴볼 필요가 있다. 유득공의 작품 내적 계보를 따진다면 『이십일도회고시』는 「서경잡절(西京雜絶) 15수」, 「송경잡절(松京雜絶) 9수」, 「웅주잡절(熊州雜絶) 3수」 등의 후속 작품이라고 할 수 있다. 세 작품 모두 과거의 왕도를 유람하며 지은 것으로, 청나라 초기의 시인 왕사정의 「진회잡시(秦淮雜詩)」

---

37) 송준호, 앞의 책, 157면.

와 유사한 시풍이라는 평을 받기도 하였다.[38) 왕사정은 유득공을 비롯하여 이덕무, 박제가, 이서구가 백탑청연 시절 가장 심취하였던 시인이다.[39) 이덕무는 이들이 모두 왕사정의 작품을 탐독하여 깊은 맛을 음미하도록 입으로 읊조리고, 눈과 귀에 젖어들 정도였다"라고 기록하고 있다. 왕사정의 시풍을 대표하는 작품은 「추류(秋柳)」와 「진회잡시」인데, 이 작품은 옛 왕도 금릉(金陵) 진회(秦淮) 지역을 배경으로 눈앞의 풍경과 과거에 대한 회상을 연계시켜 영화와 환락의 아름다움이 몰락한 뒤에 잔존하는 상실의 공허함을 몽롱한 분위기 속에 형상화한 것이었다.[40)

유득공의 잡절체 작품들은『한객건연집』에 수록되어, 이조원과 반정균으로부터 비평을 받았는데, 매우 높은 평가를 받았다. 「송경잡절」에 대해서는 이조원은 "처미애농(凄迷哀艷)하여 천추의 절조이니 왕사정의 「진회잡시」가 그 앞에서 아름다움을 독차지할 수 없다. 6수가 모두 그러하다"라고 하였고, 또 「서경잡절」에 대해 이조원은 "성당시의 풍격이 있다"라고 하였고, 반정균은 "당음(唐音)에 핍진하여 감탄을 금할 수 없으니 후세에 반드시 전해질 것이다. 6편이 모두 그러하다"라고 하였다.

여기서 한 가지 생각해 볼 문제는 이조원이나 반정균이 유득공의 작품들을 높이 평가한 배경이다. 물론 시적 성취도에 대한 평가일테지만 당시 청대 문인사회에 왕사정의 시풍이 크게 유행하고 있었다는 점을 고려할 필요가 있다. 즉 왕사정의 시풍에 경도되었던 이덕무, 유득공, 이서구, 박제가는 청나라 한족 문인들과 어떤 공감대가 이미 형성되어 있었다고 볼 수 있다. 왕사정의 시풍은 청대초기 이민족의 지배 아래 들어간 한족의 문인들의 심금을 울리며 지지를 받았던 바, 그의 시에

---

38) 김병민,『조선중세기 북학파 문학 연구』, 목원대학 출판부, 1992, 292~295면; 이경수, 앞의 책, 154~155면.

39) 이덕무의『淸脾錄』중「王阮亭」조를 보면, 이덕무는 왕사정의 시론과 시세계의 요체를 이해하고 있었으며, 그로 인하여 유득공, 이서구, 박제가 등이 왕사정의 시에 심취하였다고 또한 이미 알려져 있었다. 김병민, 앞의 책, 279~299면; 이경수, 앞의 책, 77~79면.

40) 강영주,『왕사진시선』, 문인재, 2004.

담겨있는 애원과 우수의 정조는 망국의 한을 암시적으로 표출하고 있었기 때문이었다.

유득공이 생각한 『이십일도회고시』의 일차적 독자는 중국 측 문인이었고, 보다 정확하게 말하자면 한족 문인들로서 명대의 유민이라고 할 수 있다. 유득공에게 강한 인상을 심어 주었던, 홍대용이 사귄 중국 인사들은 청나라 통치하의 불우한 한족 지식인들이었으며, 더욱이 왕사정이 주요 테마로 다룬 강남 옛 왕도 지역 출신의 인물들이었다. 유득공이 망국의 도읍지에 대한 감상을 담은 회고시로서 명나라 유민의 공감을 얻고자 했던 것이라 추측해 볼 수 있다.


## 5. 맺음말


이상의 논의를 통하여 『이십일도회고시』가 18세기 한중 문학 교류가 진행되면서 탄생한 저작임을 살펴보았다. 애초의 창작의도가 중국 측에 전달하기 위한 것이었고, 그 체제와 내용 또한 중국의 문사들의 이해와 공감을 얻기 위한 것이었다는 점을 밝히고자 하였다. 그러나 이 작품은 유득공 개인뿐만 아니라, 우리 나라 문학사, 한중 문학 교류사에 있어서 매우 의미있는 역할을 하게 된다.

오늘날 유득공은 우리 나라 역사지리 분야에 매우 중요한 성과를 남긴 학자로 주목을 받고 있다. 그의 『발해고』는 우리 나라 최초로 발해를 한국사에 포함시키며 '남북국시대'라는 새로운 역사관을 제시한 것으로, 『사군지』와 함께 우리 나라 북방고대사 연구와 영토의식을 한 차원 높인 성과로 평가받고 있다. 이와 같이 유득공이 역사지리 방면에 치중하기 시작한 것은 『이십일도회고시』를 지은 뒤 1차 연행을 다녀온 이후부터이다. 연행 이전 유득공은 박학과 장고(掌故)에 뛰어난 문사이자 시인이었다. 비둘기, 호랑이, 벼루 등에 관한 문헌자료를 모아 엮은 『발합경(鵓鴿經)』, 『속백호통(續白虎通)』, 『동현보(東硯譜)』 등의 박물학적 저작에 흥미를 갖는 한편 천하에 존재하는 모든 시를 섭렵하겠다는 열정을 불태웠고, 이덕무는 그를 세상에 보기 드문 시의 전문가로 인정하였다. 이와 같이 문사이자 시인이었던 유득공은 1차 연행을 기점으로 역사지리학자로 거듭나는데, 그 전환점을 보여주는 것이 바로 『이십일도회고시』라 할 수 있다. 회고시에 대한 그의 관심이 『이십일도회고시』를 완성하는 과정에서 역사지리학 분야로 그를 이끈 것이다.

따라서 『이십일도회고시』의 특징은 시와 역사가 공존하고 있다는 데 있다. 회고시가 역사와 그 유적지를 시의 대상으로 삼고 있기 때문만이 아니라 나라에 대한 설명과 자주에 역사의 기록들을 따로 정리해 놓고 있기 때문이다. 『이십일도회고시』를 접한 중국측 인사들의 관심도 여기에 있었던 것으로 보인다. 반정균은 『이십일도회고시』가 여러 시체(詩體)의 장점을 겸비하고 있을 뿐만 아니라 "더불어 새로운 견문을 넓혀주니 후대에 반드시 전할 작품이다.[兼廣異聞, 必傳之作]"라고 평하였고, 오숭량은 "그의 회고시는 산수, 인물의 장고(掌故)를 갖추었다.[其懷古詩, 山水人物,皆可以備掌.]"라고 평하였다.41) 『이십일도회고시』는 시로서만이 아니라 국외에 대한 지식을 얻을 수 있는 박학(博學)의 대상으로 인식되었던 것이다. 유득공이 뒷날에 각종 역사서를 참조하여 각 나라에 대한 설명을 덧붙이고 주석을 보충한 것도 바로 이러한 '박학고거(博學考據)'의 학문적 지향에 부응하기 위한 것이라 볼 수 있다. 『이십일도회고시』는 교유의 매개물로서 중국에 전달된 시집이면서도, 동시에 우리 나라의 역사와 전고를 중국의 지식인에게 알리는 역할도 했던 것이다.

---

41) 朴思浩, 「蘭雪詩龕」(應求漫錄 ), 『心田稿』 권3(『국역 연행록선집』, 민족문화추진회, 1982) 참조.

이 때문에 『이십일도회고시』는 우리 나라에서보다 중국에서 주목을 받았고, 이 사실로 인하여 우리 나라에서 다시 반향을 일으키기도 하였다. 다산(茶山) 정약용(丁若鏞)은 시의 용사(用事)에 대해 설명하며 다음과 말하였다.

> 우리 나라 사람들은 걸핏하면 중국의 일을 인용하는데, 이 또한 비루한 품격이다. 모름지기 『삼국사』, 『고려사』, 『국조보감』, 『여지승람』, 『징비록』, 『연려실기술』과 기타 우리 나라의 문헌들을 취하여 그 사실을 채집하고 그 지방을 고찰해서 시에 넣어 사용한 뒤에라야 세상에 명성을 얻을 수 있고 후세에 남길 만한 작품이 될 것이다. 유득공의 『십육도회고시』(『이십일도회고시』를 지칭함—필자 주)는 중국 사람이 판각하여 책으로 발행하였으니, 이것을 보면 증험할 수 있다.42)

'조선시'를 쓰겠다고 선언한 다산에게 『이십일도회고시』는 민족주체의식을 보여준 모범적 작품으로 인식되었다. 우리 나라 역사를 다루고 있고, 더 나아가 우리 나라의 전거를 주로 우리 나라의 문헌에 의거하여 인용하고 있기 때문에 중국에서도 인정받았다고 본 것이다. 특히 중국에서 판각되었다는 사실에도 큰 의의를 부여하고 있다. 당시 문학과 학문의 판도는 이미 우리 나라의 벽을 뛰어넘어 중국으로까지 넓혀 생각하고 있었으며, 이러한 관점에서 『이십일도회고시』의 가치가 인정을 받고 있었던 것이다.

이와 같이 『이십일도회고시』는 18세기 한중 문학 교류라는 관점에서 보았을 때, 그 의의가 보다 명료하게 이해되는 저작이라 할 수 있다.

---

42) 정약용, 앞의 책, 권21, 「寄淵兒 戊辰冬」. "雖然我邦之人, 動用中國之事, 亦是陋品. 須取三國史·高麗史·國朝寶鑑·輿地勝覽·懲毖錄·燃藜述, 及他東方文字, 採其事實, 入於詩用, 然後方可以名世而傳後. 柳惠風十六國懷古詩, 爲中國人所刻, 此可驗也." 정약용 당시 이미 중국에 간본이 있음을 증언하고 있는데, 조지겸의 「이십일도회고시서」(『학재총서』)에서 "渤海考及二十一都懷古詩手稿, 舊存翁氏石墨書樓, 後入葉氏寶芸齋. 余又得之葉氏, 或言懷古詩有刻本, 刪改太半, 與此異, 則余未見"이라고 하여 『학재총서』 이전에 중국에서 간행된 적이 있음을 입증하고 있다.

박제가, 『貞蕤閣集』, 『한국문집총간』 261.
박사호, 『心田稿』, 『국역 연행록선집』, 민족문화추진회, 1982.
심광세, 『海東樂府』, 『海東樂府集成』, 여강출판사, 1988.
유득공, 『泠齋集』, 『한국문집총간』 260.
______, 『二十一都懷古詩』, 국립중앙도서관.
______, 『二十一都懷古詩註』, 성균관대 존경각.
이서구, 『薑山全書』, 성균관대 대동문화연구원, 2005.
안정복, 『順菴先生文集』, 『한국문집총간』 299・300.
이덕무, 『국역 청장관전서』, 민족문화추진회, 1978.
정약용, 『국역 다산시문집』, 민족문화추진회, 1994.


강영주, 『왕사진시선』, 문인재, 2004.
김명호, 「동문환의 『한객시존』과 한중 문학 교류」, 『한국한문학연구』 26, 한국한문
    학회, 2000.
김태준, 『한국문학의 동아시아적 시각』 1, 집문당, 1999.
박현규, 「새로 발굴한 조선 유득공의 初篇系統本−淸鈔本 『이십일도회고시』」, 『中
    韓人文科學研究』 7, 중한인문과학연구회, 2001.
______, 「중국에서 간행된 조선후사가 저서물 총람」, 『한국한문학연구』 24, 한국한
    문학회, 1999.
송준호, 『유득공의 시문학 연구』, 태학사, 1985.
이경수, 「영재 유득공 시의 신운풍과 고증학적 경향」, 『대동한문학』 27, 대동한문학
    회, 2007.
______, 『한시사가의 청대 시 수용 연구』, 태학사, 1995.


藤塚鄰, 박희영 역, 『추사 김정희의 또 다른 얼굴』, 아카데미하우스, 1994.

# 다산(茶山)과 다산학단의 국영시(菊影詩) 창작과 그 의미
### 원굉도 문학의 수용 양상과 관련하여

신익철

## 1. 문제의 제기

　다산(茶山) 정약용(丁若鏞, 1762~1836)이 정조 연간의 사환기에 엘리트 관료로 활약하던 무렵 죽란시사(竹欄詩社)를 결성하여 활발한 시회를 벌였음은 널리 알려진 사실이다. 다산은 죽란시사의 대표적인 풍류운사로 국영시(菊影詩) 창작을 들고 있는데[1], 촛불에 비친 국화 그림자의 자태를 대상으로 시를 짓는 일은 실상 공안파의 주역인 원굉도(袁宏道)로부

---

[1] 다산이 강진에 유배된 후 자신을 돌아보며 지은 자조적인 연작시 「自笑」의 한 대목에서 이같은 사실을 간취할 수 있다. "浮世論交問幾人? 枉將朝市作情眞. 菊花影下詩名重, 楓樹壇中讌會頻. 驥展好看蠅附尾, 龍顚不禁蟻侵鱗. 紛綸物態成孤笑, 一任東華暗軟塵"(丁若鏞, 「自笑」 제4수,『與猶堂全書』권4, 72면) 본고에서 다산의 글은『한국문집총간』의 것을 참조했으며, 이하 출전은 권수와 문집총간의 면수만을 밝히기로 한다.

터 시작된 것이었다. 다산이 죽란시사에서 국영(菊影)의 놀이를 즐기며 시를 창작한 경위를 서술한 「국영시서(菊影詩序)」는 선행 연구에서 이미 주목한 바 있다. 심경호 교수는 조선 후기 한문학에서 원굉도 시문의 영향을 검토한 논문에서 이 사실을 간략하게 언급한 바 있고, 박무영 교수는 다산의 초기 산문이 지닌 소품문적 특성을 논하면서 그 대표적인 글로 「국영시서」에 주목하고 이를 정치하게 분석하였다.2) 이들 선행 연구는 국영시 창작에 주목했으면서도, 그 창작의 의미를 다산의 원굉도 문학 수용 양상과 관련하여 본격적으로 논의하지는 않았다. 심경호 교수의 논문은 원굉도의 국영시와 다산의 국영시회(菊影詩會)의 연관성을 단편적으로 추정하는데 그쳤고, 박무영 교수의 논문은 「국영시서」를 비롯한 여타 산문의 작품 분석을 통해 다산의 초기 산문이 지닌 미적 특질을 해명하는데 논의의 초점이 있었기에 다산의 국영시 창작이 원굉도 문학과 관련되는 사실에 대해서는 논외로 하였다.

이 같은 점은 무엇보다 다산이 국영시를 창작하면서 원굉도를 직접적으로 언급하지 않은 데서 기인한 바가 크다. 다산은 분명히 원굉도의 국영시를 모방하여 국영의 놀이를 즐겼으면서도3), 이를 드러내기를 꺼려한 것으로 보인다. 그 이유는 대략 두 가지 정도로 추정해 볼 수 있다. 첫째, 국영의 놀이는 즐겼지만 원굉도의 국영시가 지닌 내용에 대해서는 부정적으로 인식하였을 가능성이다. 이는 다산의 문집에 국영의

---

2) 심경호, 「조선 후기 한문학과 원굉도」, 『한국한문학연구』 34집, 한국한문학회, 2004; 박무영, 「정약용의 초기(사환기) 산문에 대하여」, 『다산학』 6, 다산학술문화재단, 2005. 이 외에 정민(『미쳐야 미친다』, 푸른역사, 2004)은 '그림자 놀이'라는 제목으로 이덕무와 정약용이 그림자를 제재로 쓴 글을 다루면서, 정약용의 「국영시서」와 「漆室觀畵說」을 소개한 바 있다.

3) 다산이 원굉도의 국영시에 대해 알고 있었음은 그의 시 「花下獨酌」(권3, 53면)을 통해 확인된다. "烏帽秋風裏, 蕭然坐菊花. 絶憐幽豔色, 能慰寂寥家. 黃擺輝輝日, 紅吹澹澹霞. 石公今不見, 淸影任橫斜"란 내용의 이 시는 국화꽃을 바라보며 혼자 술 마시며 지은 것인데, 그 결연에서 다산은 "석공(원굉도)은 지금 볼 수 없는데, (국화의) 맑은 그림자만 제멋대로 뻗어있구나"라고 하여 국화 그림자를 보며 이를 즐긴 원굉도의 운치를 떠올리고 있다.

놀이를 즐긴 사실이 수 차례 언급되어 있으면서도, 정작 국화 그림자의 자태를 노래한 시가 한 수도 남겨져 있지 않은 사실과 관련된다. 둘째로는 국영시가 창작되던 1794년 무렵은 정조의 문체반정 정책이 본격적으로 행해지던 때라 이를 의도적으로 드러내지 않았을 가능성이다. 1790년대 정조 후반기는 서학(西學)에 대해 쇄국적 전환이 분명해지던 시기로 문체반정은 그 정치적 일환이었다. 당시 20대 후반의 나이로 서학에 관심을 쏟고 있었던 다산으로서는 문체반정의 정치적 의도에 누구보다 민감하게 반응할 수밖에 없었을 것이다. 정조는 문체반정을 시작하던 1791년 11월에 "대체로 명청(明淸)의 문장은 초쇄(噍殺), 기궤(奇詭)하여 실로 치세(治世)의 문장이 아닌데, 원중랑집(袁中郎集)이 그 중에서 가장 심하다"라고 하여 원굉도의 문집을 문체를 그르친 원흉으로 분명히 지목하고 있다.4) 다산이 원굉도의 문학을 수용하여 국영의 놀이를 즐기고 시를 지었음에도 불구하고, 왜 그는 이를 분명히 밝히지 않았으며, 다산의 문집에는 국영의 자태를 노래한 시가 보이지 않는 것일까? 여기에는 혹시 국영을 대하는 원굉도와 다산의 취향과 심미관의 차이가 개재되어 있는 것은 아닐까? 본고는 이러한 의문을 풀기 위해 관련 자료를 다각도로 살펴보아 이 점을 집중적으로 고찰하고자 한다.

한편 다산의 두 아들 정학연(丁學淵)·정학유(丁學游)와 여러 손자를 비롯하여 윤정기(尹廷琦)·윤종삼(尹鐘參)·김표선(金豹先) 등 다산학단의 일원들이 두릉에 모여 국영시를 지은 자료가 최근에 발굴되어 영인 간행된 바 있다.5) 여기에는 원굉도의 국영시를 본떠 지은 시 19수가 수록되어 있다. 아울러 다산 및 정학연과 친밀하게 교류한 이학규(李學逵, 1770~1835)도 국영시를 2수 남기고 있어 주목된다. 본고에서는 이들 국영시

---

4) 『正祖實錄』 정조15년 11월 7일. "大體明淸之文, 噍殺奇詭, 實非治世之文, 袁中郎集爲其最矣."
5) 『宅相堂帖·丁黃契帖』, 한국학중앙연구원 장서각, 2006.(이 자료는 최근에 간행된 『茶山學團文獻集成』(성균관대 대동문화연구원, 2008)에도 수록되었다.)

의 시 세계를 고찰하여 다산의 국영시 창작이 후대에 계승되는 면모를 원굉도 문학의 수용 양상을 고려하면서 함께 살펴보고자 한다.


## 2. 다산의 국영시 창작과 그 의미


다산의 「죽란화목기(竹欄花木記)」는 서울 명례방(明禮坊)에 위치한 자신의 서울 집에 분에 올린 각종 꽃나무로 정원을 조성한 경위를 기술한 글이다. 이 글에서 다산은 집 앞의 뜰을 반나마 할애하여 각종 화분을 늘어놓고 서까래 마냥 굵은 대나무를 가로질러 난간을 세워 꽃나무를 보호하였는데, 이것이 곧 죽란(竹欄)으로, 죽란시사란 명칭이 여기에서 유래한 것임을 말하고 있다. 이 기문에서 다산은 분에 올린 각종 꽃나무의 종류와 숫자를 일일이 기록해두었다. 그 종류를 살펴보면 왜석류(倭石榴) 4본, 능장류(棱杖榴) 2본, 화석류(花石榴) 1본, 매화(梅花) 2본, 치자나무 2본, 산다(山茶) 1본, 금잔화(金盞花)·은대화(銀臺花) 4본, 금잔화와 은잔화가 함께 심어진 것 1본, 파초(芭蕉) 1본, 벽오동(碧梧桐) 1본, 만향(蔓香) 1본, 국화 18본, 부용(芙蓉) 1본이다. 여타 화분이 대개 한 두 본, 많아야 4본임에 비해 국화는 18본에 이르는바, 다산이 다른 꽃나무에 비해 유독 국화를 애호하였음을 알 수 있다. 이는 그가 강진 유배 시절의 제자인 황상(黃裳)에게 은거하는 집의 이상적인 정원의 모습을 설명하면서, "담장 안에 갖가지 화분을 놓는데, 석류(石榴)·치자(梔子)·백목련(白木蓮) 같은 것들로 품격(品格)을 갖추되, 국화를 가장 많이 갖추어 되도록 이면 48종류의 구색이 갖추어져야만 비로소 겨우 구비되었다고 할 것이다"[6]라고 한 데서도 확인되는 사실이다. 18,19세기에 이르러 경화세가를 중심으로 원예 취미가 매우 발달하였으며 그 중 특히 국화 재배가 성했다고 하는데,[7] 다산의 국화 애호 또한 유별난 것이었다. 다산이 다양한 화훼 중에서 특히 국화에 강한 애착을 지녔음은 그가 『국보(菊譜)』란 제목의 국화 전문서를 저술한 데에서도 충분히 짐작된다.[8] 이처럼 국화에 대해 지녔던 각별한 취향이 그로 하여금 국화 그림자를 즐겨 완상하도록 만든 원인 중의 하나였을 것이다.

그럼 문제의 「국영시서」를 살펴보기로 하자. 다소 긴 분량이지만 전문을 인용하기로 한다.

국화가 여러 꽃 중에서 특히 뛰어난 것이 네 가지 있다. 늦게 피는 것이 하나이고, 오래도록 견디는 것이 하나이고, 향기로운 것이 하나이고, 고우면서도 화려하지 않고 깨끗하면서도 싸늘하지 않은 것이 하나이다. 세상에서 국화를 사랑하기로 이름나서 국화의 취미를 안다고 자부하는 자도 사랑하는 것이 이 네 가지에서 벗어나지 않는다. 그런데 나는 이 네 가지 외에 또 특별히 촛불 앞의 국화 그림자를 취하였다. 밤마다 이를 위해 담장 벽을 쓸고 등잔불을 켜고는 쓸쓸히 그 가운데 앉아 스스로 즐겼다.

하루는 남고(南皐) 윤이서(尹彝敍; 尹奎範)에게 들러 "오늘 저녁 그대는 나에게 와서 자겠는가? 나와 함께 국화를 구경하세" 하였다. 윤이서는 "국화가 아

---

6) 권14, 「題黃裳幽人帖」, 316면. "墻內安百種花盆, 若石榴·巵子·暑陀之等, 具品格, 而菊最備, 須有四十八般名色, 方是僅具也."

7) 정민, 「18,19세기 문인지식인층의 원예 취미」, 『한국한문학연구』 35, 한국한문학회, 2005. 정민 교수는 이 논문에서 다산이 「제황상유인첩」에서 48종의 국화를 들어 말했는데, 다산이 경기도 광주 미원촌에 은거한 심씨의 이야기를 시로 옮긴 「薇原隱士歌」에서 "菊花之叢尤絶世, 四十八種標格尊"이라 한 바 있음을 지적하고, 48종의 국화가 이와 관련되었을 것으로 추정하였다.

8) 「松坡酬酢-其五」(권6, 119면)의 함연 전구에서 확인되는 사실이다. "前塗都是夜臺冥, 頭上天光幾日靑? 最有手功編菊譜, 絶無心事注茶經. 蕭寥寶鼎沈淵水, 容易洪鍾屈寸莛. 一切是非操束外, 雁聲嘹喨每堪聽." 한편, 고연희의, 「정약용의 화훼에 대한 관심과 화훼시 고찰」(『동방학』 7집, 한서대부설 동양고전연구소, 2001)에서는 다산의 화훼시에 주목하고, "정약용은 미물의 가치를 적극적으로 인식하고, 관찰을 넘어 학문적 박물지식에 근거한 상징적 내용을 중심으로 화훼시를 제작하였다"고 그 특성을 개괄한 바 있다.

무리 아름답다 한들 어찌 밤에 구경할 수 있겠는가”라고 하면서 몸이 아프다 핑계하고 사양하였다. 내가 “구경만 한번 해 보게” 하고 굳이 청하여 함께 돌아왔다.

저녁이 되자 동자를 시켜 촛불을 가져다 일부러 국화 한 송이에 바싹 대게 하고는, 남고를 이끌어 보이면서, “기이하지 않은가?” 하였다. 남고가 자세히 들여다보고는 “자네 말이 이상하군. 나는 이것이 기이한 줄 모르겠네” 하기에, 나도 그렇다고 하였다.

얼마 있다가 다시 동자를 시켜 법식대로 하였다. 이에 옷걸이·책상 등 산만하고 들쭉날쭉한 여러 물건을 치우고, 국화의 위치를 정돈하여 벽에서 약간 떨어지게 한 다음, 촛불이 비추기 적당한 곳에 촛불을 두어서 밝히게 하였다. 그랬더니 기이한 무늬와 이상한 형태가 갑자기 벽에 가득하였다.

그 중에 가까이 비치는 것은 꽃과 잎이 엇비쳐 더해지고 큰 가지와 곁가지가 정연하여 마치 묵화를 펼쳐놓은 듯하다. 다음으로 펼쳐진 것은 너울너울 얇은 깃털 옷을 입고 춤추듯 하여 마치 달이 동쪽 고갯마루에 뜨자 뜰의 나뭇가지가 서쪽 담장에 비치는 것과 같다. 멀리 비치는 것은 흐릿하여 모호한 것이 마치 구름 노을이 엷게 깔린 듯, 사라져 버렸다가 감돌아드는 것이 마치 파도가 질펀하게 넘쳐 나는 듯해서 순간순간 비슷한 듯도 하지만 그 형상을 무어라 이름 붙일 수가 없다.

그러자 이서(彝敍)가 큰 소리를 지르며 뛸 듯이 기뻐하면서 손으로 무릎을 치며 감탄하기를 “기이하도다. 천하의 빼어난 경치이구려”라고 하였다. 감탄이 그치자 술을 내오게 하고, 술이 취하자 서로 시를 읊으며 즐겼다. 그때 주신(舟臣; 李儒修)·해보(徯父; 韓致應)·무구(无咎; 尹持訥)도 같이 모였다.[9]

---

9) 권13, 「菊影詩序」, 275면. “菊於諸花之中, 其殊絶有四. 晩榮其一也, 耐久其一也, 芳其一也, 豔而不冶, 潔而不涼, 其一也. 世之號愛菊而自命以知菊之趣者, 不出此四者之外. 余於四者之外, 又特取其燭前之影, 每夜爲之掃墻壁治檠釭, 而蕭然坐其中以自娛. 一日過南皐尹彝敍而語之曰: ‘今夕子其宿我? 與我觀菊.’ 彝敍曰: ‘菊雖佳, 惡得夜觀哉?’ 辭以疾. 余曰: ‘但觀.’ 固請與之歸. 至夕, 謬使童子持燭逼之於一花, 引南皐觀之曰: ‘不奇異乎?’ 南皐熟視曰: ‘異哉! 子之言也. 吾斯之莫之知有奇異也.’ 余曰: ‘然.’ 有頃, 令童子如法. 於是, 除衣架·書机諸散漫參差之物, 整菊之位置, 而令離壁有間, 安燭於宜燭之處而明之. 於是, 奇紋異形, 倏焉滿壁. 其近者, 花葉交加, 枝條森整, 若墨畫之張焉; 其次, 婆娑彷彿舞弄纖褵, 若月出東嶺, 而庭柯之在西墻也; 其遠者, 漫漶模糊, 如雲霞之細薄, 減沒瀅淡, 若波濤之瀰漰, 閃忽疑似, 莫可名狀. 於是, 彝敍譚然大叫, 踊躍欣動, 以手擊膝而歎曰: ‘奇哉! 異哉! 天下之絶勝也.’ 叫旣定,

다산은 서두에서 사람들이 국화를 좋아하는 이유 네 가지를 제시하면서 글을 시작하고 있다. 가을철 늦게 피는 것, 꽃이 오래 가는 것, 향기가 좋은 것, 담담한 빛깔에 서늘한 기상을 지닌 것이 그것이다. 다산은 이 외에 국화의 그림자를 즐기는 놀이가 있다고 하면서 자신의 특별한 취향을 소개하고 있는데, 여기에는 남다른 자부심이 깔려 있어 보인다. 이어지는 글에서는 윤구범과의 대화를 통해 국화 그림자 감상법을 소개하고, 이를 시사의 동인들에게 체험하게 하는 것으로 글이 전개되고 있다. 그리고 모두들 국화 그림자의 환상적인 자태에 감탄하여 술 마시며 시를 짓는 것으로 글이 마무리되고 있다.

이 시서의 독특한 점은 무엇보다 소재의 기발함에 있다고 하겠으니, 국화의 관념성이나 생태적 특성이 아니라 그림자라는 소재의 기상천외한 측면과 그로부터 연유하는 정취를 그리고 있는 것이다. 「국영시서」는 소재를 파악하는 시선의 기발함에서 연유하여 순간의 흥취를 전경화하는 서정적 밀도가 높은 글로 예민한 감수성이 생동하는 소품문적 특성을 지닌다고 하겠다.[10] 인용문 중 강조한 부분은 촛불에 비쳐 벽 위에 펼쳐진 국화 그림자의 자태를 묘사한 대목이다. 이 대목에서 다산은 촛불에 비친 국영의 모습을 근경에서 원경으로 세 단계로 나누어 포착하고, 그 특징을 대비하여 상세히 묘사하고 있다. 여기에서 우리는 빛에 비친 그림자의 모습을 자세히 관찰하며 그 특징을 포착하고자 하는 다산의 예리한 관찰자적 시선을 읽어낼 수 있다.

사실 이 시기 다산의 중요한 관심사 중의 하나는 빛과 그림자의 관계였으니, 이를 과학적으로 규명한 글로 「칠실관화설(漆室觀畵說)」이 유명하다. 사진기의 초보적 단계인 카메라 옵스큐라의 원리를 완벽하게 설명한 것으로 평가받는 이 글의 전문은 다음과 같다.

---

命酒, 酒旣酣, 相與賦詩爲樂. 時舟臣・徯父・无咎亦會焉.”
10) 박무영, 「정약용의 초기(사환기) 산문에 대하여」, 『다산학』 6, 다산학술문화재단, 2005, 76~82면에서 정치한 분석을 통해 이러한 특성을 제시하였다.

집을 산과 호수 사이에 지으니, 아름다운 물가와 산봉우리의 아름다움이 좌우에 비춰 들고 대나무와 꽃과 바위가 떨기를 이루어 쌓여있고, 누각과 울타리가 죽 뻗어 둘러있다. 이에 맑고 볕이 좋은 날을 가려 방문을 닫고는 들창이나 지게문같이 바깥의 빛을 받아들일 만한 것은 모두 틀어막아 방안을 칠흑처럼 깜깜하게 만든다. 오직 구멍 한 개만 남겨 놓고 안경알 하나를 가져다 구멍에 맞추어 놓는다. 그리고는 눈처럼 하얀 종이판을 가져다 안경알로부터 두어 자 떨어진 곳에 두어-안경알의 볼록한 정도에 따라 거리는 달라진다.- 그 빛을 받는다. 그러면 아름다운 물가와 산봉우리, 떨기를 이루어 쌓인 대나무와 꽃과 바위들, 죽 뻗어 둘러있는 누각과 울타리들이 모두 종이판 위에 와서 떨어진다. 짙은 청색과 옅은 초록이 그 빛깔 그대로요, 성긴 가지와 빽빽한 잎사귀도 그 모양 그대로이다. 누각의 칸살이 또렷하게 빽빽이 들어차있고 그 위치도 가지런하여 저절로 이루어진 한 폭의 그림으로 실낱이나 터럭처럼 세밀하다. 고개지(顧凱之)나 육탐미(陸探微)라도 이처럼 그려낼 수 없을 것이니, 대개 천하의 기관(奇觀)이다. 애석한 것은 바람에 불어 흔들리는 나뭇가지는 모사하기 어렵고, 사물의 형체가 거꾸로 비치기에 감상하려면 어지럽다는 점이다.

지금 어떤 사람이 초상화를 그리면서 터럭 하나도 다르지 않게 하고자 한다면 이 방법 말고는 달리 더 좋은 방법이 없을 것이다. 그렇지만 뜰 가운데 진흙으로 빚은 사람처럼 꼼짝하지 않고 가만히 앉아 있는 사람이 아니라면 묘사하기 어려움이 바람에 흔들리는 나뭇가지와 다르지 않을 것이다.11)


카메라 옵스큐라는 라틴어로 어두운 방 또는 암실을 의미하는 것으로, 어둡게 만든 방의 벽에 조그만 구멍을 뚫어 이곳을 통해서 반대편 벽에 비친 물체의 영상을 보거나 그리는 도구를 말한다고 한다. '칠실

---

11) 권10, 「漆室觀畫說」, 215면. "室於湖山之間, 有洲渚巖巒之麗, 映帶左右, 而竹樹花石叢疊焉, 樓閣藩籬邐迤焉. 於是, 選晴好之日, 閉之室, 凡牕櫺牖戶之有可以納外明者, 皆塞之, 令室中如漆. 唯留一竅, 取靉靆一隻, 安於竅. 於是, 取紙版雪皚者, 離靉靆數尺-隨靉靆之平突, 其距度不同-, 而受之映. 於是, 洲渚巖巒之麗, 與夫竹樹花石之叢疊, 樓閣藩籬之邐迤者, 皆來落版上. 深青淺綠如其色, 疎柯密葉如其形, 間架昭森, 位置齊整, 天成一幅, 細如絲髮. 遂非顧·陸之所能爲, 蓋天下之奇觀也. 所嗟, 風梢活動, 描寫崎艱也. 物形倒植, 覽賞恍忽也. 今有人欲謀寫眞, 而求一髮之不差, 捨此再無良法. 雖然不儼然端坐於庭心如泥塑人者, 其描寫之艱, 不異風梢也."

파려안(漆室玻瓈眼)'이란 말에서 칠실은 카메라 옵스큐라에 해당되고, 파려안은 일종의 렌즈를 말하니, 칠실파려안이란 곧 렌즈가 부착된 카메라 옵스큐라를 뜻하는 것이다.[12] 위의 글은 곧 이러한 카메라 옵스큐라의 원리를 정확하게 기술한 설명문이라 할 것이다. 다산은 글의 말미에서 초상화를 그리려면 이보다 좋은 방법이 없으리라고 하였는데, 다산은 이기양·정약전 등과 함께 실제로 카메라 옵스큐라의 원리를 활용하여 초상화를 그린 사실이 있었다. 「복암이기양묘지명(茯菴李基讓墓誌銘)」에서 다산은 "복암이 일찍이 선중씨(先仲氏; 정약전) 집에서 캄캄한 방에 문구멍을 뚫어 유리를 붙여 놓고서 거꾸로 비치는 그림자를 취하여 화상을 그리게 하였다. 밖에 앉은 사람이 조금이라도 움직이면 초상을 그릴 수가 없는데 공은 뜰에 설치한 의자에 해를 향해 앉아 마치 흙으로 만든 사람처럼 꼼짝도 하지 않고 오래도록 있었으니, 이 역시 보통 사람들이 하기 어려운 바였다"[13]라고 하여, 카메라 옵스큐라의 원리로 이기양의 초상화를 그린 사실을 회상하고 있는 것이다.

다산은 이기양의 묘지명을 기술하고 나서, 그 끝에 이기양의 인간적 면모를 드러내는 일화를 몇 편 덧붙여 기술하였는데 이 이야기는 그 중의 하나이다. 햇빛을 정면으로 받으면서 소상(塑像)처럼 오래도록 꼼작도 않고 있는 모습에서 이기양의 실학적 학풍과 선진 문물에 대한 치열한 열망을 느낄 수 있거니와, 다산은 이기양의 이러한 풍모를 부각시키기 위해 묘지명에 이러한 일화를 삽입했을 것이다. 카메라 옵스큐라를 이용해 초상화를 그린 사실[14]에서 우리는 당시 다산 일파의 서양 선진

---

12) 최인진, 『한국사진사』, 눈빛출판사, 1999, 43면.

13) 권15, 「茯菴李基讓墓誌銘」, 331면. "茯菴嘗於先仲氏家, 設漆室玻瓈眼, 取倒景以起畵像之草. 公於庭中設椅, 向日而坐, 一髮乍動, 卽摹寫無路. 公凝然若泥塑人, 良久不小動, 亦人所難能也."

14) 이태호, 「조선 후기에 '카메라 옵스큐라'로 초상화를 그렸다」(『다산학』 6, 다산학술문화재단, 2005)는 다산의 이 증언을 토태로 李命基가 1787년에 그린 「유언호像」(규장각 소장)이 카메라 옵스큐라의 원리에 의거해 그려진 대표적인 작품이라고 추정하고 있다.

문물에 대한 지대한 관심과 수용의 열기를 충분히 감지할 수 있다.

이처럼 다산이 이 당시 빛과 그림자의 과학적 원리에 대단한 관심을 지니고 있었음을 고려할 때, 죽란시사에서의 국화 그림자 놀이 또한 단순한 유희만으로 치부해버릴 수 없는 점이 있지 않은가 한다. 필자는 다산이 원굉도의 「국영시」를 접하고 국화를 매개로 그림자 놀이를 한 것은 분명하지만, 다산은 원굉도와 달리 국화 그림자가 연출하는 환상적인 자태를 대상으로 시를 짓는 행위에는 관심을 두지 않았던 것으로 추측한다. 원굉도의 국영시에 대해서는 다음 장에서 상론하겠지만, 현존하는 다산의 문집에는 원굉도처럼 국영의 환상적 자태와 그 모습에서 흥기되는 정서를 시로 노래한 것이 전혀 보이지 않는 것이다. 여기에서 우리는 다산이 「국영시서」에서 거리에 따라 그림자의 형상이 달라짐을 세 단계로 나누어 기술한 점에 좀 더 천착해 볼 필요가 있다.

다산은 「국영시서」에서 가까이 비친 그림자는 국화의 꽃과 잎, 가지 등이 분명히 식별되어 묵화의 모습과 같다 하였고, 조금 떨어져 비치는 그림자는 춤추듯 하늘거리는 모습으로 달빛에 비친 나뭇가지의 모습과 같다고 하였으며, 멀리 비치는 그림자는 없어졌다 나타났다 하며 출렁거리는 파도와 같아 그 모습을 무어라 특정하기 어렵다고 대비하여 말하였다. 촛불에 비쳐 벽 위에 만들어진 국화 그림자의 모습에는 분명하고 흐릿한 형태가 뒤섞여 있으며, 바람에 깜박이는 촛불 빛에 따라 그림자가 잠시 나타났다가 사라지는 것도 있었을 것이다. 그렇지만 「국영시서」를 쓸 당시 다산이 본 국화 그림자는 분명 벽에 비친 하나의 화면 속에 뒤섞여 있는 모습이었을 것이다. 그런데 다산은 이 하나의 화면으로부터 묵화같이 분명한 모습과 달빛에 비친 듯 흐릿한 모습과 파도처럼 출렁이며 나타났다 사라지는 모습을 각각 구분하여 관찰하고, 이를 대비적으로 묘사하고 있음에 유의할 필요가 있다. 다산은 그 원인을 촛불과의 떨어진 거리에서 연유하는 것으로 파악했다. 아마도 다산은 국화를 비추는 촛불의 거리와 위치를 바꿔가면서 국화 그림자의 모습이

달라지는 양상을 세밀하게 관찰했을 것이다. 여기에서 우리는 「칠실관
화설」에서 다산이 렌즈로부터 떨어져 종이판을 둘 때, 렌즈의 볼록한
정도에 따라 거리를 달리 해야 함을 강조한 것을 떠올리게 된다. 촛불
과의 거리에 따라 국화 그림자의 형상이 달라짐을 세심하게 포착하고
자 하는 다산의 모습에서 우리는 빛과 그림자의 관계와 그 원리에 주목
하는 다산의 과학자적 관찰의 시선을 확인할 수 있다.15)

국화 그림자를 바라보는 다산의 시선에서 우리는 과학자적인 예리한
관찰력을 간취할 수 있거니와, 그렇다면 이 모임에서 지어진 시는 어떠
한 모습인가? 「국영시사」의 내용으로 미루어 보건대 죽란시사의 동인이
이 자리에서 지은 시가 상당수에 이를 것으로 보이는데, 현전하는 『여유
당전서』에는 국화 그림자 자체를 노래한 시는 찾아볼 수 없다. 대신 국
화 그림자 놀이를 하며 지은 것이 분명해 보이는 시가 2수 발견된다.

| | |
|---|---|
| 歲熟米還貴 | 시절은 가을인데 쌀은 외레 귀하고 |
| 家貧花更多 | 집은 가난해도 꽃은 더욱 많다네. |
| 花開秋色裏 | 가을 빛 속에 국화가 피어 |
| 親識夜相過 | 친한 벗들 밤에 서로 찾았네. |
| 酒瀉兼愁盡 | 술 따르며 시름까지 함께 따라버리고 |

---

15) 이규경의 『五洲衍文長箋散稿』「天文雜說」(권16, 485면)에는 '影法辨證說'이라는
제목 하에 사진기의 원리에 대해 논한 글이 실려 있다. 그 서두에서 이규경은 "무릇 氣
속에 비친 그림자는 몽롱하고 물 위에 비친 그림자는 사물과 방불한데, 鏡에 비친 그림
자는 사물처럼 뚜렷하고 분명하다. 氣, 水, 鏡 이 세 가지는 모두 광선이 있기 때문에
능히 물체를 흡수하여 그림자를 낳는 것이다. 그런데 기의 본체는 太虛하기 때문에 비
록 사물을 흡수하여 그림자를 만들지만 모호하여 비슷하지가 없다. 또 물의 본체는 太
淸하기 때문에 사물을 흡수하여 그림자를 만드는 것이 영롱하여 형상을 이루고, 鏡의
본체는 太明하기 때문에 사물을 비추어 그림자를 낳을 수 있고, 밝고 투철함이 실물과
다름없다.[凡氣映之影朦朧, 水攝之影髣髴, 鏡照之影分明. 氣・水・鏡三者, 皆有光,
故能攝物生影, 而氣之體太虛, 故雖嗡物生影, 糢糊不類; 水之體太淸, 故能攝物生影,
玲瓏成象; 鏡之體太明, 故能照物生影, 瑩澈逼眞.]"라고 하여 氣・水・鏡 세 가지에
비친 그림자 모습의 차이를 대비하여 논하고 있는데, 이는 다산이 「국영시서」에서 거리
에 따라 그림자 형상의 차이를 논한 대목과 상당히 유사하여 흥미롭다.

詩成奈樂何　　　　　　　시가 이루어지면 그 즐거움 어떠한가?
韓生頗雅重　　　　　　　한생은 꽤 고상하고 진중하더니만
近日亦狂歌　　　　　　　요즘 들어 또한 미치광이 노래 부르는구려.


飛飛歸鴈向江洲　　　　기러기는 날아날아 강남 모래톱으로 향하는데
獨捲寒簾生遠愁　　　　차가운 주렴 걷고 홀로 아득한 시름에 잠기네.
蓬鬢欲疎無乃老　　　　귀밑머리 성글어지려 하니 아마도 늙는가 봐
菊花雖發不禁秋　　　　국화는 피었건만 가을 농사 어이할까?
儒名誤世抛經卷　　　　선비란 이름으로 세상을 망치니 경전을 덮고
鄕夢關心問釣舟　　　　고향 꿈 마음에 얽혀들어 낚싯배 묻는다네.
約略甁儲爲歲計　　　　식량을 대략 비축하여 일 년 지낼 계책이 되면
春來提挈下楊州16)　　　내년 봄엔 가족 이끌고 양주로 내려가야지.


　이 시는 '죽란시사에 국화꽃이 활짝 피어 몇몇 사람과 함께 밤에 술
마시며 짓는다.—주신(舟臣; 李儒修)·해보(徯父; 韓致應)·무구(无咎; 尹持訥)
이다.[竹欄菊花盛開 同數子夜飮—周臣·徯甫·无咎也]'라는 제목으로 보아,
가을밤에 국화 그림자 놀이를 하고 나서 지어진 것임이 분명하다. 이
자리에 함께 했다고 밝힌 이유수·한치응·윤지눌은 「국영시서」를 지
을 때 함께 했던 인물 그대로이다. 그런데 보다시피 국화 그림자의 자
태를 묘사한 대목은 전혀 보이지 않는다. 그저 가을을 맞이해 벗들끼리
술 마시며 자신의 심경을 노래하는 내용이다. 첫 번째 시는 술 마시며
시를 짓는 즐거움과 거리낌 없이 흉중의 말을 쏟아내는 시회의 정경을
읊었다. 두 번째 시는 다산 자신의 강개한 속마음을 표출하였는 바, 선
비란 이름이 부끄러우니 양주 고향 땅으로 은거할 생각만 간절해진다
는 것이다.
　다산은 1821년 윤지범(尹持範)의 묘지명을 지었는데, 그 첫머리에서
죽란시사에서 국영시를 짓던 일을 다음과 같이 회상하고 있다.

---

16) 권3, 「竹欄菊花盛開 同數子夜飮」, 53면.

옛날 선왕조 갑인년(정조 18, 1794) 가을 9월 중순에 남고(南皐) 윤공이 벗 5, 6인을 데리고 백운대(白雲臺) 꼭대기에 올랐다. 그 곳에서 마음껏 휘파람 불며 시를 읊고 노래하여 방약무인하였는데, 용(鏞)도 여기에 참여했었다. 돌아와서는 죽란서옥(竹欄書屋)에서 촛불에 비친 국화 그림자를 즐겼는데, 모인 이가 8, 9인으로 남고가 맹주였다. 술이 거나해지자 각자 수십 편의 시를 지었는데, 오직 성조가 격렬한 것만 취하고 나머지는 내버려 두었다. 선중씨(先仲氏) 손암선생(巽庵先生; 丁若銓)·한혜보(韓徯父; 韓致應)·채이숙(蔡邇叔; 蔡弘遠)·윤무구(尹无咎; 尹持訥) 등 여러 사람이 모두 공을 추대하여 사백(詞伯)으로 삼았다. 시를 한 편 지을 적마다 공이 길게 끌면서 낭랑히 읊으니 그 소리가 구비치며 맑게 울려 퍼져 좌석의 모든 사람이 말없이 가만히 앉아 공의 목소리만 들을 따름이었다.[17)

죽란시사 모임의 흥취를 여실히 보여주는 글이다. 가을철 북한산 백운대 정상에 올라 마음껏 시를 읊으며 놀고, 또다시 죽란서옥에서 촛불에 비친 국화 그림자를 즐기면서 각자 수십 편의 시를 지었다고 했다. "국화 그림자 아래 시 잘한다는 이름 높았다네[菊花影下詩名重]"[18)라는 자부에 걸맞게 죽란시사의 동인들은 국영을 감상하며 많은 시를 지었던 것이다. 다산은 이 자리에서 윤지범이 시를 읊던 사실을 회상하며 많은 시 중에서 성조가 격렬한 것만 취했다고 하였다. 성조의 격렬함은 무엇보다도 시의 내용이 비분강개함을 말하는 것으로 이해되며, 이는 앞에서 살펴 본 시의 분위기와 일치한다.

다산이 죽란시사의 동인들과 즐긴 국영의 놀이는 당시 다산 주변의 문사들에게 영향을 미쳐 하나의 유행처럼 번진 정황이 보인다. 다산은 한치응(韓致應)에게 국영의 모임을 알리면서 보낸 편지에서 "이릉(二陵)의

---

17) 권16, 「南皐尹參議墓誌銘」, 349면. "昔在先朝甲寅之秋九月中旬, 南皐尹公携友五六人, 登白雲臺絶頂, 歗傲詠歌, 旁若無人, 鏞實與焉. 歸而設菊影之燭於竹欄書屋, 會者八九人, 南皐主盟. 酒旣酣, 各爲詩數十, 唯聲調之激烈而不求其餘. 先仲氏巽菴先生及韓徯父·蔡邇叔·尹无咎諸人, 咸推公爲詞伯. 每作一篇, 公曼聲朗誦, 曲折瀏亮, 四座寂默, 唯公之聲是聽."
18) 각주 1번 참조.

여러 어른이 (국영의 놀이를) 본뜨고자 하는데, 그들의 분국(盆菊)은 대여섯 본에 지나지 않는다. 만약 서너 집에서 합쳐 모으면 십여 본을 얻겠지만 어찌 우리 집의 (국화)그림자를 당해낼 수 있겠는가?"19)라고 하였다. 다산이 말한 이릉의 여러 어른이란 당시 정릉에 함께 살며 긴밀하게 교유하였던 윤필병(尹弼秉)·채홍리(蔡弘履)·이정운(李鼎運) 세 사람을 지칭하는 것으로 보인다. 다산은 이들 세 사람이 관직에서 물러나 유유자적하며 문예를 즐기는 생활을 칭송하여 「대릉삼로가(大陵三老歌)」, 「대릉삼로학화가(大陵三老學畵歌)」 등의 시를 지은 바 있다. 「대릉삼로가(大陵三老歌)」에서 "정릉에는 대소 두 동(洞)이 돈화문 안에 위치하고 있으니, 능(陵)은 이미 옮겨갔지만 명칭은 예전 그대로 남아 있다. 세 노인이란 참판 윤필병(尹弼秉), 판서 채홍리(蔡弘履), 판서 이정운(李鼎運)이다. 이 분들은 모두 관직의 직무를 맡지 않고 문필을 지으며 소요하였다"20)라고 하였다. 이러한 사실을 통해 다산과 그 주변 문인들에게서 국영을 즐기는 모임이 성행했음을 알 수 있다.21)

이상의 논의를 통해 볼 때 다산은 원굉도의 국영시를 통해 국화 그림자 놀이를 알게 되고 이를 즐겼지만, 국화 그림자의 모습 그 자체를 시화하는 데에 대해서는 관심이 없었던 것으로 보인다.22) 이 당시 다산은

---

19) 권18, 「答韓矦父」, 402면. "菊影詩序, 蕪拙可愧, 如有盛作當易之. 今夕南皋兄弟及周臣邇叔之等皆已留約, 兄亦不可不來觀也. 菊盆三四枚, 新有所增, 花葉更茂耳. 二陵諸老欲效顰, 其奈菊盆不過五六, 若三四家合從, 可得十餘枚, 安能當吾家影也? 冷眼不熱耳."

20) 권2, 「大陵三老歌」, 35면. "貞陵有大小二洞, 在敦義門內, 陵旣遷而名猶舊也. 三老者尹參判弼秉·蔡判書弘履·李判書鼎運也, 皆不任職事, 以翰墨消搖焉."

21) 필자가 과문한 탓인지 아직까지 다산 주변 문사 이외의 인물들이 국영의 놀이를 즐기며 국영시를 창작한 자료는 보지 못했다. 이 시기 경화세족을 중심으로 원예 취미가 성행했으며 원굉도의 문학이 널리 수용되었음을 고려할 때, 여타 문사 집단에서 국영시가 창작되었을 개연성은 매우 높아 보인다.

22) 다산은 菊影 외에 원굉도의 浮家汎宅하는 독특한 취향 또한 주목하면서도 이를 비판적으로 인식하였다. 다산이 1800년에 지은 「苕上煙波釣曳之家記」(권14, 301면)는 한양에서의 관료 생활을 끝내고 마현의 강가에서 배를 타고 노닐며 은거하고픈 꿈을 서술한 글이다. 이 글에서 다산은 "袁宏道欲以千金買一舟, 舟中置鼓吹細樂諸凡玩娛

빛을 렌즈를 통해 흡수하여 물상을 재현해내는 사진기의 원리에 대해 깊은 관심을 지니고 있었으며, 그가 국화 그림자 놀이를 즐긴 것은 국화에 대한 애호와 함께 이러한 당시의 관심을 반영한 것으로 추정된다. 따라서 그의 국영시는 국화 그림자의 환상적 자태를 묘사하는데 중점을 두었던 원굉도의 그것과는 달리 죽란시사의 흐드러진 흥취를 반영한 강개한 내용의 것이었다. 원굉도의 국영시에 대한 본격적인 수용은 다산의 아들과 제자들에서 찾아볼 수 있는 바, 이는 장을 달리하여 살펴보기로 한다.


## 3. 다산학단의 국영시 창작과 그 특징


　다산의 두 아들 정학연(丁學淵)·정학유(丁學游)와 이들의 자제 및 윤정기(尹廷琦) 등은 1851년 두릉(斗陵)에 모여 국영시 19수를 창작하였다. 윤정기가 다산가(茶山家)를 방문하여 외숙 정학연·정학유 등과 시를 지은 것인데, 이것이 한국학중앙연구원 장서각에 소장되어 있다. 시첩의 표제는 '택상당첩(宅相堂帖)'이라 되어 있는데, 택상은 생질(甥姪)의 별칭으로 택상당이란 곧 외가를 지칭하는 말이다. '택상당첩'이란 제목은 시첩을 엮은 윤정기가 그의 외가인 두릉에서 외숙들과 함께 지은 시를 엮었다는 의미로 표제한 것에 지나지 않고, '국영시권(菊影詩卷)'이란 내제(內題)가 내용에 부합하는 제목이라 할 것이다.[23]

---

之物, 以窮心志之所欲, 雖由此敗落而不悔. 此狂夫蕩子之所爲, 非余之志也"라 하여 원굉도의 浮家汎宅을 미치광이나 탕자의 행위라고 비판하면서 자신은 가족과 함께 고기잡이 하며 소박하게 살고자 한다고 하였다. 박무영은 앞의 논문에서 이러한 다산의 지향을 '견실한 생활인의 정서'에 입각한 것으로 파악하였다.

다산에 이어 그 후손들을 중심으로 국영시가 창작되고 있다는 점이 흥미로운데, 그 경위는 맨 끝에 수록된 윤정기의 발문을 통해서 알 수 있다. 다음은 그 전문이다.

이 국영시(菊影詩)는 고인의 시집을 살펴보건대 일찍이 있지 않은 것이다. 명나라 원중랑(袁中郎)에 이르러 비로소 오언율시 8수가 있어 국화의 맑은 운치를 드러냈는데, 그 후로는 전혀 이어서 화답한 자가 없었다. 신해년 9월 내가 외가에 왔는데, 외숙 유산(酉山; 정학연)과 운포(耘逋; 정학유) 두 선생이 우연히 원중랑의 시를 읽고서 인하여 국영시 한두 수를 지었다. 이전에 드러내지 못한 것을 드러내고 형상을 넘어서서 얻은 바가 참으로 국화의 정신을 전한 것이었다. 때마침 집안의 잔치가 있어서 여러 조카 및 두 손님에게도 각기 그 뜻을 읊도록 했다. 이에 약간 수를 얻었는데, 이를 직접 써서 시권을 만들어 나에게 주었다. 내가 받들어 간직하면서 훗날의 가보로 삼아 외숙의 정의를 잊지 않을 것이다. 생질 윤정기가 삼가 발문을 쓴다.24)

위의 발문으로 미루어 보건대 신해년(1851년, 철종 2년) 윤정기는 다산가가 있는 양주의 두릉을 방문하였는데, 이때 정학연·정학유 두 숙부가 지은 국영시를 보았다. 때마침 잔치가 있게 되어 집안 사람들이 다 모이고 손님들도 몇 사람 참여했던 듯하며, 이 기회에 함께 국영시를 창작하게 된 것이다. 『택상당첩』에 수록된 11인의 작자 중 10인은 모두 다산학단에 속하는 인물이며25), 그 외의 인물로는 하정(霞汀) 서팔보(徐

---

23) 『택상당첩』의 자료적 성격에 대해서는 『宅相堂帖·丁黃契帖』에 실린 필자의 해제 (2006, 70~77면)를 참고할 수 있다.
24) 『宅相堂帖·丁黃契帖』, 39~41면. "此菊影詩, 觀於古人詩集, 曾未有之. 至明袁中郎, 始有五律八首, 以發菊之淸韻, 伊後絶無繼和者. 辛亥九月, 余來外家, 內舅酉山·耘逋兩先生, 偶讀中郎詩, 因賦菊影一兩詩, 其所以發前未發, 得於形態之外者, 儘菊圃之一傳神也. 際因家讌, 又命群從及二客, 各賦其意, 遂得若干首, 因手書成卷, 以付不佞. 不佞奉而藏之, 以爲他日之家寶, 無忘渭陽之情思云爾. 甥姪尹廷琦謹跋."
25) 임형택, 「丁若鏞의 康津 流配時의 교육활동과 그 성과」(『한국한문학연구』 21, 한국한문학회, 1998)에서는 다산의 제자들을 '茶山學團'이란 명칭으로 부르며 이들의 인적 사항과 성과 등을 본격적으로 고찰하여 다산의 교육방법과 茶山學의 전승 양상을 규

八輔)가 유일하다.26)

윤정기는 위 글에서 국영시가 원중랑으로부터 시작되었다고 했는데, 이는 「등불 아래에서 국화 그림자를 보며 시사의 여러 벗들과 함께 읊는다(燈下觀菊花影 同社中諸友賦)」란 제목의 오언율시 8수로 1604년 그가 공안(公安)에 있을 때 창작한 것이다. 이 연작시에서 원굉도는 등불에 비친 국화 그림자의 기이한 자태를 여러 비유를 들어 다양하게 묘사하고 있다. 윤정기는 그 이후로 국영시를 짓는 자가 없었는데 정학연·정학유 두 외숙이 이를 지었다고 하였다.

우리는 여기에서 윤정기가 다산이 국영시를 창작한 사실에 대해 전혀 언급하지 않고 있는 점에 의아심을 품게 된다. 다산의 외손으로 다산에게 수학하여 그 학문적 영향을 강하게 받은 윤정기가 죽란시사 시절 다산이 즐겨 행한 국영의 모임과 여기에서 지어진 국영시에 대해 전혀 모르고 있었다고는 생각되지 않는다. 필자의 생각으로 이는 오히려 정학연과 윤정기 등 다산학단의 성원들이 다산의 국영시와 자신들이 지은 국영시를 전혀 다른 성격의 시로 이해하고 있음을 보여주는 반증으로 이해할 수 있지 않을까 한다. 즉 다산이 원굉도의 국영시에 보이는 국화 그림자의 놀이는 수용했으면서도 정작 그의 국영시 자체는 탐

---

명한 바 있다.

26) 『택상당첩』에는 鱸閣老人(정학연) 4수, 耘逋病叟(정학유) 1수, 霞汀道人 2수, 尹廷琦 3수, 從子 大樊 2수, 從子 大楚 1수, 男 大林 1수, 尹鍾參 1수, 從子 大懋 2수, 從姪 大本 1수, 外孫 金豹先 1수로 총 11인 19수의 시가 수록되어 있다. 다산가의 사람들로 정학유·정학연 외에 정학연의 아들 정대림, 정학유의 세 아들 정대무·정대번·정대초, 종질 정대본까지 일곱 사람이 참여하였다. 그리고 생질 윤정기, 외손 김표선 외에 윤종삼이란 인물이 보이는데, 이는 「다신계절목」에 올라 있는 다산의 강진 유배 시절 제자이다. 이들은 모두 다산학단의 일원으로 볼 수 있으며, 남는 것은 霞汀道人이란 인물이다. 신익철, 「택상당첩·정황계첩 해제」, 『宅相堂帖·丁黃契帖』(한국학중앙연구원 장서각, 2006)에서 '두릉 부근에 기거하며 정학연과 가깝게 지내는 친우' 정도로 추정하였는데, 최근에 서유구의 서자인 霞汀 徐八輔임이 밝혀졌다. 김영진, 「유산 정학연 자료 해제」(『다산학단문헌집성』 1, 성균관대 대동문화연구원, 2008)에서 정학연이 漢江 兩水里 인근의 노·소론 명가들과의 교유 속에 형성된 '杜陵詩社'의 핵심 일원으로 활동하였으며, 서팔보가 그 일원임을 소개하였다.

탁지 않게 생각했음에 비해, 정학연을 비롯한 다산학단의 성원들은 원 굉도의 국영시 자체에 흥미를 느끼고 이를 차운해 시를 지은 것이다. 다산이 「국영시서」에서 국영을 감상하는 방법을 자세히 기술하고 있음 에 비해, 윤정기는 발문에서 국영을 감상하는 법에 대해서는 전혀 언급 하지 않았다. 다만 정학연과 정학유가 『원중랑집』을 읽다가 우연히 국 영시를 발견하고 지은 것을 계기로 집안의 모임에서 여러 사람이 짓게 되었다고 하였다.27) 다산이 국영을 감상하는 행위 그 자체에 흥미를 느 꼈다면, 다산학단의 성원들은 국영시를 창작하는 일에 관심을 기울인 것이다. 여기에는 국화 그림자를 대하는 심미적 취향의 차이가 반영되 어 있다. 즉 다산이 과학적 관찰의 시선으로 국영을 대했다면, 다산학단 의 성원들은 원굉도가 문학적 흥취와 서정의 대상으로 국영을 바라본 것을 충실히 따르고 있는 것이다.

한편 다산 외에 이들보다 앞서 국영시를 지은 것으로는 이학규(1770~ 1835)의 시가 보인다. 이학규는 이용휴(李用休)의 외손으로 성호 가문의 실학적 학풍을 이어받아 다산 및 정학연과 빈번하게 교류한 인물이다. 그의 국영시는 『추수근재집(秋樹根齋集)』에 2수가 보이는데, 그 내용을 먼저 살펴보기로 하자.

<table>
<tr><td>一間書屋差斗大</td><td>한 칸짜리 비좁은 서실 한 말들이나 되려나</td></tr>
<tr><td>叢菊半間人半間</td><td>떨기 국화분이 반 칸, 사람이 반 칸 차지하네.</td></tr>
<tr><td>故向菊前張燭坐</td><td>일부러 국화를 향해 촛불 비추고 앉음은</td></tr>
<tr><td>爲看疎影上屛山28)</td><td>성긴 그림자가 병풍에 오르는 것 보고자 함이라.</td></tr>
</table>

---

27) 『택상당첩』의 첫머리에는 모임의 중심 인물인 정학연의 시가 수록되어 있는데, 제 목에서 "山齋抄秋之夜, 徐霞汀至, 與諸少輩, 共讀袁石公菊影詩, 因和成卷"이라 하 여 서팔보 및 여러 자질들과 함께 원중랑의 국영시를 함께 읽고 시를 지었다고 하였 다. 이를 윤정기의 발문 내용과 함께 고려해 보면 다산학단의 국영시 창작은 실제로 촛불에 국화를 비추어보는 행위가 없이 원굉도의 국영시만을 읽고 시를 지었을 가능 성도 배제할 수 없어 보인다.
28) 이학규, 「盆養叢菊 秋晩移置書屋中」『秋樹根齋集』, 『洛下生集』 권16, 509면.

燈在菊南花影北　　등불이 국화 남쪽에 있으니 꽃 그림자 북쪽이오
燈在菊西花影東　　등불이 국화 서쪽에 있으니 꽃 그림자 동쪽이라.
一牀畵裏兩壺酒　　온 침상 그림 속에 들었는데 두 항아리 술 마시며
偏要看渠花影中29)　오로지 꽃 그림자 속을 들여다보고자 하네.

첫째 수는 늦가을 국화 분을 비좁은 서재에 들여놓으면서 지은 시다. 촛불에 비친 국화 그림자가 병풍에 비치는 모습을 완상하는 모습이다. 둘째 수에서는 두 항아리의 술을 마시도록 국화 그림자를 완상한다고 하였다. 등불의 위치를 바꿔가며 국화 그림자의 이모저모를 감상하는데 열중하고 있는 모습이다. 이상에서 보듯이 이학규의 국영시는 국화 그림자가 빚어내는 모습을 묘사하기보다는 국화 그림자를 감상하는 행위 자체에 중점이 있다. 이 점에서 그의 국영시는 다산학단보다는 다산 쪽에 가까워 보인다.

그럼 이제 다산학단의 국영시는 어떤 면모를 지니는지 원굉도의 국영시와 대비하여 살펴보기로 하자. 먼저 원굉도의 시를 한 수 들어 본다.

只與屏添艶　　　　오직 벽과 함께 해야 고운 모습 더해져
全憑幻寫眞　　　온전히 환상(幻像)에 의지해 진상(眞像)을 그려낸다네.
光光能取影　　　　　　빛마다 그림자를 취할 수 있어
葉葉解分身　　　　　　잎마다 몸을 나누어 펼쳐보이네.
蘿月思前世　　　　여라 사이로 보이는 달 전세를 생각게 하고

松風夢故人　　　　소나무에 부는 바람 고인을 꿈꾸게 하네.
黃筌30)信好手　　　　　황전은 참으로 좋은 솜씨를 지녀
沒骨有精神　　　　　몰골도 속에 정신을 담아냈구려.31)

---

29) 「賦得燈前菊影」, 위의 책.
30) 黃筌 : 중국 五代 때의 화가로 인물, 산수, 특히 화조에 뛰어났다. 그의 화조화는 아들 黃居寀에게 계승되어 북송의 화원에서 채용되어 徐熙의 화풍과 함께 중국 화조화의 화풍을 이분한 전통적인 화풍이 된 것으로 알려져 있다.
31) 원굉도 시의 번역은 심경호·박용만·유동환 역, 『역주원중랑전집』(소명출판, 2004)

기연은 촛불에 비친 국화 그림자를 감상하는 법을 소개했다. 국영을 감상하기 위해서는 이를 비추어 낼 벽이 필요하며, 이는 환상에 의지해 진상을 담는 도구이다. 함연에서는 빛에 투영된 국화 그림자가 잎사귀 하나하나를 실물과 다름없이 세밀하게 그려낼 수 있음을 말했다. 경련은 국화 그림자가 환기시키는 흥취를 비유적으로 표현한 말이다. 이 구절은 이백(李白)의 시구 “蘿月挂朝鏡, 松風鳴夜弦”(「贈嵩山焦鍊師」)를 용사한 말로, 국영이 송라(松蘿) 사이로 보이는 달빛이나 소나무에 부는 바람처럼 환상적인 세계를 꿈꾸게 해 시공을 초월해 전세(前世)와 고인(故人)을 떠올리게 한다는 말로 이해된다. 결연에서는 윤곽선을 사용하지 않고 대상을 표현하는 몰골도(沒骨圖)처럼 국영이 형체 없는 그림으로 대상의 정신을 담아낸다고 하였다. 요컨대 이 시에서 원굉도는 국영을 환(幻)으로 진(眞)을 담아내면서 전신사조(傳神寫照)할 수 있다고 칭송하고 있는 것이다.

다음은 정학연의 시 4수 중 하나이다.

| | |
|---|---|
| 忘形共凌亂 | 형체를 잊고 어지러운 모습 함께 하는데 |
| 贈答繞廻欄 | 주고받아 난간을 빙 둘러 펼쳐졌네. |
| 月下欺陶採 | 달빛 아래서 도연명이 따던 것이런가 |
| 燈前誤屈餐 | 등불 앞에서 굴원이 먹던 것이런가. |
| 落衣香未嗅 | 옷에 떨어지나 그 향기 맡을 수 없고 |
| 流盞色誰看 | 술잔에 흐르지만 그 색깔 뉘라서 볼 수 있으리. |
| 化作千身佛 | 천신으로 화한 부처의 모습 |
| 清秋一指彈[32] | 맑은 가을날 손가락 한번 퉁기노라. |

등불에 비친 국화 그림자는 형체를 잊고 무어라 형용하기 어려운 기기묘묘한 자태를 어지러이 펼쳐 보인다. 함연은 국화와 연관된 도연명

---

을 참조하면서 필자가 다듬은 것이다.
32) 『택상당첩·정황계첩』, 10~11면.

과 굴원의 잘 알려진 고사를 점화한 것이다. 도연명은 「음주(飮酒)」시에서 "동쪽 울타리 아래에서 국화를 따다가, 아득히 남산을 바라본다[採菊東籬下 悠然見南山]"라고 하였으며, 굴원은 『이소(離騷)』에서 "아침에 목란의 가을 이슬을 마시고, 저녁에는 가을 국화의 지는 꽃잎을 먹는다[朝飮木蘭之秋露兮 夕餐秋菊之落英]"라고 한 바 있다. 경련은 옷과 술잔에 떨어지는 국화 그림자를 말한 것이고, 미연에서는 국화 그림자의 환상적 자태를 색공(色空)의 경계를 뛰어넘은 불교의 이치에 비유하며 끝맺고 있는바, 이 시의 주제가 담겨 있어 보인다.

다음으로 윤정기의 시를 한 수 살펴본다.

<table>
<tr><td>燈來空色相</td><td>등불 비치니 색상이 공함을 알고</td></tr>
<tr><td>月到悟神精</td><td>달빛 비추자 정신이 깨어나네.</td></tr>
<tr><td>布地金33)難見</td><td>땅에 깔린 달빛인 양 보기 어렵고</td></tr>
<tr><td>行書墨未成</td><td>글씨 씀에 먹빛이 이루어지지 않았네.</td></tr>
<tr><td>境虛欺泛舟</td><td>텅빈 경계 배라도 띄울 듯하고</td></tr>
<tr><td>形幻誤餐英</td><td>환상적인 형상 꽃잎을 먹을 수 있을 듯.</td></tr>
<tr><td>狂欲淸香採</td><td>미친 마음 일어 맑은 향기 따고자 하여</td></tr>
<tr><td>終然掬不盈34)</td><td>움켜쥐어 보지만 끝내 잡을 수 없구려.</td></tr>
</table>

기연은 등불과 달빛에 비친 국화 그림자의 모습이 묘한 차이가 남을 대비해서 표현한 것으로 보인다. 등불에 비친 국화 그림자는 노란 색상이 본디 공한 것임을 느끼게 하는데, 달빛에 비친 그림자는 국화의 정신을 일깨운다고 하였다. 함련 전구는 국화 그림자의 속성을 달빛에 비유해 말한 것이다. 달빛이 땅을 비추어 훤하지만 달빛 그 자체를 땅에서 분별해 볼 수 없는 것처럼, 국화 그림자도 그 형상을 비추어 내지만 그 본질은 환영이라고 했다. 후구는 국화 그림자의 색깔이 짙은 먹빛이

---

33) 馮延登의 「宿官塔下院」에 "喬松脩竹翠交陰, 涼月玲瓏布地金"이란 시구가 있음.
34) 앞의 책, 21~22면.

아니라 흐릿한 먹빛을 띄고 있음을 말한 것으로 보인다. 경련은 국화 그림자의 텅 비고 환상적인(虛幻) 특성을 비유한 것으로 보이며, 결련에 서는 이처럼 허환한 자태에 취해 그림자의 향기를 맡고자 하는 광기마 저 일어난다 하였다. 윤정기의 시는 색공(色空)의 경계를 뛰어넘은 국영 의 허환(虛幻)한 특성에 주목하여 국영의 특성을 논하고 있다.

다음은 정학유의 큰아들인 정대무(丁大懋)의 국영시다.

幻脫離騷骨<br>
輪廻到竹床<br>
窓涵紗更暗<br>
杯纈酒疑香<br>
不染風霜氣<br>
長依日月光<br>
秋容增澹泊<br>
惟許媚中郞

환(幻)으로 초탈한 이소의 기골이<br>
윤회하여 대나무 침상에 이르렀구려.<br>
사창을 적시니 더욱 어두워지고<br>
술잔에 맺히니 향기 날 지 모르겠네.<br>
세상의 풍파에 물들지 말고<br>
길이 일월의 빛에 의지하게나.<br>
청초한 가을 자태에 담박함을 더해<br>
오직 원중랑에게 어여쁨을 허여했구려.

정대무는 국화의 그림자에서 이소(離騷)를 지은 굴원의 강직한 기상을 떠올리고 있다. 가을에 피는 국화의 매서운 기상과 절조를 지키며 국화 를 노래한 굴원을 유비한 것이다. 환탈(幻脫)했다는 것은 국화의 그림자 를 말하고, 윤회했단 말은 수천 년 전의 굴원이 환생했다는 말로 여겨 진다. 함련은 국화 그림자가 사창에 비치니 창이 어두워지고, 술잔에 비 치니 술 향기가 날 지 모르겠다는 말이다. 경련에서는 국화의 청초하고 매서운 기상이 세상 풍파에 꺾이지 말고 늘 일월처럼 빛나라는 염원의 뜻을 드러냈다. 결연은 원굉도가 국영시를 처음 지어 가을의 모습을 대 표하는 국화에 그림자를 통해 담백한 아름다움을 더했다고 칭송하며, 시상을 마무리하고 있다.

이상에서 원굉도의 국영시와 다산학단의 국영시 몇 수를 간략하게 살펴보았다. 이들 시의 특성은 촛불에 비친 국화 그림자의 환상적 자태와 여기에서 흥기되는 초탈적인 정서가 주된 내용으로 다산학단의 국영시는 원굉도의 그것을 충실히 수용하고 있음을 알 수 있다.


### 4. 맺음말


이 글에서는 다산과 다산학단의 국영시 창작을 원굉도 문학의 수용 양상에 유의하면서 살펴보았다. 다산은 「국영시서」에서 원굉도의 국영시 창작에 대해서는 전혀 언급함이 없이 죽란시사에서 즐긴 국영의 놀이에 대해 상세하게 기술하였다. 그렇지만 원굉도처럼 국화 그림자가 빚어내는 자태와 그 흥취를 노래한 시는 남기지 않았다. 이에 비해 다산학단의 구성원들은 원굉도의 국영시가 지닌 문학적 흥취에 주목하고 이를 충실히 본뜬 시를 창작하였다. 그 중간에 위치한 이학규의 국영시는 국영의 자태보다는 국영을 감상하는 행위 자체에 중점이 있어, 다산학단보다는 다산 쪽에 가까운 모습을 보이고 있다.

18,19세기에는 문인지식층의 원예 취미가 성행하면서 이를 반영하여 이전과는 달리 독특한 취향의 시가 상당수 창작된다. 예컨대 사대부에게 있어 은일과 지조의 표상으로 인식되며, 수없이 읊어졌던 매화가 18세기의 경우 그 이전과는 다른 독특한 취향의 매화시가 집단적으로 창작되고 있다. 이 시기 오찬(吳瓚)·김상묵(金尙默)·이윤영(李胤永)·이인상(李麟祥) 등의 노론계 인사들은 겨울밤 백자 사발에 얼린 얼음에 촛불을 비추어 빙등(冰燈)이라 하고 그 빛으로 매화를 비추어보며 매화시를 읊었다. 경화거족(京華巨族) 조재호(趙載浩)와 이봉환(李鳳煥)·남옥(南玉)·채희범(蔡希範) 등의 서얼 문사들은 매사(梅社)를 결성하고, 매화꽃이 필

때부터 떨어질 때까지 7차에 걸쳐 시사(詩社)를 갖고 200수의 시를 지었다. 그리고 이덕무(李德懋)·유득공(柳得恭)·박제가(朴齊家) 일파는 밀랍으로 만든 윤회매(輪廻梅)를 감상하며 연작시를 짓고 있는 것이 보인다.[35] 등불에 비친 국화의 그림자를 완상하며 국영시를 창작하는 것 또한 이러한 심미 풍조와 무관하지 않을 터인데, 유독 다산과 다산학단에게서 나타나는 것이 흥미롭다.

다산과 다산학단의 국영시 창작은 상당히 이질적인 면모를 보이고 있는 바, 이는 양자 간 심미적 취향과 문학관의 차이를 반영한 것으로 이해된다. 다산은 '국영(菊影)'과 '부가범택(浮家泛宅)' 같은 원굉도의 독특한 취향을 받아들이면서도, 자신의 실학적 사유에 의거해 이를 비판적으로 수용하고 있다. 국영의 놀이에는 과학적 관찰에 입각한 예리한 시선이 깔려 있으며, 부가범택의 풍류에 있어서도 그 취향이 원굉도처럼 극단적으로 나아가기보다는 견실한 생활인의 정서에 의해 제어되고 있다. 이에 비해 다산학단의 국영시 창작에 있어 핵심 인물인 정학연의 문학관은 성령의 자연스런 표출을 중시하는 성령론(性靈論)에 한층 경도되어 있어 보인다.[36] 따라서 정학연은 부친인 다산과는 달리 원굉도의 문학세계를 보다 적극적으로 수용하였으며, 국영시 창작은 그 일환으로 이해할 수 있다.

---

35) 이에 대해서는 신익철, 「18세기 梅花詩의 세 가지 양상」(『한국시가연구』 15집, 한국시가학회, 2004)을 참조.

36) 신익철, 「시 선집 「鮮音」과 丁學淵 가을 연작시의 정서」, 『장서각』 13, 한국정신문화연구원, 2005.

| 참고문헌 |

『정조실록』.
정약용, 『與猶堂全書』, 『한국문집총간』 281권
이학규, 『洛下生集』, 『한국문집총간』 290권
이규경, 『五洲衍文長箋散稿』, 민족문화추진회, 1977.
『宅相堂帖・丁黃契帖』, 한국학중앙연구원 장서각, 2006.
『茶山學團文獻集成』, 성균관대학교 대동문화연구원, 2008.

심경호・박용만・유동환 역(2004), 『역주원중랑전집』, 소명출판, 2004.
정　민, 『미쳐야 미친다』, 푸른역사, 2004.

고연희, 「정약용의 화훼에 대한 관심과 화훼시 고찰」, 『동박학』 7, 한서대부설 동양
　　　　고전연구소, 2001.
김영진, 「유산 정학연 자료 해제」, 『다산학단문헌집성』 1, 성균관대학교 대동문화연
　　　　구원, 2008.
박무영, 「정약용의 초기(사환기) 산문에 대하여」, 『다산학』 6, 다산학술문화재단,
　　　　2005.
심경호, 「조선 후기 한문학과 원굉도」, 『한국한문학연구』 34, 한국한문학회, 2004.
신익철, 「18세기 梅花詩의 세 가지 양상」, 『한국시가연구』 15, 한국시가학회, 2004.
______, 「시 선집 『鮮晉』과 丁學淵 가을 연작시의 정서」, 『장서각』 13, 한국정신문화
　　　　연구원, 2005.
______, 「택상당첩・정황계첩 해제」, 『宅相堂帖・丁黃契帖』, 한국학중앙연구원 장
　　　　서각, 2006.
이태호, 「조선 후기에 ‘카메라 옵스큐라’로 초상화를 그렸다」, 다산학 6, 다산학술문
　　　　화재단, 2005.
임형택, 「丁若鏞의 康津 流配時의 교육활동과 그 성과」, 『한국한문학연구』 21, 한국
　　　　한문학회, 1998.
정　민, 「18,19세기 문인지식인층의 원예 취미」, 『한국한문학연구』 35, 한국한문학회,
　　　　2005.
최인진, 『한국사진사』, 눈빛출판사, 1999.

# 중국 시 선집에 수록된 19세기 조선의 한시

한영규

## 1. 머리말

한중 문학교류에 대한 최근의 연구는 새로운 문헌의 발굴로 인해 활기를 띠고 있다. 청대의 문인 동문환(董文渙)이 조선의 연행사절과 수창하고 교유했던 기록인 『한객시존(韓客詩存)』이 출간된 이래,[1] 오명제(吳明濟)의 『조선시선(朝鮮詩選)』,[2] 남방위(藍芳威)의 『조선시선전집(朝鮮詩選全集)』 등이 연이어 발굴되었다. 이러한 소개를 바탕으로 18세기까지 중국에 전해진 조선의 한시에 대한 실증적이며 종합적인 연구가 진행되었고,[3] 임오군란 시기에 이루어진 양국 문인의 교유 양상이 새롭게 조

---

1) 李豫 편, 『韓客詩存』, 書目文獻出版社, 1996; 김명호, 「동문환의 『한객시존』과 한중 문학교유」, 『한국한문학연구』 26, 한국한문학회, 2000.
2) 吳明濟, 祁慶富 校注, 『朝鮮詩選校注』, 遼寧民族出版社, 1999.

명되기도 하였다.4) 이렇게 새로운 자료를 통해 한중 문학교류의 다기한 면모가 확인되면서, 공백으로 남아 있던 부분이 차츰 메워지고 있다.

이 글은 지속적으로 이어진 한중 문학교류사에서 19세기에 초점을 맞추어, 이 시기 조선의 시가 중국의 문헌에 배치되는 양상을 탐색해 본 것이다. 19세기를 대표하는 역관 이상적과 청대 문인 간의 광범한 교류에서 볼 수 있듯이,5) 19세기 조선사회는 이전 시기에 비해 청나라 와의 문학 교류가 한층 왕성하였다. 다만, 청대의 학술 문화가 조선사회 로 '동전(東傳)'한 양상에 대한 오랜 관심과 풍부한 연구 성과에 비하여, 이 시기 조선의 시문(詩文)이 청대 문헌에 수록되는 실상에 대해서는 그 관심이 상대적으로 미약한 형편이었다.

『명시종(明詩綜)』과 『열조시집(列朝詩集)』 등 명대 시를 수록한 선집에 서는 조선 여성의 시, 특히 허난설헌을 주목한 것으로 알려졌다.6) 그렇 다면 명대에 견주어 청대의 시 선집에서는 어떤 특징을 발견할 수 있는 가? 즉 청대의 시 선집은 조선시의 어떤 측면에 주로 주목했으며, 또 중 화주의적 조공체제가 와해되는 시기를 맞이하여 중국은 19세기 조선시 를 어떤 입장에서 자국의 문헌에 배치했는지가 문제시된다.

이와 같은 의문을 해명하기 위하여, 이 글은 청대의 시가총집『만청 이시회(晩晴簃詩匯)』의 '속국' 편을 중점적으로 검토하고자 한다. 그런데 이『만청이시회』에 앞서『국조정아집(國朝正雅集)』 등의 몇몇 문헌에 19 세기 조선의 한시가 수록되었고, 또『국조정아집』 등에 뽑힌 시가『만 청이시회』에 재수록되는 등 이들 선집 간에 직간접의 영향관계가 있다

---

3) 이종묵, 「조선 후기 중국에 전해진 조선의 한시」, 제1회 규장각 한국학 국제심포지
　움 '이념과 제도의 교류' 발표논문, 서울대 규장각한국학연구원, 2008년 10월 16일; 박
　현규,『중국 명말청초인 조선시 선집 연구』, 태학사, 1998.
4) 김용태, 「임오군란기 한중 문인의 교유 양상」,『한문학보』17, 우리한문학회, 2007.
5) 이춘희, 「藕船 李尙迪과 晩淸 文人의 文學交流 硏究」, 서울대 박사논문, 2005.
6) 李宜顯,『陶谷集』권28 「陶峽叢說」(『한국문집총간』181, 438면). "明人絶喜我東之
　詩, 尤奬許景樊詩, 選詩者, 無不載景樊詩. (…중략…) 列朝詩集選一百七十首, 明詩
　綜選一百三十六首, 明詩選錄三首, 詩歸錄二首, 景樊詩皆在其中."

고 여겨진다. 그러므로 우선 청대 선집에 실린 조선시를 구체적으로 조사하고, 그 선집의 성격과 조선시가 실리게 되는 경위를 추론해 보며, 또 이들 선집간의 상호 영향관계에 대해서도 살펴보기로 한다.


## 2. 『만청이시회』 이전의 세 시 선집


### 1) 『국조정아집(國朝正雅集)』

18,9세기 조선의 한시를 가장 먼저 수록한 시 선집은 『국조정아집』이다. 청대 중엽의 시를 뽑은 이 책은 부보삼(符葆森)에 의해 1857년에 출간되었다.[7] 이 선집의 마지막 부분인 권99 '속국' 편에 박제가·유득공으로부터 권돈인·김정희까지 조선 후기 문인 10인의 시 29제 32수가 실렸다.[8]

이 10인 가운데 최몽원(崔夢遠), 이정응(李晸應), 이상건(李尙健)은 그다지 이름이 알려지지 않은 인물들이다. 이상건은 이상적의 동생인데 그 역시 당상 역관으로 1854년에 연경에 다녀왔다. 이정응은 종실 흥완군(興完君)

---

7) 박현규, 「淸 부보삼의 『國朝正雅集』에 수록된 조선시」, 『중국학보』 51, 한국중국학회, 2005a.

8) 각 작가별 수록 작품은 다음과 같다. 朴齊家「豐田途中」,「三到金水亭」,「九層洞同京山李丈漢鎭」,「白龍潭」,「東潞河見山東督撫何裕承船」,「次李宜庵韻」; 李黃中「歲晏」,「渡錦江」,「秋深」,「游寶蓋山深原寺」,「江閣次杜少陵韻」; 柳得恭「松京雜詩」(2수); 洪敬謨「內圓通庵」,「三日浦」,「靈源庵」; 崔夢遠「與淸湖共賦」; 李晸應「東郊晩眺」; 李尙迪「劍嘯樓飮餞留贈金僉使」(2수),「潞河雜懷」,「次柏靜濤正使淸川江韻」,「癸卯正月七日燕館 (…중략…) 兼寄子梅」,「還發間延留贈白瞿山·趙絳雪」,「浿上雜詩」; 李尙健「題程序伯畵山樓圖」(2수); 權敦仁「橫城道中」,「蒙宥後訪山寺」,「竹嶺」,「訪山寺」,「同鏡師賦」,「大邱人餽環餠」; 金正喜「寄題程序伯畵山樓圖」.

으로, 1844년 동지사의 정사(正使)였다. 최몽원은 최형원(崔亨遠)의 오기인데, 호가 송애(松崖), 본관은 전주이며 시집『송애시초(松崖詩艸)』가 현전한다.9) 최형원의 시집에 이정응과 관계된 시편이 여러 수 있는 것으로 보아, 이정응의 문객으로서 연행 시 수행했던 막료가 아니었나 한다. 최형원의 시가『국조정아집』에 실렸던 때문인지, 이 시[「與淸湖共賦」]는 당시에 매우 널리 회자되었다. 1869년 김석준이 최형원을 두고 지은 회인시가 있는데, 여기에 이 시의 1,2구가 그대로 인용되기도 하였다.10)

부보삼은 조선의 시인을 소개하면서 아래의 예와 같이 그 관직과 작위, 본관, 문집 등에 대해 상세히 밝힌 다음 대상 작가에 대한 다른 평자의 언급을 인용하고, 끝으로 자신의 '시화'를 덧붙였다.

> 權敦仁. 字彝齋, 晚號瓜地老人, 高麗人, 官至相國, 著有『彝齋詩集』.
> 程祖慶'海客小傳'略 : 彝齋, 與金正喜秋史, 并以詩名, 稱'海東二老'.
> 寄心盦詩話 : 朝鮮權彝齋相國, 能詩. 見其「同鏡師賦」云 (…중략…) 「大邱人餽環餠」云 (…중략…) 此二作, 純似東坡手筆.
> 「橫城道中」(…중략…) 「蒙有後訪山寺」(…중략…) 「竹嶺」(…중략…) 「訪山寺」11)

기심암(寄心盦)은 편자 부보삼의 당호로, '기심암시화'는 대상 작가에 대한 편자의 논평에 해당한다. 조선의 시인 10인 가운데 권돈인과 이황중(李黃中) 조목에 이 시화를 붙였는 바, 해당 작가를 특별히 주목한다는 의미로 해석된다. 권돈인의 시에 대해서는 "이 두 편의 시는 순전히 동파의 솜씨같다[此二作, 純似東坡手筆]"라고 하고, 이황중의 시에 대해서는

---

9) 崔亨遠,『松崖詩艸』, 국립중앙도서관 소장. 이『松崖詩艸』에는『국조정아집』에 뽑힌 시「與淸湖共賦」가 같은 제목으로 실려 있다.

10) 金奭準,「崔松崖亨遠」,『紅藥樓懷人詩錄』제40(이조 후기 여항문학총서 5, 여강출판사, 1986, 659면). "世遠文章常欲哭, 酒醒風雨易生愁.(原詩) 至今坎坷誰知己, 領略詩心一段秋."

11)『국조정아집』권99, '權敦仁', 서울대도서관 소장, 15면.(이하『국조정아집』은 권수만 표기함)

“알알독조(戛戛獨造)”12)라고 비평하는 것에서 볼 때, 단순한 채록을 넘어 조선의 시를 깊이 이해하려는 태도를 보였다. 부보삼이 뽑은 권돈인 시의 출처는 불분명한데,『국조정아집』소재 6수 중 한 수「同鏡師賦」]가 현전하는『이재시집(彝齋詩集)』에 실려 있다.13)

『국조정아집』은 국내에서 서울대 도서관에 유일하게 소장되어 있고, 여기에 ‘추사진장(秋史珍藏)’이라는 김정희의 장서인이 찍혀 있다. 그런데 정작 김정희는 이 책을 보지 못했다. 추사의 몰년은 1856년인데, 이 책은 그 이듬해에 출간되었기 때문이다. 이상적은 이 선집에 자신의 시가 편입된 것을 보고 감회어린 시를 남기기도 하였다.14)

위의 예문에서, 권돈인의 시가 뛰어나 김정희와 함께 ‘해동의 두 원로[海東二老]’라고 불렸다는 흥미로운 언급은 정조경(程祖慶, ?~1855)의 ‘해객소전(海客小傳)’에서 인용한 것이다. ‘해객소전’은『국조정아집』의 인용서목란에 보인다. 부보삼은 230여 종에 달하는 방대한 문헌을 참고하여 이 선집을 편집했는데, 원매·기윤·완원 등 당대 거장들의 저술을 대부분 참고하고 있다. 조선과 관련된 것은 정조경의 ‘해객소전’ 외에 손성연(孫星衍, 1753~1818)의 ‘조선사가시(朝鮮四家詩)’와 이조원(李調元)의 『우촌시화(雨村詩話)』가 확인된다.15) 그런데 이 정조경과 손성연의 책은 현재 전하지 않는 것으로 알려져 있다. 따라서 부보삼이 이들 10인의 시를 어떤 경로를 통해 선발했는지는 추론하기 어렵다. 다만 이 선집에 뽑힌 김정희 시「寄題程序伯畫山樓圖)」]의 경우, 이는 정정로(程庭鷺, 1797~

---

12)『국조정아집』권99, ‘李黃中’, 10면.

13)「同鏡師賦」는 영남대 동빈문고 소장의『彝齋詩集』(사본 1책)에 「與潭師海師共賦」라는 시제로 실려 있다. 이『彝齋詩集』에는 권돈인 말년의 시 85題가 수록되어 있다.

14) 李尙迪,『恩誦堂集』「江都符南樵葆森孝廉 輯國朝正雅集 略載東國人詩 拙作亦在其中 題絶句五首」(『한국문집총간』312, 278면). 이 문제를 다룬 논문으로 박현규「조선 이상적의 청 符葆森『國朝正雅集』논평시 분석」,『열상고전연구』21, 열상고전연구회, 2005b)의 글.

15)『국조정아집』卷首, 8면. “海客小傳(嘉定程祖慶撰)”, “朝鮮四家詩(陽湖孫星衍編)”, “雨村詩話(綿州李調元著).”

1859)의 그림에 부쳐 보낸 것인데 이 시를 중국에 전달해 달라고 이상적에게 부탁하는 편지가 『완당전집』에 남아 있다.[16] 이로 보아 역관을 통해 청대 문인에게 전달했던 시편들이 광범한 문헌 수집에 힘을 기울였던 부보삼의 시야에 포착되었던 것으로 추론된다.

『국조정아집』의 큰 특색은 조선의 시인에 대한 깊은 관심이 표명되어 있다는 점이다. 예컨대 이상적과 박제가의 경우, 정조경과 진전(陳鱣)의 언급을 인용함으로써 이 두 작가가 지닌 이력과 특징을 소상하게 서술하였다. 부보삼이 인용한 이상적의 연구(聯句)는[17] 이상적이 자신의 일생을 집약시킨 명구로 평가되는 바, 이 구절은 그 뒤 김석준이 쓴 이상적의 전(傳)에 그대로 인용되기도 하였다.[18] 박제가 소전에 실린 진전의 기록은 「정유고략서(貞蕤稿略叙)」에서 발췌한 것으로,[19] 정조의 각별한 지우를 입은 사실을 부각시키고 아울러 그의 시가 구름이 흘러가고 샘이 솟듯 찬연하다고 호평한 것이었다.[20]

요컨대 이런 기록을 인용하는 태도에서 박제가와 이상적을 비롯한 조선의 시인들에 대한 부보삼의 우호적인 시선과 관심을 분명하게 확

---

16) 김정희, 『완당전집』 권4 「與李藕船尙迪」. "畵山樓 절구 한 본은 原圖 속에 넣어 주되, 그대가 대신 초해 넣어도 좋겠네." 그리고 이 「寄題程序伯畵山樓圖」는 『완당전집』 권10에 「爲畵山作」이라는 제목으로 실려 있다. 程庭鷺는 程祖慶의 부친으로, 이들 부자는 김정희와 만나지는 못했지만 그림을 주고 받는 등 매우 친밀한 교분을 유지하였다.

17) 『국조정아집』 권99, '이상적', 13면. "程祖慶海客小傳：藕船工詩古文辭 (…중략…) 有自撰楹聯云：'懷粤水吳山燕市之人, 交道縱橫三萬里. 藏齊刀漢瓦晉磚於室, 墨緣上下數千年.' 其梗概, 可略見也."

18) 金奭準 集句, 「李藕船先生傳」, 『藕船精華錄』(이조 후기 여항문학총서 7, 여강출판사, 1991, 388면).

19) 陳鱣, 『簡莊詩文鈔』 권2 「貞蕤稿略叙」.

20) 『국조정아집』 권99, '박제가', 8면. "陳鱣云：檢書自言, 所列策問, 乃其先國王親製, 國王好學博聞, 直接鄒魯淵原, 不作漢唐後語, 而恭儉禮, 下從善, 如流凤知草茅之名, 振拔于科擧, 常格之外, 而登進之擢, 授要職君臣知遇, 古所罕覯, 余歎其何榮若此. 蓋嘗三入京師, 所交皆名公鉅儒, 其天性樂慕中朝, 好談經濟, 曾著『北學議』二卷. 其他著作詩文, 尙多, 此所存者才十之一. 然其中, 攷證之作·酬唱之篇, 雲流泉湧, 綺合藻抒, 燦然具備."

인할 수 있다. 선발한 시의 편수나 시화 등을 통해 볼 때 부보삼은 특히 박제가, 이황중, 이상적, 권돈인의 시를 부각시키려는 의도를 지녔다고 판단된다.


## 2) 『조선시록(朝鮮詩錄)』('韓客詩錄')

동문환(1833~1877)은 19세기 한중 문학교류에서 특기되어야 할 인물이다. 그는 1861년부터 8년 동안 한 해도 거르지 않고 조선의 연행사절과 만나 시문을 주고 받았고, 조선 문인과의 교유 과정을 일기에 상세히 기록하였다. 게다가 그는 이런 교유를 계기로 조선의 시를 모아 '한객시록(韓客詩錄)'(『조선시록(朝鮮詩錄)』으로도 불림)이라는 시 선집을 편찬하고 있었다.

이 과정에서 동문환은 『국조정아집』에 실린 조선의 시를 보았으며, 그중 일부를 자신이 편집 중이던 '한객시록'에 편입시키고자 하였다. 그의 일기에 "남초(南樵 : 부보삼)가 뽑은 『국조정아집』을 살펴 해객(海客)의 시 15수를 뽑았다. '한객시록'에 편입시킬 생각이다"21)라는 기록이 보인다. 그런데, 이 '한객시록'은 완성되지 못했다. 따라서 누구누구의 시 15수를 뽑았는지는 불분명하다. 다만, 동문환의 일기 및 시문집과 다른 청대인의 저술에서 한중 양국 인사들이 주고받은 시를 두루 수집하여 중국의 산서대학에서 편집한 「한객시존(韓客詩存)」이 존재한다. 이 「한객시존」에는 동문환과 만났거나 교유했던 조선인 25인의 시 150수가 수록되었는데, 대부분이 연행 사절과의 창수시들이다.

그런데 동문환이 편집 중이던 조선시 선집을 보았다는 민국 초기의 기록이 남아 있고, 거기서 이 선집의 편제를 구체적으로 거론하고 있어 주목된다.

---

21) 李豫 편, 『韓客詩存』, 앞의 책, 334면. "同治四年(1865) 二月十五日 晴, 風. 檢南樵 所選正雅集海客詩錄, 存十五首, 擬補入韓客詩錄也."

선공부형(先工部兄)이 『조선시록』을 손수 초록하였는데 모두 네 책이다. 이는 홍동(洪洞) 출신의 검토(檢討) 연추(硏秋) 동문환의 책을 빌려서 모사한 것이었다. 제1책은 설손(偰遜)·정몽주(鄭夢周) 이하로 여도사(女道士) 허경번(許景樊)에 이르기까지의 시인데, 모두 『명시종』의 것을 수록하였다. 왕휘(王徽) 이하로 고려의 기녀 덕개씨(德介氏)에 이르기까지 10명은 국조에 들어선 이후의 인물인 듯하다. 그 뒤에 다시 정몽주의 시를 뽑아서 거의 두 책을 채웠으니, 그 비중을 맞추는데 있어서 조리를 잃었다. 또 유득공부터 이풍익(李豐翼)까지 29명의 시가 있다. 여기에는 신석우(申錫愚)가 풍노천(馮魯川)·왕하거(王霞擧)·황상운(黃翔雲)과 창화한 시가 있고 (…중략…) 유치숭(兪致崇)이 허해추(許海秋)·황상운·왕고재(王顧齋)·동연초와 함께 고정림(顧亭林)의 사당에 참배하고 지은 시가 있다. 이들은 모두 동치(同治) 연간 초엽에 경사(京師)에 온 사람들이다. 이백 년 동안 조선의 시인이 어찌 이 정도에 그치겠는가? 동군은 수집을 넓게 하지 못했다.[22]

오경저(吳慶坻, ?~1924)[23]의 위 발언에 따르면 동문환의 『조선시록』 제1책은 설손, 정몽주로부터 허경번까지로, 이는 『명시종』을 옮겨 놓은 것이다.[24] 왕휘부터 덕개까지 10명이고 그 뒤에 정몽주의 시를 다시 수

---

22) 吳慶坻,「朝鮮詩錄」,『蕉廊脞錄』 권5, 中華書局, 1990, 155면. "先工部兄, 手鈔『朝鮮詩錄』, 凡四冊, 蓋從洪洞董硏秋檢討文渙借鈔. 第一冊, 自偰遜·鄭夢周以下, 至女道士許景樊各詩, 皆全錄『明詩綜』. 自王徽以下, 至高麗妓德介氏止, 凡十家, 似是入國朝後詩人. 其後又錄鄭夢周詩, 幾盈二冊, 繁簡失當. 又自柳得恭, 至李豐翼二十九家中, 如申錫愚有與馮魯川·王霞擧·黃翔雲倡和之作, (朴珪壽有贈沈仲復·董硏樵(卽硏秋)之作, 趙雲周·徐衡淳·申轍求·宋源奎·趙徽林, 均有和仲復·硏樵·霞擧·翔雲之作, 徐相雨有懷倪豹岑·方小東·李芋仙之作), 兪致崇有同許海秋·黃翔雲·王顧齋·董硏樵謁顧亭林祠之作, 則皆同治初來游京師者. 二百年來, 朝鮮詩人, 奚止此數? 董君朵輯未博. (以其爲先兄遺墨, 且首尾精整, 無一率筆, 乃裝治而謹弆之.)"
23) 吳慶坻는 자가 子修, 浙江 錢塘 사람이다. 건륭 연간부터 청말까지 7대에 걸쳐 3대가 사관을 역임한 喬木世臣의 후손이었으며, 시로 이름이 있었다. 光緒 丙戌年(1886)에 翰林으로 발신하여 編修를 거쳐 湖南提學使에 이르렀다. 문집으로 『補松廬詩錄』이 있다. 이 『蕉廊脞錄』은 그의 사후 아들 吳士鑑이 8권으로 편집한 것으로, '求恕齋叢書'에 수록되었다. 무진년(1928)에 쓴 劉承幹의 서문이 붙어있다.
24) 朱彝尊 편, 『明詩綜』 권94·95(中國古籍庫 所收)에는 고려 9인, 조선 44인의 시 58수가 실렸다.

록하여 두 책을 채웠다고 했으니, 이는 제2책과 제3책에 해당될 듯하다. 그런데 고려의 기녀 덕개는 『열조시집』의 마지막에 시가 실린 인물이다. 『열조시집』은 정몽주부터 덕개까지 42인의 시 170수를 실었다. 정몽주의 시는 『명시종』에서 인용하여 이미 실었는데, 또 수록되어 있기에, 오경저의 입장에서는 조리를 잃었다고 본 것이다. 아마도 오경저는 『열조시집』에 실린 조선의 시를 보지 못했던 것 같다. 그러므로 제2책과 제3책은 『열조시집』에서 뽑았거나 전재했을 가능성이 높다. 가장 주목되는 제4책은 유득공부터 이풍익까지 29명인데, 거기에 신석우, 박규수, 조운주, 서형순, 신철구, 송원규, 조휘림, 서상우, 유치숭의 시가 포함되었다고 했다. 즉 제4책은 주로 조선의 연행사절과 청대 문인이 창수한 시들을 뽑았던 것이다.

이 29인 가운데 유득공 이후 신석우로부터 이풍익까지는 모두 동치연간(1862~1874)에 사신으로 중국에 갔던 인물들이고, 따라서 대부분이 동문환과 그 주변 인물들의 기록을 통해 「한객시존」에 시가 채록되었다.25) 다만, 서상우가 이우선[李士棻], 예표잠[倪文蔚], 방소동[方朔]을 그리워하며 지었다는 시와 유치숭(兪致崇)이 허해추[許宗衡] 등과 고염무의 사당에 참배하고 지었다는 시는 현재의 「한객시존」에 실려있지 않다.26)

"유득공부터 이풍익까지 29명"이라는 말에서 두 가지 사실을 추론할 수 있다. 우선, 유득공부터 몇 명은 아마도 『국조정아집』에서 뽑은 시일 것이다. 앞서 15수를 뽑았다고 했는데, 이 15수에 유득공을 비롯한 몇몇의 시가 포함되었을 것이다. 다음으로, 서상우와 유치숭의 예에서 보듯 『조선시록』 4책에 실린 시는 현재의 「한객시존」(25명 수록)과 대부분 겹치면서도 조금 더 광범했을 것으로 추론된다.

1866년 입연한 김창희(金昌熙)는 동문환의 『조선시록』 미완성본을 접

---

25) 『한객시존』, 앞의 책, 97~258면.
26) 동문환의 일기에 徐相雨와 兪致崇을 만났다는 조목은 여러 번 보인다. 그러나 현재의 「한객시존」에 이들의 시는 수습되지 않았다.

할 수 있었다. 김창희는 "전대의 명가는 이미 빠짐이 없지만, 오직 근래의 경우는 들어가지 못한 몇 사람이 있다"고 하면서 정원용·조두순·홍종응·신석희·김영작을 거론하고, 귀국 후 이들 시문집을 부쳐주겠다고 했다.[27] 이때 전대의 명가란 곧 『명시종』과 『열조시집』에 실린 시인들로서, 곧 『조선시록』 제1~3책에 실린 내용을 지칭한다고 판단된다.

동문환은 김영작의 시집에 서문을 써 주면서 자신의 '한객시록'에 김구용, 김상헌, 김종직 등의 시를 뽑았다고 했다.[28] 그런데 이 시들은 이미 『명시종』에 실렸던 것이고, 앞서 살폈듯이 『조선시록』 제1책은 『명시종』을 전재한 것이다. 그러므로 오경저가 말하는 이 『조선시록』과 동문환이 편집하고 있던 '한객시록'은 그 수록 시편이 거의 일치하게 된다.

이상의 서술에서 두 가지 점을 확인할 수 있다. 우선, 동문환이 편집하고 있던 미완성본 『조선시록』('한객시록')과 오경저의 기록에 보이는 4책본 『조선시록』이 이본일 가능성은 있으나, 그 내용은 동일하다고 간주할 수 있을 정도로 거의 일치한다는 점이다. 동문환은 『명시종』과 『열조시집』에 실린 고려·조선의 시를 뽑아 전반부를 구성하고, 후반부에서는 1860년대에 연행한 삼사(三使) 20여 명의 시를 주로 뽑았다. 다음으로, 동문환은 『국조정아집』에서 유득공 등의 시 15수를 다시 선별하여 『조선시록』의 후반부에 편입시켰다는 점이다. 요컨대 동문환은 『명시종』, 『열조시집』의 조선시를 거의 그대로 수용하고, 『국조정아집』에 실린 조선시를 자신의 안목으로 다시 선별하고는, 거기에 자신이 교유한 조선 사신들의 시를 덧붙여 『조선시록』을 편집했던 것이다.

---

27) 『한객시존』, 앞의 책, 337면. "石菱素觀余所選朝鮮詩錄, 據言, 前代名家已無遺漏, 惟近時詩集尙有數家未採入者, 皆有詩集, 姑未付梓, 異日朝正使來, 當錄寄耳."
28) 「朝鮮金邵亭侍郎詩序」, 『한객시존』, 297면.

## 3) 『도함동광사조시사(道咸同光四朝詩史)』

『도함동광사조시사』는 도광·함풍·동치·광서 연간(1821~1908)의 시
를 모은 것으로, 편자는 손웅(孫雄)이란 인물이다. 그는 강소(江蘇) 상숙(常
熟) 사람으로 1894년 진사가 되었고 학부주사를 지냈다. 시문에 능했고
고거학에 치력했으며, 저서로 『사정당집(師鄭堂集)』, 『미운루시화(眉韻樓
詩話)』 등이 있다. 이 『도함동광사조시사』는 갑집(卷首 1~8권)과 을집(8권)
의 체재로 1911년에 간행되었다. 권수(卷首)에는 선종(宣宗) 등의 어제시
와 친왕들의 시를 수록했으며, 권1부터 권8까지 공자진, 증국번, 황준헌,
원세개, 왕국유 등 백여 인의 시를 뽑아 실었다. 이 선집은 청대 말엽의
시사(詩史) 자료를 보존했다는 점에서 일정한 의의를 지녔지만 수록 시
편이 사우들에게 기증받은 것을 주로 하고 있어 정밀한 선별이 이루어
지지 않았다는 평가를 받는다.

　이 선집의 갑집 권8의 마지막에 김택영(金澤榮, 1850~1927)의 시가 실렸
다. 편자 손웅은 김택영에 대해 "자는 창강(滄江), 조선 사람으로 『창강
시집』이 있다"라고 간략히 소개한 후, 4제(題)의 시를 실었다.[29] 이 선집
의 편자는 이어 다른 논자의 말을 인용하면서 그것을 김택영 시의 비평
으로 삼았다.

　　원조광(袁祖光)은 『녹천향설이시화(綠天香雪簃詩話)』에서 이렇게 말했다.

---

[29] 4제의 시는 「和日本米溪氏咏殘螢詩」, 「落葉」, 「落梅」, 「感事懷人八首」이다. 그런
데 「感事懷人八首」란 시는 김택영의 여러 시집에서 그 제목에 보이지 않는다. 각각의
시는 다른 제목으로 실려 있다. 첫 번째 시는 1905년에 지은 것으로, 합간 『소호당집』에
「追感本國十月之事」라는 제목으로 실려 있다(『한국문집총간』 347, 193면). 두 번째 시
는 「平壤」(1887), 세 번째 시는 「東安邊使君李二堂」(1886), 네 번째 시는 「大邱」(1878)
이고, 나머지 네 수는 「李韋史根洙將之平壤 見觀察使趙公 過余徵詩 遂賦長句十五
首塞之 兼寄李寧齋學士 學士先有送韋史之作」(1875)라는 제목으로 되어 있다. 즉 이
8수는 각기 다른 4題로 된 것이고, 그 시기도 30년에 걸쳐 있는데 그 배치는 시대순의
정반대로 되어 있다. 각기 다른 제목으로 되어 있던 시가 어떤 이유로 「感事懷人」이라
는 詩題로 묶이게 되었는지는 불분명하다.

"이가정(李可亭)이 나에게 고려 유신 김창강의 시 한 책을 보여주었다. 창강은 자기 나라에서 3품 통정대부로 있었는데 허물벗듯 버리고 남통주(南通州)에 와서 장계직(張季直) 전찬(殿撰)에게 의지해 지낸다고 말해주었다. 그 신세가 처량하고 망한 고국을 그리워하여 슬픈 감정이 시에 보인다. 그가 지은 「감사회인」 여러 편은 그 나라 수십 년 간의 역사와 함께 읽을 만하다." 또 이렇게 말했다. "창강의 시는 우울하고 서글퍼서 망국의 시인의 정조를 지녔다. 자못 원유산(元遺山)에 가깝다고 하겠다. 또 「화일본미계영잔형시」는 그 기개가 동인(東人 : 일본인)을 깔아뭉갤 만하다. 개구리처럼 쪼그라들면서도 분노하고, 벌레처럼 죽어가면서도 쓰러지지 않는다. 마치 외로운 활시위가 스스로 울리는 듯하니, 슬플 따름이다."30)

원조광은 호가 구원(瞿園)으로 안휘(安徽) 태호(太湖) 사람이며 관직은 편수를 거쳐 이부상서에 이르렀다. 그의 『녹천향설이시화』가 간행되거나 유통되었다는 기록은 보이지 않는다. 손웅은 이 책을 편찬하면서 12가의 비평을 인용하였는데, 원조광 역시 그 중의 한 사람이었다.

조선 시인으로는 김택영이 유일하게 실려 있지만, 이 선집에 수록된 청대 문인의 시 중에는 조선과 관련된 것이 더 확인된다.31) 이 가운데 서세창(徐世昌, 1855~1939)이 조선의 사신을 송별하며 지은 시「送別朝鮮三聘使幷贈崔硯農」가 주목된다. 이 시에서 말하는 최연농은 역관 최성학(崔成學)을 말하고, 삼빙사란 1892년에 동지사로 연행했던 삼사(三使)인 이건하(李乾夏), 이위(李暐), 심원익(沈遠翼)을 가리킨다. 임오군란 이후 1890

---

30) 孫雄 편, ‘金澤榮’, 『道咸同光四朝詩史』 甲集 권8, 상해고적출판사, 2001, 536~537 면. “金澤榮, 字滄江, 朝鮮國人, 有『滄江詩集』. 袁祖光『綠天香雪簃詩話』云 : “李可亭示余高麗遺臣金滄江詩一冊, 幷言金以本國三品通政大夫, 棄如委蛻, 來南通州, 依張季直殿撰以居. 身世蒼凉, 黍油哀感, 備見於詩 其‘感悼懷人’諸作, 可與彼邦近數十年小史參讀.” 又云 : 滄江詩, “伊鬱悲凉, 亡國詩人, 頗與遺山爲近. 又有「和日本米溪咏殘螢詩」, 其氣槪, 足以凌轢東人, 蛙枯猶怒, 蟲死不僵, 孤弦自鳴, 可哀也已.”
31) 游智開, 「雙劍行奉答朝鮮國王」; 朱銘盤, 「留別朝鮮士大夫」; 徐世昌, 「送別朝鮮三聘使幷贈崔硯農」 「孟丈志青招飮‘綠莊嚴館’四疊 見示原韻 幷柬叔鴻侍御・漁谿前輩・鹿泉農部・研農僉事」. 朱銘盤은 임오군란 때 조선에 왔던 인물이다.

년대의 연행사절과 청대 문인간의 접촉, 교유 양상에 대해서는 그간 알려진 바가 거의 없었다. 그런데 조선의 사신에게 송별시를 쓴 이 서세창이란 이는 20세기에 청대의 시를 총결산하는 시가총집 『만청이시회』를 편찬한 인물이기도 하다. 조선 사신과 직접 교유한 인물이 편자가 되었으므로, 『명시종』을 편찬한 주이존(朱彝尊)에 비해 조선시의 선발 경향도 매우 달라졌으리라는 예상을 하게 한다.

## 3. 『만청이시회』의 편제와 전대 시 선집의 수용

『명시종』과 『만청이시회』는 명과 청의 시가를 각기 총집한 것으로 관찬서와 유사한 성격을 지녔다. 『명시종』에 실린 고려·조선의 시는 널리 알려지고 적지 않은 연구가 있었던 데 비해, 『만청이시회』는 그 문헌 자체가 아주 낯설게 여겨진다. 물론 한두 편의 소개 논문이 있고,[32] 조선 후기의 한중문학 교류에 관심을 두는 연구자들이 더러 인용하기도 했지만, 본격적인 주목과 분석은 시도되지 않았다.

1929년에 출판된 이 책은 『만청이시회』란 이름 대신 『청시휘(淸詩匯)』라 불려지기도 한다.[33] 만청이(晩晴簃)란 1911년 무렵 편자가 만청이시사(詩社)를 결성했다는 기록이 있는 것으로 보아,[34] 서세창의 당호로

---

32) 유성준, 「『淸詩匯』 소재 조선 후기 문인의 시」, 『한국한시와 당시의 비교』, 푸른사상, 2002; 박현규(2005a).

33) 徐世昌 편, 『淸詩匯』, 北京出版社, 1996. 『만청이시회』는 당초 『淸詩匯』라 이름했었는데, 편집을 완성하고 그 명칭을 『만청이시회』로 바꿨다고 한다(중화서국본 『만청이시회』 1에 실린 聞石의 「點校說明」 참조).

34) 『만청이시회』 권175, '成多祿' 詩話. "澹堪, 性情和易, 工詩善書. (…중략…) 辛亥後僑居都下, 拓地數弓, 蒔花種菜, 題曰澹園, 日嘯咏其間. 余設晩晴簃詩社, 澹堪入社

판단되며, 그것으로 시 선집의 제목을 삼았음을 알게 한다.

서세창은 자가 복오(卜五), 호는 국인(菊人)으로 천진 출신의 고위관료였다. 1886에 진사가 되어 한림을 역임하고, 청조에서 관직이 대학사에 이르렀다. 민국 시기에는 원세개의 북양군벌에 적극 협조하여, 1914년 원세개 임시정부의 국무경이 되었고 1918년에는 총통으로 선출되었다. 특별한 정치적 지도력은 없었지만 최고의 지위에 올랐으니, 혼란의 시대에 관운이 형통했던 인물이었다. 정치적으로는 친일적이며 보수적 성향을 띠었다. 그는 1922년 군벌에 의해 물러난 뒤로는 천진에서 문사들을 모아 놓고『청유학안(淸儒學案)』 등 전적 20여 종을 편찬하는 일을 벌였다.『만청이시회』 역시 그 중의 하나였다.

이 책은 청대의 시가 총집이라는 이름에 걸맞게 방대한 양의 시가 수록되었다. 왕부지, 고염무, 황종희 등 명말 유민으로부터 엄복 등 민국 초기 인물까지 총 6,159명 27,420수의 시가 200권으로 편제되었다. 청대의 시를 모은 선집, 총집이 몇몇 있었지만 이 책은 가장 늦게 편집된 것으로 규모 면에서도 가장 방대하였다.

이 선집의 맨 끝 권200은 '속국' 편으로 조선, 안남, 월남, 유구의 작가 77인의 시가 실렸는데, 그중 54인 95제 108수의 시가 조선 문인의 시로 채워졌다. 1789년에 진하사의 정사로 입연한 이성원(李性源, 1725~1790)으로부터 한문학의 마지막 세대인 김택영의 시까지 실렸다.

이 총집은 시 선발의 기준을『명시종』으로 삼았다. 그런데『명시종』이 속국 편에 조선과 일본의 시를 수록했던 것을,『만청이시회』에서는 조선·안남·월남·유구로 세분해 그 범위를 넓히고, 또 "중국을 다녀간 적이 있거나 중국 명인과 창수한 인물의 시를 뽑는다"는 보다 구체적인 범례를 설정하였다.35) 이 점은『명시종』과는 성격을 달리하는

---

譚詩, 同輩交重, 今年歸里, 不久謝世."
35)「晩晴簃詩匯凡例」,『만청이시회』1, 중화서국, 1990, 2면. "『明詩綜』選朝鮮·日本人詩, 玆編, 則以朝鮮·安南·越南·琉球爲斷, 取其觀光上國曾與名人酬唱者."

특별한 선발 원칙이었다.

서세창은 이 시가 총집을 편찬하면서 이전의 시 선집의 것을 참고, 인용하였다. 이성원, 조종현(趙宗鉉, 1731~1800)의 화답시에 이어36) 박제가, 이황중의 시를 선발했는데 박제가 이후의 10인의 시는 모두『국조정아집』에 실렸던 것들이었다. 즉,『만청이시회』의 초반부는『국조정아집』의 시들을 거의 그대로 수용하였다. 작자 소개나 기존의 언급도 부보삼의 서술을 그대로 인용하였다. 따라서 오류도 그대로 반복되었다. 다만, 부보삼의 편집해 놓은 데서 자신의 관점에 따라 필요한 것만을 가려 뽑았다.37)

『국조정아집』에 실린 10인의 시를 서세창이 다시 취사 선별한 결과, 두 가지 점에서 중대한 변화가 있었다. 우선, 부보삼이 부각시켰던 박제가, 이황중, 이상적, 권돈인 등의 시를 상당수 제외시킴으써, 부보삼의 독특한 선시(選詩) 성향을 아주 밋밋하게 만들어버렸다. 이 점은 부보삼이 이상적, 박제가의 조목에서 정조경과 진전의 비평적 언급을 길게 인용했던 것을 서세창이 모두 삭제해버린 것과도 연관된다. 부보삼은 '시화'에서 '조선'이라고 말했는데 서세창은 '피국(彼國)'이라고 칭하였다. 즉 부보삼의 조선 시인에 대해 표했던 관심과 호의적 입장을 서세창은 전혀 인정하지 않았던 것이다.

다음으로, 작가 약전란에서 조선의 관직, 관작, 본관 등을 거의 누락시킴으로써 조선 문인이 지니는 특성을 상당히 탈색시켰다는 점이다.

---

36) 李性源과 趙宗鉉은 1789년에 입연한 進賀謝恩兼三節年貢使의 正使와 副使였다. 이 때 淸의 高宗은 朝鮮·琉球·安南의 사신에게 연회를 베풀고 직접 금 술잔을 내려주면서 시를 지어 화답하게 하였다. 여기 뽑힌 두 사신의 화답시는 그 자리에서 지은 것이었다. 서세창은 이 사실을 '詩話'로 기록하였다.('이성원' 詩話. "乾隆五十五年春, 朝鮮遣使朝正, 性源以行判中樞府事爲正使, 禮曹判書趙宗鉉爲副. 與琉球·安南諸使, 同時詣京師, 高宗錫宴, 手金卮以賜. 日午宣示御製詩, 諸使能詩者, 皆和進, 一時稱盛.")

37) 그 결과『국조정아집』에 실렸던 朴齊家의「三到金水亭」·「東潞河見山東督撫何裕承船」, 李黃中의「歲晏」·「渡錦江」·「秋深」·「江閣次杜少陵韻」, 洪敬謨의「內圓通庵」·「靈源庵」, 李尙迪의「劍嘯樓飮餞留贈金僉使」(2수)·「潞河雜懷」, 權敦仁의「橫城道中」·「蒙宥後訪山寺」·「竹嶺」 등은『만청이시회』에서 제외되었다.

예컨대 이정응의 경우, 『국조정아집』에 "자는 겸백(謙伯), 호는 소한거사 (少閑居士)로 고려인이며 홍완군(興完君)에 봉해졌고 『소한거사집』이 있다"라고 되어 있던 것을 서세창은 '홍완군에 봉해졌다'라는 구절을 삭제하였다. 다른 시인의 경우에도 약전란에 표시된 본관이나 관직을 대부분 삭제하였다.

'홍완군'이라는 봉호를 넣지 않은 것과 박제가, 이상적에 대한 시와 호의적 구절을 뺀 것 사이에는 상통하는 면이 존재한다. 즉 부보삼이 지녔던 조선 문인과 조선시에 대한 관심이 서세창에게서는 현저하게 약화되었던 것이다.

『도함동광사조시사』도 『만청이시회』와 일정 정도 연관을 지닌다고 여겨진다. 서세창이 김택영 조에서 뽑은 2수 가운데 첫 번째 시 「추감 (追感)」이 『도함동광사조시사』에 이미 실렸기 때문이다.

| | |
|---|---|
| 半夜狂風海上來, | 한밤중 광풍이 바다에서 일어 |
| 玄冬霹靂漢城摧. | 엄동 같은 벼락이 서울에 몰아쳤네. |
| 朝衣鬼泣嵇山血, | 혜소(嵇紹)의 피 어의(御衣)에 묻어 |
| | 귀신을 곡하게 하였으나38) |
| 犀甲天慳范蠡才. | 병사는 있어도 하늘은 범려(范蠡) 같은 |
| | 인재 내리지 않았네. |
| 爐底死灰心共冷, | 화로의 재가 식듯 내 마음 싸늘하여 |
| 天涯芳草首難回. | 하늘가 방초(芳草)에 고개 돌리기 어렵네. |
| 蘭成識字知何用, | 난성[庾信]이 글 잘해 무슨 소용이 있었던가 |
| 空賦江南一段哀. | 「애강남부(哀江南賦)」나 지어 슬픔만 더하였네. |

이 시는 창강이 을사보호조약이 체결된 1905년에 지은 것으로, 합간 『소호당집』에는 보다 구체적인 시제[「追感本國十月之事」]로 되어 있다.

---

38) 원주: "재상 조병세, 판서 민영환이 나라를 위해 순절하였다.[趙相秉世·閔判書泳 煥, 皆爲國殉節]"

『도함동광사조시사』에 이 시가 「감사회인(8수)」의 첫 수로 제목이 바뀌어 실리게 된 경위는 불분명하다. 서세창이 김택영 조의 시화에서 언급한 내용으로 보건대,39) 서세창은 창강의 이주와 1927년 죽음을 맞게 되는 과정, 그리고 창강의 시가 지닌 우국의 깊이를 십분 이해하고 있었다. 그렇다고 해서 서세창이 창강의 시집을 보고 2수를 직접 선별했을 가능성은 그다지 높지 않다. 그 이유는 이 선집에 실린 창강의 시[「周晋琦(曾錦)約游狼山以脚弱不能應」]와 관련이 있다. 창강은 당시 중국 문인 주증금(周曾錦)과 교유하며 위의 시를 남겼는데, 주증금도 창강의 숭양기구전에 부치는 시[「金滄江(澤榮)嵩陽耆舊集題詞」]를 지은 바 있고, 이 시가 바로 『만청이시회』에 뽑혀 있다.40) 즉 서세창은 주증금의 시를 선발하는 과정에서 그의 문집 등을 통해 창강이 주증금과 교유하며 쓴 시를 보았을 가능성이 높다고 여겨진다.

　이런 점은 『만청이시회』에 실린 22번째 허력(許櫟)의 시[「寄和印心石屋之作」]과 49번째 조옥파(趙玉坡)의 시[「偕宋子材太守(廷梁)游望湖亭」]가 서세창에게 포착되는 경위를 보아서도 확인된다. 현재로서도 그 행적이 밝혀지지 않는 허력과 조옥파의 시를 서세창이 어떤 경로로 선발하게 되었는지는 매우 의문스런 일인데, 이 점은 이 『만청이시회』의 다른 권에 실린 도주(陶澍)의 시[「和高麗許澹岩(櫟)韻」]와 송정량(宋廷梁)의 시[「偕朝鮮貢使趙荊峰(玉坡) (…중략…) 次韻酬之」]를 통해,41) 이 시들이 뽑히게 되는 과정을 추론할 수 있다. 즉 서세창은 청대 문인의 시나 시집 속에 실린 조선 문인과의 교유시를 보고 먼저 그것을 뽑은 다음, 거기에 첨부되어 있는 조선 문인의 원운(原韻) 원시(原詩) 등을 다시 골라내어 '속국' 편에 배치했다고 추론된다. 요컨대 조선의 시의 취재가 매우 협소하고 편의

---

39) 『만청이시회』 권200, ‘金澤榮’ 詩話. “于霖, 在其國中, 擧進士科, 領學部. 國變後, 僑居通州, 卒葬狼山之麓. 著『韓史綮』六卷. 其書國事, 一秉直筆, 於積弱召侮之由, 言之尤深切. 定·哀微辭, 桓靈嘆息有心哉, 東方之南史歟!”
40) 『만청이시회』 권182, ‘周曾錦’.
41) 『만청이시회』 권117, ‘陶澍’; 『만청이시회』 권171, ‘宋廷梁’.

적으로 이루어졌다고 할 수 있다.

이상에서 살핀 바와 같이, 가장 늦게 이루어진 청대의 시가 총집『만청이시회』는 이전 시기 시 선집을 수용하며 내용을 이루었다.『국조정아집』에서 가장 많은 편수가 인용되었고,『도함동광사조시사』도 참조되었다고 판단된다. 그러나 서세창은『국조정아집』에서 조선시를 다시 뽑으면서, 가능한 조선적 색조를 탈각시키는 입장을 취하였다.


## 4. 연행사절과 청대 문인 간의 창수시


서세창은 부보삼보다 조선과 조선 시인에 대해 더 많은 정보를 가지고 있었다고 보여 진다. 이는『국조정아집』의 시를 수용하면서 작가별 배치를 수정한 데서 확인할 수 있다. 서세창이 보기에 이상적·이상건을 권돈인·김정희 앞에 둔 부보삼의 편제는 납득할 수 없는 것이었다. 그리하여 서세창은 이상적·이상건을 떼내어 홍현주 뒤인 25,26번째에 배치하였다. 그렇다고 해서 서세창의 조선시 배치가 정연한 질서를 얻은 것은 아니었다. 1794년에 연행한 홍양호(1724~1802)를 권돈인(1783~1859), 김정희(1786~1856) 뒤에 놓은 의도는 합리적으로 설명되지 않는다. 배열의 추이로 보아 서세창은 연행 연도의 순에 따라 배치하려 했던 듯하다. 박제가와 유득공이 18세기 말엽에 연행했던 사실을 중시하여 맨 앞에 놓으려 하면서,『국조정아집』에 실린 인물들을 해체시키지 못한 채, 하나의 그룹으로 묶어 통째로 앞부분에 배치했다고 여겨진다.

『국조정아집』의 10인을 인용한 데 이어, 청대의 인물과 창수한 시 10여 편이 또 하나의 그룹을 이루어 수록되어 있는데, 이로 인해 시 선집의 성격이 확연히 전환되게 된다. 이 창수시의 주인공은 도주(陶澍)라는 인물이다. 도주에게 직접 화답 차운한 이가 11인이고, 간접적으로 교유한 사람도 있었는데, 서세창은 같은 제목 동일 운자의 이 창수시들을 그대로 뽑아 싣는 용기를 발휘하였다.[42] 이런 선발 방식은 이전의 시선집에서는 찾아볼 수 없는 매우 예외적인 사례이다.

도주(1778~1839)는 자가 자림(子霖), 호는 운정(雲汀)으로 호남(湖南) 안화(安化) 출신이다. 가경 7년(1802)에 진사가 되었으며, 한림원 서길사와 편수관을 지냈다. 도광 연간에는 안휘와 강소의 순무를 역임했으며 그뒤 양강총독(兩江總督)에 이르렀다. 도주는 도연명의 59세손으로서, 도연명집의 여러 이본을 교감하여 『도정절선생집』 10권을 간행한 것으로 유명하였다. 도주는 자신의 당호를 '인심석옥(印心石屋)'이라고 하였는데, 이는 청 선종(宣宗)이 특별히 하사한 것이었다.

조선의 연행사절과 도주가 처음 만난 것은 1818년 봄이었다. 동지겸사은사의 서장관이었던 홍희근과 수행원 권영좌가 유리창에서 도주를 만났다. 도주는 이 때 한림원에 근무하고 있어서 사신 일행과 교유하기가 용이한 입장이었다. 도주가 조선 문인을 만나 정답게 응접한 일이 알려지고, 그가 도연명의 후손이라는 점이 크게 어필됨으로써 도주가 교유의 중심인물로 부상하였다.

국내에 있으면서 도주와의 교유 소식을 접한 한영원(韓永元), 한영헌(韓永獻), 이만용(李晚用), 남상중(南尚中 : 南尚敎), 허력 등은 이어 도주의 시에 차운한 시를 짓고 그것을 책으로 묶어 헌정했다. 도주는 이들 중 특히 한영원의 시를 극찬하였다. 도주 시의 주석에 "지난 해 권정산(權晶山 : 권영좌)이 가지고 와 보여준 '고려시초(高麗詩鈔)' 가운데 '바다 밖 조선에 태어나 한스럽지만 적현(赤縣)에도 사람이 산다는 걸 알 수 있다네[却恨靑邱居海外, 終知赤縣在人間]'란 구절이 있었다. 내가 그것을 매우 좋게

---

42) 『만청이시회』 13번째 權永佐에서부터 24번째의 洪顯周까지이다.

여겼는데, 바로 유원(酉園) 한영원이 지은 것이었다”라고 하였다.43) 한영원은 또 도주의 ‘백화담(百花潭)’ 시에 화운하여 부쳤고, 도주는 다시 그 시의 한 구절을 들어 한영원의 시를 높이 평가하였다.44)『만청이시회』에 시가 뽑히지 않은 이명오(李明五)도 이 ‘백화담’ 시에 화운하여 시를 지었다.45)

한영원(1786~?)은 자가 백춘(伯春), 호는 유원, 본관은 청주이며, 서울에 거주하였다. 1819년 진사시에 급제하였으며, 부친은 생원 출신의 한석민(韓錫敏)이었다. 한영원의 관력은 미상이며, 연행 사절에 참여했다는 기록 역시 보이지 않는다. 도주는 한영원이 매사(梅社)의 동인이라고 기록하였다.46)

조선에 지난날 매화사(梅花社)가 있어 시를 쓴 사람이 10여 인이었다. 시축 하나를 부쳐왔는데 모두 나의 ‘인심시(印心詩)’의 운자에 수창한 것이었다. 그리고 그 인장을 찍었는데 ‘의도시옥(擬陶詩屋)’이라고 되어 있었다.47)

매화사 또는 매사의 멤버는 10여 인이었다.『매사시』 1권을 만들어 도주에게 기증했는데, 도주의 시에서 운자를 딴 것이었다. ‘의도시옥’이란 조선의 시인들이 도연명의 후손에게 시집을 보내며 찍은 상징적인 문구였다. 남상교도 자신이 매사의 멤버임을 밝혔다. 그는 도주와의 수

---

43) 陶澍,「次高麗詩人韓酉園永元用拙集韻見寄」,『陶文毅公全集』권60, 상해고적출판사, 2001. “觀詩猶記舊傳觴.(去歲, 權晶山携示高麗詩鈔中有一詩云：‘却恨青邱居海外, 終知赤縣在人間’, 余極賞之, 卽酉園作也) 早識伊人水一方. 忽送新詩來日下, 依然好句艶春陽. 人如蘭葉風斯扇, 夢入梅花雪亦香.(酉園, 係梅社中人) 海外九州原不異, 知君天上憶巖廊.”

44) 陶澍,「消寒集印心石屋 以狼毫筆 分贈同人(有序)」의 주석,『陶文毅公全集』권55. “有韓永元者, 和余百花潭韻, 見寄云：望中遙想眉端氣, 詩裏猶聞坐處香.”

45) 李明五,「次陶雲汀百花潭韻 留示權晶山」,『泊翁詩鈔』권5, 국립중앙도서관 소장.

46) 陶澍,「次高麗詩人韓酉園永元用拙集韻見寄」,『陶文毅公全集』권60. “酉園, 係梅社中人.”

47) 陶澍,「消寒集印心石屋 以狼毫筆 分贈同人(有序)」의 주석,『陶文毅公全集』권55. “高麗舊有梅花社, 作者十餘人, 頃寄一軸 至皆和余印心詩韻, 其篆章曰‘擬陶詩屋’”

창 이후 청대 문인 주달(周達)에게 주는 시에서 "나는 조선의 문사 10인과 '매사'를 결성하였다. 저번에 『매사시』 1권을 가지고 중국에 갔다"고 밝혔다.[48] 또한 남상교의 문집에 매사 동인에게 주는 시가 보인다.[49] 요컨대 1818년 연행을 기점으로 도주와의 문학 교유가 활발해졌고, 그 뒤 수년 간 한영원, 남상교 등 국내에 있는 매사 동인들과의 적극적인 교유가 이어졌던 것이다.

도주는 조선에서 보내온 시를 받아 보고는 조선의 문인들에 대해 논평을 가하기도 하였다.

화서병부(華西病夫)는 창려(昌黎)를 배워 자못 법문을 얻었습니다. 한영헌과 한영원 두 사람은 정취 있는 문장을 지은 아름다운 짝입니다. 이만용과 홍대용(洪大用)의 필치는 비록 노건하지는 않지만, 또한 장래에 빼어날 조짐이 보입니다. 여러 사람의 시는 내가 모두 뽑아서 수록하여 장래에 선시(選詩)할 재료로 삼겠습니다. 병산자(甹山子 : 한치응)의 시문도 내가 또한 수십 수를 뽑았는데 우뚝하게 그 무리에서 탁월한 것을 깨닫습니다. 김추산(金秋山)의 문필 또한 시원스럽긴 합니다만 후반의 것은 안목이 너무 좁습니다. 조존영(趙存榮)의 시는 뼈대는 옛스러우나 사의(詞意)가 순일하지 않기에 뽑지 않았습니다. (…중략…) 보여주신 새 매화시 한 편은 제 집에 두었다가 뒷날 책을 낼 때 '동국채풍록(東國采風錄)'에 넣는 것이 좋겠습니다.[50]

---

48) 南尙教, 『雨村集』 「贈周菊人」, 고려대도서관 소장, 7수 중 제2의 주석. "僕與東方文士十人, 結'梅社', 曾與 『梅社詩』 一卷, 入中國." 「贈周菊人」이란 시는 1825년 동지사행의 일원으로 연행했을 때 지은 시로, 周菊人은 周達을 말한다.

49) 南尙教, 「將發燕行留別梅社舊友」; 「與梅社諸友共賦」, 『雨村集』. 매사의 멤버가 누구누구인지는 불분명하다. 우선, 도주의 주석에 한영원은 매사에 속했다고 했다. 韓永獻, 李晚用, 남상교의 시는 같은 운자에 같은 제목으로 되어 있고, 이들은 연행하지 않은 이들이다. 그러므로 권영좌가 도주에게 준 『매사시』 1책에 이 셋의 시가 들어 있었을 것이다. 또한 이만용의 부친인 이명오도 도주의 시에 차운했다. 이렇게 본다면 권영좌, 한영원, 韓永獻, 李晚用, 남상교, 이명오 등은 매사에 속해 있었던 것으로 추정된다.

50) 陶澍, 「再答朝鮮權晶山書」, 『陶文毅公全集』 권40. "就中, 如華西病夫伍伯學昌黎, 頗得法門矣. 永獻·永元兩韓生, 尤爲情文雙美, 李晚用·洪大用筆, 雖未老, 亦是將來之秀. 數子詩, 余皆擇而錄之, 爲將來選詩之具. 甹山子詩文, 余亦錄出數十首, 覺

'재답(再答)'이라고 한 것으로 보아, 이전에 답한 편지도 있었던 듯한 데, 문집에는 실리지 않았다. 도주는 이 글에서 화서병부, 한영헌, 한영 원, 이만용, 홍대용(洪大用), 한치응, 김추산, 조존영의 시에 대해 비평하였다. 이들 중 한영헌, 한영원, 이만용의 시는 『만청이시회』에 실렸다. 이 시들은 권영좌가 도주에게 전해 준 시권에 수록된 것들로, 그 책자가 한림원에 소장되었다가, 후일 서세창이 보고 뽑은 것이 아닌가 한다. 도주와 서세창 모두 한림원에 근무했으므로 '사관(詞館)'에 소장되어 있던 자료를 그대로 활용할 수 있었을 것이다.

도주와 교유를 가졌던 인물들은 대개가 『만청이시회』에 시가 뽑혔다. 도주와 교유한 문인 중에 『만청이시회』에 시가 실리지 않은 인물로는 앞서의 이명오가 있었고, 이로(李潞, 1769~?),51) 김추산,52) 조존영,53) 성우증(成祐曾, 1783~1864)54) 등이 확인된다.

---

翹然而出其類矣. 金秋山文筆, 亦爽, 但後半, 眼界太小. 趙存榮詩, 骨亦古而詞意未醇, 故不入選. (…중략…) 所示梅花新詩一篇, 留存敝齋, 爲後日選刻之地, 以當'東國采風錄', 可也."

51) 陶澍, 「賀柘農(熙齡)齋中 見高麗行人李西園潞書 以不得一見余爲恨 再三懇乞詩筆 其意良摯 柘農轉爲敦致 因走筆成一律贈之」, 『陶文毅公全集』 권60. 李潞는 자가 可用, 호는 西園, 본관은 전주, 거주지는 서울이며, 1803년 문과에 급제하였다. 1818년 겨울, 동지사의 書狀官으로 연경에 갔다. 李潞는 도주를 만나기를 간절히 원했으나, 도주가 공부에 너무 바빠 시간을 내주지 못했다.

52) 金秋山은 金裕憲을 말한다. 그는 안동김씨로 1781년에 태어났으며 1804년에 문과에 급제하였고, 1825에는 司果로서 式年試의 試官으로 참여했다. 벼슬이 승정원 승지에 이르렀다. 가계는 남인에 속했고 부친은 金秀臣(1752~?), 아들은 金會明(1804~?)이다. 김유헌이 남긴 시문은 현재 전하지 않는 것으로 보인다. 권영좌는 1829년 영광군수로 부임하는 그를 위해 「送秋山子之任靈光」(5율)이란 시를 지었다. 권영좌가 함께 한 시회의 핵심인물의 하나였다. 이학규가 「戱東金秋山稈問文學」이란 시를 썼는데, 권영좌는 이학규와도 교유하였으므로, 이 金秋山은 金裕憲일 가능성이 높다. 권영좌에 대해서는 김영진(2008)의 해제 참조.

53) 趙存榮(1785~?)은 자가 老泉, 본관은 평양으로 1822년에 생원이 되었다. 아버지는 通德郎 趙雲錫, 동생은 趙存奎이며, 아들로 趙義先(1807~?)이 있다. 문집으로 『鍾山集』 8권이 전한다.

54) 도주는 1818년 연행했던 成祐曾(1783~1864)과도 교유하여 두 수의 시를 지었다(陶澍, 「次韻答高麗進士成茗山祐曾題印心石屋集」; 「次韻再答成進士見贈」, 『陶文毅公全集』 권60). 다만, 성우증의 시는 『만청이시회』에 뽑히지 않았다. 成祐曾은 자가 公

이상에서 살펴본 바와 같이, 도주는 19세기 전반기 조선 사절단이 중국과 통하는 핵심적인 채널의 하나였다.『만청이시회』에 실린 시편들을 통해 볼 때, 1818년 이래로 수년간 지속된 도주와 조선 문인 간의 교유는 매우 이채로운 양상을 띠었다. 특히 국내에 있던 매사 성원들과 도주와의 교유가 주목된다. 권영좌의 주선으로 부마인 홍현주와 도주가 교유한 일도 특기할 일이다.55)

『만청이시회』의 가장 큰 특징은 연행 사절과 청대 특정 인물과의 창수가 그룹을 이루며 나타나고, 그 시편들을 고스란히 수록했다는 점이다. 1818년 무렵 도주와의 수창에 이어, 1887~1895년에도 청대의 관료와 조선 문인 사이에 집중적인 문학 교유가 벌어졌다.

이 교유는 황응(黃膺)이란 고위 관료를 중심으로 이뤄졌다. 황응은 호가 녹천(鹿泉)인데 녹천(麓泉), 녹전(鹿荃)으로도 쓴다. 황응은 1873년에 급제하여, 같이 등과한 경학자 피석서(皮錫瑞)와 특히 친분이 두터웠으며, 후일 관직이 농부상서와 호부상서에 이르렀다. 피석서의 문집에 황응과 주고받은 시편이 보인다.56)

황응은 1887년부터 1895년까지 16인의 조선 문인과 수창하였다.57) 조

---

善, 호는 茗山, 본관은 창녕으로 1813년 進士가 되었다. 成海應의 조카이며, 아버지는 통훈대부 成海運이고 동생으로 成禧曾, 成禕曾이 있으며, 성우증은 이 때의 연행 경험을 『茗山燕詩錄』에 남겼다.(『茗山燕詩錄』은 '연행록전집' 권69에 수록되어 있다.) 성해응은 조카 成祐曾에게 도주와의 교유 사실을 듣고 「題陶澍雲汀集後」란 글을 남겼다. 성해응은 거기서 도주의 시가 王漁洋을 배운 것이라고 하였다[成海應,『研經齋全集』11 文三 「題陶澍雲汀集後」(『한국문집총간』279, 238면)]. 한편, 도주가 편지에서 말한 華西病夫와 洪大用이 어떤 인물인지는 자세히 알 수 없다.

55) 陶澍,『陶文毅公全集』권40 「答高麗駙馬都尉豐山君洪顯周書」; 권55 「消寒集印心石屋 以狼毫筆 分贈同人」의 序. "筆爲高麗豐山君洪顯周所寄, 洪因權晶山歸國, 見余詩, 貽書求筆札, 甚殷, 且言彼中結社, 額曰'擬陶詩屋', 每次余詩爲韻. 鷄林人嗜好文字, 如此."

56) 皮錫瑞, 「重九日偕黃麓泉(膺)·鄭寄凡(業綸)·湯稚庵(魯璠)·陳昮章(翰霄)·黃子餘(履初)·林綏臣(系尊)·汪頌年詒書游天寧寺感所見有作呈同游諸君」,『師伏堂詩草』권6; 「送黃鹿泉同年(膺)北上」, 권4.

57) 『만청이시회』29번째의 李承五부터 47번째의 李承漢까지이다.

선 사신 가운데 황응을 처음 만난 이는 1887년 입연한 정사 이승오(李承五)였다. 이승오의 연행기록에 따르면, 1887년 7월 6일에 호쾌하고 탁트인 성격의 황응이 먼저 조선 사신을 찾아와 연회 약속을 잡았고, 그 달 24일에 송균암(松筠庵)에서 14명이 참여한 성대한 시 모임을 가졌으며, 29일에는 이 연회 장면을 그림으로 그리고 거기다 시랑 서수명(徐樹銘)이 서문을 붙인 것을 가지고 왔다고 하였다.58)

황응과의 모임에 『만청이시회』의 편자 서세창도 동석하는 경우가 있었다. 서세창과 처음 창수한 이는 1888년 진하사의 서장관 민철훈(1856~?)이었다.59) 이날 농부(農部) 하계방(何桂芳)의 만향재(晩香齋)에 보인 사람은 황응, 양수동(楊壽彤), 서각립(徐慤立)을 위시해서 소장유(蕭長裕), 역병규(易炳奎) 등의 고위 관료들이었다. 이 외에도 나이 어린 하위상(何煒祥), 곽가면(郭家冕)이 함께 참여하여 연회를 베풀고 시를 주고받았다. 시제에 언급된 참석자는 모두 12명이었다. 민철훈은 이런 성대한 자리에 감격하여 "몸은 용을 타고 선계에 들어가는 듯, 마음은 기러기 따라 바다 위를 나는 듯", "이런 모임 이번 생에 다시 있겠지요, 점잖은 풍채의 신선들 다 모였네"라고 읊었다.60)

이 자리에 참여했던 청말 관료들이 계속해서 조선 사신과 교유를 이

---

58) 李承五, 『李承五燕槎日記』 권3, 丁亥年(1887) 7월 6일조, 『연행록선집』 下, 성균관대 대동문화연구원, 1962, 1262~1263면. "黃鹿泉膺來見, 豪爽淸曠, 不拘小節, 出懷中詩以示之, 乃和何聱山贈古農七古十二韻也. 又要一訪其舘, 約以初十日爲期."; 丁亥年(1887) 7월 24일조, 1268면. "鹿泉, 頃以十四人將七言一聯, 分韻各賦, 爲一番勝事."; 丁亥年(1887) 7월 29일조, 1269면. "鹿泉, 以松筠雅集圖來, 壽蘅作序, 兼以十四韻賦十四篇古詩, 茶農繪其事, 儘是不易得之珍玩也."

59) 「光緖戊子正月廿九日偕黃鹿泉農部膺·楊惠垓大令壽彤·徐仲阮駕部慤立 訪何桐雲農部桂芳茶市之晩香齋 同集者蕭襄廷學博長裕·易曼農比部炳奎·郭杼田比部慶治·龔省吾禮部鎭湘·張宣臣大令祖綸·張憩雲學博章焌·童子何煒祥·郭家冕談燕甚樂 皆有詩相贈奉答二章」, 『만청이시회』 권200, '민철훈'.

60) 「光緖戊子 (…중략…) 奉答二章」의 제1, 『만청이시회』 권200, '민철훈'. "佳游茶市趁春光, 翰墨因緣締吉羊. 身似登龍瑤席忝, 心隨歸雁海天翔. 劇談塵柄霏瓊屑, 好句蟬聯暈筆香. 此會此生應可再, 雍容風采幾仙郞."

어갔던 것은 아니었다. 대령 양수동에게 이승한이 화답한 시가 있을
뿐,[61] 나머지 관인들이 그 뒤 조선 문인과 교류한 기록은 다시 보이지
않는다. 그런데 황응만이 민철훈 이후로도 조선 사신과 지속적으로 교
유를 이어 갔다. 1890년에는 이돈하(李敦夏), 1891년에는 이영규(李永珪),
정경운(鄭景雲), 이찬범(李贊範), 1892년에는 이호익(李鎬翼), 정한모(鄭翰謨)
와 시를 주고 받았다.[62] 황응이 찾아 왔으나 이영규는 건강이 좋지 않
아 만나지 못하기도 했고, 정경운은 황응을 방문했으나 만나지 못하기
도 했다. 1893년에 접어들어 황응과 조선 사신의 만남에는 새로운 변화
가 일어났다.

> 인애(仁崖) 중추는 조선의 종실이다. 계사년에 판서인 성재(盛齋) 이위(李暐),
> 복정(僕正)인 우송(友松) 심원익(沈遠翼)과 함께 사신으로 왔다. 첨사인 연농(硯
> 農) 최성학(崔性學)도 따라왔다. 나는 그때 사관(詞館)에 있었는데, 선화(善化)
> 황녹천(黃鹿泉) 농부가 그 현저(縣邸)에서 용희사(龍喜社) 모임을 만들었다. 사
> 신들을 초청해 연회를 열고 서로 시를 주고 받았다. 그 시편들을 편차하여
> 『용희사 해동심시집(龍喜社 海東尋詩集)』이라 하였다. 30년이 흘렀지만 그때
> 의 일이 어제 같기만 하다. 다시 그때의 시를 뽑노라니, 느꺼운 마음이 인
> 다.[63]

---

61) 「贈楊惠垿大令疊原韻」, 『만청이시회』 권200, '이승한'. 서세창은 李承漢에 대해 "字
   古農, 朝鮮人"이라는 것 외에 연행 연도도 밝히지 않았다. 그런데 이승한은 『李承五燕
   槎日記』의 수행원 명단에 올라 있다. 즉 "禮房李承漢, 字景雲, 號古農, 辛卯生. 庶三
   從兄, 假通德郎"이란 기록이 확인된다.(『燕行錄選集』下, 성균관대 대동문화연구원,
   1962, 1234면) 이승한은 1831년 서자로 태어나, 1887년 進賀兼謝恩使의 正使인 李承五
   의 '禮房' 자격으로 연행에 참여하였다.
62) 李敦夏는 황응과 교유하기는 했지만 시를 남기기 않았다. 이돈하의 아들 '李贊範'
   조의 시화에 "峒雲(이돈하)奉使, 鹿泉與酬唱"이라는 기록이 보인다. 李永珪의 「黃農
   部見訪賜詩病不能興依韻和答」, 鄭景雲의 「訪黃農部不遇有作」, 李贊範의 「黃農部
   見示詩和韻」, 李鎬翼과 鄭翰謨의 「和黃農部尖叉韻」이 각각 한 수씩 뽑혀 있다.
63) 『만청이시회』 권200, '李乾夏' 詩話. "仁崖中樞爲朝鮮宗室. 癸巳, 偕李盛齋判書
   暐・沈友松僕正遠翼奉使朝正, 崔硯農僉事性學, 從行. 余時在詞館, 善化黃鹿泉農
   部, 就其縣邸, 設龍喜社, 邀使者宴集, 迭相唱和, 次爲『龍喜社海東尋詩集』. 三十年
   來, 夢痕如昨, 重錄其詩, 感慨係之矣."

이건하는 1892년 10월에 서울을 출발한 동지사행의 정사였다. 이건하가 시를 짓자 뒤이어 이위[副使], 심원익[書狀官], 최성학[첨사]이 화운시를 지었다. 서세창은 이들의 시를 모두 『만청이시회』에 뽑았다. 위의 시화에서 "나는 그때 사관에 있었는데"의 '나'는 서세창을 말한다. 사관(詞館)은 한림원을 가리킨다. 서세창은 1886년 진사에 합격하고 조고(朝考)에서 1등을 차지하여 한림원 서길사가 되었다. 그뒤 1893년까지는 한림원에 소속이었던 듯하다. 이건하가 쓴 시에는 잔치를 마련한 이가 서세창이라고 하였다. 서세창은 홍양길(洪亮吉)의 옛집에서 살고 있었는데 거기에 조선 사신을 초대해 연회를 베풀었으며, 참석자는 용희사 주관자인 농부상서 황응과 시어(侍御) 맹계훈(孟繼塤), 그리고 다른 손님 9명이 더 포함되었다. 이 모임은 십수 일을 넘기며 계속되었다.[64]

1893년의 이 모임에서 용희사라는 시사(詩社)가 결성되었다는 점은 주목을 요한다. 청대 관료와 조선 사절단이 만난 자리에서 탄생한 시사이기 때문이다. 이 용희사의 멤버들과 이별하며, 최성학은 아래의 시를 남겼다.

| | |
|---|---|
| 客裏光陰屆禁烟, | 나그네로 세월 보내다 연경의 궁궐에 이르렀는데 |
| 離尊相屬杏花天. | 살구꽃 핀 봄날 이별주를 나누네. |
| 征塵欲拂新題扇, | 쌓은 먼지 털어내려 새 부채에 글씨를 쓰고 |
| 奇篆猶摹舊贈磚. | 기이한 전자(篆字)라 전에 받은 벽돌 어루만지네. |
| 千里訂交能莫逆, | 천리에 떨어져 사귀어도 막역할 수 있으니 |
| 幾人談道本無偏. | 도를 논할 때는 본래 치우침 없다고 했지. |
| 燕南歌筑君休笑, | 연경의 풍악 소리 요란하다 비웃지 마시게 |
| 祇戀斯游已卄年.[65] | 이런 자리 염원한지 20년이라오 |

최성학(1842~?)은 한어 역관으로서 이상적의 문인이었다.[66] 이상적 이

---

64) 『만청이시회』 권200, '李乾夏', 「光緖癸巳春 偕盛齋判書友松僕正曁硯農僉事 奉使年貢 徐鞠人太史 設飮於所居北江舊廬 在坐顧通政 孟·徐兩侍御 龍喜社主黃農部 賓主九人 越十數日 農部集同志祖道 竟日談宴賦謝錄別」.
65) 「留別龍社諸君疊前韻」, 『만청이시회』 권200, 崔性學.

후 1860년대부터1890년대까지 중국 문인과 가장 활발한 교유를 펼친 인물에 속하였다. 추사 계열 역관 6인이 자신들의 시를 뽑아 엮은『해동시초(海客詩鈔)』(1868)의 권6에 그의 시 50여 수가 실렸다. 위의 시는 1893년 작이므로『해객시초』에 실릴 수 없었다.

최성학은 용희사 구성원의 면면을 자세히 밝히지 않은 채 '용사제군(龍社諸君)'이라고 말하였다. 여러 가지 정황으로 보아 주관자인 황응, 그리고 서세창, 맹계훈 등이 중국측 성원이었다고 여겨진다. 서세창이 남긴 시67)와 다른 청말 문인의 기록에 용희사 관련 기록이 보인다.68) 그렇지만 이 시사가 이후에 어떤 궤적을 거쳤는지는 불분명한데, 1893년 이후 다시 용희사 모임이 열렸다는 기록이 확인되지 않는다. 조선의 연행사절도 1893년의 동지사가 마지막이었다.

이 용희사 모임에서 지어진 시편들을 모아『용희사 해동심시집』이 편집되었다. 청대 문인 역순정이『용희사집(龍喜社集)』을 보았다고 했는데, 동일한 책이라고 여겨진다. 서세창은 30년 전의 추억을 회상하며『용희사 해동심시집』에서 이건하 등의 삼사와 역관 최성학의 시를 뽑았던 것이다.

최성학은 역관이었으나 서세창과 매우 각별한 사이였다. 최성환이 서세창에게 바친 시(「贈鞫人太史疊前韻」)나 서세창이 최성학에게 준 시69)

---

66) 崔性學,「藕船精華錄序」,『藕船精華錄』(앞의 책, 387면). "金君奭準, 受業于藕船先生, 泊先生歿, 爲纂精華錄, 命性學序, 性學亦負笈者也, 其可無言!"

67) 孫雄 편,「送別朝鮮三聘使幷贈崔硯農」,『道咸同光四朝詩史甲集』 권5, '徐世昌'. "耽咏成孤癖, 花時獨閉門. 春風龍喜社, 斜日海王村. 冠蓋崇文獻, 壺觴戀曉昏. 崇南坊外柳, 幾樹綠烟屯." 서세창은 이 시에서 "봄바람 불던 때의 龍喜社 모임, 해가 海王村으로 기울었네"라고 읊었다.

68) 易順鼎,「再柬朝鮮李參判二首」의 제2,『盾墨拾餘』 권84. "春明八載擷蘭茳, 舊雨挑鐙語浿江. 三楚尊槃龍喜社, 九夷冠劍鳳嬉邦. 京塵送客紅迷路, 海月懷人白到窓. 爲報今年消息好, 鎬池君已璧遺雙." 첫째 구의 주석으로 "余不至都, 八年矣. 去年, 至都, 得晤諸故人, 讀『龍喜社集』"이라는 내용이 달려 있다.

69) 孫雄 편,「孟丈志靑招飮'綠莊嚴館'四疊見示原韻 幷柬叔鴻侍御·漁谿前輩·鹿泉農部·硏農僉事(4수)」,『道咸同光四朝詩史』 甲集 권5, '徐世昌'. 여기서도 서세창이

를 통해, 서세창과 최성환이 매우 막역한 관계임을 엿볼 수 있다. 서세창은 이『만청이시회』에서 최성환의 시 5수를 뽑았다. 황응과 교유한 나머지 12명이 대부분 1~2수에 그친 것에 비한다면 매우 파격적인 대우였다.

한편 홍양호, 홍현주, 서정순, 김영작, 강위 등은 시적 성취를 중시하여 시를 뽑은 경우로, 연행 관련의 창수시가 아닌 그들 시의 대표작이 여러 편 선발되었다. 이 중 홍양호는『만청이시회』에서 가장 많은 시가 뽑힌 인물이다. 다른 53인의 경우는 뽑힌 시가 대부분 절구 율시인데 반해, 홍양호의 시는「괘궁송(挂弓松)」,「망부석가(望夫石歌)」와 같은 장편고시가 실렸고 이것이 편자 서세창의 의도라는 점에서 매우 특기할 일이었다.[70]

## 5. 맺음말을 대신하여

『만청이시회』에 실린 조선 문인의 시 108수는『명시종』(136수)이나『열조시집』(170수)에 비하여 양적으로 많지 않다. 서세창은 북학파 후반기부터 1920년대의 김택영까지 약 140년 간을 수록 범위로 설정했지만, 실제로는 1818~1819년, 1887~1894년에 이루어진 교유만이 편중된 채 부각되었다. 즉 도광(1821~1850), 함풍(1851~1861), 동치(1862~1874) 연간의 문학 교유는『만청이시회』에 포착되지 못하였다.

『만청이시회』는 그 편찬의 범례에서 '시를 통해 시인을 선발하고[因

---

최성학을 각별히 존중하고 있음을 알 수 있다.

70)『만청이시회』권200, '洪良浩' 詩話. "又有「與友論詩書」云 : "僕嘗游中國, 見華人詩話, 言高麗人好作律絕, 不識古詩, 使我顏騂." 故其稿中, 頗多古詩, 七言排奡流轉, 能見其筆力. 乾隆間, 嘗兩充貢使, 故曰嘗游中國也."

詩存시)'과 '시인을 통해 시를 수록한다因人存詩)'는 두 측면을 병용하여, 빠지고 숨겨진 것을 찾아 집성한다는 기준을 세웠다.71) 199권까지의 청대 시 선발에는 이 원칙이 지켜졌다고 볼 수 있을지 모르겠으나, 조선의 시를 모은 권200 '속국' 편은 이러한 원칙과 무관한 선발이 이루어졌다. 특히 '인인존시'에 비해 '인시존인'에 해당되는 경우가 현격히 드물었다. 도주, 황응과 조선 사절이 만나 창수한 시편이 다수 뽑힌 반면 시적 성취로 인해 뽑힌 경우는 홍양호, 홍현주, 김영작 등 몇몇에 불과하였다. 즉 시적 성취가 선발의 기준으로 충분하게 고려되지 못하였다. 자연, 시인로서의 명성이 알려지지 않은 인물의 시가 상당 양 실리게 되었다. 이 점은 전대의 『명시종』과도 확연히 구분되는 현상이었다. 『명시종』에도 명 사신과의 송별시가 포함되어 있는 바, 이이(李珥)의 시「送黃公還朝」나 허균의 시「送參軍吳子魚還天朝」 등이 그러한 예에 해당된다. 그렇지만 송별시나 창수시 외에도 김시습, 임제, 허난설헌, 김상헌 등의 서정시, 산수시가 망라되어 있어 시적 성취에 따른 선발이 이루어졌다고 평가된다.

　'인인존시'의 입장, 즉 창수시의 중시는 편자의 기본적인 의도였다. 중국을 다녀간 적이 있는 인물의 시이거나, 중국의 명사와 창수한 시를 뽑겠다는 기준에 따른 선발이었다. 따라서 편자는 조선시의 자료 수집에 있어서 소극적인 태도를 지닐 수밖에 없었다. 1850년대 부보삼의 열정적인 태도와는 달리, 1920년대의 서세창은 지난 시기 조선의 뛰어난 '시'에 관심을 두기보다는 중국의 명사와 조선 문인이 관계 맺는 자리 자체를 우선시하였다. 이는 외교적 의전을 중시하려는 편자의 의도가 표명된 것이고, 결국 19세기의 조선시가 균형있게 수록되었다고 보기 어려운 매우 기형적인 편제로 나타나게 되었다.

---

71) 서세창, 「晚晴簃詩匯 凡例」, 『만청이시회』 1, 앞의 책, 2면. "不分同異, 薈萃衆長, 惟尙神思, 務屛僞体. 自大名家外, 要皆因詩存人, 因人存詩, 二例幷用, 而搜逸闡幽, 尤所加意."

　19세기의 한중 문학 교류는, 북학파의 전통을 계승하고자 한 그 후대 문인들과 추사 계열에 속하는 역관 문인 등 두 갈래의 세력에 의해 주도되었다고 평가된다.72) 그러나 『국조정아집』, 『도함동광사조시사』, 『만청이시회』를 통해 이 두 갈래의 본류 외에도 몇몇의 지류가 존재하였음을 확인할 수 있었다. 한치응, 권영좌를 포함한 1818년 연행 사절과 도주와의 교유, 그리고 이어진 남상교 등 매사 동인들과의 시문 창수는 금석서화를 매개로 교유하던 추사파와는 다른 방향성과 취향을 지녔다고 여겨진다. 또한 1890년대에 황응·서세창과 조선 사절간의 외교의전적(外交儀典的) 성격의 문학 교류도 또 하나의 예외적 지류에 해당된다고 하겠다.

---

72) 김명호, 「동문환의 『한객시존』과 한중 문학교유」, 『한국한문학연구』 26, 한국한문학회, 2000, 401면.

權敦仁, 『彛齋詩集』, 영남대 동빈문고 소장.
金奭準, 『紅藥樓懷人詩錄』, 이조 후기 여항문학총서 5, 여강출판사, 1986.
金正喜, 『阮堂全集』, 『한국문집총간』 301.
金澤榮, 『韶濩堂集』, 『한국문집총간』 347.
南尙敎, 『雨村集』, 고려대도서관 소장.
李承五, 『李承五燕槎日記』; 『燕行錄選集』 下, 성균관대 대동문화연구원, 1962.
成祐曾, 『茗山燕詩錄』; 임기중 편, 『연행록전집』 69, 동국대, 2001.
成海應, 『研經齋全集』, 『한국문집총간』 279.
申 緯, 『警修堂全藁』, 『한국문집총간』 291.
李明五, 『泊翁詩鈔』, 국립중앙도서관 소장.
李尙迪, 『藕船精華錄』, 이조 후기 여항문학총서 7, 여강출판사, 1991.
______, 『恩誦堂集』, 『한국문집총간』 312.
李宜顯, 『陶谷集』, 『한국문집총간』 181.
李裕元, 『國譯 林下筆記』, 민족문화추진회, 1999.


陶 澍, 『陶文毅公全集』, 續修四庫全書 1503~1504, 상해고적출판사, 2001.
符葆森 編, 『國朝正雅集』, 서울대도서관 소장.
徐世昌 編, 『晩晴簃詩匯』, 中華書局, 1990.
徐世昌 編, 『淸詩匯』, 北京出版社, 1996.
孫雄 編, 『道咸同光四朝詩史』, 續修四庫全書 1628, 상해고적출판사, 2001.
易順鼎, 『盾墨拾餘』, 中國古籍庫 所收.
吳慶坻, 『蕉廊脞錄』, 中華書局, 1990.
吳明濟 著, 祁慶富 校注, 『朝鮮詩選校注』, 遼寧民族出版社, 1999.
李 豫 編, 『韓客詩存』, 書目文獻出版社, 1996.
朱彛尊 編, 『明詩綜』, 中國古籍庫 所收.


김명호, 「동문환의 『한객시존』과 한중 문학교유」, 『한국한문학연구』 26, 한국한문학
        회, 2000.
김영진, 「'米山集' 해제」, 이화여대 한국문화연구원 편, 『고서해제』 1, 평민사, 2008.
김용태, 「임오군란기 한중 문인의 교유 양상」, 『한문학보』 17, 우리한문학회, 2007.
박현규, 『중국 명말청초인 조선시 선집 연구』, 태학사, 1998.
______, 「淸 부보삼의 『國朝正雅集』에 수록된 조선시」, 『중국학보』 51, 한국중국학
        회, 2005a.
______, 「조선 이상적의 청 符葆森 『國朝正雅集』 논평시 분석」, 『열상고전연구』 21,
        열상고전연구회, 2005b.

유성준, 「『淸詩匯』 소재 조선 후기 문인의 시」, 『한국한시와 당시의 비교』, 푸른사
　　　상, 2002.
이종묵, 「조선 후기 중국에 전해진 조선의 한시」, 제1회 규장각 한국학 국제심포지움 '이
　　　념과 제도의 교류' 발표논문, 서울대 규장각 한국학연구원, 2008년 10월 16일.
이춘희, 「藕船 李尙迪과 晩淸 文人의 文學交流 硏究」, 서울대 박사논문, 2005.

## 『晚晴簃詩匯』 소재 조선 한시

| | 작가 | 작품 | 연행 연도 | 비고 |
|---|---|---|---|---|
| 1 | 李性源<br>1725~1790 | 恭和御製賜朝鮮·琉球·安南諸國使臣詩 | 1789 | 進賀謝恩兼三節年貢使<br>正使 |
| 2 | 趙宗鉉<br>1731~1800 | 恭和御製賜朝鮮·琉球·安南諸國使臣詩 | 1789 | 進賀謝恩兼三節年貢使<br>副使 |
| 3 | 朴齊家<br>1750~1805 | 九層洞同京山李丈漢鎭<br>白龍潭<br>次李宜庵韻<br>豐田途中 | 1778<br>1790<br>1801 | |
| 4 | 李黃中 | 游寶蓋山深原寺 | | |
| 5 | 柳得恭<br>1748~? | 松京雜詩 | 1790<br>1801 | |
| 6 | 洪敬謨<br>1774~1851 | 三日浦 | 1830<br>1834 | 謝恩兼冬至使 副使<br>進賀兼謝恩使 正使 |
| 7 | 崔夢遠(崔亨遠) | 與淸湖共賦 | | |
| 8 | 李聖應 | 東郊晩眺 | 1844 | 奏請兼謝恩冬至使 正使 |
| 9 | 權敦仁<br>1783~1859 | 訪山寺<br>同鏡師作 | 1819<br>1836 | 冬至使 書狀官<br>進賀兼謝恩使 正使 |
| 10 | 金正喜<br>1786~1856 | 寄題程序伯畵山樓圖 | 1809 | |
| 11 | 洪良浩<br>1724~1802 | 岳州感古<br>峽中卽事<br>廿二日登金沙峰觀海<br>望登萊<br>挂弓松<br>登樂民樓<br>入關雜咏<br>寄謝翰林院修撰戴公衢亨<br>望夫石歌<br>發北巡向順安<br>保和殿參宴見荷蘭貢使 (…중략…) 詩以識之 | 1794 | 三節年貢兼謝恩使 正使 |
| 12 | 李光稷 | 和陳雲伯咏老松 | | |

| | | | | |
|---|---|---|---|---|
| 13 | 權永佐<br>1782~1830 | 和印心老屋陶雲汀澍贈詩 | 1817 | 冬至兼謝恩使 수행 |
| 14 | 洪義錫<br>1787~? | 和印心老屋陶雲汀澍贈詩 | 1817 | 冬至兼謝恩使 |
| 15 | 洪義瑾<br>1767~1845 | 和琉璃廠遇陶雲汀有作 | 1817<br>1829 | 冬至兼謝恩使 書狀官<br>冬至使 副使 |
| 16 | 韓致應<br>1760~1824 | 和印心石屋陶雲汀贈詩 | 1817<br>1820 | 冬至兼謝恩使 正使<br>陳慰兼進香使 正使 |
| 17 | 申在明<br>1760~? | 答陶雲汀內翰贈詩 | 1817 | 冬至兼謝恩使 副使 |
| 18 | 韓永元<br>1786~? | 寄和印心石屋之作 | | |
| 19 | 韓永獻 | 寄懷陶雲汀內翰 | | |
| 20 | 李晩用<br>1792~1863 | 寄懷陶雲汀內翰 | | |
| 21 | 南尙中(南尙敎)<br>1783~1866 | 寄懷陶雲汀內翰 | 1826 | |
| 22 | 許櫟 | 寄和印心石屋之作 | | |
| 23 | 鄭五錫 | 留別雲汀 | 1818 | 進賀兼冬至謝恩使 자제<br>군관 |
| 24 | 洪顯周<br>1793~1865 | 題人扇頭墨梅雀 | | |
| | | 到楊花津敬次伯氏 | | |
| | | 鈔鑼潭泛舟 | | |
| | | 拈放翁韻與石見 | | |
| | | 呈石見邀和 | | |
| | | 紅處 | | |
| | | 金流洞 在水落山 | | |
| 25 | 李尙迪<br>1804~1865 | 次柏靜濤正使淸川江韻 | 1829<br>~<br>1864 | 譯官 |
| | | 癸卯正月七日燕館　(…중략…)<br>兼寄子梅 | | |
| | | 還發閭延留贈白瞿山・趙絳雪 | | |
| | | 浿上雜詩 | | |
| 26 | 李尙健 | 題程序伯畫山樓圖 | 1854 | 譯官 |
| 27 | 趙秉鉉<br>1791~1849 | 東林城呈靜濤天使 | 1837 | 奏請兼謝恩使 副使 |
| 28 | 徐相雨<br>1831~1903 | 桃花洞寄懷日下諸友 | 1860<br>1883 | |

| 29 | 李承五 | 松筠庵卽席唱和詩 | 1887 | 進賀使 正使 |
|---|---|---|---|---|
| 30 | 閔哲勛<br>1856~? | 光緒戊子正月廿九日偕黃鹿泉<br>(…중략…) 奉答二章 | 1887 | 進賀使 書狀官 |
| 31 | 金綺秀<br>1832~? | 梅花明月送春史<br>步雲養方山厓石唱酬韻 | 1889 | |
| 32 | 李敦夏 | 上徐壽蘅侍郎樹銘 | 1890 | |
| 33 | 李僖魯 | 題江亭雅集圖 | 1890 | |
| 34 | 曹寅承<br>1827 ~1896 | 月波樓題壁<br>間道述懷寄黃鹿泉燕京 乙未秋 | 1881<br>1888<br>1890 | 進賀謝恩兼歲幣使 書狀官<br>冬至使 副使<br>謝恩兼冬至使 副使 |
| 35 | 徐正諄(徐正淳)<br>1835~1908 | 善竹橋<br>遼野道中<br>寧遠城祖大樂大壽敕建牌樓<br>孤竹城謁夷齊廟<br>沙河驛遙同趙幹山侍郎寄贈韻 | 1891 | 進賀兼謝恩使 正使 |
| 36 | 李永珪(李珪永) | 黃農部見訪賜詩病不能興依韻<br>和答 | 1877<br>1890 | 冬至兼謝恩使 正使<br>謝恩兼冬至使 正使 |
| 37 | 鄭景雲(鄭雲景) | 訪黃農部不遇有作 | 1890 | 謝恩兼冬至使 書狀官 |
| 38 | 李贊範(李範贊)<br>(1852~?) | 黃農部見示詩和韻 | 1891 | 進賀兼謝恩使 正使 |
| 39 | 李鎬翼 | 和黃農部尖叉韻 | 1873<br>1891 | 謝恩兼冬至使 書狀官<br>冬至使 正使 |
| 40 | 鄭翰謨<br>1863~? | 和黃農部尖叉韻 | 1891 | 冬至使 書狀官 |
| 41 | 李乾夏<br>1835~? | 光緒癸巳春偕盛齋判書　(…중<br>략…) 賦謝錄別 | 1892 | 冬至使 正使 |
| 42 | 李暐<br>1808~? | 和仁崖中樞韻賦謝黃鹿泉農部 | 1892 | 冬至使 副使 |
| 43 | 沈遠翼 | 和仁崖中樞韻賦謝黃鹿泉農部 | 1892 | 冬至使 書狀官 |
| 44 | 崔性學<br>1842~? | 和仁崖中樞韻賦謝黃鹿泉農部<br>叔鴻侍御見示癸巳元日八磚齋<br>(…중략…) 依韻答贈<br>贈志青侍御用前韻<br>贈鞠人太史疊前韻<br>留別龍社諸君疊前韻 | 1892 | 冬至使 譯官 |
| 45 | 李正魯<br>1838~1923 | 題獻館泳春集 | 1893 | 冬至使 正使 |

| | | | 1893 | 冬至使 書狀官 |
|---|---|---|---|---|
| 46 | 黃章淵 | 題獻館泳春集 | 1893 | 冬至使 書狀官 |
| 47 | 李承漢 | 贈楊惠垓大令疊原韻 | 1887 | (進賀使 禮房) |
| 48 | 金永爵<br>1802~1868 | 紀曉嵐紫石硯歌 | 1858 | 謝恩兼冬至使 副使 |
| | | 暮春幽蘭小集 | | |
| | | 渡江 | | |
| | | 雨夜與李友石 (…중략…) 游挹淸樓 | | |
| | | 南軒卽目 | | |
| 49 | 趙玉坡 | 偕宋子材太守廷梁游望湖亭 | | |
| 50 | 申櫶<br>1810~1884 | 申貞武公命淳挽詞 | | |
| 51 | 金宏集<br>1842~1896 | 寄黃鹿泉 | | |
| 52 | 姜瑋<br>1820~1884 | 金山寺和崔石樵齊恒上舍 | | |
| | | 黃梅道中懷獨悟上人 | | |
| | | 自日本東京擬回國 (…중략…) 有遲擧之志 | | |
| 53 | 李根洙<br>1824~? | 題姜慈屺瑋象 | | |
| 54 | 金澤榮<br>1850~1927 | 追感 | | |
| | | 周晋琦曾錦約游狼山以脚弱不能應 | | |

# 김택영(金澤榮)과 증국번(曾國藩)의 문장론 비교
### 귀유광(歸有光)에 대한 비평을 중심으로

최영옥

## 1. 머리말

창강 김택영(滄江 金澤榮, 1850~1927)이 살았던 시기인 19세기 중후반과 20세기 초는 '전환기적 성격'[1]을 지닌다. 이때는 정세의 급변과 더불어 그동안 문언(文言)으로 확고한 위치를 점하고 있던 한문(漢文)의 위상이 흔들리면서 그 주도권을 상실해 가는, 즉 한문문학의 시대에서 국문문학의 시대로 전환되는 시기이기도 하다. 김택영은 추금 강위(秋琴 姜瑋)·영재 이건창(寧齋 李建昌)·매천 황현(梅泉 黃玹)과 더불어 '한말사대

---

[1] 임형택은 '근대전환기'란 19세기 말 20세기 초의 기간을 가리킨다고 하였다. 때마침 세기 전환의 시점을 당해서 유사 이래 최대의 변혁, 그야말로 역사적·문명론적 지각변동이 이 땅에서 일어났기 때문이다. 임형택, 「수당 이남규와 그의 奏議에 대한 이해」, 『한국문학사의 논리와 체계』, 창비, 2002, 327면; 『한문학보』 1, 우리한문학회, 1999.

가(韓末四大家)’로 지칭되며 한문학의 마지막을 장식한 인물로 평가된다. 그는 “예로부터 나라가 망하지 않은 적은 없다. 그러나 망한 가운데서도 다 망하지 않은 것이 있으니 그것은 문헌이다”[2]라고 하여 전적 정리를 자신의 사명처럼 여겼는데, 이는 역사서와 문집의 편찬 및 간행[3]을 통해 그가 수행한 한문학의 평가·정리 사업으로 확인할 수 있다. 이 중 『여한십가문초(麗韓十家文鈔)』는 우리 나라 한문산문사의 전체적인 구도를 파악하는데 유용한 자료로 활용되고 있으며, 더불어 그 선정된 작가들을 통해 그가 지향한 문장의 성격을 짐작할 수 있다.[4] 특히 그 자신이 작가 선정 기준에 대해 밝힌 글[5]에는 김택영 문장론의 일단이 제

---

2) 『合刊韶濩堂集』文集 권3(『한국문집총간』 347, 261면). “自古人國未嘗不亡, 而于亡之中, 有不盡亡者, 其文獻也.”(이후 『합간소호당집』에서 인용시 권수만 밝힌다)

3) 역사서 『韓史綮』, 『校正三國史記』, 『新高麗史』, 『韓國歷代小史』 등과 문집 『燕巖集』, 『燕巖續集』, 『重編燕巖先生文集』, 『崧陽耆舊傳』, 『申紫霞詩集』, 『梅泉集』, 『梅泉續集』, 『麗韓十家文鈔』, 『明美堂集』, 『高麗季世忠臣逸士傳』 등이 있다. 김택영의 간행도서에 대해서는 김승룡이 「김택영의 송도복원작업의 의미―방법으로서의 디아스포라」(『고전문학연구』 29, 한국고전문학회, 2006)에서 시문집 16종, 편집·간행도서 46종을 부록으로 제시하였다. 이들 문헌은 대개가 김택영의 망명지였던 중국 南通의 翰墨林印書局에서 간행되었는데, 이곳에서의 출판활동에 대해서는 별도의 논의를 필요로 한다.

4) 김택영이 고려와 조선의 문장가 아홉 명을 선정한 ‘麗韓九家文鈔’에 王性淳이 김택영을 더하고 양계초와 자신의 서문을 붙여 『여한십가문초』로 간행하였다. 이 책이 출간되자 深齋 曹兢燮은 李穡·崔立·朴趾源 세 사람을 들어 김택영의 작가선정에 대해 이의를 제기하였고, 이후 몇 차례의 편지왕복을 통한 논쟁이 있었다. 이들의 논쟁은 문장가와 도학가의 입장 차이를 보여주고 있으며, 김택영의 당송고문 지향도 아울러 읽을 수 있다. 이 논쟁에 대한 연구로 정재철의 「제가문평을 통해 본 창강과 심재의 문학관」(『한문학논집』 7, 근역한문학회, 1989.11)과 송혁기의 「조긍섭의 김택영 제가문평 비평과 그 비평사적 의의」(『동양한문학연구』 22, 동양한문학회, 2006.2)가 있다. 두 논문 모두 김택영이 ‘古文’의 기준에 대해 유가·성리학적인 ‘道’의 전달이라는 측면을 탈각시키고 문예미에 보다 천착하였다는 공통된 의견을 보이고 있다.

5) 9명의 작가 선정에 대한 기준은 「雜言」에 밝혀져 있다. 『합간소호당집』 문집 권8 「雜言四」, 21(조항 수를 의미한다, 이하 동일. 『한국문집총간』 347, 322면). “吾邦之文, 三國[新羅百濟高句麗]高麗, 專學六朝文, 長於騈儷. 而高麗中世, 金文烈公特爲傑出, 其所撰三國史, 豊厚樸古, 綽有西漢之風. 其末世, 李益齋始唱韓歐古文, 尤長於記事, 再修國史, 韓朝所作高麗史, 實皆益齋之筆也. 李牧隱以益齋門生, 始唱程朱之學, 而其文多雜註疏語録之氣. 自是, 至吾韓二百餘年之間, 有權陽村金佔畢崔簡易申象村李月沙諸家, 而皆受病於牧隱. 金農巖所云, 我東之文, 膚率而不能切深, 俚

시되어 있다.

김택영은 문장 학습에 있어서 귀유광에게 많은 계발을 받았다고 한다.[6] 막역지우였던 이건창이 "진천의 자식[震川之子]"이라 하였고 본인 또한 이를 수긍한 것을 보면,[7] 일정한 사승관계가 없었던 김택영에게 귀유광은 문장에 있어서 사표로서의 위치를 점하였다고 할 수 있다.[8] 따라서 김택영은 문장을 논할 때에 귀유광을 자주 언급하고 있는데, 이 때 증국번(曾國藩, 1811~1872)의 발언을 여러 차례 인용하고 논의의 전제로 삼고 있어 주목된다.

증국번은 태평천국운동을 진압하고 양무운동(洋務運動)을 주도하여 청조를 중흥시킨 정치가이자 사상가, 문장가이다. 당시 문단은 명말청초의 진한고문파를 배척하고, 당송팔대가와 더불어 귀유광을 중조로 여기는 동성파(桐城派)가 주류를 차지하고 있었다. 증국번은 문장에 있어 동성파인 방포(方苞)와 요내(姚鼐)를 계승하면서도, 이들의 유약(柔弱)했던 문풍에 한부(漢賦)의 기세를 더하여 새로이 상향파(湘鄉派)를 연 인물로 평가된다.[9] 여기에 증국번의 정치적 입지까지 더해져 만청(晚淸)문단에

---

俗而不能雅麗, 冗靡而不能簡整者, 卽指此也. 張谿谷李澤堂二公, 一洗前陋, 而陋未盡袪, 至農岩則袪盡矣. 然又稍病乎弱, 朴燕岩承農岩之雅而昌大雄變之, 自後洪淵泉以下去益愈淸, 而元氣亦隧而稍薄, 此余之選麗韓九家者也. 如吾韓黃江漢, 破長於記事, 而他體皆短, 趙東溪洪沆瀣, 雖皆能跳出於陋, 而矯枉過直, 病於佻薄, 故選不及之矣."

6) 李建芳이 지은『金滄江先生實記』권2「金滄江墓碣銘」(『金澤榮全集』6, 아세아문화사, 1978, 706면)과『여한십가문초』에 붙인 楊眙의 跋文 등에서 확인된다.

7)『합간소호당집』문집 권8「雜言九」12(『한국문집총간』347, 325면). "余交遊之中, 能知余生平本末及與共文字甘苦之境者, 惟寧齋爲然. 故嘗謂余曰, 子三十以前, 詩勝於文, 以後詩文均. 又嘗笑謂曰, 子可謂震川之子. 此莊周所云莫逆也. 莫逆者, 相知十分之謂, 若不然而止知九分八分, 必有一二分相逆不入之時, 況其愈下乎."

8) 김택영과 귀유광을 비교연구한 논문으로 文基連의「朝鮮古文家金澤榮與歸有光的比較硏究」(『國外文學』2000-1)가 있다. 문기련은 文道와 文質의 관계, 秦漢古文과 唐宋古文의 추숭이라는 두 가지 논제를 가지고 김택영 고문이론의 가장 직접적인 연원은 귀유광이라고 주장하였다.

9) 김택영 역시 증국번 문장의 성격이 醇雅하고 豪健하여 기운이 한유와 증공 사이쯤에 있다고 보았으며, 동성파 삼가인 방포·劉大櫆·요내와 견주는 것에 반대하면서 문풍

서 증국번의 영향력은 절대적이었다. 또 김택영의 망명시기(1905~1927)에 활발하게 전개되었던 중국의 신문화운동 세력이 문학에 있어 전통 비판대상으로 지적한 임서(林紓, 1852~1924)와 엄복(嚴復, 1854~1921) 등은 모두 증국번의 제자들이었다.[10] 이는 증국번이 이 시기까지도 여전히 전통문장에 있어 중심적인 위치에 있었음을 말해주는 것이다.

이 글에서는 귀유광을 비평하고 있는 김택영과 증국번의 문장론 비교를 통해, 이들의 문장을 보는 관점의 차이와 그 근거를 살펴보고자 한다. 아울러 김택영이 어떤 의도로 증국번과 대립점을 세워 논의를 펼쳐 갔는지에 대해서도 고찰하고자 한다.


## 2. 귀유광 문장에 대한 평가


옛 문장은 『상서(尙書)』와 『주역(周易)』에서 시작하는데, 드넓고 엄숙하여 아득하였다. 공자가 이를 변화시켜 단맛이 나게 하니, 대개 저 천지와 바람, 자연의 이치를 따랐기 때문이다. 이로부터 맹자는 공자의 단맛을 배워 물결이 퍼져 나가게 하였고, 사마천은 공자의 단맛을 배워 정신과 운치가 깃들게 하였으며, 한퇴지(한유)는 맹자의 물결이 퍼져 나가는 것을 배워 그것에 더하여 장강(長江)과 같고 대하(大河)와 같게 하였다. 고문이란 이름은 여기에서 시작

을 쇄신한 데서 증국번의 공을 찾았다. 『합간소호당집』 문집 권8 「雜言九」 15(『한국문집총간』 347, 326면). “曾文正之文, 能醇雅能豪健, 氣味在韓曾之間. 近歲有人以三家文配之, 號爲四大家, 然皆非曾敵也. 自三家以下, 又流爲駢文報館文之屬, 盖自文正以後, 韓歐古文之脉, 遂如大風吹物, 一往于廣漠之空際, 而不知其何時復返耳.”
10) 1915년 9월 중국 청년 대중의 계몽을 기치로 창간된 종합잡지인 『新靑年』에서 胡適·錢玄同·劉半農 등은 전통 문인과 그들의 문학을 비판함으로써, 자신들이 전개하던 신문학운동의 정당성을 입증하려 하였다. 그때 공격대상으로 지적했던 인물이 임서와 엄복이었다. 김영구, 「신문학운동에 있어서의 『신청년』의 역할 연구」, 서울대 박사논문, 1992, 83~85면 참조.

되었다. 명나라로 내려와 방효유(方孝儒)와 귀유광 등이 모두 좇아서 문장을 지었는데 이른바 단맛이라는 것을 벗어나지 않았다. 청나라 전기(前期)에 이르자 문기가 크게 시들었는데, 방씨(방포)와 요씨(요내)의 무리들은 스스로 그 기(氣)가 부족함을 알아 간략 담박하고 쓴맛에 가까운 문장을 지어 그 부족한 점을 감쌌다. 방포와 요내가 세상을 떠나자 그 기운은 더욱 쇠하였다.11)

김택영은 『상서』와 『주역』에서 시작해, 공자·맹자·사마천·한유를 거쳐 명대의 방효유와 귀유광, 청대 전기의 동성파에 이르기까지 중국 산문사를 일별하고 있다. 이를 정리해 보면, 공자가 만들어 낸 문장의 단맛[甘]을 기준으로 크게 3단계로 나뉜다. 즉 공자가 단맛으로 변화시키기 전에 있었던 『상서』, 『주역』과 같이 쓴맛[苦]12)이 나는 문장과 공자의 문장처럼 단맛이 나는 문장, 그리고 문기(文氣)가 쇠해 단맛에 이르지 못하고 쓴맛에 가까운[近苦] 문장으로 구분된다. 여기에서 귀유광의 문장은 제2단계의 마지막을 차지하는데, 공자의 단맛 나는 문장에서 시작된 물결이 퍼져 나가는 문장과 정신과 운치가 깃든 문장 등을 모두 계승하여 '단맛'을 벗어나지 않은 것으로 평가되었다.

그리고 김택영은 귀유광 문장의 순아함과 더불어 본질적 특징이라 할 수 있는 '정신과 맛[神味]'을 밝히기 위해 증국번의 평가를 인용하고 있다.

증문정공(曾文正公, 증국번)은 정신[神]과 맛[味]으로 진천(震川, 귀유광)의

---

11) 『韶護堂續集』「苦行讀書樓記」(『한국문집총간』 347, 509면). "古之文章, 始於尙書周易者, 灝灝然噩噩然幽矣. 孔子作變而甘之, 盖亦順夫天地風氣自然之理也. 自是以後, 孟子學孔子之甘而波瀾之, 司馬遷學孔子之甘而神韻之, 韓退之學孟子之波瀾而加之爲若長江焉大河焉, 古文之名, 始起於此. 而下至明, 方孝儒歸有光輩, 皆循而爲之, 莫能違其所謂甘者焉. 及前淸之世, 文氣大凋, 如方氏姚氏之倫, 自知其氣之不足, 而爲簡淡近苦之文, 以護其短. 方姚氏旣去, 其氣尤衰."

12) 김택영은 "『상서』와 『주역』의 문장은 쓰고[苦], 공자의 문장은 달다[甘]."(『합간소호당집』 문집 권8 「雜言四」 3(『한국문집총간』 347, 320면). "書易之文苦, 孔子之文甘.")고 하여 맛의 甘苦를 가지고 문장을 평가하였다.

글이 지나치게 자잘한 것을 병으로 여겼다. 그러나 문정공의 높은 안목이 아니라면 또한 진천 글의 정신과 맛을 알 수 없다. 우리 나라에서 지난날 문형을 주관했던 자가 내게 말하기를, "진천의 글은 지극히 순아(醇雅)하다"라고 하였다. 진천의 글이 순아하지 않은 것은 아니지만, 만약 '순아' 두 글자로 전체를 재단한다면 겉만 보고 그 속은 보지 못해 하나만 알고 둘은 모르는 것이 아니겠는가.13)

이 글에서의 초점은 증국번이 귀유광을 비판하고 있다는 것이 아니라, 그가 귀유광 글의 정신과 맛을 파악할 수 있을 만큼 문장을 보는 안목이 높다는 것에 있다. 즉 문장에 있어서 높은 안목의 소유자인 증국번의 평가를 통해 '정신과 맛'이 귀유광 문장의 본질임을 제시하고 있는 것이다.

그렇다면 증국번은 귀유광의 글을 어떻게 보고 있을까? 김택영이 인용하고 있는 '정신과 맛(神乎味乎)'은 증국번이 「서귀진천문집후(書歸震川文集後)」에서 언급한 것으로, 먼저 그 전체 내용을 살펴보면 다음과 같다.

　①근세 글을 엮는 선비들은 자못 귀희보(귀유광)가 증남풍(증공)과 왕반산(왕안석)의 업적을 이을 만하다고 말하지만, 내 견해로는 함께 언급할 수 없다. 혹자는 또 방포와 함께 거론하지만 그와 같은 유도 아니다. 대개 예로부터 도(道)를 아는 자는 함부로 다른 사람에 대해 훼예(毁譽)를 가하지 않았다. 특별히 곧음을 좋아해서만은 아니다. 안으로 성(誠)을 세운 것이 없고, 밖으로 신뢰가 부족하다면 후세 군자들의 부끄러움이 되는 것이다.
　②『시경(詩經)』의 「숭고(崧高)」·「증민(烝民)」 여러 편으로부터 한나라 때는 '하량(河梁)'(송별의 장소라는 뜻, 필자 주)의 읊음이 있었다. 육조시대로 내려가면 전별시가 어느새 권질로 쌓이게 되는데, 여기에 '서(序)'라는 것이 있다. 창려 한유는 이 문체가 특히 많아 심지어 시가 없이 서만 있는 경우도 있으니, 네 발

---

13) 『합간소호당집』 문집 권8 「雜言九」 16(『한국문집총간』 347, 326면). "曾文正以神乎味乎, 病震川文者太苟. 然非文正之高眼, 亦不能識震川文之能神乎味乎. 吾邦昔有一主文衡者謂余曰, 震川文儘醇雅. 夫震川之文, 非不醇雅, 而若以醇雅二字, 斷其全集, 則不亦見皮未見骨, 知一未知二也哉."

가락과 육손이처럼 쓸모없는 군더더기로, 의(義)에 있어서는 이미 지나친 것이다. 희보는 전별이 아니더라도 남들에게 서(序)를 주었는데, 이른바 하서(賀序)·사서(謝序)·수서(壽序)라는 것이다. 이는 무엇을 말하는 것인가?

또 그가 올리고 내리며 삼키고 뱉어 정운(情韻)을 끝없이 지은 것은 진실로 의(義)로 재단한다면 혹 모두 펼치지 않아도 되는 것이다. 발자국에 괸 물에서 겨자씨와 같이 작은 배를 띄어 전송하면서 다시는 천하에 파도란 것이 있다는 것을 생각하지 않는다. 정신[神]인가? 맛[味]인가? 다만 말이 허비된 것뿐이다.

③그러나 당시에 자못 괴이하고 생삽한 것을 숭상하여 제량(齊梁)의 조탁을 흉내 내 진한(秦漢)을 힘써 좇았다고 주장하는 자들이 종종 있었다. 희보는 이러한 것을 모두 제거해 버리고 수식을 일삼지 않고 말에 순서가 있는 것을 선택하였으며 꾸미지 않고 물정을 환히 나타내어 옛 작가들과 부합하였다. 후인들이 법으로 삼는다면 지혜롭지 않다고 할 수 없을 것이다.

④사람은 도를 넓힐 수 있지만 명(命)은 어찌 하겠는가! 희보가 일찍부터 몸을 고명한 곳에 두어 견문이 넓고 뜻이 트이며 사우(師友)에게서 도움을 받았더라면 나아간 것이 진실로 여기에 그치지는 않았을 것이다.[14]

이 글은 귀유광 대한 증국번의 총체적인 평가를 담고 있는데, 크게 네 단락으로 나뉜다. 첫째 단락인 ①은 총평 부분인데, 귀유광이 당송팔대가인 증공과 왕안석은 물론이고 동성파인 방포에게도 미치지 못한다고 보았다. 이는 "도(道)를 아는 자는 함부로 다른 사람에 대해 훼예(毁譽)를 가하지 않는다"는 기준에 의해 도출된 평가이다. ②는 ①에 대한 구

---

14) 『曾文正公詩文集』 文集 권2 「書歸震川文集後」. "近世綴文之士, 頗稱述熙甫, 以爲可繼曾南豊王半山之爲之. 自我觀之, 不同日而語矣. 或又與方苞氏幷擧, 抑非其倫也. 蓋古之知道者, 不妄加毁譽於人. 非特好直也, 內之無以立誠, 外之不足以信, 後世君子恥焉. 自周詩有嵩高烝民諸篇, 漢有河梁之咏, 沿及六朝餞別之詩, 動累卷帙. 於是有爲之序者, 昌黎韓氏爲此體特繁, 至或無詩而徒有序, 騈拇枝指, 於義爲已侈矣. 熙甫則不必餞別而贈人以序, 有所謂賀序者, 謝序者, 壽序者, 此何說也. 又彼所爲抑揚吞吐情韻不匱者, 苟裁之以義, 或皆可以不陳. 浮芥舟以縱送於蹄涔之水, 不復憶天下有曰海濤者也. 神乎?昧乎? 徒詞費耳. 然當時頗崇苗軋之習, 假齊梁之雕琢, 號爲力追周秦者, 往往而有. 熙甫一切棄去, 不事塗飾, 而選言有序, 不刻畫而足以昭物情, 與古作者合符. 而後來者取則焉, 不可謂不智已. 人能宏道, 無如命何. 藉熙甫早置身高明之地, 聞見廣而情志闊, 得師友以輔翼, 所詣固不竟此哉."

체적인 근거 제시 부분으로, 두 가지 내용을 담고 있다. 하나는 무의미한 증서류(贈序類)가 지나치게 많다는 것이고,[15] 다른 하나는 그렇게 쓰인 글들이 협소한 제재를 가지고 자기세계에 천착한 말 낭비에 불과하다는 것이다. 전자의 경우 증서류 자체가 의례적인 성격을 지니는데, 그 중에서 특히 '수서(壽序)'는 대상인물의 생일을 맞이하여 축수(祝壽)하는 글이므로 글 양식의 성격상 대상인물에 대한 기림이 실상보다 지나칠 수 있기 때문에 증국번은 이를 경계한 것이다. 증국번은 "명대 이래로 나이가 오십 이상이 되면 사람들은 대부분 시를 지어 축하해 주는데 아첨하는 것이 무분별하게 이뤄졌다"[16]라고 하거나, 수서는 고문이 아니라고 하면서[17] "귀유광과 방포의 박통(博通)으로도 이 비루한 습속을 씻을 수 없었다"[18]고 하여 시종일관 수서에 대해 비판적인 시각을 드러내었다. 또 그 표현은 '정신[神]'과 '맛[味]'을 내세우지만, 결국 '천하의 파도'로 표현된 세상(경세적의 측면)을 외면한 채 발자국에 괸 물에 겨자씨 같이 작은 배를 띄우는 것처럼 지극히 개인적인 자기세계에 빠진 것이라고 하여 비판을 가하였다. ③은 귀유광 문장의 가치와 의의에 대한 언급으로, 진한고문을 모방하던 폐단을 쇄신한 문학사적 의의와 짜임새

---

15) 증서류 중에서도 壽序는 『震川集』 권12~14에 하나의 조목으로 설정되어 총 76편이 수록되어 있다. '수서'는 귀유광 산문 중 가장 특색있는 문체의 하나로 역대 어느 작가보다 수서를 가장 많이 창작하여 수서 전문작가로 여겨질 정도다. (박경란, 「歸有光 散文 硏究」, 연세대 박사논문, 1998, 9면) 이에 반해 증국번은 요내의 『古文辭類纂』13類를 참조 보완하여 『經史百家雜鈔』(3門 11類)를 편찬할 때, '序跋類'와 '贈序類'로 나뉘어 있던 항목을 '序跋類' 하나로 통합할 만큼, 증서류에 대해 비판적이었다.

16) 『曾文正公詩文集』 文集 권1 「唐鏡海先生七十生日同人寄懷詩序」. "自明代以來, 年齒至五十以上, 則人多爲詩以祝之, 諛媚殆於亡等."

17) 『曾文正公詩文集』 文集 권1 「王蔭之之母壽序」. "壽序非古也. 明歸太僕數鄙之而數爲之."

18) 『曾文正公詩文集』 文集 권1 「黃矩卿師之父母壽序」. "國藩伏思, 自宋景濂以壽文入集, 厥後踵爲之者, 大抵甄叙行能, 終以諛頌. 雖以歸有光方苞之博通, 不能洗此陋習. 夫無故而叙述人之生平事迹, 與無故而貢人以譽, 二者皆達於文者之所譏也. 惟因事而致其敬, 相與爲辭, 以示不忘, 則古多有之. 其爲辭也, 貴約而韻, 質而不蔓, 君子尙焉. 吾師自總角以逮服官, 壹秉庭訓."

있는 구성, 물정에 대한 상세한 묘사 등을 들고 있다. 그럼에도 불구하고 마지막 단락인 ④에서는 오랜 과거 준비기간과 사우관계의 부재 등 귀유광의 처지로 인한 한계로 마무리하고 있다.[19]

그런데 단락 ②에서 증국번이 비판한 내용 두 가지는 모두 '의(義)'가 판별기준으로 작용한 것으로, 이는 ①에서 말한 '도(道)'와 연관된다. 이에 대한 김택영의 견해는 다음과 같다.

> 증척생(曾滌生, 증국번)은 태복(太僕, 귀유광) 문장의 정신[神]과 맛[味]을 병으로 여겼는데, 경학이 심후한 데에 이르지 못했다고 여겼기 때문이다. 이는 참으로 옳다. 그러나 태복의 세대에는 왕세정(王世貞)과 이반룡(李攀龍) 등 여러 사람들이 진한위체(秦漢僞體)로 천하에 부르짖었다. 그래서 태복이 그것을 바른 길로 되돌리느라 때때로 정신과 맛이 담긴 문장을 지으면서 "너희들이 진한의 문장을 짓고자 한다면 이와 같이 해야 한다"고 하였으니, 한 시대에 처해 한 시대의 폐단을 바로잡은 것이다. 무릇 경학과 문장이 나뉘어 둘이 된 지가 벌써 오래되었다. 증척생은 왜 굳이 경학으로써 문인을 속박하려 하는가? 또한 그는 사마천을 꾸짖기를 "어째서 『논어』나 『중용』의 문장을 하지 않는가?"라고 하겠다는 것인가?[20]

---

19) 귀유광 문장에 대해 조리는 있지만, 내용면에서는 부족하다는 평가는 증국번 이전에도 있었다. 방포의 「書歸震川文集後」에 이러한 평가가 잘 나타나 있는데, 방포는 귀유광 문장의 경박하고 천근한 이유를 오랜 과거준비기 동안 時文에 진력하고, 문장에만 주력한 것에서 찾았다.(方苞, 「書歸震川文集後」, 『望溪集』 권5. "昔吾友王崑繩目震川文爲膚庸, 而張彝嘆則曰, 是直破八家之樊, 而據司馬氏之奧矣. 二君皆知言者, 蓋各有見而特未盡也. (…중략…) 其氣韻蓋得之子長, 故能取法於歐曾, 而少更其形貌耳. 孔子於艮五爻辭, 釋之曰, 言有序, 家人之象, 系之曰, 言有物, 凡文之愈久而傳, 未有越此者也. 震川之文於所謂有序者, 蓋庶幾矣, 而有物者, 則寡焉, 又其辭號雅潔, 仍有近俚而傷於繁者, 豈於時文旣竭其心力, 故不能兩而精與, 抑所學專主於爲文, 故其文亦至是而止與. 此自漢以前之書所以有駁有純, 而要非後世文士所能及也.") 이는 증국번이 ④부분에서 지적한 부분과 같은 맥락이라 할 수 있다.

20) 『합간소호당집』 문집 권8 「雜言三」 6(『한국문집총간』 347, 319면). "曾滌生病歸太僕之文之神乎味乎, 以爲未臻於經學之深厚, 此固是也. 然當太僕之世, 王李諸人, 以秦漢僞體虎嘯天下, 故太僕反之以正軌, 而時出其神乎味乎者曰, 爾欲爲秦漢, 只如此可也. 所以居一代而救一代之弊者耳. 夫經學文章, 分而爲二已久, 滌生何乃必以經學繩文人. 亦將責子長曰, 何不爲論語中庸之文也乎."

김택영은 증국번이 말한 도(道)를 경학(經學)으로 해석하였다. 그리고 귀유광이 경학에 대한 이해가 깊지 못해 정신과 맛이 담긴 문장을 지은 것이라는 증국번의 견해에 수긍하였다.[21] 그런데 유의할 점은 김택영은 '정신과 맛'을 귀유광 문장의 특징으로 규정하고는 있지만, 이것을 문제시하지는 않았다는 것이다. 오히려 귀유광 당시 전후칠자 등이 진한고문을 의고하면서 나타난 폐단을 극복한 방안으로 보았다. 따라서 김택영은 귀유광 경학의 깊이에 대한 증국번의 견해는 수긍하면서도 정신과 맛이 담긴 문장을 문제시한 그의 문도관(文道觀)에는 이의를 제기하였다. 경학과 문장의 분리를 전제한 뒤, 경학의 잣대로 문장을 평가할 수 없다고 한 것이다. 즉 귀유광의 문장은 사마천으로 대표되는 문장가의 문장인데, 증국번이 이를 『논어』, 『중용』과 같은 경학서의 문장과 동일시하여 "도를 아는(知道)" 것을 평가기준으로 삼은 것에 대해 반론을 가한 것이다.

전후칠자의 폐단을 쇄신한 공은 김택영과 증국번 모두 인정한 부분이다. 다만 이와 관련하여 김택영이 문장의 '정신'과 '맛'을 거론하고 있는 것에 반해, 증국번은 오히려 '정신'과 '맛'을 펼치지 않아도 될 불필요한 말 낭비[詞費]로 여겼다. 김택영이 증국번에 대해 "경학으로써 문인을 속박하려" 한다고 한 것은, 둘 사이의 견해차가 문과 도의 관계 설정에 기인함을 짐작케 한다. 즉 귀유광 문장을 바라보는 김택영과 증국번의 문장론 비교를 위해서는 문과 도의 관계 설정, 그리고 '정신'과 '맛'을 어떻게 해석하느냐가 관건이라 하겠다. 앞으로 이 두 가지 문제를 논제로 하여 구체적으로 살펴보고자 한다.

---

21) 그런데 여기에서 주의할 점은 증국번이 말한 도가 김택영이 받아들인 것처럼 유교적인 도에 국한되는 것만은 아니라는 점이다. 이에 대한 구체적인 내용은 다음 장에서 다루도록 하겠다.

## 3. 쟁점 1－문(文)과 도(道)의 관계 설정

전통 유교지식인으로 문(文)과 도(道)의 관계에 대해 자유롭기는 어렵다. 전통 유교지식인들은 "덕행이 높은 사람은 반드시 훌륭한 말이 있다(有德者 必有言]"라고 하여 '문이해도(文以害道)', '도본문말(道本文末)', '문이재도(文以載道)' 등 경중의 차이는 있지만, 도라는 테두리에 한정된 도 위주의 문학관을 지녔다. 즉 문은 덕행과 학문 즉 도(道)의 수행과 성취를 통해 자연스럽게 이뤄진다고 보아 문장 수련 자체를 터부시하는 견해나, 문은 도를 담아내는 도구일 뿐이라고 인식하는 것은 물론이거니와, 문장가의 입장에서 문(文)의 효용성을 강조한다 하더라도 그것은 어디까지나 도가 주라는 전제하에서 문학의 중요성을 강조한 것이었다. 그런데 김택영은 경학으로 문인을 구속할 수 없다고 선언하여 문과 도의 관계에 있어서 전통적인 논의와는 다른 맥락을 보여주었다. 즉 도에 대한 깊이가 문장의 완성도를 보장한다던 그간의 논의에서 벗어난 것이다.

노자가 오천 언으로 도(道)를 벗어나는 문(文)을 지을 때부터 문과 도는 나뉘어 둘이 되었고, 내려올수록 그 나뉨도 더욱 심해졌다. 그러므로 맹자에게서 한번 구하여졌고, 주돈이(周敦頤)·정이(程頤)·장재(張載)·주희(朱熹) 등 여러 군자에게서 다시 구하여졌는데, 주자가 그것을 구하는데 더욱 힘을 들였다. 그러나 그것을 구하는 것이 절실하나, 부득이 부도씨의 불경의 어록을 사용하게 되었다. 즉 공자의 도가 비록 밝아졌더라도 공자의 문은 한번 쇠하지 않을 수 없었으니, 이것은 또한 천지의 기수(基數)일 것이다. 그러나 주자가 비록 부득이하게 어록을 사용하였지만, 그 쓰임은 오랜 벗들과 문인들의 편지나 문답에 한정되었고 고문을 짓는 데에서는 그러하지 않아 공을 들임이 더욱 정밀하였다.22)

---

22) 『합간소호당집』 문집 권6 「書深齋文稿後」(『한국문집총간』 347, 297면). "自老子作五千言違道之文, 而文與道分而爲二, 愈降而其分愈甚. 故一救於孟子, 再救於周程

김택영의 논지는 유가(儒家)의 도를 벗어난 노자의 『도덕경』부터 문과 도가 분리된 것을 맹자와 주돈이·정이·장재·주희 등 여러 경학가들이 합일시키려 했고, 이 중 주희가 더욱 노력했지만 오히려 주소어록체를 사용함으로써 결과적으로 문을 해치게 되었다는 것이다. 주희의 노력은 공자의 도[經學]를 밝히는 데는 효과적이었지만, 공자의 문을 구현하는 데에는 오히려 장애가 된 것이다. 도를 잘 알지만 주소어록체의 사용으로 문을 해쳤다는 것은, 도를 밝히는 것이 문을 보장하지 못한다는 것을 의미한다. 이는 문과 도가 종속적 관계가 아니라 개별적으로 존재하는 대등한 관계임을 확인시켜 준다. 그리고 문과 도의 합일을 추구했던 주희 또한 실용적인 성격의 편지 문답과 문예적인 성격의 고문을 창작함에 있어서 그 기술방법을 달리 했는데, 이 점 역시 문과 도의 개별성을 입증해 주는 또 하나의 근거가 된다. 이렇듯 문과 도의 분리는 문을 도에 종속되던 위치에서 벗어나 대등한 위치로 자리매김하게 하였고, 이에 따라 문장―문학은 그 자체로 독립성을 획득하게 되었다. 이는 문학의 효용성을 강조하여 도의 구현을 위해 문장 수련이 필요하다는 논리보다 한층 더 진전된 것이다.[23]

張朱諸君子, 而朱子救之尤力. 然救之之切, 不得已而用浮屠氏釋經之語錄, 則孔子之道雖明, 而孔子之文則不能不一衰, 是亦天地之氣數耶. 然朱子雖不得已而用語錄, 而其用止於知舊門人書牘問答之際, 至其爲古文則不然, 用工甚精."

23) 김택영의 문장론에 대해서는 고문가들의 道學觀을 언급하면서 김택영이 文章―道라고 하여 文과 道를 둘로 나누면서도 도를 계속 강조하였다고도 하고(김도련, 「寧齋 李建昌과 滄江 金澤榮의 고문관」, 『한국학논총』 3, 국민대 한국학연구소, 1980; 『한국 고문의 원류와 성격』, 태학사, 1998 재수록), 문이 도와 같다는 뜻은 도를 강조한 말로 김택영이 문에서 도를 중시하였다고(오윤희, 『滄江 金澤榮硏究』, 국학자료원, 1996) 하여 부분적 이견을 보이고는 있지만, 대체로 "문학을 도덕에 종속시키지 않고 문학 자체로 독립시켜 이론화하려고 했다는 점에서 진일보한 견해"라고 한 임형택의 논의 이래 문을 도에서 분리시켜 도와 동등하게 지위를 부여한, 즉 도 위주의 문학관을 벗어나 문학의 독자적 발전을 추구하였다고 본다.(임형택, 「김창강문 해제」, 『국역 여한십가문초』, 민족문화추진회, 1977; 鄭在喆, 「제가문평을 통해 본 창강과 심재의 문학관」, 『한문학논집』 7, 근역한문학회, 1989.11; 이의강, 「창강 김택영의 산문론과 비평의 실제」, 성균관대 석사논문, 1990; 왕숙의, 「창강 김택영 산문 연구」, 서울대 박사논문, 1995.)

　　그렇다면 '도'를 기준으로 귀유광을 비평한 증국번은 문과 도의 관계를 어떻게 설정했을까? 그가 유용(劉蓉, 1816~1873)[24]에게 보낸 글 「치유 맹용(致劉孟容)」에 그의 문과 도에 관한 인식이 잘 나타나 있다.

　　옛날에 도를 아는 자 중에 문자에 밝지 않는 자가 없음을 알겠다. 문에 능하면서 도를 알지 못하는 자는 혹 있겠지만, 어찌 도를 알면서 문에 밝지 않는 자가 있겠는가? (…중략…) 문장의 순정함과 잡박함은 한결같이 드러난 도의 많고 적음을 보고서 차이를 둔다. 드러난 도가 더욱 많으면 문도 더욱 순정하니, 맹가(孟軻)가 그러하다. (도가) 다음으로 많으면 순정함도 다음이다. 드러난 것이 적으면 문은 잡박해지고, 더욱 적게 드러나면 더욱 잡박해진다. 순황(荀況)·양주(揚朱)·장주(莊周)·열어관(烈御冠)·굴원(屈原)·가의(賈誼) 이하, 그 순서와 차등은 대략 헤아릴 수 있다.[25]

　　이 글은 앞에서 다룬 「서귀진천문집후」(1844년)보다 한 해 앞선 1843년에 작성된 것이다. 증국번은 도의 많고 적음에 따라 문의 순정함과 잡박함이 결정된다고 보았다. 도는 문의 충분조건이라고 보는 전형적인 도 위주의 문학관인 것이다. 그런데 이 글의 뒷부분을 보면,

　　주렴계(주돈이)는 '문이재도(文以載道)'를 말하였는데, '빈 수레'를 가지고 세속의 선비를 기롱한 것이다. 저 '빈 수레'는 진실로 불가하지만, 수레가 없으면 또 멀리 갈 수 있겠는가? 공자와 맹자가 돌아가셨어도 그 도가 지금까지 남아있는 것은 이 멀리 갈 수 있는 수레에 힘입은 것이다.[26]

---

24) 자는 孟容 또는 孟蓉이고 호는 霞仙이며 湖南省 湘鄉縣 사람으로, 문장가이다. 어려서 증국번·羅澤南과 함께 수학하였으며, 증국번의 막료로 있으면서 태평천국을 진압하였다. 관직은 陝西巡撫에 이르렀다. 학문하기를 좋아하여 적지 않은 고문과 시문을 남겼다. 증국번과 가까운 벗으로, 증국번과 여러 차례 주고받은 편지 속에는 중요한 문예관이 담겨 있다. 저서로 『思辨錄疑義』와 『養晦堂詩文集』 등이 있다.

25) 『曾文正公書札』 권1 「致劉孟容」. "知古之知道者, 未有不明於文字者也. 能文而不能知道者, 或有矣, 烏有知道而不明文者乎? (…중략…) 其文之醇駁, 一視乎見道之多寡以爲差. 見道尤多者, 文尤醇焉, 孟軻是也. 次多者, 醇次焉; 見少者, 文駁焉; 尤少者, 尤駁焉. 自荀揚莊烈屈賈而下, 次第等差, 略可指數."

라고 하여 '도'를 전달하는 수레의 역할로서 문의 가치를 언급하고 있다. 도에 치중되어 있지만 문의 효용성 역시 인정하고 있는 것이다. 여전히 도가 중심이긴 하지만, 극단적인 도 위주의 문학관이 아니라 문(文)의 효용적 가치를 수긍하였음을 알 수 있다.27)

이후, 1858년에 쓴 「여유하선(與劉霞仙)」에는 앞에서 보인 도 위주의 재도적 문학관과는 다른 견해가 읽힌다.

> (그대의) 대작 유기(游記) 두 편은 의리로 말한다면 정당(精當)함이 많으나 문자로 말한다면 끝내 강경(强勁)한 기운이 부족하다. 공자와 맹자 이후, 오직 주렴계의 『통서(通書)』와 장횡거(張橫渠)의 『정몽(正蒙)』만이 도와 문이 모두 갖춰져 있다고 할 수 있다. 그 다음으로는 예컨대 한창려의 「원도(原道)」·증자고의 「학기(學記)」·주자의 「대학서」 등 드물게 몇 편에 지나지 않는다. 이 외에는 도와 문이 결국 분리되어 둘이 되지 않을 수 없다. 내 생각에 의리를 밝히고자 한다면 마땅히 『경설(經說)』과 『경학이굴(經學理窟)』, 그리고 각각의 어록 찰기(가령 독서록·거업록(居業錄)·곤지기(困知記)·사변록(思辨錄)의 부류)를 본받아야 하고, 문을 배우고자 한다면 마땅히 구습을 소탕하고 황폐해진 땅에 새로 세워야한다. 이전에 익혔던 것을 쓸어버린 것처럼 가지고 있던 것을 없애야 비로소 새로운 문의 경지를 따로 갖게 된다.28)

---

26) 『曾文正公書札』 권1 「致劉孟容」. "周濂溪氏稱文以載道, 而以虛車譏俗儒. 夫虛車誠不可, 無車又可以行遠乎? 孔孟沒而道至今存者, 賴有此行遠之車也."

27) 증국번의 이러한 입장에 대해 기존 연구(佐藤一郎 著, 趙善嘉 譯, 『中國文章論』, 上海古籍出版社, 1996; 金慶國, 「論曾國藩的古文理論」, 『중국인문과학』 26, 중국인문학회, 2003.6; 김희성, 「曾國藩의 古文理論 硏究」, 전남대 박사논문, 2006; 胡影怡, 「曾國藩文學思想硏究」, 中國 : 蘇州大學 석사논문, 2006)에서는 도를 중시하던 '文道合一'에서 문과 도 모두 중시하는 '文道幷重'으로 변모하였다고 보았다. 그런데 이 모두 도 위주의 문학관 내에서 문의 효용적 가치를 인정한 것이므로 전형적인 재도적 문학관으로 봐야 할 것이다. 즉 재도적 문학관의 범주 안에서 도에서 문을 보다 더 중시하는 방향으로 변모된 것이라 하겠다.

28) 『曾文正公書札』 권4 「與劉霞仙」. "大箸游記二首, 以義理言則多精當, 以文字言終少强勁之氣. 自孔孟以後, 惟濂溪通書·橫渠正蒙, 道與文可謂兼至交盡. 其次如昌黎原道·子固學記·朱子大學序, 寥寥數篇而已. 此外則道與文竟不能不離而爲二. 鄙意欲發明義理, 則當法經說·理窟及各語錄札記[如讀書錄·居業錄·困知記·思辨錄之屬], 欲學爲文, 則當掃蕩一副舊習, 赤地新立. 將前此所業, 蕩然若喪其所有,

유용의 유기 두 편을 '의리'와 '문자'라는 도(道)와 문(文) 두 가지 기준을 가지고 논평하고 있는데, 도가 문의 충분조건이라는 이전의 주장과는 달리 이 둘이 각각 개별적 존재임을 받아들이고 있다. 도를 추구한 문장과 문장을 추구한 문장 각각의 학습방법을 소개한 것은 이들의 독자성을 인정한다는 것을 보여주는 것으로, 즉 문학의 상대적 독립성을 수긍한 것이라 하겠다.

　이처럼 증국번의 문학관은 재도적 문학관에서 문의 상대적 독립성을 인정하는 방향으로 변모하였지만,[29] 그렇다고 해서 귀유광에 대한 평가가 달라지지는 않았다. 여전히 문장의 형식미는 인정하면서도 그 내용에 대해서는 혐의를 두었는데,[30] 실상보다 지나치게 포양(褒揚)될 수 있는 '수서(壽序)'가 그 주된 이유였다. 증국번은 작문 시 지켜야 할 규칙을 말하면서 이전 사람들의 말을 표절하는 것 다음으로 인물에 대한 포폄을 제시하였는데, 인물의 선악에 대한 서술은 용덕(庸德)에 근거해서 소설가들의 허탄한 행위와 거리를 둘 것을 주장하였다.[31] 증국번이 이렇게 인물 포폄에 있어 엄정성을 요구한 것은 공덕을 칭송하는 축수문(祝壽文)이나 묘문(墓文) 등으로 매문(賣文)하며 생활했던 변려문 작가들과 거리를 두었던 동성파의 풍조를 계승한 것이기도 하고, 아울러 당시 증서류의 남발에 대한 경계의

---

乃始別有一番文境."

29) 기존의 논의에서 증국번의 문장론은 文道合一 → 文道幷重 → 文道分離로 변모되는 모습을 보인다고 한다.('문도합일'과 '문도병중'에 대해서는 주 27) 내용 참조) 도 위주의 문학관에서 문을 중시하는 방향으로 변모하여 문과 도의 상대적 독립성을 인정하는 데에 까지 이른 것이라 하겠다. 이러한 변화에 대해 佐藤一郎은 북경에서 벼슬 생활하는 동안 唐鑒의 영향아래 온전히 정주학만을 신봉하던 증국번이 重道輕文의 정형적 투식에서 벗어난 것은 軍務를 보면서 이해의 폭이 넓어졌기 때문이라고 보았다. 더불어 처음의 載道說에서 문장 자체의 표현 가치를 인정하게 되었는데, 이러한 경향은 중년기에 분명히 드러난다고 하였다.(佐藤一郎 著, 趙善嘉 譯,『中國文章論』, 上海古籍出版社, 1996; 김희성, 앞의 논문에서 인용한 것을 참조)

30)『求闕齋日記類鈔』권下「文藝」己未六月. "讀震川文數首, 所謂風塵中讀之一似嚼冰雪者, 信爲淸潔而波瀾, 意度猶嫌, 不足以發揮奇趣."

31)『曾文正公書札』권32「復陳右銘太守」. "稱人之善, 依於庸德, 不宜褒揚溢量. (…중략…) 貶人之惡又加愼焉. (…중략…) 動稱奇行異徵, 鄰於小說誕妄者之所爲."

의미를 지니기도 한다.32) 이러한 증서류에는 도를 아는 자라면 함부로 하지 않을 다른 사람에 대한 훼예가 전제되기 때문이다.

그렇다면 증국번이 말하고 있는 도(道)는 무엇을 지칭하는 것인가? 김택영의 지적처럼 경학에만 국한되는 것으로는 보이지 않는다. 증국번이 문제 삼은 인물 포폄 문제는 비단 유교적 도, 경학으로써만이 아니라, 일반적인 도덕윤리로도 충분히 제기될 수 있는 문제이기 때문이다. 증국번은 경학[義理]・고증학[考據]・문학[辭章]・정치학[經濟]을 학술의 네 가지로 구분하고, 이 중에서 경학을 가장 급선무로 여겼다. 그러나 말(末)을 버리고서 본(本)을 말할 수 없고 신민(臣民)을 버리고서 명덕(明德)을 거론할 수 없다고 하여, 정치학을 가지고 경학을 채울 것을 주장하였다.33) 즉 증국번은 공리공론에 그칠 수 있는 경학에 국한되지 않고, 현실생활에 이익이 되는 경세치용의 태도를 보인다. 유교적 도에 기반을 두면서도, 현실적 필요인 정치 또한 포괄하고 있는 것이다. 이는 그가 양무운동을 이끈 기반이기도 할 것이다.

전형적인 도 위주의 재도적 문학관을 지녔던 증국번은 종국에는 도와 문을 독자적인 것으로 인식하는 데에까지 이르렀다. 그러나 윤리도덕적 가치나 현실에서의 실용적 가치를 우선시하였기에 문의 문예미보다는 현실생활에 이익이 되는 문의 효용성, 기능적 측면에 주된 관심을 두었다. 따라서 귀유광의 수서와 신변잡기적인 서술을 문제 삼은 것이다. 이러한 점은 김택영으로 하여금 경학으로 문장을 구속한다는 평가를 내리게 하였다.

---

32) 『曾文正公書札』 권5 「覆吳南屛」. "送人序, 退之爲之, 最多且善. 然僕意宇宙間乃不應有此一種文體. 後世生日有壽序, 遷官有賀序, 上梁有序, 字號有序, 皆此體濫觴, 至於不可究詰. 昔年作書歸熙甫文集後, 曾持此論, 譏世人, 不能糾正."

33) 「勸學篇示直隷士子」. "爲學之術有四, 曰義理, 曰考據, 曰辭章, 曰經濟. (…중략…) 擇其切於吾身心不可造次離者, 則莫急於義理之學. (…중략…) 爲義理之學者, 蓋將使耳目口體心思, 各敬其職, 而五倫各盡其分, 又將推以及物, 使凡民皆有以善其身, 而無憾於倫紀. 雖唐虞之盛有不能逮, 苟通義理之, 夫使擧世, 皆無憾於倫紀學, 而經濟該乎其中矣. 程朱諸子遺書具在, 曷嘗舍末而言本, 遺新民而專事明德?"

## 4. 쟁점 2—정신과 맛[神味]에 대한 해석

김택영은 증국번이 귀유광 문장의 특징인 정신과 맛[神味]을 지나치게 자잘한 것, 불필요한 말[費辭]로 여겨 문제시한 것으로 보았다. 증국번의 "신호미호(神乎味乎)"를 '정신과 맛'으로 해석한 것인데,[34] 「서귀진천문집후」에서의 의미는 "정신인가? 맛인가?"라고 하여 오히려 그렇지 않다는 뜻의 반어적으로 사용된 문구이다. 증국번이 정신[神]과 맛[味]을 어떻게 인식했는지 그 구체적인 내용은 알 수 없지만, 증국번이 문장의 계발을 받았다고 한 요내가[35] 문장이 이루어지는 요소로 정신[神]·의리[理]·기세[氣]·맛[味]과 체제[格]·법도[律]·소리[聲]·색채[色] 여덟 가지를 내세운 것을 생각할 때, 증국번이 정신과 맛을 담아낸 문장 자체를 말 낭비에 불과한 것으로 폄하했다고 보기는 어렵다. 따라서 증국번이 반어적으로 사용한 것을 김택영이 '정신과 맛'으로 받아들였다고 보는 것이 더 타당할 것이다.

증국번이 귀유광 문장을 평하면서 '정신'과 '맛'을 언급한 것이나, 반어적인 증국번의 논조를 김택영이 '정신과 맛' 그대로 받아들인 데에는 귀유광이 사마천의 '정신[神]'을 계승하고 있다는 기존의 평가가 작용한 것이라 하겠다.[36] 당시 귀유광 문장에 대한 평가는 사마천의 '정신'을

---

34) 「雜言三」의 6항과 「雜言九」의 16항에서는 "神乎味乎"란 구절을 그대로 사용하였지만, 「常州高氏雙壽序」에서는 "神味之詞"라고 하였다. 이를 통해서도 김택영이 증국번의 "神乎味乎" 구절을 '정신과 맛'으로 인식했음을 알 수 있다.

35) 증국번은 자신이 문장을 대강 이해할 수 있었던 것은 요내 선생으로부터 계발 받았기(『曾文正公詩文集』 文集 권2 「聖哲畫像記」. "國藩之粗解文章, 由姚先生啓之也.") 때문이라고 하면서 요내를 聖哲畫像 33인에 넣었다. 그리고 그가 학문의 네 가지라고 한 의리·고거·사장·경제도 요내가 말한 의리·고거·사장에 수정을 가한 것이며, 『경사백가잡초』의 3문 11류 역시 요내의 『고문사류찬』 13류를 참조하여 보완한 것이다. 이를 통해, 증국번의 문장에 있어서 요내의 영향력이 컸음을 짐작할 수 있다.

36) 먼저 『明史』의 「文苑傳」에서 "귀유광은 고문을 지을 때, 경술에 근본하였고 태사공의 책을 좋아하여 그 神理를 얻었다."(有光爲古文, 原本經術, 好太史公書, 得其神理.)

계승하였다는 것이 보편적이었으며, 이는 귀유광 문장의 특장이기도 하다. 김택영 역시 귀유광이 '정신과 운치[神韻]'가 있는 사마천의 문장을 계승하였다고 밝혔다.[37] 그리고 귀유광 또한 자신이 추구한 '정신'의 성격을 『사기』와의 연관성 속에서 간접적으로 언급하였다.

> 옛날 한퇴지의 재주는 뭇 체를 겸비하였으므로 번소술(樊紹述, 樊宗師)을 서술하면 번소술처럼 되고 유자후(柳子厚, 柳宗元)를 서술하면 유자후처럼 되었다. 나는 옥숙(玉叔, 陳文燭)에도 미칠 수 없는데, 하물며 『사기』에 대해서랴.[38]

대상인물을 서술하면 그 인물처럼 된다는 것은 해당 인물의 특성과 분위기, 즉 그 인물의 본색을 꿰뚫어서 생동감 있게 표현하여 그 인물이 눈앞에 살아있는 것처럼 그려내는 것으로, 이것이 『사기』에 드러난 '정신'이라 하겠다.[39]

> 어떻게 하면 정신을 볼 수 있을까? 이른바 정신이란 것은 입과 귀로 기억하고 읊어서 많이 안다고 자랑하는 것을 말하는 것도 아니고, 기이한 취미와 이

---

고 하였다. 그리고 대명세 역시 귀유광이 홀로 사마천의 神을 터득하여 동남 해안지역에서 고분분투하였다고 하였다.(「書歸震川文集後」, 『南山集』 권4. "震川好史記, 自謂得子長之神. 夫子長之神卽班固且不能知. 吾觀漢書, 其於子長文字刪削處, 皆失子長旨. 而後之學史記者, 句句而摹之, 字字而擬之, 豈復有史記乎. 震川獨得其神於百世之下, 以自奮於江海之濱. 當是時, 王李聲名震動天下, 震川幾爲所壓, 乃久而其光益著, 而是非以明. 然後知僞者之勢不長, 而眞者之精氣照耀人間而不可泯沒也. 顧今之知震川者少, 而今之爲震川者, 其孤危又百倍震川, 以俟後之爲震川者知耳.")

37) 『합간소호당집』 문집 권8 「雜言四」 9(『한국문집총간』 347, 321면). "歐陽公文力, 摹史遷神韻, 然而無史遷長驅大進之氣力, 故終近於弱. 古今善學史遷者, 惟昌黎東坡震川三人."; 『합간소호당집』 문집 권8 「雜言四」 10(『한국문집총간』 347, 321면). "世多以爲震川學廬陵非也. 震川是專主太史公, 而旁及昌黎東坡南豊者, 故能樸實, 能虛非, 能長驅大進."

38) 『震川先生集』 권2 「五嶽山人前集序」. "昔韓退之才兼衆體, 故叙樊紹述, 則如樊紹述; 叙柳子厚, 則如柳子厚. 余不能如玉叔也, 況史記耶."

39) 朴璟蘭, 앞의 논문, 306면.

상한 가락으로 허탄함을 즐기는 것을 말함도 아니다. 오직 진부한 말과 표현을 깨끗하게 깎아 버려서 장단(長短)·고하(高下)·선후(先後)·심천(深淺)이 각각 제 위치를 지키는 것을 말한다. 그런 글은 사색할 때 이치가 참되고 음미할 때 맛이 진하며, 읊을 때는 여운이 길다. 그러므로 사람들이 그 글을 읽으면 자신도 모르게 손과 발이 춤을 추게 되는 것이다.[40]

  김택영은, 정신은 학습에 의한 지식의 축적과 기이한 취향을 추구하는 것이 아닌, 진부한 언어를 제거하는 데서 구할 수 있다고 하였다. 정신은 사물의 본색을 꿰뚫어 생생하게 표현하는 데서 드러나기에 무언가를 의고함으로써 나타나는 진부함이 있을 수 없는 것이다. 그리고 정신이 담긴 문장은 참된 이치[理]와 깊은 맛[味], 긴 여운[韻]을 지닌다. '정신'에 대한 강조는, 정신을 얻지 못하고 진한고문을 의고하다 육조(六朝)시대의 부미(浮靡)함에 빠지고 만[41] 전후칠자 등 진한고문파의 한계를 지적함과 동시에, 정신과 맛이 담긴 문장이 이들의 폐단을 쇄신하는 방안임을 제시한다. 이러한 논지는 귀유광의 정신과 맛이 있는 문장이 증명해 준 바이기도 하다. 이 점에 대해서는 귀유광에 대해 비판적이었던 증국번 역시 "당시 자못 괴이하고 생삽한 것을 숭상하여 제량(齊梁)의 조탁을 흉내 내 진한(秦漢)을 힘써 좇았다고 주장하는 자"들을 "모두 제거해 버"렸다고 하여 인정하였다.

  또 정신이 갖춰진 문장은 장단(長短)과 고하(高下), 선후(先後)와 심천(深淺)이 각각의 제 위치를 지키게 되고, 이로 인해 저절로 춤추게 될 만큼 흥을 지니게 된다. 이는 김택영이 제시한 문장의 창작요소인 체(體)·법

---

40) 『합간소호당집』 권3 「金晦汝文稿序」(『한국문집총간』 347, 263면). "吾惡乎見其神. 夫所謂神者, 非口耳記誦, 夸矜富博之謂也, 非奇趣異調, 樂爲妄誕之謂也. 惟在於陳言腐辭, 淨然鑱去, 長短高下, 先後淺深, 各職其職, 繹之而理眞, 嚌之而味厚, 咏之而韻永, 使人讀之而不知其手舞足蹈者也."
41) 『합간소호당집』 문집 권8 「雜言三」 20(『한국문집총간』 347, 320면). "秦漢以上之文, 其神天然, 其氣沛然. 王李諸人學之, 不得其神而只效一毛, 不得其氣而只爲拳踢, 卒之入於六朝浮靡而止. 兵法不過是多方以悞, 文章不過是多方以活."

(法)·묘(妙)가 각각 합당하게 어우러질 때 드러나는 문장의 기세와 부합한다. 기(氣)라는 것은 북돋우고 넘치며 약동하고 모이며 향기가 나고 맛이 나며 정신이 깃들고 운치가 있는 것을 말한다고42) 하였으니, '정신'은 '맛'과 더불어 문기(文氣)의 성대함을 이루는 한 요소가 된다. 따라서 김택영은 고문의 묘는 오로지 정신의 움직임에 있다43)고 할 만큼 문장에 있어 '정신'을 중요시 했다.

정리하자면, '정신과 맛[神味]'44)은 서술대상의 본질에 대한 파악을 전제로 하여, 정신을 담아 생동감 있게 표현함으로써 그 문장에서 느껴지는 맛을 의미한다.

옛날 귀태복은 다른 사람을 위해 수서를 지으면서 종종 정신과 맛이 있는 말을 사용하였는데, 증문정공은 이것이 불필요한 말이라고 의심하였다. 어찌 그러하겠는가? 무릇 문장이란 도는 광대하고 소탕(疏宕)한 것을 귀하게 여긴다. 그러므로 태사공은 유림을 서술할 때는 유림과 같이 하였고, 자객을 서술할 때는 자객과 같이 하였다. 하물며 천도(天道)가 아득한 곳에 장수를 기원함

---

42) 『합간소호당집』 권1 「答人論古文書」(『한국문집총간』 236면). "體者, 或典雅或雄渾, 或簡嚴或和夷, 或幽奇之類之名也. 法者, 於長篇之間, 起之承之, 轉之合之之名也. 妙者, 就起承轉合之中, 爲或出或入, 惑縱或橫, 或起或伏, 或呑或吐, 或直或曲, 或豐或嬴, 或長或短, 或高或下, 千萬變化之名也. 氣者, 鼓之盪之, 躍之驟之, 臭之味之, 神之韻之之名也. 然則體之典雅雄渾幽奇之類, 隨時變易, 靡有一定, 讀禹謨者, 未可以非周誥, 讀韓愈者, 未可以非蘇軾矣. 至於起承轉合, 內爲文字萬世不易之定法, 非是則言無其序, 辭不得達, 而無所謂文者矣. 然法雖萬世不易, 而不易之中, 又必有大變易然後, 其法也活而文至於工. 此所以有出入縱橫長短高下之類之運用之妙, 而彼出入縱橫長短高下之類之妙, 旣皆得必當之位, 則氣於是乎自然而鼓盪, 自然而躍驟, 自然而臭味, 自然而神韻."

43) 『합간소호당집』 문집 권8 「雜言四」 19(『한국문집총간』 347, 321~322면). "古文之妙, 惟在乎行之以神. 苟神矣, 淺可使深, 弱可使强, 易可使難, 小可使大, 安用艱文澁句爲哉."

44) 증국번의 제자이기도 한 林紓는 문장에 대해 알아야 할 8가지 조목을 말하면서 마지막 조목으로 '神味'를 설정하고 "神이란 것은 정신이 관철된 곳이 영원히 마멸되지 않는 것을 말하고, 味란 것은 사물의 이치가 정확한 것이 씹을수록 맛이 나는 것을 이른다.[神者, 精神貫徹處永無漫滅之謂, 味者, 事理精確處耐人詛嚼之謂.]"(『春覺齋論文』 「應知八則 神味」)고 하였다. 즉 미는 여운을 남기는 것으로 말은 간단하지만 그 뜻은 풍부한 것을 말한다.

에 있어서 정신과 맛[神味]이 있고 소탕한 말을 사용하지 않는다면 어떻게 노인의 마음을 위로하고 효자 자손의 마음을 만족시킬 수 있겠는가?[45]

김택영도 유림은 유림같이, 자객은 자객같이 그 인물의 특징을 잘 살린 생동감 있는 묘사는 정신과 맛[神味]이 있고 소탕한 언어로 가능하다고 하였다. 여기서 주목해야 할 점은 이러한 언어로 이루어 낸 문장이 가지는 문학적 감응력이다. 김택영은 정신과 맛이 있고 소탕한 언어를 사용한 문장이 아니라면 축수 받는 노인의 마음도 그 자손의 마음도 만족시킬 수 없다고 하였다. 마음의 만족은 그 작품, 문장을 대했을 때 느껴지는 감응으로 결정되는데, 감정을 매개로 독자에게 영향력을 행사하는 것은 문학의 기본적 속성이다.

> 죽고 사는 것은 운수이지만, 죽어도 잊을 수 없는 것은 정이다. 이러한 정을 나타내는 것은 문장이다. 문장이라는 도(道)는 모든 것을 발휘시키고 온갖 근심을 씻어 주는데, 굽은 것을 펴기도 하고 빈 것을 채우기도 하며 먼 것을 가깝게 하기도 하고 죽은 자를 살아 있는 것처럼 만들기도 한다.[46]

문장은 정을 매개로, 마음의 굽은 것을 펼 수도 있고 빈 것을 채울 수도 있고 소원하게 여겨지던 것을 친밀하게 할 수도 있고 죽은 자가 살아서 옆에 있는 것처럼도 할 수 있는 것이다. 이와 같은 문학이 지니는 감응력을 잘 보여주고 있는 것이 귀유광의 문장이다. 그의 문장은 가족이나 주변의 일상적인 소소한 일을 서정적으로 정채롭게 표현함으로써 문학이 지니는 감응력을 극대화시켰다.

---

45) 『합간소호당집』 권4 「常州高氏雙壽序」(『한국문집총간』 347, 270면). "昔歸太仆爲人作壽序, 往往用神味之詞, 而曾文正公疑其費辭. 豈其然乎? 夫文章之道, 貴在於廣大疏宕. 故太史公敍儒林則如儒林, 敍刺客則如刺客. 況祈年祝壽天道杳茫之際也, 不用神味疏宕之詞, 則何以慰老者之懷而滿孝子慈孫之心也."
46) 『借樹亭雜收』 권2 「嘉善大夫侍從院卿李公墓碣銘」(『한국문집총간』 347, 486면). "然存沒, 數也; 沒而不忘, 情也. 所以形此情者, 文也. 文之爲道, 發揮萬類, 滌盪百憂, 詘可以伸, 虛可使盈, 遠可使近, 沒可使存."

요컨대 김택영은 귀유광 문장이 지니는 정신과 맛을, 대상의 본질에 기반을 둔 생동감 있는 묘사와 서정성으로 인한 문학적 감응력에서 찾았다. 그렇다면 귀유광 문장의 형식미와 진한고문파의 의고적인 폐단을 쇄신한 문학사적 의의를 인정하면서도 정신과 맛이 아니라 불필요한 말일 뿐이라고 평가한 증국번의 발언을 어떻게 해석해야 할까? 장태염(章太炎, 章炳麟)의 발언에서 그 실마리를 찾고자 한다.

먼저 장태염이 귀유광을 평가한 내용을 살펴보면 다음과 같다.

> 진천의 문장은 늘어지고 맵시 나는 것을 좋아하여 한 마디면 되는 것도 쓸데없이 장황한 말로 지었다. 증척생은 이를 비판하여 "정신인가? 맛인가? 다만 말이 허비된 것뿐이다"라고 하였다. 이는 진천이 팔고문의 기운을 벗어나지 못했음을 이른 것이다.[47]

장태염은 귀유광이 한 마디로 표현 가능한 것을 장황한 언어를 사용하여 문장을 지었다고 하여 증국번과 같은 논지를 펼쳤다. 그리고 귀유광의 이러한 성향은 팔고문의 기운을 벗어나지 못한 것에 기인한다고 보았다. 이는 귀유광 문장의 경박함과 천근함을 지적하면서 오랜 과거 준비기 동안 시문(時文)에 전력했던 것을 언급한 방포의 의견과 같은 맥락이며,[48] 증국번이 「서귀진천문집후」의 단락 ④에서 귀유광이 고명한 곳에 있었더라면 이러한 폐단이 없었을 것이라고 했던 것과도 일맥상통한다.

또 장태염은 귀유광이 "동성파의 시작을 열었지만, 동성파는 귀유광을 모두 본받지 않았고, 다만 평담(平淡)을 중시하여 농후[濃重]함을 중시하지 않은 것만 같았다"[49]라고 하였다. 비록 동성파가 귀유광의 산문을

---

47) 章太炎, 『國學略說』(上海文藝出版社, 2001, 206면). "震川之文, 好搖曳生姿, 一言可了者, 故作冗長之語. 曾滌笙譏之曰 : '神乎味乎, 徒辭費耳.' 此謂震川未脫八股氣息也."

48) 앞의 주 19) 참조

학습하였지만 귀유광 산문의 서정적인 특징을 배운 것은 아니었다. 동성파는 '아결(雅潔)'을 산문의 표준으로 삼았기 때문에 고상하고 간결한 문장만을 추구하였다. 따라서 귀유광 산문이 가지고 있는 서정적이고 통속적인 문풍은 배제하게 됨에 따라 문장이 단정하고 근엄한 분위기를 가지게 되었다.50) 간결한 문장을 추구한 것은 증국번 역시 마찬가지였다.

증국번은 고문팔결(古文八訣)에서 문장의 풍격을 웅장함[雄]·곧음[直]·괴이함[怪]·고움[麗]과 부드러움[茹]·멂[遠]·간결함[潔]·한적함[適] 등 8가지로 논하였다. 그 중 간결함에 대해

> 군더더기 생각과 진부한 말, 비슷한 글자는 모두 베어 버렸네. 너는 칭찬도 꾸짖음도 삼갈지니, 신과 사람이 함께 살펴본다네.51)

라고 하였는데, 이는 간결(簡潔)한 문의(文意)를 말한다. 진부한 표현과 동어반복적인 자구는 모두 제거해야 하며, 포폄의 글 역시 사실을 넘는 걸 경계해야 한다는 뜻이다.52) 즉 증국번은 수식을 일삼지 않은 귀유광 문장의 반의고적인 간결함을 추구했지만, 그 문장이 담고 있던 생동감 넘치는 묘사나 정감어린 표현 등의 정채로움은 배제한 것이다. 귀유광 문장의 정채로움은 오히려 "산야의 곤궁함이나 시정의 비천함으로 글을 지어 그 글은 말 낭비"53)라고 인식되었다.

증국번의 귀유광 비판이 간결함에 기인한다는 것은 김택영의 발언에

---

49) 章太炎, 『國學略說』(211면). "由此遂啓桐城派之先河. 桐城派不皆效法震川, 顧其主平淡不主濃重則同."
50) 박경란, 앞의 논문, 392면.
51) 「文藝」 丙寅正月, 『求闕齋日記類鈔』 권下. "潔 : 冗意陳言, 類字盡芟, 愼爾褒貶, 神人共監."
52) 김희성, 앞의 논문, 84·92~93면.
53) 『韶護堂集續』 「許翁聘三七十壽序」(『한국문집총간』 347, 449면). "又多爲山野寒酸市井側微而作文爲費辭."

서도 확인할 수 있다.

  청나라 전기에 이르자 문기가 크게 시들었는데, 방포와 요내의 무리들은 스스로 그 기(氣)가 부족함을 알아 간략 담박하고 쓴맛에 가까운 문장을 지어 그 부족한 점을 감쌌다. 방포와 요내가 세상을 떠나자 그 기운은 더욱 쇠하였다. 조금 뛰어난 자들은 몰래 제자문체의 쓴맛을 훔쳐다가 스스로 자랑하면서 사람들을 속여 말하길, "너희가 글을 짓고 싶으면 마땅히 네가 선호하는 것을 없애고, 네 개성을 없애고, 너의 정신과 맛, 소리와 색채를 없애 나의 고고담박(枯槁淡泊)한 것을 좇아야 한다"고 한다. 이에 후생 소년들 중 재주 없는 자들은 그 간편함을 좋아하여 모두 그것을 좇는다. 재주가 높은 자들은 거짓으로 칼을 어루만지면서 질시하고 낮은 자들은 겁을 먹고 껄끄럽게 만드니, 법도에도 맞지 않고 문장도 이뤄지지 못하니, 마치 나무껍질과 밀랍을 씹는 것과 같아서 따져 물을 만한 것이 없다. 아, 선호하는 것과 개성, 정신과 맛, 소리와 색채는 즉 저것이 단맛에 들어가는 방법인데, 지금 이 모두를 없애면 또한 어떤 방법에 근거해 그 단맛을 얻어 공자 문장의 본원을 좇겠는가.54)

  당시 만청문단이 고고담박(枯槁淡泊)함을 추구하려는 경향이 강했음을 서술하면서, 김택영은 이러한 논의의 중심이 증국번이라고 지목하였다. 윗글에서는 '증국번'이라는 이름을 밝히고 있지는 않지만, 그가 하겸진(河謙鎭)에게 보낸 편지에 변영만(卞榮晩)을 증국번의 일파로 지칭하면서 비판한 내용에서 확인할 수 있다.55)

---

54) 『韶護堂續集』「苦行讀書樓記」(『한국문집총간』 347, 509면). "及前淸之世, 文氣大凋, 如方氏姚氏之倫, 自知其氣之不足, 而爲簡淡近苦之文, 以護其短. 方・姚氏旣去, 其氣尤衰. 其稍傑者, 潛竊諸子文體之苦, 以自鳴而欺人曰, 爾欲爲文, 宜去爾顧眄, 去爾機軸, 去爾神味聲彩, 以從吾之枯槁淡泊者. 於是乎後生少年之無才者, 樂其簡便而胥趨之, 高者假僞而撫劍疾視, 下者怯懦而艱澁, 不中軌不成章, 如嚼木柹與蠟而無可以究問也. 噫夫所謂顧眄也機軸也, 神也味也, 聲也彩也, 卽彼所以入甘之法, 而今也一切以去之, 則其亦於何乎據其法得其甘, 以追孔子之文之原本哉."

55) 『借樹亭雜收』 권4 「答河叔亨牘」(『한국문집총간』 347, 498면). "承示卞生之說, 滿淸之季, 龔定菴・曾滌生輩唱諸子僞體之文, 如王李之蹈襲先秦, 盡去韓歐諸公之法度機軸, 而入于苦澁拙吶, 自命爲正雅. 而滌生之勳業名位甚盛, 故附而從者尤衆, 盖自諸子體出, 而韓蘇古文亡, 滿淸亦亡. 今則新學日盛, 而并諸子體亦將亡. 卞生議論,

그런데 증국번이 말 낭비로 여긴 귀유광의 정신과 맛은 김택영이 문
장의 궁극으로 여긴, 공자 문장의 단맛[甘]을 이루는 방법 중 하나이다.
자신이 좋아하여 자꾸 살펴보게 되는 것 즉 선호하는 것과 개성, 정신과
맛, 소리와 색채는 문장을 단맛을 이루는 것인데 이것을 제거하라는 것
은 문장 본연의 특징을 탈각시키라는 말이 된다. 그리고 문장의 단맛을
이루는 여러 요소를 제거하고 고고담박만을 좇는 당시 만청문단의 분위
기는 명말청초의 진한고문을 의고하던 폐단과 다르지 않았다. 따라서 김
택영은 고고담박, 간결이라는 이름으로 문장의 본질인 문예미를 망각하
는 것에 대한 비판을 목적으로 정신과 맛에 대한 해석 문제를 제기한 것
이라 하겠다.


## 5. 맺음말


김택영은 문장에 있어 자신의 사표였던 귀유광을 비평하면서 만청문
단의 대문장가인 증국번의 논의를 끌어와 이를 논박하는 형식을 취하
였다. 이 글에서는 김택영과 증국번이 귀유광 문장을 바라보는 관점의
차이를 문과 도의 관계 설정, 정신과 맛에 대한 해석이라는 두 가지 논
제를 가지고 고찰하였다.

증국번은 귀유광 문장에 대해 도에 대한 이해의 깊이를 문제 삼았다.
이에 대해 김택영은 도(경학)로 문을 구속할 수 없다는 논지로 반론을 가
하면서 도 위주의 재도적 문학관에서 탈피한 견해를 표명하였다. 증국
번 역시 종래의 재도적 문학관에서 문과 도를 독자적인 것으로 인식하

---

卽一海外之滌生黨派.”

는 방향으로 변모하였지만, 윤리도덕적 가치나 현실에서의 실용적 가치를 우선시하였기에 문의 문예미보다는 현실생활에 이익이 되는 문의 효용성, 기능적 측면에 주된 관심을 두었다. 이로 인해 김택영이 경학으로 문인을 구속한다는 평가를 내린 것이다.

또 귀유광 문장의 특징에 대해 증국번은 정신과 맛으로 보지 않고 불필요한 말 낭비로 규정하였다. 이때 정신과 맛은 서술대상의 본질을 파악하여, 정신을 담아 생동감있게 표현함으로써 그 문장에서 느껴지는 맛을 의미한다. 김택영은 귀유광 문장의 정신과 맛을 생동감 있는 묘사와 서정성에 기반한 문학적 감응력에서 찾았다. 그러나 문장의 간결미를 추구하던 증국번에게는 수식을 일삼지 않은 귀유광 문장의 반의고적인 간결함은 인정됐지만 그 문장이 담고 있던 생동감 넘치는 묘사나 정감어린 표현 등의 정채로움은 배제되었다. 이 때문에 귀유광 문장이 지닌 정신과 맛에 대해 말 낭비라는 평가를 내린 것이다.

그러나 김택영에게 정신과 맛은 궁극적으로 추구해야 할 단맛나는 문장을 위한 중요한 요건이었다. 그에게 고고담박과 간결을 좇느라 문장의 정신과 맛을 배제하는 만청문단의 분위기는 문장의 본질인 문예미를 잃게 만드는 폐단으로 인식되었다. 따라서 이러한 당대 문단의 분위기를 형성한 이로 증국번을 지목하고, 이에 대한 문제제기로 자신이 문장의 사표로 여겼던 귀유광 문장을 대상으로 하여 증국번의 논지에 반론을 가한 것이라 하겠다.

| 참고문헌 |

金澤榮, 『金澤榮全集』, 亞細亞文化社, 1978.
______, 『韶護堂集』, 『한국문집총간』 347, 민족문화추진회, 2005.
______, ‧王性淳 編, 최진원 외 역, 『국역 여한십가문초』, 민족문화추진회, 1977.
歸有光, 『震川集』(中國基本古籍庫).
戴名世, 『南山集』(中國基本古籍庫).
方 苞, 『望溪集』(中國基本古籍庫).
林 紓 外, 『論文偶記‧初月樓古文緒論‧春覺齋論文』, 中國 : 人民文學出版社, 1998(5쇄).
章太炎, 『國學略說』, 中國 : 上海文藝出版社, 2001.
曾國藩, 『曾文正公書札』(中國基本古籍庫).
______, 『曾文正公詩文集』(中國基本古籍庫).


오윤희, 『滄江 金澤榮研究』, 국학자료원, 1996.
歸有光 저, 박경란 역, 『아내의 방』, 태학사, 2002.
吳孟復 著, 沈慶昊‧金鳳姬 譯, 『桐城文派述論』, 태학사, 1998.


김도련, 「寧齋 李建昌과 滄江 金澤榮의 古文觀」, 『한국학논총』 3, 국민대 한국학연
    구소, 1980(『한국 고문의 원류와 성격』, 태학사, 1998 재수록).
김승룡, 「김택영의 송도복원작업의 의미－방법으로서의 디아스포라」, 『고전문학연
    구』 29, 한국고전문학회, 2006.
김영구, 「신문학운동에 있어서의 『신청년』의 역할 연구」, 서울대 박사논문, 1992.
김월성, 「창강 김택영 시가문학의 신운미연구」, 강원대 석사논문, 2001.
김희성, 「曾國藩의 古文理論 研究」, 전남대 박사논문, 2006.
朴璟蘭, 「歸有光散文研究」, 연세대 박사논문, 1998.6.
송혁기, 「曹兢燮의 金澤榮 諸家文評 비평과 그 비평사적 의의」, 『東洋漢文學研究』
    22, 동양한문학회, 2006.2.
왕숙의, 「滄江 金澤榮 散文 研究」, 서울대 박사논문, 1995.
윤은숙, 「曾國藩의 古文論」, 숙명여대 석사논문, 1984.
이위의 책, 「조선 후기 한문학에 있어서 壽序양식의 수용양상－滄江의 논의를 중심
    으로」, 『한문학연구』 15, 계명대한문학회, 2001.
이의강, 「滄江 金澤榮의 散文論과 批評의 實際」, 성균관대 석사논문, 1990.
임형택, 「김창강문 해제」, 『국역 여한십가문초』, 민족문화추진회, 1977.
______, 「수당 이남규와 그의 奏議에 대한 이해」, 『한국문학사의 논리와 체계』, 창비,
    2002.
鄭在喆, 「諸家文評을 통해 본 滄江과 深齋의 文學觀」, 『漢文學論集』 7, 근역한문학
    회, 1989.11.

文基連, 「朝鮮古文家金澤榮與歸有光的比較研究」, 『國外文學』 2000-1(77), 2000.
張爰波. 「論歸有光的壽序文」, 『濰坊學院學報』 5-5, 2005.9.
貝  京, 「明淸人對歸有光的評價述論」, 『湖南工程學院學報』 15-3, 2005.9.
飽  紅, 「歸有光與桐城派的淵源關係」, 『安廣師範學院學報』 24-2, 2005.3.
胡影怡, 「曾國藩文學思想研究」, 中國 : 蘇州大學 碩士學位論文, 2006.4.

# 황매천(黃梅泉)의 중국시에 대한 시각
### 논시절구를 중심으로

기태완

## 1. 머리말

  논시절구는 주로 칠언절구로써 시인과 작품에 대하여 논평하는 비평의 한 체제이다. 그 유래는 두보(杜甫)의 「희위육절구(戲爲六絶句)」를 기원으로 하여 송나라 대복고(戴復古)의 「논시십절(論詩十絶)」, 금나라 원호문(元好問)의 「논시삼십수(論詩三十首)」, 청나라 왕사진(王士禛)의 「희효원유산논시절구(戲效元遺山論詩絶句)(三十五首)」, 원매(袁枚)의 「방원유산논시(倣元遺山論詩)(三十八首)」 등을 들 수 있다. 특히 원호문의 「논시삼십수」는 논시절구를 시 비평의 한 체제로 정착시키는데 지대한 영향을 끼쳤다. 그래서 명나라 청나라 시대에 논시절구는 일대 유행을 이루었다.[1] 비평

---

1) 중국 논시절구의 방대한 유산은 『萬首論詩絶句』 4책(人民文學出版社, 1991년)에서 확인할 수 있다.

의 도구로서 논시절구는 또한 논화시(論畵詩)와 논사시(論詞詩)로 그 영역을 넓혀갔다.

한국의 논시절구는 이미 고려 때부터 기원한다.

○ 이규보(李奎報), 『동국이상국집(東國李相國集)』[백운소설(白雲小說) 권10 「독임춘시(讀林椿詩)」](『한국문집총간』 1, 401면).

○ 진화(陳澕), 『매호유고(梅湖遺稿)』 권2 「독이춘경시(讀李春卿詩)」(『한국문집총간』 2, 277면).

○ 이곡(李穀), 『목은고(牧隱藁), 시고(詩藁)』 권7 「독번천집기후(讀樊川集其後)」(『한국문집총간』 4, 53면).

　「독귀거래사(讀歸去來詞)」(위의 책, 60면).

　「독옥설권말(讀玉屑卷末)」(위의 책, 63면).

　「독이백시(讀李白詩)」(위의 책, 508면).

○ 원천석(元天錫), 「운곡행록(耘谷行錄)」 권1 「독유종원집이수(讀柳宗元集二首)」(『한국문집총간』 6, 138면).


이 같은 논시절구는 조선의 문집들에서도 쉽게 발견된다. 특히 연작형 논시절구로서 주목할 만한 것으로는 정홍명(鄭弘溟)의 「희효노두육절구(戲效老杜六絶句)」을 필두로 하여, 신위(申緯)의 「동인논시절구(東人論詩絶句, 30수)」·「재송십가시(在宋十家詩), 각제일절(各題一絶, 10수)」, 이상적(李尙迪)의 「논시절구(論詩絶句, 5수)」, 이정직(李定稷)의 「희위이십사절구(戲爲二十四絶句)」 등과 매천의 「정연일택기칠절십사수(丁掾日宅寄七絶十四首), 의기운(依其韻), 희작논시잡절이사(戲作論詩雜絶以謝)」(이하 「희작논시잡절십사수(戲作論詩雜絶十四首)」로 약칭(略稱)함)·「화소천논시육절(和小川論詩六絶)」·「독국조제가시(讀國朝諸家詩, 16수)」를 들 수 있다.

본고는 필자가 이전에 발표했던 매천의 「희작논시잡절십사수」와 「화소천논시육절」에 대한 소고(小稿)[2]를 수정 보완한 것이다. 매천의 논시

---

2) 「黃梅泉의 중국시에 대한 논시절구」, 『人文學報』 제23집, 강릉대, 1997.

절구는 매천의 시론을 검토하는 자료로 많은 논문에서 언급되었다. 그러나 주로 조선 시인을 다룬 「독국조제가시(16수)」에만 편중되었고, 중국시를 다룬 「희작논시잡절십사수」는 거의 주목받지 못하였다.[3]

「희작논시잡절십사수」는 정일택(丁日宅)[4]이 보낸 칠언절구 14수에 차운하여, 육조(六朝)에서 청(淸)나라까지의 중요 시인을 선발하여 논평을 가한 것이다. 시대별로 시인을 선발하여 논평하고 있는 점에서 시로 쓴 시사(詩史)라고 할 수 있는데, 원호문의 「논시삼십수」와 체제가 유사하다.

「화소천논시육절」은 소천(小川) 왕사찬(王師瓚, 1846~1912)[5]이 보낸 논시절구 6수에 대하여 화답한 것으로, 논시절구를 통하여 문학논쟁을 벌인 보기 드문 사례이다. 지금까지 소천이 보낸 논시절구는 전혀 소개된 적이 없었다. 그런데 「호남한문학연구회」에서 근래에 소천의 논시절구 전편을 발굴하였는 바,[6] 이를 본고를 통하여 학계에 소개하고자 한다. 아울러 이들 논시절구 대한 분석을 통하여 매천의 중국시에 대한 시각과 시론 등을 구명하여 매천시 연구에 일정 정도 기여하기를 기대한다.

---

3) 이에 대한 본격적인 논문으로는 朴金奎의 『黃梅泉詩論 硏究』(원광대출판국, 1996)가 있을 뿐이다.

4) 丁日宅은 谷城 사람인데, 아전 출신으로 대지주였으며 많은 서적을 소장하였던 독서인이었다고 한다. 『매천전집』에 「戊子秋, 訪安海史, 因招丁掾日宅」, 「贈丁掾」이란 2수의 시가 전한다. 또 李沂의 「一斧劈破論」의 말미에서, 곡성의 참봉 정일택은 文學士인데 『自强會報』를 구독하였다고 하였다. 權鳳洙의 『芝村遺稿』에 「挽丁石愚日宅」이란 시가 있는데, 그의 호가 石愚임을 알 수 있다. 그러나 아직까지 그의 문집이나 매천에게 보낸 시 등은 발굴되지 않았다.

5) 王師瓚은 구례 출신으로 부친은 川社 王錫輔이며, 형 鳳洲 王師覺(1836~1895)·素琴 王師天(1842~1909)이다. 이들 4부자는 매천과 사우관계로서 시문에 뛰어났다. 이 가운데 소천이 시로써 매천과 병칭되었다. 이들 4부자의 시는 滄江 金澤榮이 上海에서 『開城家稿』란 이름으로 펴낸 바 있다. 천사·소천·봉주의 시문집은 필사본으로 순천대박물관에 소장되어 있다.

6) 소천이 매천에게 보낸 논시절구는 「用戲語, 奉呈苟安室主人及才子」 六首인데, 순천대 박물관 소장 『小川漫錄』 권1(필사본)에 수록되어 있다.

## 2. 논시절구(論詩絶句) 분석(分析)

### 1) 희작논시잡절십사수(戱作論詩雜絶十四首)

①

| 君看枚馬幸同時 | 그대 보았나 매고(枚皋)와 사마상여(司馬相如)가 동시대에 나서 |
| 異曲同工敏與遲 | 다른 곡조 같은 솜씨로 각각 민첩하고 느렸음을 |
| 聞道疾行無善步 | 듣자니 서둔 행보엔 바른 걸음 없다는데 |
| 騷壇一武詎輕移 | 시단의 한 유업이 어찌 경솔히 옮겨지리? |

매마(枚馬)는 매고(枚皋)와 사마상여(司馬相如, 기원전179~기원전118)이다. 둘 다 전한(前漢)의 부(賦)의 명가이다. 『한서(漢書)』에 다음과 같은 기사가 있다.

> (매고는) 글을 짓는 것이 빨라서 조명(詔命)을 받으면 곧 글을 이루었다. 그래서 지은 부가 많다. 사마상여는 글을 잘 지었으나 더디었다. 그래서 지은 것은 적었지만 매고보다 훌륭했다. 매고의 부사(賦辭) 가운데 자신의 부가 사마상여보다 못하다고 스스로 말한 대목이 있다.[7]

『서경잡기(西京雜記)』와 『지봉유설(芝峰類說)』에도 각각 다음과 같은 기사가 전한다.

> 매고의 문장은 민질(敏疾)하였고 장경(長卿, 사마상여)의 제작(制作)은 엄지(淹遲)하였는데, 모두 한때의 칭송을 받았다. 그러나 장경의 수미(首尾)는 온려(溫麗)하였으나 매고에게는 때때로 누구(累句)가 있었다. 그러므로 서둔 걸음엔 좋은 자취가 없음을 알 수 있다.[8]

---

7) 『漢書』 권51 8책, 중화서국, 2367면. "爲文疾, 受詔輒成, 故所賦者多. 司馬相如善爲文而遲, 故所作而善於皐. 皐賦辭中自言爲賦不如相如."

8) 『西京雜記』 권3. "枚皐文章敏疾, 長卿制作淹遲, 皆盡一時之譽. 而長卿首尾溫麗,

옛사람이 말하길 "더디게 지어 교묘한 것이 빨리 지어서 졸렬한 것만 못하다"고 했다. 매승(枚乘)은 글 짓는 것이 민첩하고 빨랐으며 상여(相如)는 글 짓는 것이 더디었다. 그러나 갈홍(葛洪)은 상여를 훌륭하게 여겼다. 안연지(顔延之)는 조명(詔命)에 응대하여 곧 글을 이루고, 사령운(謝靈運)은 심사숙고하여 글을 성취했다. 그런데 포조(鮑照)는 영운(靈運)을 우수하다고 여겼다. 진소유(秦少游)는 손님을 대하면서 붓을 휘둘렀고, 진무기(陳無己)는 문을 닫아걸고서 글구를 찾았다. 그런데 후세 사람들은 소유를 더 낫다고 하지 않았다. 소위 빨리 걷는 자에게 좋은 발자취가 없다고 하는 것이 아니겠는가?[9]

작품의 평가는 작품의 성취도를 기준으로 해야 하며, 작품 외적인 작시의 빠르고 늦음이 그 기준이 될 수 없다는 것이 논시의 요지이다.

②

| 同病粗豪與巧尖 | 조호와 교첨을 함께 근심하나니 |
| 希音元自小絃廉 | 희음은 원래 소현의 음에서 나온다네 |
| 丐兒富貴何曾較 | 거지와 부귀자를 어찌 일찍이 비교하였던가 |
| 燈火樓臺燕子簾 | 등불 켜진 누대 제비 나는 발이로세 |

조호는 거칠고 호방하여 수식 없는 시를 말하며 교첨은 교묘하고 날카로운 기교의 시를 말한다. 수식이 전혀 없는 시와 기교적이기만 한 시, 둘 다 근심해야 한다는 것이다.
위 시는 다음의 기사에 근거하였다.

『만수시화(漫叟詩話)』에서 말하기를 "강위(江爲)의 시에 「소사의 전단각에 시 읊으며 오르고, 왕가의 대모 자리에 술 취해 기대네(吟登蕭寺旃檀閣, 醉倚王家玳瑁簾)」라고 하였다. 어떤 사람이 말하기를 '이 시를 지은 사람은 결코 貴

<hr>

枚皐時有累句, 故知疾行無善迹矣."
9)『지봉유설』권8. "古人云, 巧遲不如拙速. 然枚乘爲文敏疾, 相如制作淹遲, 而葛洪以相如爲善. 顔延之應詔卽成, 謝靈運深思乃就, 而鮑照以靈運爲優. 秦少游對客揮毫, 陳無己閉門覓句, 而後人不以少游爲勝. 所謂疾行無善迹者非耶.(이 인용문 중 매승은 매고가 되어야 한다)"

族이 아니다'고 하였다. 또 어떤 사람이 「두루마리로 장정한 곡보는 금서자이고, 나무에 적어놓은 화명은 옥전패이네(軸裝曲譜金書字, 樹記花名玉篆牌.)」를 평하여 곧 걸아(乞兒)가 한 말이라고 하였다"고 하였다. 초계어은(苕溪漁隱, 호자(胡仔))이 말하기를 "『청상잡기(靑湘雜記)』에도 이 기사를 실어 놓고, 원헌(元獻, 안수(晏殊))이 '이 시는 걸아상(乞兒相)으로서 부귀를 안 적이 없는 사람이다'라고 하였다"고 하였다. 그래서 공(公, 안수)은 부귀를 말할 때에는 금옥(金玉)이나 금수(錦繡)를 언급하지 않고 다만 기상(氣象)만 설명하였는데, 「누대 옆에는 버들꽃이 지나가고, 발과 장막 중간에는 제비가 날아가네(樓臺側畔楊花過, 簾幕中間燕子飛)」와 「배꽃 핀 원락에는 용용한 달빛, 버들 솜 날리는 지당엔 담담한 바람(梨花院落溶溶月, 柳絮池塘淡淡風)」 같은 종류가 그것이다. 공은 스스로 이 구절을 들어서 남에게 이르기를 "궁인(窮人)의 집에 이런 경치가 있겠는가?"라고 하였다. 『운재광록(雲齋廣錄)』에는 근래 사람의 시 한 연 「주렴과 수놓은 창에 더디 햇살이 지나고, 버들 솜과 배꽃 핀 적적한 봄날이네(珠簾繡戶遲遲日, 柳絮梨花寂寂春)」을 실어놓고, "비록 주(珠)와 수(繡)라는 말을 썼으나 그 기상(氣象)이 어찌 부귀가 아니겠는가? 그것이 가구(佳句)를 이루는 데 방해되지 않는다"고 하였다. 『귀전록(歸田錄)』에서는 "안원헌(晏元獻, 안수)은 시를 평하기를 좋아하였는데, 일찍이 말하기를 '「늙으니 요금이 무거움을 깨닫고, 게으르니 옥침의 서늘함이 편하네(老覺腰金重, 慵便玉枕凉)」는 부귀어(富貴語)가 아니다, 「생가소리 원락으로 돌아가고, 등불은 누대를 내려가네(笙歌歸院落, 燈火下樓臺)」만 못하다'라고 하였다. 이는 부귀를 잘 말한 자이다. 사람들이 모두 깨친 말이라고 여겼다"고 하였다.[10]

청나라 오교(吳喬)는 『위로시화(圍爐詩話)』에서 "「배꽃 핀 원락엔 용용

---

10) 송나라 胡子, 『苕溪漁隱叢話』 前集, 권26. "漫叟詩話 云: '吟登蕭寺旆檀閣, 醉倚王家玳瑁筵.' 或謂作此詩者, 決非貴族. 或人評 軸裝曲譜金書字, 樹記花名玉篆牌, 乃乞兒口中語. 苕溪漁隱曰: 靑湘雜記 亦載此事, 乃元獻云此詩乃乞兒相, 未嘗識富貴者. 故公每言富貴, 不及金玉錦繡, 惟說氣象, 若'樓臺側畔楊花過, 簾幕中間燕子', '梨花院落溶溶月, 柳絮池塘淡淡風'之類是也. 公自以此句語人曰: '窮人家有此景否?' 雲齋廣錄載近時人詩一聯云 '珠簾繡戶遲遲日, 柳絮梨花寂寂春', 雖用珠繡, 其氣象豈不富貴, 不害其爲佳句也. 歸田錄云: "晏元獻喜評詩, 嘗云: '老覺腰金重, 慵便玉枕凉', 未是富貴語. 不如'笙歌歸院落, 燈火下樓臺'". "此善言富貴者也. 人皆以爲知言.""

한 달빛, 버들 솜 날리는 지당엔 담담한 바람」을 부귀한 기상이 있다고
하지만, 진정 송인(宋人)의 사구(死句)이다"[11]라고 하였다.

논시는 이들 기사를 들어서 비평의 어려움을 말한 것이다. 논시의 마
지막 구절은 이들 기사에서 언급한 "樓臺側畔楊花過, 簾幕中間燕子
飛"(안수(晏殊)의 「우의(寓意)」시)와 "燈火下樓臺"(백거이(白居易)의 「연산(宴散)」
시) 등의 구절을 점화한 것이다.

③

| | |
|---|---|
| 徐庾陰何競後前 | 서릉(徐陵)·유신(庾信)·음갱(陰鏗)·하손(何遜)이 앞뒤를 다퉜는데 |
| 六朝過盡漭雲煙 | 육조가 다 지나가니 운연만 망망했네 |
| 唐風已兆池塘艸 | '지당초'란 구절에서 당풍이 이미 보였으니 |
| 斷腸江南夢惠連 | 강남에서 고심타가 혜련을 꿈꾸고서 얻었다네(六朝) |

육조에 대한 평이다. 문학상에 있어 육조는 위진남북조(魏晉南北朝)에서
수(隋)에 이르는 기간을 말한다. 서유(徐庾)는 서릉(徐陵, 507~583)과 유신(庾
信, 513~581)인데, 모두 궁체시(宮體詩)에 뛰어나서 '서유체(徐庾體)'라 병칭
되었다. 음하(陰何)는 음갱(陰鏗, 510~570)과 하손(何遜, 480?~518)으로 역시 궁
체시에 능했다. 이들 모두는 남북조의 양(梁)·제(齊)·진(陳)나라 사이에서
활약했는데 궁체시의 음탕하고 화려함에서 벗어나고자 하는 시풍을 지니
고 있어서 후대에 자못 영향을 미쳤다. 두보는 이들을 중시하여 "庾信文
章老更成 凌雲健筆意縱橫",[12] "頗學陰何苦用心"[13]이라고 했다.

"池塘草"는 사령운(謝靈運, 385~433)의 「등지상루(登池上樓)」[14]의 시구
"池塘生春草"이다. 이에 대한 다음과 같은 고사가 있다.

(사방명(謝方明)의) 아들 혜련은 열 살에 문장을 지었다. 족형 영운이 그를

---

11) 『圍爐詩話』 권3. "'梨花院落溶溶月, 柳絮池塘淡淡風'爲有富貴氣象者, 正是宋人
死句."

12) 杜甫, 「戲爲六絶句」, 『杜詩詳注』 제2책, 중화서국, 898면.

13) 두보, 「解悶十二首」, 위의 책, 제4책, 1511면.

14) 『昭明文選』 권22, 中州古籍出版社, 300면.

칭찬하여 말하길, "편장(篇章)이 있을 때마다 혜련을 대하면 곧 좋은 말을 얻었다"고 했다. 일찍이 영가(永嘉)의 서당(西堂)에서 시를 짓다가 날이 다하도록 완성하지 못했다. 그러다 문득 꿈에서 혜련을 보고 "池塘生春草"라는 구절을 얻었는데 몹시 공교하다고 여겼다. 항상 말하기를 "이 말은 신의 도움[神功]으로 얻은 것이지 내 말이 아니다"고 하였다.15)

매천은 육조의 대표적 시인으로 위 다섯 사람을 들고, 그 중 사령운을 당풍을 연 가장 뛰어난 시인으로 평한 것이다. '지당생춘초'는 사령운의 산수시를 상징하는 구절로 역대에 극찬을 받은 바 있다. 평이하고 백묘(白描)의 수법으로 기교를 부리지 않고 청신하며 자연스런 느낌이 있다 하겠다. 종영의 「시품(詩品)」에서도 사령운을 상품에다 넣어 높이 평가한 바 있다.

보통 육조시를 논할 때 그 대표시인으로서 도잠(陶潛)과 사령운을 병칭하여 '도사(陶謝)'라고 거론하는 것이 보통이다. 그리고 역대의 비평은 두 사람의 우열을 논하여 도잠을 우위로 평하는 것이 대부분이다.

한위(漢魏)의 고시는 기상(氣象)이 혼돈(混沌)하여 구(句)를 뽑아내기가 어렵다. 진(晉)나라 이후에 비로소 가구(佳句)가 있으니, 연명(淵明, 도잠)의 "采菊東籬下, 悠然見南山"과 사령운의 "池塘生春草" 같은 것이다. 사령운이 도연명에게 미치지 못한 이유는 강락(康樂, 사령운)의 시는 정공(精工)한데, 연명의 시는 질박하면서 자연스럽기 때문일 뿐이다.16)

시에는 격(格)이 있고 운(韻)이 있다. 연명(淵明)의 '悠然見南山' 구는 격이 높은 것이고, 강락(康樂)의 '池塘生春草' 구는 운이 승한 것이다. 격이 높은 것은 매화(梅花)와 같고 운이 승한 것은 해당화(海棠花)와 같다. 운을 승하게 하려는

---

15)『南史』권19 2책, 중화서국, 538면. "子惠連年十歲能屬文, 族兄靈運嘉賞之. 云每有篇章,對惠連輒得佳語. 嘗於永嘉西堂思詩, 竟日不就, 忽夢見惠連, 卽得池塘生春草, 大以爲工. 常云此語有神功, 非吾語也."

16) 嚴羽,『滄浪詩話』. "漢魏古詩, 氣象混沌, 難以句摘. 晉以還方有佳句, 如淵明 '采菊東籬下, 悠然見南山', 謝靈運 '池塘生春草'之類. 謝所以不及陶者, 康樂之詩精工, 淵明之詩質而自然耳."

것은 쉽고, 격을 높게 하려는 것은 어렵다.[17]

위 인용문에서처럼 시대를 불문하고 대부분 '도사'의 우열은 대부분 도연명이 우위였다. 원호문 또한 논시절구에서 "一語天然萬古新, 豪華落盡見眞淳. 南窓白日羲皇上, 未害淵明是晉人"이라고 도연명을 높이 평가하였다.

도연명에 대한 매천의 관점은 다음과 같다.

한위(漢魏) 이래 여러 시체(詩體)들이 아름다움을 다투었지만 세상에서는 도연명의 작품을 추대하여 은일시(隱逸詩)의 종(宗)이라고 여겼다. 소장공(蘇長公, 蘇軾)에 이르러, 조식(曹植)·유정(劉禎)·심약(沈約)·사령운(謝靈運)·이백(李白)·두보(杜甫) 등은 결코 그에게 미치지 못한다고 단언했다. 그 말은 지나친 듯 싶지만, 나는 지금 그 말을 믿어 의심치 않는다. 무엇 때문인가? 세상에서 말하는 궁한 자는 빈천을 걱정할 뿐이다. 그러나 도연명은 재상가의 후예로서 후대에 수치스럽게 신분이 낮아져서, 충분(忠憤)하며 움츠린 채 황황히 귀의할 곳이 없었다. 게다가 끼니조차 잘 잇지 못하고 의복도 변변치 못하여 천하의 궁벽함이 그 한 몸에 모아진 상황이었다. 그러나 지금 그의 시를 보면 충화담박(忠和淡泊)하고 온후소광(溫厚昭曠)하여 시대를 근심함이 비록 절박하였지만 궤격(詭激)함으로 흘러가지 않았고, 외물과 다투지 않아서 탄방(誕放)함으로 떨어지지 않았다. 우유자재(優游自在)하고 호가독왕(浩歌獨往)하여 천지 사이에 무엇이 귀천이고, 무엇이 영욕인지를 몰랐다. 심융신해(心瀜神解)하여 일창삼탄(一唱三歎)하는 음(音)이 있다. 이러한 것은 모두 타고난 자질이 도(道)에 가깝기 때문이다. 그러므로 인공으로써 도달할 수 있는 것이 아니다. 후대의 조고가(操觚家)들은 구구하게 자구(字句) 사이만 따라갈 뿐이다. 비록 위소주(韋蘇州, 위응물(韋應物))일지라도 오히려 그 울타리에 들어갈 수 없었는데 하물며 그보다 아래 사람들은 말할 필요가 있겠는가? 이런 까닭에 세상에는 도연명의 시를 배우는 사람은 없다. 배우지 않는 것이 아니라 배울 방법이 없기 때문이다.[18]

---

17) 謝榛『捫虱詩話』. "詩有格, 有韻. 淵明'悠然見南山'之句, 格高也; 康樂'池塘生春草'之句, 韻勝也. 格高似梅花, 韻勝似海棠. 欲韻勝者易, 欲格高者難."
18) 『매천전집』 권2(전주대학본, 143~144면). "漢魏以降, 諸體競美, 而世推淵明之作, 以爲逸詩之宗. 至蘇長公則斷之以曹·劉·沈·謝·李·杜所不及. 其言似乎過, 予

이처럼 매천은 도연명이 조식·유정·심약·사령운·이백·두보 등보다 우위라는 소식의 말에 의심하지 않는다며 높이 평가하였다. 그러나 매천은 논시에서 도연명 대신 사령운을 육조의 대표시인으로 선발하였다. 그 이유는 무엇인가? 그것은 바로 사령운이 당풍(唐風)을 연 선구자라는 점이었다. 여기서 말하는 당풍은 근체시를 의미한다.

그러나 한위(漢魏) 이전에는 대구(對句)가 시 한 편 속에서 다만 적은 부분을 차지할 뿐이며, 대우(對偶)도 공교(工巧)하게 되기를 구하지 않았고 대부분 자연스럽게 나왔다. 작가들은 또한 반드시 대우하는 데에 마음을 쓸 필요가 없었으며, 더욱이 대우를 하나의 정격(定格)으로 생각하지 않았다. 대우가 전편에서 공교한 시는 사령운의 시집에서 비로소 자주 발견한다. 만약 그의 오언시를 통계해 본다면, 대구한 것이 대구하지 않은 것보다 많다는 것을 알 수 있을 것이다. 그의 「등지상루(登池上樓)」를 예로 들어보자. (시 생략) 배율(排律)과 매우 흡사하나 엄격한 배율에 도달하지 않은 것은, 의미는 비록 대우가 되어 있으나 소리는 평측의 대우가 되지 않고 평성은 항상 평성을, 측성은 항상 측성을 대(對)하고 있기 때문이다. 이러한 체제는 사령운으로부터 발단된 후 당시에 매우 유행하였다. 포조(鮑照)·사조(謝朓)·왕융(王融) 등의 시집을 뒤져보면 대우의 기풍이 흥성했음을 알 수 있다. 그러나 이러한 대우는 모두 다만 의미상에 한정되어 있다. 전편에 의미가 대우되고 그 위에 다시 성음의 대우가 더해져서 엄연하게 율시된 작품은 양대(梁代)에 와서야 출현하였다. 이런 신운동의 공신―좀 이상하지만―은 사성팔병(四聲八病)을 제창한 심약(沈約)이 아니라 그와 동시대의 하손(何遜)이다. 하손의 시집 속에서 비로소 매우 정연된 오언율시가 나타나기 시작하였다. (…중략…) 하손 이후 오언율시를 가장 왕성하게 지었던 사람으로 음갱(陰鏗)을 들고 있는데, 범운(范雲)·왕융(王融)·양원제(梁元帝) 등도 항상 오언율시를 썼다. 양대(梁代)의 오언율시는 당

至今信之無異辭者. 何也? 世所謂窮者, 貧賤憂患而已, 乃淵明則以宰輔之裔恥屈後代. 忠憤踽踽, 皇皇乎無所歸, 而加之以三旬九食, 短褐穿結. 是天下之窮擧萃一身. 而今考其詩, 沖和淡泊, 溫厚昭曠, 傷時雖切而不流於詭激, 與物無競而不墮於誕放, 優游自在, 浩歌獨往, 不知天壤之間, 何者爲貴賤, 何者爲榮辱. 心溶神解, 有一唱三歎之音. 此皆天資近道, 而然人工所可到也. 後之操觚家, 區區步趨字句之間, 雖韋蘇州尙不能闖入樊, 況下焉者乎? 是以世無學陶者. 非不學也, 無以學也."

대(唐代)의 오언율시와 다른 점이 하나 있는데, 이것은 각운할 때 일정하지 않게 평성으로 압운한다는 것이다. 사령운·포조(의미의 대우)와 하손·음갱(성음의 대우)은 율시의 4대 공신이다. 당대(唐代)의 시인들이 율시를 강구함에는 그들로부터 받은 영향이 가장 크며, 그래서 두보(杜甫)는 「사령운과 사조가 능히 잘했음을 누가 알며, 더욱이 음갱과 하손이 어떻게 고심하고 마음 썼는지를 누가 배울까」라고 한 것이다. 오언율시가 일어난 것은 비교적 늦은데 북주(北周) 유신 庾信)의 「오야제(烏夜啼)」가 가장 빠른 예이다.19)

여기서 보듯 매천이 논시에서 사령운을 위시하여 언급한 4명의 시인들은 모두 율시의 정착에 공헌한 선구자들이었음을 알 수 있다.

매천은 고시(古詩)에 대하여 "한위(漢魏)의 시는 고체(古體)일 뿐이다. 그래서 재능에는 이둔(利鈍)이 있지만 체(體)에는 공졸(工拙)이 없다"20)라고 하였다. 그리고 근체시에 대한 태도는 다음과 같았다.

옛날에는 여항가요의 작품을 모두 악관(樂官)에 올렸는데, 이것을 시라 했다. 성인이 이것을 간추려서 『시경』「삼백편」에 배열하였는데, 이른바 국풍이 충융(沖瀜)하다는 것이 이것이다. 그런데 과연 그것이 여항가요에서 나왔다면 국풍은 주나라 때의 시골시이다. 문장이 바뀌면서 하대로 내려오고, 시는 더욱 자주 변하여, 이른바 근체시가 나오게 되었다. 그리고 그것은 오늘날보다 성한 적이 없었다. 그래서 여항의 어린애도 또한 그것에 능하다. 그렇다면 지금의 근체시는 곧 옛날의 국풍이다.21)

시가 여러 번 변하여 율시가 되었는데, 율시는 진실로 시 가운데서 가장 정밀한 것이다. 연구(聯句)에 대우(對偶)가 더해지니, 더욱 정밀하여 공교롭기가

---

19) 朱光潛, 鄭相泓 역, 「중국시는 왜 律의 길로 가게되었는가」, 『詩論』, 東文選, 1991, 293~296면.

20) 『매천전집』 권2(전주대본, 43~44면). "漢魏之詩, 古體而已. 故卽才有利鈍, 而體無工拙."

21) 「鳳洲詩集序」(앞의 책, 68면). "古者, 閭巷歌謠之作, 皆登諸樂官, 謂之詩. 聖人刪之, 列諸三百篇, 所謂國風沖瀜者, 是也. 然果其出於閭巷歌謠, 則國風者, 周時之鄕詩也. 文章遞降, 而詩尤累變, 至所謂近體者出. 蓋莫盛於今日, 而閭巷小兒, 亦能之. 今之近體, 則古之國風也."

어렵다. 그러므로 이름난 시편(詩篇)과 빼어난 시구(詩句)가 연(聯)으로써 전해
지는 것이 많다. 연(聯)에 공교해지면 기결(起結) 또한 따르게 된다. 초학자는
이 점을 강구하지 않으면 안 된다.[22]

이들 인용문에서 보듯 매천은 근체시를 오늘날의 국풍이라고 하고, 나
아가 율시를 시 가운데서 가장 훌륭한 시체(詩體)로 보았다. 그래서 초학
자의 율시 작법을 위하여 각 시대의 연(聯)들을 뽑아 모은『집련(集聯)』을
편찬하였던 것이다. 이처럼 내용 위주의 고시보다는 수사를 중시하는 근
체시에 대한 선호가 바로 도연명 대신 사령운을 선발한 이유이다.

④

| | |
|---|---|
| 脫手天然不厭濃 | 천연스런 날랜 솜씨 농염함도 꺼리지 않으니 |
| 華嚴樓閣妙高峯 | 묘고봉의 화엄누각이어라 |
| 平生心折騎鯨子 | 평생 마음 꺾인 기경자는 |
| 一日輕舟過萬重 | 하루에 날랜 배로 만겹의 산을 지났네(靑蓮) |

청련거사(靑蓮居士) 이백(李白, 701~762)에 대한 평이다. 탈수(脫手)는 재빠
른 손놀림이다. 소식(蘇軾)의 시에 "新詩如彈丸 脫手不暫停"[23]이란 용례
가 있다. 시 짓는 데 있어서 이백의 민첩함은 잘 알려져 있다. 이백의 시
에 "淸水出芙蓉, 天然去彫飾"이라 했으니, 천연은 곧 꾸밈이 없는 것이
다. 매천은 이백의 시를 인공으로 꾸미지 않은 천연스런 시로 평가하는
한편 궁체시와 같은 농염한 시도 많음을 지적한 것이다. 묘고봉은 강소성
(江蘇省) 단도현(丹徒縣) 금산(金山)의 최고봉인데 그 정상에 묘고대(妙高臺)
가 있다.『화엄경(華嚴經)』의 "德雲比丘 所居妙高峯"에서 뜻을 취한 것이
기에 화엄누각이라 한 것이다. 매천은 이 화엄누각으로 이백 시의 높은
경지를 상징한 것이다. 기경자(騎鯨子)는 이백이 취하여 경어(鯨魚)를 타다
가 심양(潯陽)에서 익사하였다는 세속의 전설로 인하여 이백을 지칭하는
용어가 되었다. 논시의 제4구는 이백의 다음 시를 인용했다.

---

22)「集聯序」(최승효 편,『문묵췌편』상, 67면).
23) 蘇軾,「次韻答王鞏詩」,『蘇東坡全集』上, 中國書局, 147면.

朝辭白帝彩雲間　　　　　　　백제성 채색 구름 사이를 아침에 떠나
千里江陵一日還　　　　　　　천 리 땅 강릉으로 하루만에 돌아가네
兩岸猿聲啼不盡　　　　　　　양편 강 언덕의 잔나비 울음 그치지 않았는데
輕舟已過萬重山　　　　　　　날랜 배는 만 겹 산을 이미 지났네[24]
　　　　　　　　　　　　　　　　　ㅡ「早發白帝城, 一作, 白帝下江陵」

　　논시의 3,4구는 이백의 불우했던 생애를 언급하면서, "輕舟已過萬重
山"이란 구절을 들어 이백 시의 호방하고 천연한 풍격을 지적한 것이라
하겠다. 한편 원호문은 이백 시를 "筆下銀河落九天"[25]이라 평했는데,
이백의 「망여산폭포(望廬山瀑布)」의 구절 "飛流直下三千尺, 疑是銀河九
天落"을 빌어 이백 시의 종횡무진하고 자유분방한 점을 지적한 것이다.

　　⑤
特席開天赤幟斜　　　　　　　개원·천보 연간의 특석에 붉은 깃발 기우니
空尋轍跡幾人過　　　　　　　헛되이 바퀴자국 찾다 몇 사람이나 지나쳤나
後來麤膽高廷禮　　　　　　　　　　　후세의 대담한 고정례는
籠罩三唐置大家　　　　　　　삼당을 싸잡아 대가로 추켰네(少陵)

　　소릉 두보(杜甫, 712~770)에 대한 평이다. 개천(開天)은 개원(開元, 713~74
1)·천보(天寶, 742~756)년간의 성당(盛唐)시기로 두보의 활동 기간이다. 고
정례는 그의 초명인 고병(高棅, 1350~1423)으로 더 잘 알려져 있는데, 명나
라 초기 성당시를 숭상했던 임홍(林鴻, 1383 전후)을 중심으로 한 민중십우
(閩中十友) 중의 한 사람으로 『당시품휘(唐詩品彙)』와 『당시정성(唐詩正
聲)』의 저자이다. 고병은 『당시품휘』에서 당시를 시기적으로 초(初)·성
(盛)·중(中)·만당(晚唐) 4기(期)로 나누었는데, 시기별로 아홉 가지 품목으
로 나누고, 시인별로 시를 배열하였다. 이 중 성당의 시인을 정종(正宗)·
대가(大家)·명가(名家)·우익(羽翼)의 네 가지 품목으로 구분했는데, 대가
엔 두보 한 명만을 두었다. 그리고 원진(元稹, 779~831)과 엄우(嚴羽,

---

24) 『李太白全集』 권22, 古近體詩, 行役(中華書局, 中冊, 1022면)
25) 원호문, 「논시삼십수」 중 제15수.

1290~1364)의 말을 빌어 다음과 같이 두보를 평가했다.

　　원미지(元微之)가 말하길 "자미(子美)에 이르러서는 소위 위로는 풍아(風雅)에 도달하고 아래로는 심전기(沈佺期)와 송지문(宋之問)을 갖추었는데, 말은 소무(蘇武)와 이릉(李陵)을 빼앗았고, 기세는 조식(曹植)과 유정(劉楨)을 삼켰으며, 안연지(顏延之)와 사령운(謝靈運)의 고고(孤高)함을 덮어 버리고, 서릉(徐陵)과 유신(庚信)의 유려(流麗)함을 섞어서 옛사람의 체세(體勢)를 모두 얻었으며, 옛사람이 홀로 전공한 바를 겸하였다……" 했고, 엄창랑(嚴滄浪)이 말하길 "소릉(少陵)의 시는 한위(漢魏)를 헌장(憲章)으로 삼아서 육조(六朝)에서 취재(取材)하여 자득(自得)의 묘(妙)에 이르렀다. 그래서 선배들이 소위 집대성(集大成)한 사람이라고 한다"고 했다26)

　매천은 고병이 두보를 대가라고 한 평가를 인정하고, 두보를 성당서 특석을 차지한 시인이며 나아가 전당(全唐)을 통털어 대가라고 평한 것이다. 그러나 두보에 대한 매천의 태도는, 다른 시인에게도 마찬가지이지만, 일방적인 추종이 아닌 비판적 수용이었다.

　　두시(杜詩)에 대하여 말하자면 고체가 으뜸이고 오언율시가 다음이며, 또 칠언·오언절구는 그 다음이다. 칠언율시에 있어서는 왕왕 멋대로 방자하여 험굴하고 조잡하여 진실로 정상적인 법으로 삼을 수 없는 것이 있으니, 구양수가 즐겨하지 않은 것이 마땅히 이에 있었던 것이리라. 후학에게 먼저 그의 고체에 종사하게 하여, 깊은 맛을 곱씹어 그 역량(力量)의 광활함과 기격(氣格)의 웅위함을 연구하여 옆길의 하찮은 시인이 됨을 면하게 한다면 누가 옳지 않다고 하겠는가? 그런데 어찌 반드시 그 최하의 것을 고집스레 지키면서 두보의 명성에 눌려 말마다 옛것을 본받는다 하고 있는가?27)

---

26)『唐詩品彙』「五言古詩敍目」. "元微之曰 : '至于子美, 蓋所謂上薄風雅, 下該沈宋, 言奪蘇李, 氣吞曹劉, 掩顏謝之孤高, 雜徐庚之流麗, 盡得古人之體勢, 而兼昔人之所獨專矣.'", "嚴滄浪曰 : '少陵詩, 憲章漢魏, 而取材於六朝, 至其自得之妙, 則先輩所謂集大成者也.'"

27)黃玹, 崔昇孝 편, 「題小川詩卷後」,『文墨萃篇』(영인본), 37면. "就言乎杜, 則古體上也, 五律次也, 七五絶又其次也. 若七言律, 則往往橫厲恣肆, 險崛粗拙, 實有不可以爲常法者. 歐陽公所不喜者, 蓋當在此耳. 使後之學者, 先且從事乎其古體, 沈浸咀嚼,

매천은 두시를 학시(學詩)의 정곡(正鵠)으로 삼은 바 있지만28), 두시의
모든 체제를 모범으로 인정하지는 않았다. 당(唐)의 율시(律詩)는 두보보
다 오히려 고병(高騈)·잠삼(岑參)·전기(錢起)·유우석(劉禹錫) 등의 시가
모범이 된다 했다.29)

매천이 두시에 대해 차운한 것은 오율이 3수, 칠율이 2제 3수이다.30)
매천의 당시(唐詩) 차운은 칠율 16수, 오율 33수로 모두 49수에 달하는
데, 두시에 대한 차운은 상대적으로 적은 수치이다. 매천에게 두보의 율
시는 학시의 대상으로 관심이 적었다고 보인다. 두시에 대한 매천의 관
심은 고체시의 역량의 광활함과 기격의 웅위함이었다.


⑥

| 一時郊賈耐窮交 | 한때 맹교와 가도는 가난하게 사귀었는데 |
| 啁哳寒螿鬪露梢 | 우는 가을 매미 이슬방울 다투는 신세였네 |
| 五杜四靈分壘日 | 오두(五杜)와 사령(四靈)이 보루를 나눠 가진 날 |
| 推渠霑丐作前茅 | 그들 은택 추대하여 앞 깃발 만들었네[郊島] |


맹교(孟郊, 751~814)와 가도(賈島, 779~843)에 대한 평이다. 맹교는 자가
동야(東野)이고 호주(湖州) 무강인(武康人)인데, 일찍 부친을 여의고 50세가

---

以究其力量之廣闊, 氣格之雄偉, 求免爲旁門小家, 則誰曰不可. 何必株守其最下者,
怵於盛名, 竊竊以爲師古哉."

28) 『매천전집』 권4 15면 「시집자서」. "因擧子長之所以寄, 少陵之所以雄, 以倣吾前頭
之正鵠."

29) 위의 책 38면 「제소천시권후」. "夫所謂律詩者 (…중략…) 其在唐也, 若高岑錢劉諸
什, 槪其尤也."

30) ㉠ 草堂卽事(5율), (『瀛奎律髓』, 黃山書社, 1994, 561면)-'春夏之交, 吟病, 石峴村
舍, 連次唐人五律' 25수 중 제6수, (『매천전집』 권3, 158면).

　㉡ 正月三日, 歸溪上有作, 簡院內諸公(5율), (위의 책, 560면)-(위의 시, 제5수).

　㉢ 野望(오율), (『杜詩詳注』, 제2책, 중화서국, 1995, 619면)-'又拈唐人五律', (위의
책, 193면).

　㉣ 九日藍田崔氏庄(7율), (위의 책, 490면)-'智島屯谷九日, 陪金雲養尙書, 拈杜詩
藍田崔氏庄韻'(『황현전집』 상, 276면)'坪湖邀仲元夜話, 次杜九日藍田', (『매
천전집』 권3, 207면).

　㉤ 人日兩編(7율), (위의 책, 제4책, 1856면)-'人日次杜韻'(『매천전집』 권1, 421면).

되어서야 겨우 과거에 합격했으나 평생 가난에서 헤어나지 못했다. 가도는 자가 낭선(浪仙)이고 범양인(范陽人)인데, 가난으로 말미암아 출가하여 법명을 무본(無本)이라 했다. 그러나 한유(韓愈)의 권고로 환속하여 50세에 겨우 과거에 올라 말직을 떠돌다 촉(蜀) 땅에서 죽었을 때 장례비조차 없었다고 한다. 이들은 한유와 더불어 중당 시단에서 한 유파를 이룬 시인들이다. 이들의 시는 시어를 심각하게 다듬고 독특한 말과 표현을 창출하려고 노력했던 바, 후대에 끼친 영향이 적지 않았다.

오두는 남송의 두유(杜斿. 자는 숙고(叔高), 주희(朱熹)의 문인), 두괴(杜旝, 자는 유고(幼高), 수(旞)의 아우, 주희의 문인), 두수(杜旞. 자는 계고(季高), 유(斿)의 아우), 두전(杜旃, 자는 중고(仲高), 호는 벽재선생(癖齋先生), 여(旟)의 아우), 두여(杜旟. 자는 백고(伯高), 여조겸(呂祖謙)의 문인)이다. 이들은 모두 한 집안으로 금화인(金華人)이며, 자에 고(高)자가 공통되기 때문에 흔히 금화오고(金華五高)라고 불린다. 이들의 행적은 『송원학안(宋元學案)』과 『송시기사(宋詩記事)』에 보이는데 모두 도학과 시문에 뛰어났다. 이들이 교유한 시인으로는 신기질(辛棄疾, 1140~1207)·대복고(戴復古, 1167~1252?)·육유(陸游, 1125~1210) 등이 있다. 오두는 소위 도학파 내지 강호시파에 속하는 시인들이다.

사령은 섭적(葉適, 1150~1123) 문하의 서조(徐照, 자는 도휘(道暉), 영휘(靈暉))·서기(徐璣, 자는 문연(文淵), 치중(致中), 호는 영연(靈淵))·옹권(翁卷, 자는 속고(續古), 영서(靈舒))·조사수(趙師秀, 자는 자지(紫芝), 호는 천락(天樂), 영수(靈秀))이다. 이들은 모두 절강성(浙江省) 영가(永嘉) 출신으로서 옹권의 자에서 령(靈)자를 취하여 자나 호를 지었기 때문에 영가사령(永嘉四靈)이라 불린다.

오두와 사령의 무리는 두보를 받들었던 강서시파(江西詩派)의 전고(典故)를 일삼는 시를 반대하고, 용사(用事)하지 않는 것을 목표로 삼아 두보를 버리고 만당의 시인을 모범으로 삼았다. 이들이 추구했던 시인은 특히 요합과 가도 등의 소위 고음시파(苦吟詩派)였다.

옹영서의 무리는 유독 가도·요합의 시를 좋아하여 점점 다시 청고한 풍격으로 나아갔다. 강호시인들이 그 시체(詩體)를 본뜨는 일이 많았다. 한때 스스로 당종(唐宗)이라고 했으나 성문승(聲聞乘)과 벽지승(辟支乘)의 결과에 들어가는 데 그침을 알지 못하니 어찌 성당(盛唐) 제공(諸公)의 대승정법안(大乘正法

眼)이겠는가? 아! 정법안이 전해지지 않은 지가 오래 되었다.[31]

위 『창랑시화(滄浪詩話)』의 기사는 옹권의 무리가 성당의 이백과 두보를 버리고 만당의 가도와 요합을 받든 것은 대승정법안이 아니라고 비난하고 있다. 원호문 또한 논시절구에서 "동야(맹교)의 궁벽한 시름은 죽어서도 그치지 않았으니, 높은 하늘 두터운 땅에서 한 시의 죄인이었네[東野窮愁死不休, 高天厚地一詩囚]"라고 그 고음(苦吟)의 태도를 배척하였다.

이들 고음파에 대한 역대의 평을 좀더 살펴본다. 소식(蘇軾)은 「제유자옥문(祭柳子玉文)」에서 "원진은 경박하고 백거이는 천속하다(元輕白俗). 맹교는 차갑고 가도는 매말랐다(郊寒島瘦). 요연(嘹然)히 한 차례 읊어보면 모든 작품이 비루하다"고 하였고, 또 「독맹교시이수(讀孟郊詩二首)」에서는 "인생은 아침이슬과 같은데, 밤낮으로 등불은 기름을 소모한다. 어찌 괴롭게 두 귀로, 이 가을벌레의 소리를 들으랴!"고 하였다. 호자(胡仔)는 『초계어은총화(苕溪漁隱叢話)』에서 장뢰(張耒)의 말을 인용하여 "당나라 만년에 시인 가운데 궁사(窮士)가 많았는데 맹동야(孟東野)와 가랑선(賈浪仙)의 무리는 모두 궁고(窮苦)의 언어를 각탁하는 것을 공교로움으로 삼았다.―그러나 그 지극한 것은 청절고원(淸絶高遠)하여 보통 사람이 도달할 바가 아니다. 당나라 야시(野詩)에서는 이 두 사람을 최고라고 말한다"고 하였다.

이처럼 이들 고음파에 대한 역대의 평은 호오(好惡)가 엇갈린다. 그러나 매천은 오히려 맹교와 가도의 고음시(苦吟詩)를 적극 옹호하였다. 특히 가도에 대한 애착은 병적일 정도였다.

○ 更將千首學唐僧(「重陽後五六日 (…중략…) 因經宿連酬」 4수 중 제3수,

---

31) 『歷代詩話』, 『滄浪詩話』 권1, 藝文印書館, 443면 詩辨. "翁靈舒輩, 獨喜賈島姚合之詩, 稍稍復就淸苦之風. 江湖詩人多效其體. 一時自謂之唐宗, 不知止入聲聞辟支之果. 豈盛唐諸公大乘正法眼者哉. 嗟乎, 正法眼之無傳久矣."

『매천전집』권3, 89면).

○ 賈島敲門山更深(「西庵度重陽」 2수 중 제1수, 위의 책, 권1, 109면).

○ 力追郊島輩, 巧詞相排纘(「酉堂遞任, 過訪, 分韻得滿字, 戲賦長歌贈之」,
   위의 책, 254면).

○ 杖頭憂憂怪禽啼(「入泉隱寺」, 위의 책, 119면).

○ 嘖嘖空林怪鳥聲(「長夏山居, 日次放翁爲課」 14수 중 제4수, 위의 책, 280면).

○ 怪鳥時從門扁啄(「次放翁韻」 제12수, 위의 책, 147면).

○ 平生到寺心空折,　五字僧鼓月下門(「同海史安上舍重燮游道林寺二首」
   중 제1수, 『황현전집』 상, 66면).

○ 寂寂人敲松下門(「次放翁韻」 제5수, 위의 책, 144면).

○ 松下敲門微路熟(「淸和中旬,　訪酉堂于鳳泉庵,信宿唱酬,　拈劉隨州韻」,
   위의 책, 269면).


　이들 시구에서 가도시에 대한 매천의 병적인 집착을 십분 볼 수 있다.
위 시구 중 '고문(敲門)'은 퇴고(推敲)의 고사로 유명한 가도시 「제이응유
거(題李凝幽居)」의 "僧敲月下門" 구절에서 가져온 것이다. '괴조(怪鳥)'·
'괴금(怪禽)'은 가도시 「모과산촌(暮過山村)」의 "怪禽啼曠野, 落日恐行
人"32) 구절에서 가져온 것이다. 구양수(歐陽修)는 『육일시화(六一詩話)』에
서 "온정균(溫庭均)의 '鷄聲茅店月, 人跡板橋霜'과 가도의 '怪禽啼曠野,
落日恐行人' 구절의 경우, 길에서의 辛苦와 여행의 근심을 어찌 언외(言
外)에서 보지 못하겠는가?"33)라고 가도의 '괴금' 구절을 극찬했다.
　이처럼 매천은 '고문(敲門)'·'괴금(怪禽)'으로 상징되는 가도의 각탁(刻
琢)·고음(苦吟)의 창작정신을 배우려고 하였다. 매천이 가도의 시에 차
운 한 것은 8수34)이다. 이는 모두 오언율시이다. 즉 매천이 가도에게서

---

32) 『長江集』 권8, 四庫唐人文集叢刊, 상해고적출판사, 1993, 35면.

33) 歐陽修, 『六一詩話』, 何文煥 編訂 『歷代詩話』, 藝文印書館, 民國 72년, 158면. "若
　溫庭筠, '鷄聲茅店月, 人跡板橋霜', 賈島, '怪禽啼曠野, 落日恐行人', 則道路辛苦,
　羈愁旅思, 豈不見於言外乎"

34) ㉠ 題李凝幽居(『瀛奎律髓』, 黃山書社, 1994, 560면)-'春夏之交, 吟病石峴村舍, 連
　次唐人五律二十五首'(『황현전집』 하, 877~882면).

배우려 한 것은 오언율시였던 것이다.

⑦

| | |
|---|---|
| 嘉隆七子漫縱橫 | 가정·융경 연간에 칠자가 종횡으로 날뛰며 |
| 趙宋無詩太不情 | 송나라엔 시가 없다고 몹시 마음 두지 않았네 |
| 奈此嶙岣坡谷筆 | 이 우뚝한 동파와 산곡의 붓은 어떠한가 |
| 中天萬古兩齊名 | 하늘에서 영원히 이름 나란히 했네(坡谷) |

북송(北宋)의 동파(東坡) 소식(蘇軾, 1037~1101)과 산곡(山谷) 황정견(黃庭堅, 1045~1105)에 대한 평이다.

가정(嘉靖, 1522~1566)·융경(隆慶, 1567~1572)은 명(明)의 세종(世宗)과 목종(穆宗)의 제위 기간으로 소위 후칠자(後七子)가 문단의 우이(牛耳)를 잡았던 시기이다. 이반룡(李攀龍)·왕세정(王世貞)·사진(謝榛)·서중행(徐中行)·종신(宗臣)·양유예(梁有譽)·오국륜(吳國倫)이 그들인데, 이들은 전칠자의 '문필진한(文必秦漢), 시필성당(詩必盛唐)'이라는 복고주의를 계승하여 더욱 복고를 강화했다.

전칠자인 이몽양(李夢陽, 1472~1529)은 다음과 같이 송시(宋詩)를 비판했다.

송인(宋人)은 이론을 주로 하여 이론적인 말을 지었다. 그래서 바람과 구름과 달과 이슬을 박대하여 모두 깎아 버리고 다루지 않았다. 또 시화를 지어서 사람들을 가르쳐 사람들은 다시는 시를 알지 못하게 되었다. 일찍이 시에 어찌 이론이 없었겠는가만 만약 전문적으로 이론적인 말을 지으려면 어찌 문장을 짓지 않고 시를 짓는가?[35]

---

ⓛ 訪李甘原居(위의 책)―(위의 책).
ⓒ 僻居無可上人相訪(위의 책, 565면)―(위의 책).
ⓔ 送唐環歸敷水庄(위의 책)―(위의 책).
ⓜ 原東居喜唐溫淇頻至(위의 책, 565~566면)―(위의 책).
ⓗ 原上秋居(위의 책, 566면)―(위의 책).
ⓢ 偶作(위의 책)―(위의 책).
ⓞ 馬戴居華山因寄(위의 책, 567면)―(위의 책).
35) 『空同集』 권51 「缶音序」. "宋人主理, 作理語, 於是薄風雲月露, 一切刪去不爲, 又作詩話敎人, 人不復知詩矣. 詩何嘗無理, 若專作理語, 何不作文, 而詩爲耶."

후칠자의 영수였던 이반룡(1514~1570)은 자신이 편찬한 역대의 시 선집인 『고금시산(古今詩刪)』에 송(宋)·원(元)의 시를 단 한 편도 넣지 않았다. 또 왕세정(1526~590)은 소식과 황정견을 다음과 같이 혹평했다.

자첨(子瞻)의 글을 읽으면 그의 재주를 알게 된다. 그러나 책을 읽지 않은 사람 같다. 자첨의 시를 읽으면 그의 학문을 알게 된다. 그러나 전혀 재주가 없는 사람 같다.[36]

시격(詩格)이 소식과 황정견으로부터 변한 것은 진실로 그러하다. 황정견의 생각에 소식이 불만스러워서 곧장 그 위를 넘어서려고 했다. 그러나 소식만 못했다. 무엇 때문인가? 기교를 부리면 부릴수록 더욱 졸렬해지고, 새로워지려고 할수록 더욱 진부해지고, 가까워지려고 할수록 더욱 멀어져서이다.[37]

매천은 당시나 송시를 막론하고 모든 시대의 장점을 배우고자 하는 입장이었다. 그러나 그의 시는 송시적 풍격이 짙어 소식과 육유의 시를 모범으로 삼았다는 평을 받은 바 있다. 매천은 『동파집』을 읽고 다음과 같이 그 감회를 서술했다.

| | |
|---|---|
| 東坡學士神仙姿 | 동파 학사의 신선의 자태 |
| 氣橫素秋萬人往 | 기운이 가을하늘에 뻗치니 만 사람이 오가고 |
| 筆下汪汪經國語 | 붓 아래 넘치는 나라 경륜의 말 |
| 兒畜賈董奴非軼 | 가의(賈誼)와 동중서(董仲舒)를 아이처럼 다루고 |
| | 한비자(韓非子)와 상앙(商鞅) 을 노비로 삼았네 |
| 結髮立朝老愈勁 | 젊어서 입조하여 늙어 더욱 굳세니 |
| 大章尺牘皆忠讜 | 대장과 척독이 모두 올곧았고 |
| 滑稽釀成烏臺案 | 골계가 무르익어 오대안이 되니 |
| 大步笑入奸碑黨 | 당당하게 웃으며 간비당에 들어갔네 |

---

36) 『藝苑巵言』 권4, 『續歷代詩話』 下, 藝文印書館, 1185면. "讀子瞻文, 見才矣. 然似不讀書者. 讀子瞻詩, 見學矣. 然似絶無才者."

37) 『藝苑巵言』 권4, 위의 책, 1184면. "詩格變自蘇黃, 固也. 黃意不滿蘇, 直欲凌其上, 然故不如蘇也. 何者, 愈巧愈拙, 愈新愈陳, 愈近愈遠."

| | |
|---|---|
| 喚取羽士作功臣 | 우사를 불러 공신으로 삼으니 |
| 奎星芒角光千杖 | 규성의 별빛 천 길로 솟았네 |
| 瓊琚萬斛留世間 | 옥 같은 많은 글 세상에 남기니 |
| 讀者人人快爬癢 | 읽는 사람마다 가려운 곳 시원하네 |
| 壯士籠原縛犀豹 | 장사가 들을 에워 무소와 표범을 잡고 |
| 疾雷劈山逃罔兩 | 세찬 번개 산을 쪼개니 도깨비들 달아나네 |
| 又如無邊曠墟濱 | 또 끝없는 광야의 물가 같고 |
| 急風黑雨吹莽蒼 | 세찬 바람 검은 비가 망창에 몰아치고 |
| 有時兒女恩怨語 | 때때로 아녀자의 은원의 말도 있는데 |
| 變作九奏鈞天廣 | 변화하여 구주의 균천광악이 되네 |
| 百態橫生不可窮 | 온갖 자태가 종횡으로 생겨나 궁구할 수 없고 |
| 掩券欲哭徒悵惘 | 책을 덮고 통곡하려니 한낱 슬플 뿐이네 |
| 寄笑後來諸妄人 | 우습도다 뒷날의 여러 망인들 |
| 抽肝擢腎期相倣 | 간과 신장은 뽑아 버리고 겉모양만 본뜨려 하네 |
| 先生却在文字外 | 선생은 도리어 문자 밖에 있으니 |
| 高風峻節尤何仰 | 고풍준절을 더욱 어찌 받들 것인가?[38] |

소식의 고결한 인품과 소식시의 변화무쌍한 수법과 다양한 내용을 지적한 것이다.

황정견은 장뢰(張耒)·조보지(晁補之)·진관(秦觀)과 함께 소식 문하(門下)의 사학사(四學士)로서 일찍부터 시명이 높아 소식과 병칭되었다. 그는 특히 새로운 작시법을 개척하여 강서시파(江西詩派)의 종장(宗匠)이 되었다. 그가 주장한 점철성김(點鐵成金)과 환골탈태(換骨奪胎)법은 단지 모방과 표절일 뿐이라는 비난이 많았지만, 시에 전고(典故)를 풍부히 하고, 자구(字句)를 단련(鍛鍊)하고, 두보의 요체(拗體)를 더욱 개발한 그의 작시법은 당시(唐詩)하고는 다른 새로운 경지의 송시(宋詩)의 길을 연 공적이 크다 하겠다. 매천은 이러한 황정견의 공적을 높이 평가한 것이다. 그래서 황정견을 소식과 병칭했다.

---

38) 「題東坡集」, 『黃玹全集』 상, 아세아문화사, 41면.

好見蘇黃兩不孤　　　　소식과 황정견 둘 다 외롭지 않으니

覇家長短晉爭吳　　　　패가의 장단점이 진과 오의 다툼 같네[39]

莫道秦黃浮薄輩　　　　진관(秦觀)과 황정견을 부박한 무리라 말하지 마오

雲龍上下此同時　　　　구름과 용이 위아래에 있음은 이와 같은 때였네[40]

패가는 정종(正宗)이 아니라는 것이다. 다시 말해서 소식과 황정견은 당시(唐詩)의 전통을 고수하지 않고 새로운 경지를 연 시인이라는 것이 매천의 견해인 것이다. 한편 원호문은 소식과 황정견에게는 긍정적이었으나 진사도(陳師道)와 같은 강서시파에 대해서는 매우 부정적이었다. 왕사진은 또한 그의 논시절구에서 소·황을 높인 바 있다.[41]

매천이 소식시에 대해 차운한 것은 오언고시 4수와 칠언고시 8수이다. 그 가운데 소식의 칠언고시 「十一月二十六日, 松風亭下, 梅花盛開」에 대해, "坡詩三疊神自王, 千秋悵望酹淸樽"이라 하여 시인의 영감(神)이 절로 왕성하다고 평하면서 경의를 표하고 있다. 시인의 영감의 왕성함이란 곧 '호방(豪放)'이다. 이로 볼 때 매천이 소식에게서 배우고자 하였던 것은 호방한 칠언고시였음을 알 수 있다.

⑧

繅眼空華鏡裏垂　　　　번뇌어린 취한 눈동자 거울에 비추는데

羚羊掛角本無枝　　　　영양괘각엔 본래 지엽이 없다네

放翁老去文心細　　　　방옹은 늙어가면서 문심이 세심해져

解脫金丹只自知　　　　해탈금단을 다만 스스로 알았네(劍南)

남송(南宋)의 방옹(放翁) 육유(陸遊, 1125~1209)에 대한 평이다. 매천은 육

---

39) 「和小川論詩六絶」 중 제6수, 『황현전집』 상, 아세아문화사, 92면.

40) 「借讀蘇詩四首」 중 제3수, 『매천전집』 권3, 전주대학본, 152면.

41) 왕사진, 『만수논시절구』 권1, 인민문학출판사, 237면. "冬日, 讀唐宋金元諸家詩, 偶有所感各題一絶於券後, 凡七首" 중, 子瞻에 대해선, "慶曆文章宰相才, 晚爲孟博亦堪哀. 淋漓大筆千年在, 字字華嚴法界來"라고 했고, 魯直에 대해서는, "一代高名孰主賓, 中天坡谷兩嶙峋. 瓣香只下涪翁拜, 宗派江西第幾人"이라고 했다.

유 시를 평생 애호하여 조선을 통틀어 육시에 대한 가장 많은 차운을
지었다.

| | |
|---|---|
| 我固愛宋詩 | 나는 진실로 송시를 좋아하는데 |
| 在宋九愛陸 | 송시 중에 육시를 가장 좋아하네 |
| 無物不能肖 | 그려내지 못한 사물이 없었고 |
| 萬語皆可讀 | 모든 말이 다 읽을 만하네 |
| 爛套毋遽置 | 난만한 상투어라 성급히 비웃지 마소 |
| 妙處正在熟 | 묘처는 바로 난숙한 데 있다오 |
| 冗瑣雖錯出 | 군더더기가 비록 섞여 나오나 |
| 雄傑更有孰 | 웅걸한 점은 다시 누구에게 있는가? |
| 譬彼滄海中 | 저 푸른 바다 속에 비유하면 |
| 汪濊涵百族 | 넓고 깊은 물 온갖 어족을 담고 |
| 光怪蛟螭騰 | 괴이한 빛의 교룡과 이룡이 뛰고 |
| 蜿屈蝦蟹伏 | 꿈틀대는 새우와 게가 엎드려 있네 |
| 豈我心膽薄 | 어찌 내 마음은 담이 적던가? |
| 一紙首屢縮 | 한 장의 글에도 머리를 자주 움추리는데 |
| 俗子妄吹毛 | 속된 사람은 망령되이 작은 허물만 찾으며 |
| 祗足誇眼肉 | 다만 식견없는 안목을 자랑하네 |
| 詩本言志已 | 시는 본래 뜻을 말하는 것일 뿐 |
| 其道無繁目 | 그 법칙에 번다한 조목이 없었다네 |
| 後來列衆體 | 나중에 여러 체제가 늘어서서 |
| 軏輪競分逐 | 끊임없이 서로 나뉘어 다투었네 |
| 譬人能語後 | 사람에 비유하면 말에 능한 후에야 |
| 辯訥始各局 | 말 잘하고 더듬는 것 비로소 구별된다네 |
| 使有生而啞 | 만일 나면서부터 벙어리라면 |
| 何由辨麥菽 | 무엇으로 콩과 보리를 구별할 건가? |
| 如欲成好詩 | 좋은 시를 지으려거든 |
| 勿憚如語錄 | 어록 같은 것도 꺼리지 마오 |
| 君看石帆老 | 그대 보게나 석범산의 늙은이가 |
| 千載殿坡谷 | 천년 동안 소동파와 황산곡을 이었음을[42] |

매천은 육유 시가 비록 군더더기가 섞여 있으나 웅걸한 점에선 으뜸
이라 했다. 그리고 소식과 황산곡을 이은 송시의 대표 시인으로 자리
매김을 한 것이다.

논시에서 육유 시를 '영양괘각', '해탈금단'이라 평하였는데, 영양괘
각은 엄우(嚴羽)의 『창랑시화(滄浪詩話)』에서 빌어온 말이다.

> 성당(盛唐)의 여러 시인들의 장점은 오직 흥취(興趣)에 있었으니 영양이 나
> 뭇가지에 뿔을 걸어 놓고 자는 것 같아서 그 자취를 찾을 수 없다. 그래서 그
> 묘처(妙處)는 투철영롱(透徹玲瓏)하여 모아서 머물게 할 수 없으니 공중의 소
> 리와 외형 속의 색깔과 물 속의 달과 거울 속의 형상 같고 말은 다 했는데 뜻
> 은 무궁하다.43)

해탈금단도 이러한 영양괘각의 경지와 같은 맥락으로 사용된 말이다.
금(金)나라와 대치 상황의 남송(南宋)에서 만여 수의 방대한 시를 남긴 육
유의 시적 경향은 다음과 같이 두 방면으로 대별된다.

> 한 방면은 '비분격앙(悲憤激昻)'이다. 국가를 위해 원수를 갚아 치욕을 씻고,
> 상실한 강토를 되찾고, 적의 수중에 빠진 백성을 해방시키려는 것이다. 또 한
> 방면은 '한적세니(閑寂細膩)'이다. 일상생활의 깊은 맛을 음미하고, 눈앞에 있
> 는 경물의 다양한 모습을 적절하게 표현하는 것이다.44)

육유 시는 이 두 가지 방면에서 후대의 시에 영향을 주었다. 매천이
차운한 육유 시는 모두 66제(題)로서 칠언율시가 65제, 오언율시가 1제이
다. 그리고 내용적으로는 '한적세니'적인 것이 다수이다. 매천은 육유의

---

42) 『매천전집』 권3 249면 「讀劍南集」.

43) 詩辨, 『창랑시화』, 위의 책, 443면. "盛唐諸人, 惟在興趣. 羚羊挂角, 無迹可求. 故
其妙處, 透徹玲瓏, 不可湊泊, 如空中之音, 相中之色, 水中之月, 鏡中之象, 言有盡
而意無窮."

44) 錢鍾書, 『宋詩選註』, 人民文學出版社, 190면. "一方面是悲憤激昻, 要爲國家報仇
雪恥, 恢復喪失的疆土, 解放淪陷的人民. 一方面是閒適細膩, 咀嚼出日常生活的深
永的滋味, 熨貼出當前景物的曲折的情狀."

칠언율시를 모범으로 본 것이며, 한적세니적 시에 더욱 주목한 것이다.

⑨

| 中州詞曲爛新飜 | 중주의 사곡 무르익어 새롭게 피었는데 |
| 夢裏衣冠朔氣昏 | 꿈 속에 의관 보나 북쪽 기운 저물었네 |
| 不識時堪堙滅好 | 때때로 없어져서 좋은 것을 알지 못하고 |
| 才人通患是名根 | 재인들은 이 이름의 근본을 몹시 근심하네(遺山) |

금(金)의 유산(遺山) 원호문(元好門, 1190~1257)에 대한 평이다. 이 논시는 원래 매천이 원호문의 『중주집(中州集)』을 읽고 쓴 「제중주집(題中州集)」이란 제목의 독립 시편이었다. 『중주집』은 원호문이 금(金)나라 시인들의 시를 선발해 놓은 시 선집으로서 수록된 작가는 251명, 작품은 2,026수이다.

중주는 금나라의 정치·경제·문화의 중심지였던 하남(河南) 일대를 가리킨다. 논시는 주로 금나라의 멸망기에 살았던 원호문의 가계(家系)과 처지를 언급한 것이다.

원덕명(元德明, 원호문의 부친)은 계통이 탁발씨(拓拔氏)의 위(魏)나라에서 나왔는데 태원(太原) 수용(秀容) 사람이다 (…중략…) 아들 호문이 가장 유명했다. 호문은 자가 유지(裕之)이다. 일곱 살에 시에 능했다 (…중략…) 흥정(興定) 5년(1222)에 과거에 급제하여 (…중략…) 천흥(天興) 초년(1123)에 상서성 연리로 발탁되고, 곧 좌사도사에 제수되었으며, 상서성 좌사원외랑으로 옮겨졌다. 금이 망한 후 벼슬에 나가지 않았다. 글을 쓰는 데는 법도가 있었고 여러 체제를 갖추었다. 그의 시는 기굴(奇崛)하면서도 조극(彫劇)함이 없었고, 교욕(巧縟)하면서도 기려(綺麗)함이 없었다. 오언은 고고(高古)·침울(沈鬱)했으며, 칠언악부는 옛제목을 사용하지 않고 특별히 새로운 뜻을 표현했다. 가요는 강개(慷慨)하여 유주(幽州)·병주(幷州)의 기풍이 있었다. 그의 장단구(長短句)는 새로운 운율을 끌어다가 은원(恩怨)의 내용을 표현한 것이 또한 수백 편이다.[45]

---

45) 「文藝」 下, 『金史』 권126, 중화서국, 2,742면. "元明德, 系出拓拔魏, 太原秀容人 (…중략…) 子好問, 最知名. 好問字裕之. 七歲能詩. 中興定五年第, 天興初, 擢尙書省掾,

원호문은 금이 망한 후 출사하지 않고 오직 금의 역사저술에 힘을 기울였다. 그의 저술은 『금사(金史)』의 편찬에 많은 부분이 수용되었고, 『중주집』은 전겸익(錢謙翼)의 『열조시집(列朝詩集)』의 체제에 영향을 미쳤으며, 논시절구가 시 비평의 한 체제로 굳어진 것은 바로 그의 「논시30수」에서 비롯된 것이다.

매천의 논시는 다음의 홍세태(洪世泰)의 시와 그 뜻이 유사하다.

| | |
|---|---|
| 不生於宋卽生金 | 송나라에서 태어나지 못하고 금나라에서 태어났으나 |
| 天借雄鳴掩鳥音 | 하늘이 웅장한 소리를 빌려주어 새소리를 덮어버렸네 |
| 莫問堂時庾開府 | 당시의 유개부에게 물어볼 수 없는데 |
| 北朝今日亦傷心 | 북조의 금일에 또 다시 상심하네 |

「독원호문시집(讀元好問詩集)」46)

⑩

| | |
|---|---|
| 竹桐猶洗況塵心 | 댓잎 오동잎도 씻거늘 하물며 때문은 마음이야 |
| 淸閟堂中道氣深 | 청비당 가운데 도기가 깊었네 |
| 豈盡元人纖麗已 | 어찌 모든 원나라 시인들이 섬려했을 뿐이던가 |
| 當時眞逸有雲林 | 당시의 진일에 운림이 있었네(雲林) |

원(元)의 운림거사(雲林居士) 예찬(倪瓚, 1301~1374)에 관한 평이다. 예찬의 자는 원진(元鎭)이며 무석주(無錫州) 사람이다. 원말(元末)에 부유한 집안에서 태어나서 출사하지 않고, 오로지 독서와 시서화에만 전념했다. 원이 망한 후 민간에 은거하여 생을 마쳤다.

조선에선 예찬을 화가로만 언급했을 뿐 시인으로서 거론한 적이 거의 없다. 따라서 예찬을 원의 대표 시인으로 본 매천의 시각은 특별하

---

頃之, 除左司都事, 轉行尙書左司員外郞. 金亡, 不仕. 爲文有繩尺, 備衆體. 其詩奇崛而絶雕劇, 巧縟而謝綺麗. 五言高古沈鬱. 七言樂府不用古題, 特出新意. 歌謠慷慨挾幽幷之氣. 其長短句, 揄揚新聲, 以寫恩怨者又數百篇."

46) 洪世泰, 『柳下集』 권4.

다 하겠다.

　　논자(論者)는 원시가 송시보다 못하다고 말한다. 그러나 실상은 그렇지 않다. 송시는 침사(沈傺)함이 많아서 소릉(少陵)에 가깝고, 원시는 경양(輕揚)함이 많아서 태백(太白)에 가깝다. 만당(晩唐)으로써 논하면 송의 시인들은 한유와 백거이를 배운 것이 많고, 원의 시인들은 온정균과 이상은을 배운 것이 많다. 요컨대 또한 자매의 사이일 뿐이다. 이 『원시선(元詩選)』을 읽어보면, 유산(遺山)과 정수(靜修)가 그 선두를 이끌었고, 우집(虞集)·양재(楊載)·범팽(范梈)·게혜사(揭傒斯) 등 여러 사람이 그 성대함을 울렸으며, 철애(鐵崖)와 운림(雲林)이 그 어지러움을 지탱했다. 풍풍(渢渢)하게 또한 각자가 한 시대의 음률이니 어찌 빠뜨릴 수 있겠는가?47)

　　이처럼 청(淸)의 송락(宋犖)은 예찬을 철애 양유정(楊維楨, 1296~1370)과 함께 원말의 중요 시인으로 취급했는데, 예찬의 시풍은 다음 글에서 짐작할 수 있다.

　　구곡(句曲) 장우(張雨)와 전당(錢塘)의 유화(兪和)가 일찍이 예찬의 원고를 잘 베껴서 보관했다. 논평자들은 흰 구름이 하늘에 흘러가고, 잔설이 땅에 있는 것과 같다고 했다. 양철애(楊鐵崖)가 말하길, "원진의 시는 재력이 부패한 것 같은데, 풍치는 특별하게 예스러움에 가깝다"고 했다. 또 오포암(吳匏菴)이 말하길, "예고사의 시는 원인(元人)의 농려(穠麗)함을 털어 버리고, 도연명·유종원의 염담(恬澹)한 뜻을 얻었다. 백 년 아래에 시험삼아 한두 편을 노래해 보면 오히려 수풀을 진동시킬 만하다"고 했다.48)

---

47) 宋犖, 「元詩選序」, 『元詩選』 권1, 중화서국, 5면. "論者謂元詩不如宋, 其實不然, 宋詩多沈傺, 近少陵. 元詩多輕揚, 近太白. 以晩唐論, 則宋人學韓·白爲多, 元人學溫·李爲多, 要亦娣似耳. 間瀏覽是編, 遺山·靜修導其先, 虞·楊·范·揭諸君鳴其盛, 鐵崖·雲林持其亂, 渢渢乎亦各一代之音, 詎可闕哉!"
48) 顧嗣立, 「雲林先生倪瓚」, 『원시선』 권3, 위의 책, 2,091면. "句曲張雨·錢塘兪和嘗繕寫其稿藏之. 論者謂如白雲流天, 殘雪在地. 楊鐵崖曰, 元鎭詩才力似腐, 而風致特爲近古. 吳匏菴曰, 倪高士詩能脫去元人之穠麗, 而得陶柳恬澹之情. 百年之下, 試一二篇, 猶堪振動林木也."

예찬의 시는 풍치가 몹시 예스럽고, 원인(元人)의 농려(穠麗)함을 털어 버리고 도연명과 유종원의 염담(恬淡)한 뜻을 얻었다는 것이다. 명나라 진계유(陳繼孺) 또한 「예운림집서(倪雲林集序)」에서 "시는 도연명·위응물·왕유·맹호연과 같지만 한 점의 종횡하는 습기(習氣)를 띠지 않았다"49)고 하였다.

매천은 논시에서 예찬의 시를 섬려하지 않고, 속기에서 벗어난 진정한 일사(逸士)의 시라 평했다. 한편 논시의 첫 구절은 예찬의 결벽증을 지적한 것이다. 예찬은 자신의 거처에 속된 사람이 오면 오염될까 두려워 자리를 피했으며, 그가 돌아가면 곧 머물렀던 장소를 깨끗이 씻어냈다. 또 하루에도 몇 번씩 손을 씻고 의복의 먼지를 털어 내는가 하면 집 주위의 나무와 바위를 씻어냈다고 한다. 청비당은 예찬의 거소에 있던 누각인데, 운림당(雲林堂)·소한각(蕭閒閣) 등이 더 있었다.

⑪

| 弘正諸公制作繁 | 홍치·정덕 연간 제공들 제작이 번다했는데 |
| 詎知臺閣異田村 | 누가 대각체와 전촌체가 다름을 알았던가 |
| 到來王李炎燼日 | 왕세정 이반룡의 불꽃이 꺼지던 날에 이르러서야 |
| 始服人間衆口喧 | 비로소 세상 사람들의 떠듦을 굴복시켰네(七子) |

명(明)의 칠자(七子)에 관한 평이다. 홍치(弘治, 1488~1509)·정덕(正德. 1506~1521) 연간은 이몽양(李夢陽, 1473~1530)과 하경명(何景明. 1483~1521) 등 전칠자가 활약하던 시기이다. 왕리(王李)는 후칠자인 왕세정(王世貞)와 이반룡(李攀龍)이다. 이들 전후칠자에 대한 매천의 견해는 다음 글에서 상세히 알 수 있다.

그(명나라의) 글에 능한 선비들 중 진한(秦漢)의 수레를 타고 이몽양과 왕세정이 그 근원을 이끌었고, 당송(唐宋)을 내걸고 왕신중(王愼中)과 당순지(唐順

---

49) 陳繼孺 「倪雲林集序」, 『陳眉公全集』 권上, 上海中央書店, 1936, 127면. "然詩如陶韋王孟, 而不帶一點縱橫習氣乎."

之)가 그 기치를 표방했다. 종성(鍾惺)과 담원춘(譚元春), 원굉도(袁宏道)와 원중도(袁中道) 등이 뒤를 이었는데, 여러 번 변하여 더욱 하대로 내려오자 한 시대의 문풍이 마침내 땅에 떨어졌다.

지금 제가를 고찰해 보면, 그 결점과 좋은 점을 숨길 수가 없다. 가짜의 옛것은 진짜의 지금 것만 못하다. 겉모습만 취한 것은 마음으로 얻은 것만 못하다. 만약 칠자를 다시 살아나게 한다면, 반드시 그 젊은 날의 굴강(屈强)한 기질을 후회할 것이다. 그러나 그 실상은 명나라가 일어나 홍치·정덕 연간에 이르고, 또 백 년 동안 대각체가 이어졌는데, 그 문풍의 유약(柔弱)함을 근심하여 한 차례 떨쳐 쇄신되지 않을 수 없었던 것이다. 다만 그것이 교왕과직(矯枉過直)했기 때문에 식자는 그것을 그르다고 했다. 그러나 한편 그들을 높임이 그 분수에 넘치고, 그들을 비방함이 그 실상을 몰각(沒却)했음은 또한 그 형세가 그러했을 뿐이다.

만약 공동(空同, 이몽양(李夢陽))의 웅한(雄悍)함과 엄주(弇州, 왕세정(王世貞))의 번박(繁博)함을 정종(正宗)이라 한다면 잘못된 말이지만, 대가(大家)라고 하지 않는다면 옳지 않다. 그런데 어째서 우산(虞山, 淸의 전겸익(錢謙益))은 소위 고황무학(膏肓繆學)이라 하여 인재를 먼지 안개의 어둠에 묻어 버리기에 이르렀는가? 우산이 경계한 바는 이몽양과 왕세정의 일체(一切)는 문장과 글자를 좇는 것을 법으로 삼았다는 것이다. 그러나 조리(條理)는 폈으나 봉영(鋒穎)이 짧았고, 기염(綺艶)은 승했으나 풍신(風神)은 적었고, 그 명의(命義)와 입론(立論)은 또한 편격(偏激)에 손상되었다. 요컨대 이몽양과 왕세정의 마음을 크게 복종케 할 바가 없었다. 대개 이몽양과 왕세정이 동리(東里, 양사기(楊士奇))와 서애(西涯, 이동양(李東陽))를 대한 것과 우산이 이몽양과 왕세정을 대한 것은 모두 교왕과직(矯枉過直)한 것이다. 감주(弇州)는 당나라 이후의 글을 읽지 않았는데, 조남성(趙南星)과 탕의잉(湯義仍, 탕현조(湯顯祖))은 『사부고(四部稿)』를 얻어보고는 곧 없애 버렸다. 우산이 그것을 몹시 칭찬했다. 청나라 건륭(乾隆) 연간에 우산을 추론(追論)하고, 아울러 그의 문집을 없애 버렸다. 아! 예인재자(藝人才子)는 명심해야 한다. 한 불꽃을 반드시 없애 버리려고 하는 것은 그 마음이 이미 좋아하지 않아서인데, 보복의 교묘함이 이와 같다. 참으로 경계할 일이다.

당형천(唐荊川, 당순지(唐順之))은 정덕·가정 때에 이몽양과 하경명을 추존하지 않았다. 모순보(茅順甫, 모곤(茅坤))는 팔가(八家)를 표장할 때에 또한 허가하지 않았다. 대개 통인(通人)의 의론이라 하겠다. 그러나 그들의 문은 지금에 와서는 추대되어 정종으로 삼아진다. 사장(詞章)의 학(學)도 역시 편심(偏心)과 승기(勝氣)로써 구할 수 없음을 진실로 믿겠다.[50]

매천의 생각은 전후칠자의 의고주의(擬古主義)는 옳지 않지만, 명초(明初)의 잘못된 문풍을 바로잡으려 한 공적과 그들이 이룩한 시문에 대한 평가는 제대로 행해져야 한다는 것이다. 매천은 이몽양의 법고주의를 비판하여 "이헌길(李獻吉)이 일생 동안 규호휴돌(叫號嚾突)한 것은 배우의 흉내에 불과했다"[51]고 한 바 있지만, 그럼에도 불구하고 이몽양과 왕세정 등을 한 시대의 대가로 평한 것이다.

논시에서 언급한 대각체는 명(明)의 영락(永樂)에서 성화(成化)년에 이르는 80년 동안 국병(國柄)을 쥔 양사기(楊士奇)·양영(楊榮)·양부(楊溥) 등의 시풍을 말한다. 그것은 평이하고 새로운 맛이 없었으며, 내용은 승평(昇平)을 노래하고 부귀함을 묘사한 것들이었다. 이에 반발하여 이동양의 다릉파(茶陵派)가 당시(唐詩)를 들고 나왔으나 근엄할 뿐 기백이 없었

---

50) 황현, 『매천전집』 권2 380~382면 其二 「讀初學集」. "其能文之士, 駕秦漢, 則李王導其源. 揭唐宋 則王唐標其幟. 繼之以鍾譚二袁. 屢變愈下, 一代之文, 遂委地矣. 今考諸家, 其瑕瑜不可掩. 贋古不如眞今, 貌取不如心得. 雖使七子更生, 必將悔其少日屈强之氣. 然其實則明興至弘正, 且百年臺閣相沿, 其文患弱 不容不有一番振刷之也. 但其矯枉過直. 故識者非之. 然尊之者, 溢其分. 則毁之者, 歿其實. 亦其勢然耳. 若空同之雄悍, 弇州之繁博, 謂之正宗, 則舛, 而不謂之大家, 不可也. 何至如虞山所謂膏肓繆學, 而銷人才於塵雰霧晦之中也耶. 虞山所戒李王一切, 以文從字順爲法. 然條理暢而鋒穎短, 綺艶勝而風神少. 其命意立論, 亦傷偏激. 要之無以大服李王之心. 蓋李王之於東里·西涯, 虞山之於李王, 皆矯枉過直者也. 弇州不讀唐以後書. 趙南星·湯義仍得『四部稿』皆隨手散盡. 虞山極稱之. 淸乾隆間, 追論虞山, 并毁其文集. 嗟乎, 藝人才子銘心, 一燼必欲掩廢, 則其立心已不好, 而報復之巧, 亦如此其丁寧也. 唐荊川, 當正嘉之際, 不推李何. 茅順甫之表章八家也, 亦不許可, 蓋通人之論也. 而其文至今推之爲正宗. 信乎, 詞章之學, 亦不以偏心勝氣而求之也."
51) 황현, 『황현전집』 권上 369면 「答李石亭書」. "獻吉一生叫號嚾突, 不過爲優孟之誚."

고 결국 의고주의로 빠지고 말았다. 이에 전후칠자가 복고의 기치를 올리게 된 것이다.

왕사진은 그의 논시에서 하경명·이몽양·이반룡 등을 추존한 바 있다.

⑫

| | |
|---|---|
| 模山範水境生層 | 산수를 모범하여 경계가 층을 이루니 |
| 憐汝風騷絶世能 | 사랑스럽소 그대 풍소 절세에 능했네 |
| 一部精華堪下拜 | 한 부의 「정화록(精華錄)」은 경배 받을 만한데 |
| 帶經堂裏炯孤燈 | 대경당엔 외로운 등불만 깜박이네(漁洋) |

청(淸)의 어양산인(漁羊山人) 왕사진(王士禎, 1634~1711)에 대한 평이다. 왕사진은 이름이 사정(士正) 혹은 사정(士禎)으로 불리기도 하는데,52) 자는 자진(子眞) 혹은 이상(貽上)이며, 호는 완정(阮亭)이고, 또 자호로 어양산인이라 했다. 「사고전서총목」에서는 왕사진을 다음과 같이 평하고 있다.

우리 조정이 개국하던 처음에 사람들은 모두 명대의 왕세정·이반룡의 부곽(膚廓)함과 종성·담원춘의 섬측(纖仄)함을 싫어했다. 그래서 시를 말하는 자는 마침내 송·원의 시를 숭상하게 되었다. 곧 송시의 질직(質直)함이 운율 있는 어록(語錄)으로 흐르고, 원시의 욕염(縟艶)함이 대구 있는 소사(小詞)로 흐르게 되었다. 이때에 사정 등이 청신준일(淸新俊逸)한 재간으로 산수를 모범(模範)하고, 풍월을 비말(批抹)하고, '不著一字 盡得風流'란 설(說)로써 천하를 창도(倡導)했다. 천하가 마침내 흡연(翕然)하게 그것에 응했다.53)

또 『청사고(淸史稿)』「열전(列傳)」에서는,

---

52) 왕사진이 죽은 후, 世宗의 휘를 피하여 士正으로 고쳐졌다가 高宗 때에 士禎으로 고쳐졌다.

53) 「四庫全書總目」, 『중국대백과사전, 중국문학2』, 중국대백과전서출판사, 900면에서 재인용. "當我朝開國之初, 人皆厭明代王李之膚廓,鍾譚之纖仄, 于是談詩者竟尙宋元. 旣而宋詩質直, 流爲有韻之語錄, 元詩縟艶, 流爲對句之小詞. 于是士禎等以淸新俊逸之才, 範水模山, 批風抹月, 倡天下以不著一字, 盡得風流之說, 天下遂翕然應之."

명말(明末)에 문이 피폐해졌는데, 시를 말하는 여러 사람 중, 원종도(袁宗道) 형제를 배운 사람은 이속(俚俗)함으로 빠졌고, 종성·담우하(譚友夏)를 정종으로 삼은 사람은 섬측(纖仄)함으로 빠졌다. 진자룡(陳子龍)·이문(李雯)을 배운 사람은 궤철(軌轍)이 올발랐다. 그러나 역시 부곽(膚廓)함에 떨어졌다. 사정은 자품(姿稟)이 높고, 학문이 몹시 넓은데, 형 사록(士祿)·사호(士祜)와 함께 시에 힘을 기울였다. 그런데 홀로 신운(神韻)을 종(宗)으로 삼았다. 사공도(司空圖)가 말한 바의 '味在酸鹹外'와 엄우(嚴羽)가 말한 바의 '羚羊掛角, 무적가심(無迹可尋)'을 취하여 지취(指趣)를 표시했다.[54]

라고 하였다.

왕사진은 두보 대신 왕유와 맹호연의 시를 정종으로 삼아 신운의 시를 추구했는데, 매천은 논시에서 왕사진의 시를 '모산범수'하여 경계가 층을 이루었다고 했다. 그리고 왕사진의 시 선집인 『정화록』은 경배를 받을 만하다고 높이 평했다. 매천은 유하(柳下) 홍세태(洪世泰, 1653~1725)를 논하는 논시에서 "우리 나라 사람은 당나라 사람을 흉내낼 뿐인데, 신기가 당풍을 갖춘 자진(子眞, 왕사진)을 보는 듯하네,(東人不過貌唐人, 神氣俱唐見子眞)"라고 했는데,[55] 결국 왕사진의 시를 '神氣俱唐'하다고 본 것이다. 대경당은 왕사진의 서실의 이름이다.

왕사진의 신운시(神韻詩)는 원매(袁枚)의 성령시(性靈詩)와 함께 구한말의 시단에 많은 영향을 미쳤다. 매천 주변의 인물 가운데 추금(秋琴) 강위(姜瑋)·남파(南坡) 성혜영(成蕙永)·해학(海鶴) 이기(李沂) 등은 성령시를 추구하였고, 향농(香農) 신정희(申正熙)·창강(滄江) 김택영(金澤榮) 등은 신운시에 경도되었다. 이러한 당시 시단의 유행 속에서 매천은 성령과 신

---

54) 王士禎, 「列傳」, 『淸史稿』 53, 중화서국, 9954면. "明季文敝, 諸言詩者, 習袁宗道兄弟, 則失之俚俗, 宗鍾惺·譚友夏, 則失之纖仄, 斅陳子龍·李雯, 軌轍正矣, 則又失之膚廓, 士禎姿稟旣高, 學問極博, 與兄士祿·士祜並致力於詩, 獨以神韻爲宗. 取司空圖所謂味在酸鹹外, 嚴羽所謂羚羊掛角, 無迹可尋, 標示旨趣."

55) 拙稿, 「黃玹의 논시절구 '讀國朝諸家詩' 연구」(『人文學報』 20, 강릉대학교 인문과학연구소)에서, "神氣俱唐見子眞 신기가 당풍을 갖춤 그대의 참됨에서 보네"라고 한 번역을 위의 번역으로 고친다.

운이란 용어를 전혀 사용한 적이 없다. 아마 양 파에 대하여 모두 불만이었기 때문이라고 추측된다. 그러나 논시에서 보듯 매천의 시관은 성령론보다는 신운론에 더 가까웠다.

왕사진의 신운론은 엄우(嚴羽)의 『창랑시화(滄浪詩話)』에서 많은 영향을 받았는데, 매천 또한 엄우에게서 영향받은 바가 많았다. 22세 때의 시의 "물상(物象) 밖에서 참됨을 깨쳐야 하는 것을 그대는 아는가? 물 속의 밝은 달이요 거울 속의 꽃이로세(象外悟眞君識未, 水中明月鏡中花)"56)라는 구절과 "영양괘각엔 본래 지엽이 없다네(羚羊掛角本無枝)"57) · "선양괘각은 찾을 곳이 없네(仙羊掛角尋無處)"58) 등의 구절은 엄우의 『滄浪詩話』의 "성당(盛唐)의 여러 시인들의 장점은 오직 흥취(興趣)에 있었으니 영양(羚羊)이 나뭇가지에 뿔을 걸어 놓고 자는 것 같아서 그 자취를 찾을 수 없다. 그래서 그 묘처(妙處)는 투철영롱(透徹玲瓏)하여 모아서 머물게 할 수 없으니 공중의 소리(空中之音)와 외형 속의 색깔(相中之色)과 물속의 달(水中之月)과 거울 속의 형상(鏡中之象) 같고 말은 다 했는데 뜻은 무궁하다"59)는 말에서 빌려온 것이다. 또한 매천은 엄우의 별재(別才) · 별취론(別趣論)을 적극 수용하였다.

그러나 엄창랑(嚴滄浪, 우(羽))이 말하지 않았는가? "시에는 별종의 재능이 있는데 이치와는 관련이 없다. 시에는 별종의 의취가 있는데 책과는 관련이 없다"라고. 또 사람의 영묘한 마음과 지혜는 하늘에 근본을 두고 있어서 막을 수 없다. 옛날과 지금이란 시대로써 한정할 수 없고, 풍기로써도 구속할 수 없다. 시는 별종의 재능과 별종의 의취로써 논할 수 있으나 견문으로써 논할 수는 없는 것이다.60)

---

56) 「贈相者」, 『매천전집』 권3, 79면. "象外悟眞君識未, 水中明月鏡中花".
57) 「丁掾日宅寄七絶十四首, 依其韻, 戲作論詩雜絶以謝」, 劍南, 『황현전집』 상, 58면.
58) 「題海石詩券」(『황현전집』 상, 339면).
59) '詩辨', 『滄浪詩話』 권1, 歷代詩話, 藝文印書館, 443면. "盛唐諸人, 言有盡而意無窮".
60) 「鳳州詩集序」, 앞의 책, 69면. "然嚴滄浪不云乎, 詩有別才, 非關理也. 詩有別趣, 非關書也. 且人靈心慧竅, 有根於天, 而不可閼. 古今莫之限, 而風氣莫之囿. 則此可

이처럼 매천은 왕사진처럼 엄우의 시론, 즉 창작상의 직관적 태도를 적극 받아들였다. 그리고 신운시의 풍격을 시의 중요한 풍격으로서 추구했다. 그러나 신운시가 몇몇 시인에 근본을 두고 한 가지 풍격만을 추구하는 폐단을 다음과 같이 비판하였다.

> 내가 세상의 사장(詞章)을 업으로 하는 사람들을 살펴보니, 문장에는 반드시 구양수와 증공을 말하고, 시에는 반드시 왕유(王維)와 맹호연(孟浩然)을 말하면서, 걸핏하면 정종(正宗)이라고 입에 올린다. 그러나 위려(偉麗)·험휼(險譎)에 대한 살핌이 없어서, 엄엄(奄奄)히 피날(疲苶)하여 스스로 떨쳐 일어설 수 없다.61)

왕유와 맹호연의 시를 정종이라고 받드는 신운시를 위려하고 험휼한 기상이 없어서 쇠약한 병폐가 있다고 지적한 것이다.

⑬

| 評未精詳語未新 | 비평이 정밀·상세하지 못하고 말이 새롭지 않은 것은 |
| 年來韜筆臥荒濱 | 근래 붓 싸 놓고 황량한 물가에 누워 있던 탓이네 |
| 不須先說滄浪輩 | 부디 먼저 창랑의 무리를 말하지 마오 |
| 直自鍾嶸已妄人 | 종영부터 이미 망령된 사람이었다오 |

매천 자신의 평에 대한 겸손을 나타낸 시이다. 아울러 엄우(嚴羽)의 『창랑시화(滄浪詩話)』와 종영(鍾嶸)의 『시품(詩品)』도 평이 완벽하지 못하다며 비평의 어려움을 말했다. 앞에서 살폈듯이 매천은 엄우의 시론에서 많은 영향을 받았다. 그러나 성당시를 위주로 하고 송시를 배격한 엄우의 태도는 매천과 다른 것이다. 아무튼 위 논시는 엄우와 종영를 비난하려는 것이 아니라 엄우와 종영 같은 뛰어난 비평가도 완벽하지 못한 점이 있

---

以別才別趣論, 不可以聞見論也"
 61) 「送性茂序」, 『매천전집』 권2, 40면. "余觀世之業詞章者, (…중략…) 不能自振".

다는 점을 들어서 자신의 비평에 대하여 겸손을 나타낸 것이다.

⑭

| | |
|---|---|
| 紫芝眉古名心盡 | 자지의 눈썹 예스러워 명예심 사라지고 |
| 紅豆歌殘夢思凝 | 홍두가 그쳤는데 꿈 속에 그리움 어렸네 |
| 縱乏名山鸞鳳嘯 | 명산에 난봉의 휘파람 없더라도 |
| 可能無意訪孫登 | 손등을 찾을 뜻이 없을 수 있겠는가? |

정일택에 대한 매천 자신의 우정을 고사를 빌어 표현한 시이다.

자지(紫芝)는 당(唐)의 원덕수(元德秀)의 자이다. 원덕수는 공명심과 물욕이 전혀 없는 고결한 인사로서, 방관(房瓘)은 그를 볼 때마다 탄식하며 "자지의 미우(眉宇)를 보면 사람들의 명리의 마음이 모두 사라진다[62]"고 했다고 한다. 홍두가는 상사(相思)의 노래이다. 홍두는 남방의 식물로서 예로부터 애정의 상징물로 상사자(相思子)라고도 불린다. 왕유(王維)의 「상사(相思)」 시, "紅豆生南國, 春來發幾枝. 願君多采擷, 此物最相思"는 바로 홍두를 읊은 노래이다.

손등(孫登)은 진(晉)나라 때의 은자로서 자는 공화(公和)이다. 역(易)을 읽기 좋아하고 일현금(一絃琴)을 잘 연주했다. 혜강(嵇康)과 완적(阮籍)이 그와 교유하려 했으나 거절당한 바 있다. 시의 3,4구는 다음 기사에 의거했다.

완적이 일찍이 소문산에서 손등을 만나, 함께 옛일과 서신도기(栖神導氣)의 술(術)을 상략(商略)하려 했는데, 손등은 모두 응하지 않았다. 완적은 길게 휘파람을 불며 물러났다. 고갯마루에 이르렀을 때 어떤 소리가 들렸는데 난봉의 소리가 암곡(巖谷)에서 울리는 것 같았다. 그것은 손등의 휘파람이었다. 마침내 돌아와서는 「대인선생전(大人先生傳)」을 지었다.[63]

---

62) 「열전」 119, 『신당서』, 중화서국, 18책, 5564면 卓行. "房瓘每見德秀, 歎息曰, 見紫芝眉宇, 使人名利之心都盡."
63) 「阮籍傳」, 『晉書』, 중화서국, 136면. "籍嘗於蘇門山遇孫登, 與商略終古及栖神導氣

## 2) 화소천논시육절(和小川論詩六絶)

### ①

| 年代誰能辨室堂 | 연대로써 누가 실과 당을 구별할 수 있는가? |
| 宋人高處欲無唐 | 송인의 높은 곳은 당인조차 없애고자 하네 |
| 君看蘇陸凌宵氣 | 그대 보게나 소식과 육유의 하늘 찌르는 기세가 |
| 肯許曹羅與頡頏 | 조송과 나은이 함께 나란함을 허락하겠는가? |

(내가 일찍이 송시 읽기를 좋아하고, 만당시를 탐탁하지 않게 생각했는데, 소천이 그렇지 않다고 하므로, 다시 전날의 뜻을 밝힌 것이다.)

당시가 송시보다 연대가 앞선다고 하여 우수하다고 말할 수는 없다. 왜냐하면 시의 평가는 작품 자체의 성취도를 기준으로 삼아야지, 연대를 기준으로 삼을 수 없음은 물론이다. 그러나 역대의 시 비평을 보면 당시를 최고로 보고, 그 이후의 시는 그것만 못하다는 식의 비평이 많은 것이 사실이다. 매천은 여기서 종래의 잘못된 시 비평의 기준을 지적한 것이다.

조송(曹松, 830?~?)은 자가 몽징(夢徵)으로 서주인(舒州人)인데, 그의 시는 가도(賈島)를 배워서 유경(幽境)에 깊이 들어갔으나, 고담(枯淡)한 성벽은 없었다고 한다. 나은(羅隱, 883~909)은 자가 소련(昭諫)으로 전당인(錢塘人)인데, 그의 시문은 해학과 풍자가 많았다. 이들은 모두 만당의 시인이다.

### ②

| 空山草木厭才名 | 빈 산의 초목처럼 재명을 꺼리나 |
| 老去猶高袖裏衡 | 늙어가며 더욱 소매 속 저울추가 높아졌네 |
| 從古擬倫難中窾 | 옛부터 차례매김 정확하기 어려웠으나 |
| 李侯那得似陰鏗 | 이백이 어찌 음갱과 같단 말인가? |

---

之術, 登皆不應, 籍因長嘯而退. 至半嶺, 聞有聲若鸞鳳之音, 響乎巖谷, 乃登之嘯也."

1,2구에서 소천의 시를 보는 안목을 칭송하고, 3,4구에서 두보의 이백에 대한 견해를 빌어 다시 시 비평의 어려움을 말한 것이다. 결국 소천역시 시비평의 안목은 높지만, 잘못된 부분도 있다는 것을 은연중에 말한 것이라 하겠다.

두보의 「與李十二白同尋范十隱居」 시[64]에 "李侯有佳句, 往往似陰鏗"이란 시구가 있다. 음갱은 남조(南朝), 진(陳)의 시인으로서 특히 오언시에 능했다. 두보는 이백의 시가 종종 음갱의 시와 같다고 평한 것이다. 그런데 매천은 이러한 두보의 평이 잘못되었다고 비판한 것이다. 이백의 시가 음갱의 시와 같은가 아닌가 하는 문제는 좀더 깊은 고찰이 필요하다. 다만 여기서 주목되는 것은 두보의 평에 매천이 동의하지 않았다는 점이다. 한편 왕사진은 「戲仿元遺山論詩絕句」 제3수에서, "靑蓮才筆九州橫, 六代淫哇總廢聲. 白紵靑山魂魄在, 一生低首謝宣城"[65]이라고 하여, 이백을 사조(謝眺, 464~499)에게 비긴 바 있다.

③

| | |
|---|---|
| 倕無斧鑿巧難施 | 공수(工倕)도 도끼와 끌이 없으면 기교를 펴기 어려운데 |
| 赤手屠龍更有誰 | 맨손으로 용을 잡는 이 다시 누가 있겠는가? |
| 啣枚過盡羊腸險 | 재갈 물고 구절양장(九折羊腸)의 험난함을 지나야만 |
| 百戰戎車任汝之 | 백전 치를 융거를 그대에게 맡길 수 있다네 |

공수는 요임금 때 거뢰(秬耒)·종(鐘)·조(銚)·규구(規矩)·준승(準繩) 등을 처음으로 제작했다는 명장(名匠)이다. 공수와 같은 명장도 도구가 없다면 솜씨를 펼 수가 없다. 맨손으로 용을 잡는 기술은 세상에서 흔한 것이 아니다. 그러므로 시의 창작은 재갈을 물고 구절양장의 험난한 길을 지나는 것 같은 수련 과정을 거쳐야만 비로소 능해질 수 있다는 것이다.

---

64) 『杜詩祥注』 권1, 중화서국, 45면.
65) 『萬首論詩絕句』 1책, 인민문학출판사, 232면.

④

輒把眞詮寄兎園　　　　　　　곧 진전을 토원에 부치고서
截鯨劓兕待龍泉　　　　　　　고래와 외뿔소를 잡으려 용천검을 기다리네
試看五石瓠無用　　　　　　　다섯 섬들이 바가지가 쓸모 없음을 보구려
圓到刓方始恰圓　　　　　　　원도 모난 데를 깎아야 비로소 흡족한 원이 된다오
(보내온 시에, 「끝 자국이 없는 곳에 이르러서야 융원(融圓)이 되네(到無鑿處是融圓)」라고 했는데, 그것은 내가 기구(奇句)를 숭상하는 것을 기롱한 것이다.)

진전(眞詮)은 경전(經典)에 대한 정확한 해석, 즉 참된 깨침이다. 토원(兎園)은 양원(梁園)이라고도 하는데, 양효왕(梁孝王)이 건축한 원유(苑囿)로서 많은 사객(詞客)들을 초청하여 놀았다고 한다. 여기서는 매천 자신의 구안실(苟安室)을 지칭하고 있다.

소천이 보내온 시에 "그대에게 권하니 경인어(驚人語)를 짓지 마오, 이 진전(眞詮)을 그대를 위해 전하오"라고 하였다. 다시 말하여 남을 놀라게 할 명구(名句)를 짓기 위하여 갈고 다듬는 창작태도를 버리라는 것이다. 그런데 매천은 소천의 창작태도는 마치 고래와 외뿔소와 같은 대작(大作)을 위해서 용천검과 같은 시적 영감만 기대한다고 지적한 것이다. 소천의 작시태도에 대한 은근한 기롱이라 하겠다.

그럼 매천이 말하고자 하는 시에 대한 진전이란 무엇인가? 그것은 다섯 섬들이 무용한 바가지를 쓸모 있게 깎고 다듬는 것이다. 끝 자국이 없는 시란 시적 기교와 수식이 자연스럽게 조화를 이룬 것을 말한다. 소천은 시를 너무 깎고 다듬으면 끝 자국이 없는 융원한 시가 되지 못한다고 했다. 작시에 관한 소천의 관점은 끌질 자체를 반대하고 시인의 자연스런 영감을 중시했다고 보겠다. 그러나 매천은 원도 깎고 다듬어야만 흡족한 원이 된다고 하여, 깎고 다듬는 작시과정을 중시했다.

⑤

千秋讀杜競尋源　　　　　　　천추에 두시(杜詩)를 읽고 다투어 근원을 찾았는데

新解滄浪與後村　　　　　　　　　새로 깨친 사람은 창랑과 후촌이었네
問渠底癖耽佳句　　　　　　　　　어째서 가구만 탐하는 성벽이 있느냐고
語不驚人定不傳　　말이 남을 놀라게 하지 못하면 전해지지 않기 때문이오
(보내온 시에, "그대에게 권하노니 남을 놀라게 하는 말만을 짓지 마오[勸君
莫作驚人語]"라는 구절이 있었다.)


　창랑 엄우(嚴羽)와 후촌 유극장(劉克莊, 1187~1269)은 남송의 동시대 시
인으로서 논시의 종지(宗旨)는 달랐으나, 요합과 가도만을 숭상하던 사
령파에 반대하고 이백·두보 등 성당의 시인을 추종한 점에서 공통점
을 갖고 있다. 유극장은 "시가(詩家)에서 소릉(少陵)을 조(祖)로 삼는 것은
그 설(說)이 '말이 남을 놀라게 하지 못한다면 죽을 때까지 고치는 것을
멈추지 않겠다'고 하였기 때문이다. 선가(禪家)에서 달마(達摩)를 조(祖)로
삼는 것은 그 설(說)이 '불립문자(不立文字)'라고 하였기 때문이다. 시(詩)
가 선(禪)이 될 수 없는 것은 선이 시가 될 수 없는 것과 같다"라며 당시
에 유행하던 '시선지설(詩禪之說)'을 반대하고, "두보·이백은 당(唐)의 집
대성자(集大成者)"라고 하였다. 엄우는 "시(詩)를 논하는 것은 선(禪)을 논
하는 것과 같다"[66]고 하며 '시선지설'을 세웠으며, "이백·두보 몇 사람
은 금시조(金翅鳥)가 바다를 가르고 향상(香象)이 하수(河水)를 건너는 것
과 같아서 맹교·가도의 무리를 다만 풀 속의 벌레의 울음으로 내려다
본다"[67]고 하였다.
　논시의 3,4구는 두보의 시구, "爲人性癖耽佳句, 語不驚人死不休"[68]
를 빌어온 것이다. 소천의 뜻은 가구만 탐하여 시를 깎고 다듬으면 오
히려 시의 생명이 손상된다는 것인데, 매천은 두보같은 대가도 가구를
위하여 깎고 다듬었다고 하여 자신의 작시태도를 정당화한 것이다.

---

66) 『滄浪詩話·詩辨』. "論詩如論禪."
67) 『滄浪詩話·詩評』. "李杜數公, 金翅鳥擘海, 香象渡河. 下視郊島輩, 直蟲吟草間耳."
68) 두보, 『두시상주』 권10, 중화서국, 810면 시구. "江上值水如海勢聊短述."

⑥

| | |
|---|---|
| 好見蘇黃兩不孤 | 소식과 황정견이 둘 다 외롭지 않음을 즐겨 보니 |
| 覇家長短晉爭吳 | 패가의 장단점이 진과 오의 다툼과 같네 |
| 江西一變成南渡 | 강서파가 한 차례 변하여 남송의 시가 되었는데 |
| 坦道何曾在石湖 | 평탄한 길이 어째서 석호에게 있었던가? |

(보내온 시에, "먼저 평탄한 길을 좇아 문호를 찾아야 하니, 동파를 배우지 말고 석호를 배우구려(先從坦道尋門戶, 莫學東坡學石湖)"라는 구절이 있었다.)

석호거사(石湖居士) 범성대(范成大, 1126~1193)는 자가 치능(致能)으로 오현(吳縣) 사람이다. 그가 만년에 지은 「사시전원잡흥(四時田園雜興)」60수는 후대에 많은 영향을 준 중국 고대 전원시의 집대성이라 평가된다. 전종서(錢種書)는 범성대의 풍격을 다음과 같이 평했다.

범성대의 풍격은 매우 경쾌·교묘하여 용자(用字)와 조구(造句)는 양만리(楊萬里)보다 규구(規矩)와 화려함을 얻었지만 육유와 같이 균칭타첩(勻稱妥貼)하지는 않다. 그는 중·만당 시인의 영향을 받았지만 양만리의 시에서처럼 뿌리가 끊긴 강서파의 습관이 때때로 나타나지 않는다. 양만리와 육유가 사용한 고전은 일반적이며 보편적인 것이나, 그는 냉벽(冷僻)한 고사성어를 즐겨 사용하고, 또 강서파의 "불가의 말을 많이 사용하던" 통병를 지녔는데, 아마 황정견 이후 전겸익 이전에 불가의 전고를 가장 많이 사용한 뛰어난 시인일 것이다.[69]

송시에 있어서 석호를 모범으로 삼아야 한다는 것은 소천의 특이한 관점이다. 그러나 매천은 소식과 황정견이 서로 장단점은 다르지만 송시의 모범이라 하였다. 의견의 차이는 서로의 기호가 달라서이겠지만, 시사(詩史)에 있어서 소·황의 위치가 석호보다 중시됨은 말할 것도 없다.

---

69) 錢鍾書, 『宋詩選註』, 인민문학출판사, 218면. "范成大的風格很輕巧, 用字造句比楊萬里來得規矩和華麗, 却沒有陸游那樣勻稱妥帖. 他也受了中晚唐人的影響, 可是像在楊萬里的詩裏一樣, 沒有斷根的江西派習氣時常要還魂作怪. 楊萬里和陸游運用的古典一般還是普遍的, 他就喜歡用些冷僻的古事成語, 而且有江西派那種"多用釋氏語"的通病, 也許是黃庭堅以後, 錢謙益以前用佛典最多, 最內行的名詩人."

## 3. 맺음말

매천의 「희작논시잡절십사수」는 중국시를 시대별로 평한 것으로, 시로 쓴 일종의 '중국시사(中國詩史)'라 하겠다. 한국 한시사에서 이와 같은 예는 거의 찾아볼 수 없다. 중국의 경우에는 이같은 예가 매우 풍부한데, 매천의 논시에 자극을 주었다고 여겨지는 원호문과 왕사진의 논시 역시 비슷한 체제이다.[70]

매천이 각 시대별로 선발한 시인은 육조의 사령운, 성당의 이백과 두보, 중·만당의 맹교와 가도, 북송의 소식과 황정견, 남송의 육유, 금의 원호문, 원의 예찬, 명의 전후칠자, 청의 왕사진 등이다. 이러한 매천의 시각은 다음의 원호문의 태도와 비교가 된다.

이상 30수의 예를 통해서도 원호문(元好問)이 시의 조탁(彫琢)을 배제하고 천재성(天才性)에서 우러난 자연스런 시를 높이는 일종의 복고적(復古的)인 태도를 알아볼 수 있다. 그러한 견지에서 그는 건안시풍(建安詩風)을 높이 사고 제량(齊梁)의 기습(氣習) 내지 만당풍(晚唐風)을 받아들이려고 하지 않았고 강서시파(江西詩派)의 작품을 배제하지 않았으며, 시인으로서는 조유(曹劉), 도사(陶謝), 이두(李杜), 구매(歐梅) 등과 유곤(劉琨), 진자앙(陳子昂), 유종원(柳宗元), 원결(元結) 등을 좋게 보았던 것이다.[71]

이를 부연하면, 원호문은 당 이전의 시에 있어서는 한위시(漢魏詩)를 존중하고, 제량시(齊梁詩)에 반대하며, 북방의 민가(칙륵가(敕勒歌))에 찬동

---

70) 매천의 논시는 체제면에서 원호문의 논시에 보다 가깝다. 왕사진의 「戱仿元遺山論詩絶句 35수」는 明·淸人을 많이 다룬 관계로 詩史的인 성격이 덜하다. 그의 「冬日讀宋金元諸家詩偶有所感各題一絶於卷後凡七首」 역시 시사적 입장에서 지어진 것은 아니다.

71) 차주환, 『중국시론』, 서울대 출판부, 231~232면.

했다. 당시에 있어서는, 이두(李杜)를 높이고, 한유를 제외한 고음파(苦吟派)를 폄하했다. 또 송시에 있어서는, 서곤파(西崑派)와 강서파(江西派)를 폄하했다. 그는 건안풍골(建安風骨)적인 청강경건(淸剛勁健)한 시격과 조탁화염(彫琢華艶)하지 않은 자연천성(自然天成)적인 풍격을 기준으로 삼은 것이다.72)

그런데 매천은 건안시를 무시했고, 도연명 대신 사령운을 육조의 대표시인으로 내세웠다. 이는 고시보다는 근체시에 중점을 두었기 때문이다. 또 고음파의 맹교와 가도를 높였고, 구양수와 매요신 대신 소식, 황정견, 육유를 존중했다.

원의 대표시인으로 예찬을 든 것은 매천의 독특한 시각이다. 예찬은 조선에서 시인으로서 거론된 적이 없기 때문이다. 조선 성종 15년(1484)에 발간된 고시선(古詩選), 『풍소궤범(風騷軌範)』에는 원의 시인들이 많이 들어 있는데 예찬의 이름은 빠져 있다. 왕사진의 논시에는 원의 시인으로 철애(鐵崖) 양유정(楊維楨), 연영(淵穎) 오래(吳萊), 백생(伯生) 우집(虞集) 등이 선발되어 있다. 이렇게 선발 시인이 다른 것은 결국 서로의 문학관의 차이 때문이라 하겠다.

또 청의 대표시인으로 원매 대신 왕사진을 내세운 것으로 보아 성령시보다는 신운시에 더 무게를 두었음을 알 수 있다.

매천은 논시에서 조호(粗豪)와 교첨(巧尖)을 둘 다 근심해야 한다고 했다. 다시 말해 좋은 시란 조호와 교첨이 조화되어야 한다는 것이다. 그러므로 고심하여 시를 갈고 닦아야 한다는 점을 거듭 강조했다. 그리고 매천은 시대로써 시를 논할 수 없음을 밝혔다. 또 작시의 신속함과 더딤 같은 것이 시평의 기준이 될 수 없다고 했다. 결국 시대의 고하와 작시의 태도가 아니라 시 자체의 성취도가 시평의 기준이 되어야 한다는 것이다.

---

72) 何林天, 「論元遺山的'論詩三十首'」, 『원호문연구문집』, 산서인민출판사, 陳書龍, 「評元好問'論詩絶句三十首'」, 앞의 책 참고.

　여기서 다룬 두 편의 논시절구가 매천의 중국시에 대한 견해를 다 말
해 주는 것은 아니다. 따라서 그의 전집을 통해 보다 종합적인 연구가
필요하다 하겠다.

小川 왕사찬, 『小川漫錄』「用戲言, 奉呈苟安室主人及諸才子」

| | |
|---|---|
| 文章議論兩堂堂 | 문장과 의론 둘 다 당당하여 |
| 不欲低頭向晚唐 | 만당에 고개 숙이려 하지 않는데 |
| 君詩細讀多奇處 | 그대의 시 세밀하게 읽어보면 奇處가 많아서 |
| 側席明淸與頡頏 | 명·청의 옆자리에서 함께 힐항하네 |

| | |
|---|---|
| 詩到梅泉驟有名 | 시가 매천에 이르러 곧 유명하게 되니 |
| 如予小數敢爭衡 | 나 같은 몇 사람이 어찌 감히 평가할 수 있으리오 |
| 想得淸聲何所似 | 상상하건대 맑은 소리 무엇과 같은가 |
| 錙金珠玉幷鏗鏗 | 치금과 주옥처럼 모두 갱갱하네 |

| | |
|---|---|
| 大家眼饜少許可 | 대가를 실컷 보아 허가함이 적으니 |
| 我有新詩把與誰 | 나에게 새 시가 있는데 누구에게 줄 것인가 |
| 故使鍾期留後代 | 일부러 종자기를 후대에 머물게 하여 |
| 非關俗子重輕之 | 속자들이 경중을 따지지 못하게 하리 |

| | |
|---|---|
| 安得新詩如卯園 | 어떻게 묘원(許奎)처럼 새 시를 얻겠는가 |
| 才高未遽讓梅泉 | 재간 높아서 매천에게 양보하지 않네 |
| 我有一言君採否 | 나에게 한 마디 말이 있으니 그대 채택하겠는가 |
| 到無鑿處是融圓 | 깎은 자국이 없는 것에 이르러야 원융이라네 |

| | |
|---|---|
| 閒居寂寂睡源源 | 한가한 거처 적적하여 졸음만 몰려오고 |
| 賴惰無詩寄白村 | 게을러 백촌(李秉浩)에게 부칠 시가 없네 |
| 勸君莫作驚人語 | 그대에게 권하니 驚人語를 짓지 마오 |
| 持此眞詮爲爾傳 | 이 진전을 그대를 위하여 전하오 |

| | |
|---|---|
| 雲陽詩派不爲孤 | 운양의 시파 외롭지 않으니 |
| 年少才情有兩吳 | 젊은이들 재정이 양오에 있네 |
| 先從坦路爲門戶 | 먼저 탄도를 좇아 문호를 삼아야 하니 |
| 莫學東坡學石湖 | 동파를 배우지 말고 석호를 배워야 하리 |

| 참고문헌 |

黃　玹,『黃玹全集』(上下), 亞細亞文化社, 1978.
　　　　,『梅泉全集』(5책), 全州大學校 湖南學研究所, 1984.
『萬首論詩絶句』4책, 人民文學出版社, 1991.

기태완,「黃玹의 논시절구 '讀國朝諸家詩' 연구」,『人文學報』제20집, 강릉대 인문
　　　　과학연구소, 1996.
　　　　,「黃梅泉의 중국시에 대한 논시절구」,『人文學報』제23집, 강릉대 인문과학
　　　　연구소, 1997.
朴金奎,『黃梅泉詩論 硏究』, 원광대출판국, 1996.
李奎報,『東國李相國集』,『한국문집총간』1, 민족문화추진위원회, 1990.
陳　澕,『梅湖遺稿』,『한국문집총간』2, 민족문화추진위원회, 1990.
李　穀,『牧隱藁』,『한국문집총간』4, 민족문화추진위원회, 1990.
元天錫,『耘谷行錄』,『한국문집총간』6, 민족문화추진위원회, 1990.
鄭弘溟,『畸庵集』,『한국문집총간』87, 민족문화추진위원회, 1993.
申　緯,『紫霞集』.
李定稷,『石亭集』.
王師瓚,『小川漫錄』, 순천대 박물관 소장 필사본.
『漢書』, 中華書局, 1990.
劉　欽,『西京雜記』.
李晬光,『芝峯類說』.
胡　子,『茗溪漁隱叢話』.
吳　喬,『圍爐詩話』.
仇兆鰲注,『杜詩詳注』, 중화서국, 1995.
蕭　統,『昭明文選』, 中州古籍出版社, 1990.
『南史』, 중화서국, 1987.
嚴　羽,『滄浪詩話』.
謝　榛,『捫虱詩話』.
朱光潛, 鄭相泓 역,『詩論』, 東文選, 1991.
崔昇孝編,『文墨萃編』(上下), 未來文化社, 1985.
蘇　軾,『蘇東坡全集』, 중화서국, 1987.
李　白,『李太白全集』, 중화서국, 1977.
元好問,『元好問全集』, 山西人民出版社, 1990.
高　駢,『唐詩品彙』, 上海古籍出版社, 1988.
嚴羽著, 任世熙校,『校正滄浪詩話注』, 廣文書局, 1978.
賈　島,『長江集』, 上海古籍出版社, 1993.

歐陽修, 『六一詩話』.
方　回, 『瀛奎律髓』, 黃山書社, 1994.
李東陽, 『空同集』.
王世貞, 『藝苑巵言』.
陸　游, 『陸放翁全集』(상중하), 中國書店, 1986.
錢鍾書, 『宋詩選註』, 人民文學出版社.
『金史』, 중화서국, 1975.
宋　犖, 『元詩選』.
陳繼孺, 『陳眉公全集』, 上海中央書店, 1936.
『淸史稿』, 중화서국, 1994.
『新唐書』, 중화서국, 1991.
『晉書』, 중화서국, 1991.
劉克庄, 『後村詩話』.
차주환, 『중국시론』, 서울대출판부, 1989.

# 1910년을 전후한 시기 변영만의 근대적 사유와 그 맥락

## 장태염(章太炎) 산문과의 비교

김진균

## 1. 머리말

변영만(卞榮晚, 1889~1954)은 구한말에서 일제강점기를 거쳐 해방 후에 이르기까지, 서울의 한문학 문장대가로서 꼽히며 한문학의 역사에서 마지막 페이지를 장식한 특출한 존재이다.[1] 변영만이 살아간 시대는 우리 문학사에서 한문학이 폐기되고 국문체의 근대문학이 정착되는 과정에 있었지만, 그가 보여준 문학적 지향은 국문이냐 한문이냐의 표기수단의 차이를 넘어서 양자의 합일(合一)을 향해 갔다. 또 한편으로 전통적 세계관이 붕괴되고 서구화와 근대화가 사회 이념으로 정착되고 있었지만, 그가 보여준 사상적 지향은 동양과 서양 및 고전과 근대를 종횡으로 넘

---

1) 이우성, 「간행사」, 『변영만전집』(변영만·실시학사 고전문학연구회 역주) 권上, 성균관대 대동문화연구원, 2006, 5면.

나들며 동서고금의 회통(會通)을 향하고 있었다.[2] 이런 점에서 변영만은 한문학의 내적 혁신을 감당할 수 있었지만 한문학은 이미 종국으로 치 닫고 있는 상황이었고, 국문문학으로 다양한 실험을 시도했지만 근대문 학의 주류에서 소외되어 있었으며, 문사철을 아우르는 종합적 사유를 통해 분과 학문의 틀을 넘어서고자 했지만 계승자를 확보하지 못한 채 망각되어 갔다.[3] 변영만은 분명 근대의 특출한 존재라고 아니할 수 없 지만, 근대적 제 문제의 핵심에 어슷비슷하면서도 정곡에서 약간 비켜 서 있어서 계보를 상실한 존재가 아니라고 할 수도 없는 것이다. 그런 데 이제 차라리 약간 비켜서 있으면서 어느 계보도 성취하지 못했던 그 특별한 입장을 다시 돌아볼 때가 되었다. 근대 이후 우리가 지나온 역 정의 굴곡은 지나고 보니 당연지세로 느껴지지만, 실상은 지나기 전에 존재하던 다양한 가능성 중에서 수많은 우연이 중첩되어 발현된 어느 경로에 불과한 것이다. 이제 우리가 지나온 근대를 성찰해 볼 시간이 되었는데, 그 다양한 가능성 중에 발현되지 않은 변영만과 같은 입장에 대해 다시 한 번 생각해 볼 필요가 있는 것이다.

그간 변영만에 관해 약간의 연구 성과가 있었지만, 변영만 자신 대단 히 복잡한 인상을 남겼기에 아직까지 변영만의 사상적 지향과 문학적 성 과에 대한 전체적 의의를 분명히 확인했다고 하긴 어렵다. 변영만에 관한 기존 연구업적의 한계점 하나는 변영만을 독자적 개인 변영만으로서만 보았기 때문에 발생한 것으로 여겨진다. 변영만의 언어가 독특한 것도 사실이지만, 그 독특한 언어는 실상 20세기 초중반이라는 시대에 산출된 것으로서 일정한 시대적 의미를 담보하고 있는 것인 동시에, 그런 연대기 적 동질성의 측면에서 동시대의 유사한 혹은 대비적인 언어를 통해 더욱 선명하게 그 의의를 파악할 수 있을 것이라고 생각한다. 특히 1910년을

---

2) 임형택, 「변영만의 글쓰기 형식과 문학 사상」, 『대동문화연구』 55, 성균관대 대동문 화연구원, 2006, 177~182면.

3) 김진균, 「변영만의 비판적 근대정신과 문예추구」, 성균관대 박사논문, 2004, 2~4면.

전후하여 작성했다가 1923년 잡지에 발표했던 「여시관(如是觀)」과 「인성론(人性論)」에서는 그 구사 어휘와 사상적 지향에서 중국 근대의 국학대사(國學大師)로 칭해지는 장태염(章太炎, 章炳鱗, 1868~1936)의 영향이 짙게 드리워져 있음을 확인하게 되었다. 또 같은 해에 이 글을 영남의 거유 심재 조긍섭(深齋 曺兢燮, 1873~1933)에게도 보냈는데 조긍섭과 변영만 둘 사이에서 문학과 사상에 관한 논란이 벌어져 파문을 만들어내기도 하였다. 변영만이 이 글을 조긍섭에게 보낼 때 당연한 논란을 예상했을 것으로 짐작될 만큼 이 글은 전통적 세계관을 탈피하고 있으면서도, 한편으로 이 글은 전통 지식인이 흥미를 갖도록 전통적 언어를 십분 활용하고 있다. 이 점에 주목하여 「여시관」과 「인성론」을 통해 드러나는 변영만의 언어를 장태염과 조긍섭이라는 유사 혹은 대비 관계에 있는 언어들과의 비교를 통해 정리해 보고자 한다.


## 2. 변영만 사유의 이질성−조긍섭의 이의제기


영남의 조긍섭이 서울에서 활동하던 변영만이 편지와 함께 보내온 산문을 읽고 그 창조의 정신을 대단히 인정하였다는 사실은 이미 밝혀져 있다.4) 얼굴도 모르는 조긍섭에게 자신의 산문을 동봉한 편지를 보내 평가를 받으려 했다는 사실에서 변영만이 영남의 한학 전통에 기식을 통하고 싶어했던 심리를 짐작해 볼 수 있겠는데, 실상 조긍섭의 인정에 힘입어 변영만은 영남권 인사들과 교유를 시작하게 되었다. 그런

---

4) 김진균, 「변영만의 문예의식−조긍섭과의 고문논쟁을 중심으로」, 『민족문학사연구』 23, 민족문학사학회, 2003, 235면.

데 조긍섭이 받은 산문작품이 무엇이었는지, 그에 대한 평가가 어떠한 의미인지 분명히 밝히진 못했었다. 조긍섭이 받아본 것으로 언급하고 있는 글이 변영만의 문집 『산강재문초』에 모두 포함되지는 않았던 탓이었다. 변영만이 보낸 글에 대해 조긍섭은 우리 나라에서 나올 수 있는 수준이 아니라는 정도로 대단히 평가해마지 않았지만, 정작 변영만은 말년에 자신의 문집을 손수 정리하면서 조긍섭에게 보냈던 작품 일부를 배제했던 것이다. 근년에 『변영만전집』을 편찬하면서 변영만의 문집 이외에 신문 잡지들에 발표했던 글들을 수색하여 최대한 망라하고 수록하였는데, 이 과정에서 문집에서 제외된 몇 편의 한문 작품들이 발굴되었다.5) 발굴된 한문 작품 중에 조긍섭에게 동봉한 산문으로 확정할 수 있는 글이 있는데, 본고가 중심으로 다루게 될 「여시관」과 「인성론」이다.

변영만은 1923년 『동명』에 3회에 걸쳐 「여시관」 상(上)편, 「여시관」 하(下)편, 「인성론」이라는 한문산문을 잇달아 발표했다.6) 이 글들은 이 시기에 작성된 것이 아니라, 「여시관」 상·하편은 1909년에, 「인성론」은 1911년에 쓴 것이라고 스스로 부기하고 있다. 전에 써두었던 글을 굳이 다시 꺼내거나 다듬어서 근대 매체에 게재 발표한 것으로 보아, 변영만은 이 글들에 대해 일정한 의의를 두며 자부하고 있었던 것으로 여겨진다. 내용으로 보아 이 두 편의 글이 복잡한 논리를 펼치고 있긴 하지만, 우주의 원리와 인간의 본성, 그리고 도덕의 위상을 연결 짓는 일관된 흐름을 유지하고 있다. 이 철학적 지향을 말년에 스스로 문제로 여기고 문집에서 손수 산삭한 것이 아닌가 하는 짐작을 하게 한다.

---

5) 최근 '실시학사 고전문학연구회'에서 『변영만전집』을 간행하면서 신문 잡지 등에 발표된 변영만의 편린들을 망라하여 수집하였는데, 이 과정에서 10여 편의 한문자료를 추가 발굴하여 『변영만전집』의 보유편으로 게재하였다.(변영만, 실시학사 고전문학연구회 역주, 『변영만전집』 상·중·하, 성균관대 대동문화연구원, 2006)

6) 「如是觀」 上편은 『동명』 36(1923.5.6), 「如是觀」 下편은 『동명』 37(1923.5.13), 「人性論」은 『동명』 38(1923.5.20)에 발표하였다.

논의에 앞서 우선 간략히 내용을 정리해 본다. 「여시관」은 상편과 하편으로 나누어 발표하였는데, 내용이 길어 나누기만 한 것이 아니라 상편과 하편이 일정한 주제 하에 분편된 것으로 보인다. 상편의 주제어는 '인온씨(氤氳氏)'이다. 이 세상이 어떻게 생겨났으며, 만물의 근원은 무엇인가라는 의문에 '인온씨'를 들어 설명한 것이다. 최초 아무것도 없는 속에서 '인온씨'가 천체를 형성하고 생물을 만들어낸 것으로 설명하는데, 만물은 모두 '인온씨'의 한 부분일 뿐 개별적으로 존귀함과 비천함을 갖고 있는 것이 아니라고 하였다. 변영만이 '인온씨'를 인격적 주재자로서 인정했다기보다는 우주의 생성과 변화의 원리를 표현하기 위해 사용한 것으로 보인다. 한편 하편의 주제어는 '사성지습성(史成之習性)'이다. 인간은 본성에 따라 자연스럽게 사는 존재였는데 본성의 욕망이 서로 충돌하는 사태가 발생하여 투쟁이 끊이지 않자 '자연지성(自然之性)'을 초월하는 도덕이 생겨나게 되었으며, 이 역사적 경험에 의해 만들어진 도덕이 바로 '사성지습성'이라는 것이다. 도덕이 인간 본능과 직접 관련되며 형성된 것이 아니라 역사적 경험에 의해 간접적이고 인위적으로 만들어졌다는 것을 주장한 것이다. 또 한편 「인성론」의 주제어는 '구(求, 欲求)'이다. 물의 본성이 흐름이고 불의 본성이 타오름이듯 인간의 본성은 욕구하는 것일 뿐이다. 욕구는 선악이 없지만 만인의 욕구가 충돌하면 폐해가 발생하기에 서로 충돌하지 않기 위해 선악 도덕이 발생했다는 것이다. 그러니까 「인성론」은 내용상 「여시관」의 축약에 해당한다.[7]

이 두 편의 글을 조긍섭에게 편지와 함께 동봉한 것으로 보인다. 조긍섭은 답장에서 구체적으로 제목을 언급하지는 않았지만, 변영만이 보

---

7) 류준필, 「변영만의 문예론과 그 사상적 기저」(『대동문화연구』 55, 성균관대 대동문화연구원, 2006)에서 이 두 편의 글을 중점적으로 다루며 변영만의 인간존재론을 정리했는데, 변영만이 동양 전통 사상으로부터 발원하는 존재론을 근대적으로 변용함과 동시에 미학적 근거로 삼으려 했다는 주장을 하였다. 이 두 편에 얽힌 변영만 자신의 독자적 사상 기저에 대한 논의는 이 글을 참조.

내온 글에 대한 이의제기 내용이 정확히 이 두 편의 글과 일치한다. 조긍섭의 편지에서 이의를 제기하는 해당 부분을 순차적으로 살펴보며 대조해 보기로 하자.


## 1) 도덕의 기원

조긍섭은 변영만의 주장 가운데에서 도덕이 본성에 속한 것이 아니라고 하는 논리를 발견하고, 전통적 세계관을 옹호하는 입장에서 우선 도덕의 근원에 관한 질문을 시작하였다.

> 대저 족하께서 말하신 바의 '사성(史性)'이란 것은 비록 예법의 교정을 거쳐 이루어진 것이라 하더라도, 역시 그 본디 있던 것에 원인을 두고 이루어진 것이지 그 본디 없던 것에 덧붙여 억지로 만들어낸 것은 아닙니다. 그런데도 족하께서는 이것이 '자연지성(自然之性)'에서 나온 것이 아니라고 했습니다. 대저 족하께서 말하신 바의 '자연지성'이란 것은 바로 남녀·음식·희로 그리고 욕망과 싫증인데, 이것은 사람과 짐승이 같이하는 바입니다. 사람의 본성이 그 근본은 여기에 지나지 않는다고 한다면 사람이 스스로 만물보다 귀하다는 것을 어찌 알겠습니까. 하늘은 사람을 가로로 태어나게 하거나 거꾸로 서게 하지 않았고 반드시 그 형체를 올바르게 하여 그 지각에 영통하게 한 것은 왜입니까? 또 대저 사람이 태어나면 진실로 가르치지 않아도 능히 미워하고 양보하고 인애하여 다투지 않을 것을 아는데, 이것을 일컬어 '자연지성'에서 나온 것이 아니라고 한다면 대저 소위 '나면서 알고', '편안히 행하는' 사람들은 도리어 요괴나 이물에 가까운 것이 아니겠습니까.
>
> —조긍섭, 「변영만 곡명에게 답함」[8]

---

8) 曺兢燮, 『巖棲集』「答卞穀明」(『한국문집총간』 350, 189면). "夫足下之所謂史性者, 雖若成於禮法之所矯揉, 然亦因其所本有者而成之, 非增益其所無而强之也, 而足下以爲此非出於自然之性者. 夫足下所謂自然之性者, 乃牝牡飮食欣怒欲厭, 人與禽獸之所同, 使人之爲性, 其本止於如此. 則何以知自貴於物. 而天之不使其橫生倒竪, 而必正直其形體, 靈通其知覺者何耶. 且夫人之生也, 固有不待敎習而能知羞惡遜讓仁

이 부분에서 조긍섭은 인간의 도덕심이 하늘로부터 품부 받아 태생적으로 보존되어 있는 것이라는 인식을 근거로 하여 변영만을 반박하고 있다. 변영만이 사용한 어휘를 그대로 인용하면서 변영만과 다른 해석을 시도하고 있는데, 우선 변영만이 '자연지성'이란 어휘를 통해 인간의 본성을 성욕·식욕·감정·욕구 등으로만 해석한 것은 잘못이라고 지적하고 조긍섭은 그런 본능적인 요소는 짐승들도 소유하고 있는 것인바 인간이 짐승들보다 높은 존재이므로 인간의 '자연지성'에는 본능보다 한 차원 높은 도덕심이 이미 구비되어 있다고 하였다. 그러니까 변영만과 달리 '자연지성'에 도덕심까지 포함시킨 것이다. 그러므로 조긍섭은 하늘이 부여한 도덕심을 애초부터 깨닫고 태어난 사람[生而知之]도 있을 수 있고, 도덕의 실천이 본능과 전혀 배치되지 않아 편안하게 실천하는 사람[安而行之]도 있을 수 있는 것이 아니겠는가라고 반문하였다. 이 '생이지지'와 '안이행지'는 『중용(中庸)』에서 인용된 언어로서, 인용된 부분이 있는 중용의 내용은 선천적인 재질이 있든 없든 결국 성취해내야 한다고 하여 노력을 강조하는 정도로 생각할 수 있는 말이다.9) 그런데 『중용집주(中庸集註)』에서 주자(朱子)는 이 부분에 주석을 달면서 사람의 본성은 모두 도덕적으로 착하지 않은 것이 없지만 기질이 서로 같지 않기 때문에 '생이지지'와 '안이행지'가 아닌 경우도 생긴다고 보았다.10) 결국 쉬지 않고 노력하면 선천적인 재질 여부와 무관하게 성취할 수 있다는 생각은 유지하고 있지만, 도덕이 본성에 속하는 것이라는 방향을 두드러지게 전환하고 있는 것이다. 조긍섭이 여기서 '생이지지'와 '안이행지'를 언급한 것도 바로 도덕이 본성에 속한다는 것을 강조하기 위해 주자와 같은 의도로 예를 든 것이다. 조긍섭의 입장은 요컨

---

愛而不爭者矣. 謂此非出於自然之性, 則夫所謂生知安行者, 反不近於妖異也歟.”

9) “或生而知之, 或學而知之, 或困而知之, 及其知之, 一也. 或安而行之, 或利而行之, 或勉强而行之, 及其成功, 一也.”

10) “蓋人性雖無不善, 而氣有不同者, 故聞道有蚤莫(早暮), 行道有難易. 然能自强不息, 則其至一也.”

대 도덕의 절대적 가치를 인정하는 것이었고, 그에 비추어 알 수 있는 변영만의 입장은 도덕의 상대적 가치를 주장하는 것이었다. 변영만은 도덕이 본능과는 달리 역사적으로 형성된 관습의 산물이라는 주장을 했던 것인데, 그 의미를 담기 위해 '사성'이라는 어휘를 사용한 것이다. 도덕이 본성에 갖추어져 있다면 실천이 당연한 순리이며 절대적 권위를 갖는 것이지만, 변영만의 주장처럼 후천적인 것이라면 그 권위가 한 차원 낮아지게 되는 것이다.

이제, 조긍섭이 문제로 삼은 변영만의 원문을 본다. 여기서 말하는 '사성'과 '자연지성'은 「여시관」 下에 등장하는 어휘이다.

> 그런데 세상의 율법은 그렇지 않아서 명하고 금하는 것이 지극히 엄한 것은 왜 그런가? 나는 말한다. 이것은 '자연지성(自然之性)'에서 나온 것이 아니고, '사성지습성(史成之習性)'이라는 것이 있어서 그렇게 만드는 것이다. 대개 인류가 생겨난 것이 오래되었고, 오래되어 역사가 있게 되었고, 그 역사가 이미 더한층 얽히고 쌓이게 됨에 이르러, 어느덧 한 권세 있는 장로로 되어버린 것이다. 이에 부들과 버들처럼 나약한 중생들은 드디어 뜰아래 납작 엎드려 두각이 무너지듯 조아리며 그의 호령을 듣게 된 것이다. 대저 납작 엎드려 호령을 듣게 된 일이 바로 이른바 사성지습성이라는 것이다. (…중략…)
>
> 사성지습성은 한번 웃고 한번 곡하는 것에서 그 단초를 끌어낼 수 있다. 대저 웃음과 곡은 살아있는 사람의 감각이 두드러지게 드러나는 것이다. 예컨대 자고 먹기에 쾌락을 느끼는 자는 대개 웃음을 내는 것이 어렵지 않고, 사지가 고통스러운 자는 매양 곡을 하는 것에 범하기 쉽다. 그러므로 웃음은 쾌락의 그림자이고 곡은 고통의 그림자이다. (…중략…) 이것은 대개 본연지성(本然之性)이니 비난하고 논의할 수 있는 것이 아니다. (…중략…) 선에 힘쓰고 악을 꺼리는 마음이 본성에 근본하고 있는 것이 아니라 사성지습성에 근본하고 있음을 따라서 알 수 있을 것이다.
>
> ―변영만, 「여시관」 下[11]

---

11) 卞榮晚, 「如是觀」 下편(앞으로 변영만의 글은 『변영만전집』에서 인용하고 별도의 출처를 밝히지 않음). "顧世律不然, 而命禁綦嚴者何也. 曰此非出於自然之性者, 有所謂

　　조긍섭이 '사성'이라고 지칭한 것이 변영만의 원래 글에서는 '사성지습성'이란 어휘로 표현되어 있었다. 여기 변영만의 개념 속에는 '사성지습성'에 대비되는 '자연지성'이라는 것이 있는데, 이것은 '본능' 정도로 번역할 수 있는 인간의 태생적 성질이다. 변영만의 개념에서는 도덕이 '자연지성' 속에 포함되는 것이 아니라 '사성지습성'에만 포함되어 있다. 성리학적 도덕률은 천명(天命)에 속하는 것이었는데 변영만은 도덕률이 사회적 속성이라고 하고 있으니, 성리학적 세계관의 파괴가 아니라고 할 수 없다. 심지어 변영만은 '자연지성'을 '본연지성'이라고 표현하기도 하였다. 그 표현이 의도였는지 실수였는지 분명치는 않지만, 이미 성리학의 중심개념으로 사용되던 어휘를 다른 의미에서 사용하는 것은 성리학적 입장에서 이단적 행위로 여겨질 수 있는 것이니만큼 단순한 실수로 보이지는 않는다. 성리학에서 '본연지성(本然之性)'은 '하늘이 부여한 순수한 선'이라고 규정되어 인간이 추구해야 할 도덕적 최상의 상태를 의미했고, 그에 반해 '기질지성(氣質之性)'은 개별적 인간의 욕망이 개입되어 순수한 선이 차별적으로 발현되는 상태를 의미하며 '본연지성'에 대립된다. 그런데 변영만은 '본연지성'이라는 용어를 가져다 쓰면서 성리학의 문맥과는 전혀 다르게 사용하여 도덕과는 무관한 인간의 자연스러운 본능·본성 등을 의미하도록 만들었다. 이것은 오히려 성리학에서 말하는 '본연지성'에 대립되는 '기질지성'에 해당할 수 있는 내용이다. 익히 알고 있다고 여기는 어휘를 가져다 전혀 새로운 사유구조에 배치하여 생소함을 던지는 동시에 그 어휘조차 기존의 관념과

---

史成之習性者焉, 有以致之也. 盖人類之生也, 久矣, 久而有史, 而其史之旣至於增纍堆積, 則居然而化爲一有權之長老, 而於是乎蒲柳衆生, 逐至於平伏其階下, 而厥角若崩, 聽其號令焉, 夫平伏聽令之事, 卽所謂史成之習性者也. (…중략…) 史成之習性, 導其端於一笑一哭焉. 夫笑與哭, 生人感覺之著見也. 比之, 眠啖快樂者, 槪不難於爲笑, 而四肢痛苦者, 每易犯於爲哭. 故笑爲快樂之影, 哭則痛苦之影矣. (…중략…) 此盖本然之性, 無可非議者也. (…중략…) 勉善忌惡之心之爲不根於本性, 而根於史成之習性, 從可知也已."

는 전혀 대척적 의미로 사용하고 있기에, 성리학 중심의 담론을 유지하는 조긍섭 등에게 이런 어휘 활용은 자못 충격이었을 것으로 짐작된다. 그런데 앞서 본 조긍섭의 반론에서는 일단 '본연지성'은 놔두고 '자연지성'이라고만 표현하였다. 조긍섭은 아마 변영만의 실수였던 것으로 생각하고 싶었기에 덮어두었던 것이 아닐까?

어쨌든 변영만은 '사성지습성'이란 어휘를 통해 역사적 경험을 통해 축적된 질서를 가리키고 있으며 그것이 바로 도덕이 된다. 여기서 변영만이 설명하고 있는 사성지습성, 즉 도덕의 기원은 웃음[笑]과 곡[哭]이다. 인간은 본능의 만족 여부로 쾌락과 고통을 느끼고, 쾌락과 고통의 2차적 표현이 웃음과 곡이다. 웃음이 쾌락 그것 자체인 것은 아니지만 그림자처럼 쾌락에 따르는 표현인 것이고, 반대로 곡은 고통에 따르는 표현인 것이다. 이 웃음과 곡이 역사적으로 축적되면서 웃음을 만들게 되는 요소를 증가시키는 것이 추구되고, 곡을 만들게 되는 요소를 증가시키는 것은 억제되는 것이다. 여기까지는 본성에 근거하고 있는 것이다. 그러나 쾌락과 고통은 본성에 근거하고 있지만, 웃음과 곡은 2차적인 요소라서 본성에 대한 우회적인 요소이고, 선과 악은 그보다 한 차원 더 우회적인 요소라서 본성과의 거리가 상당히 멀어지는 것이라고 보았다. 그래서 선과 악이라는 도덕적 기준이 세워지는 것은 그 사회적 경험에 따라 후천적으로 결정되는 것이며, 그래서 본성이 아닌 사성지습성에 근본하고 있는 것이라고 한 것이다. 그러므로 도덕에 선천적 절대성은 존재할 수 없고, 시대와 장소라는 조건에 따라 변하는 상대적 속성만이 있는 것이다. 여기서 선과 악이라는 도덕적 기준이 절대성을 갖고 있다고 생각하는 조긍섭이 첫 번째 이의를 제기한 것이다.

## 2) 선악의 불변성

변영만이 보내온 글을 읽고 조긍섭이 느낀 또 하나의 심각한 문제는
도덕 기준의 불변성을 부정하는 태도이다. 그래서 두 번째 이의를 제기
한다.

> 선악은 진실로 정해진 바탕이 없습니다만, 역시 하늘이 정해준 바가 있어서
> 옮길 수 없는 것입니다. 지금 그것에 관해 말하기를 "뭇사람이 옳다고 여기는
> 것이 선이고, 뭇사람이 그르다고 여기는 것이 악이다"라고 하는 것이, 어찌
> "선이라는 것은 뭇사람이 함께 그렇다고 하는 것이고 악이라는 것은 뭇사람
> 이 함께 그르다고 하는 것이다"라는 것과 같습니까? 대저 지당(至當)에는 두
> 종류가 없습니다. 만약 "동쪽에서 선한 것이 서쪽에서는 악이 될 수 있다, 옛
> 날에 선한 것이 지금은 악이 될 수 있다"고 한다면 이것은 두 종류가 될 수
> 있는 선이지, 지당의 선은 아닙니다.
>
> —조긍섭, 「변영만에게 답함」[12]

조긍섭에게 도덕은 본디 천품으로 인간이 태어날 때부터 갖고 있는
것이었다. 이것은 앞서 보았던, 인간의 본성에 도덕이 포함되어 있지 않
다는 변영만의 논리에 대한 반박과 일맥상통하는 견해이다. 도덕의 선
천적 속성에서 '태어나면서부터 아는 사람'과 '편안히 행하는 사람'과
같은 존재가 나올 수 있는 것으로 보았다. 도덕을 이렇듯 하늘이 인간
에게 부여한 것으로 본다면, 인간이 어느 지역에서 어느 시대에 태어나
든 동일한 도덕을 갖추고 있게 된다. 인간은 다양할지 몰라도 하늘은
하나이기 때문이다. 그래서 선악은 시대와 장소라는 조건과는 무관한
불변적 기준으로 보아야 한다는 것이다. 그런데, 변영만이 "뭇사람이 옳

---

12) 曺兢燮, 「答卞穀明」. "善惡固無定質, 然亦有天之所定而不可移者. 今與其曰 衆人
然之則爲善, 衆人否之則爲惡, 曷若曰 善者 衆人之所同然, 惡者 衆人之所同否乎.
夫至當無二, 若曰 善於東者 或惡於西, 善於昔者 或惡於今, 則是可二之善, 而非至
當之善也已矣."

다고 여기는 것이 선이고, 뭇사람이 그르다고 여기는 것이 악이다"라고
하여 도덕률은 애초에 미리 결정된 것이 아니라 마치 다수결로 결정할
수 있는 것처럼 묘사한 문장을 조긍섭이 발견한 것이다. 이런 논리를
용인할 수는 없었다. 그래서 조긍섭은 변영만이 잘못 표현한 것이 아닌
가 하고 이 문장을 다시 만들었다. "선이라는 것은 뭇사람이 함께 그렇
다고 하는 것이고 악이라는 것은 뭇사람이 함께 그르다고 하는 것이다"
라고 하여 선악이 선천적 조건으로 이미 존재하고 있는 상태에서 대다
수의 사람들은 선에 동조하고, 악에는 반대한다고 하는 것이 제대로 된
표현이 아니겠는가 하고 문장을 고쳐본 것이다. 조긍섭에게 선악이라는
도덕률은 시간과 공간을 초월하는 불변적 기준인 것이다.
  조긍섭이 문제 삼은 변영만의 선악의 상대성에 관한 표현도 「여시관
하」에 등장하는 것이다.

  그러므로 선악은 정해진 본질이 없다. 뭇사람이 수긍하면 선이 되고 뭇사람
이 부정하면 악이 된다. 선이란 것은 남과 내가 함께 쾌락에 이를 수 있는 것
을 말함이고, 악이란 것은 남과 내가 서로 고통에 이를 수 있는 것을 말함이
다. (…중략…) 그러나 이것은 그 대체를 말한 것일 뿐이다. 사람 무리의 습성
은 지역에 따라 한결같지 않아서 동쪽에서 쾌락이던 것이 혹 서쪽에선 고통
이 되기도 하고 동쪽에서 선이던 것이 혹 서쪽에선 악이 되기도 하며, 습성의
기풍은 시대에 따라 같지 않아서 예전에 쾌락이던 것이 혹 오늘엔 고통이 되
기도 하고 예전에 선이던 것이 혹 오늘엔 악이 되기도 한다. 그렇게 생각하고
나면 선악이란 빌려온 이름이요 정해진 본질이 없다는 것을 더욱 알 수 있을
것이다.

─변영만, 「여시관」 下13)

---

13) 卞榮晩, 「如是觀」下편. "故善惡, 無定質. 衆人然之, 則爲善, 衆人否之, 則爲惡.
   善也者, 可致人我之同樂者也, 惡也者, 可致人我之輪苦者也. (…중략…) 然而此其大
   體耳. 人衆之習尙, 或隨地而不一也, 則在東爲樂者, 或在西爲苦, 而在東爲善者, 或
   在西爲惡焉, 習尙之風氣, 或隨時而不同也, 則在昔爲樂者, 或在今爲苦, 而在昔爲善
   者, 或在今爲惡焉. 然後, 則善惡之爲假名, 而無其定質, 益可知也."

선악은 동서의 기준이 다르고 고금의 기준이 다르다는 조긍섭의 지적 내용이 그대로 여기 등장하고 있다. 조긍섭과 달리 변영만에게는 도덕이 후천적이기에 그 사회 상태에 따라 도덕적 기준이 상대적이어서 변화 가능한 것으로 인식하게 되는 것이 자연스러운 일이었다. 선이라는 것은 사회적 쾌락 추구이고 악은 사회적 고통 유발이기에, 사회의 속성에 따라 쾌락과 고통의 방향이 달라지며, 결국 선악은 정해진 본질이 없다는 주장이 나오게 되는 것이다. 이 부분에서 변영만은 선악을 쾌락과 고통의 사회적 전환으로 설명하면서 '함께[同]'라는 어휘를 사용했다. 선은 남과 내가 함께 쾌락을 추구하는 것이고, 악은 남과 내가 함께 고통을 초래하는 것이라고 하였다. 함께 쾌락을 추구한다는 것은 도덕의 사회적 속성을 의미하기 위해 사용한 논리이지만, 원문 '동락(同樂)'은 '여민동락(與民同樂)'처럼 군자가 소인들에 대해 시혜적 은택을 베푸는 정도의 차원에서 사용되던 어휘이다. 그것을 변영만은 사회 속의 개별적 인간들이 서로에 대해 상호 행위의 결과물에 영향 받는다는 의미로 사용한 것이다. 이 역시 전통적으로 사용하던 어휘를 새로운 사유 구조 속에서 활용한 예라고 할 수 있겠다.


## 3) 인간의 우월성

조긍섭은 또 세 번째 이의를 제기하는데, 인간의 존귀함을 부정하는 변영만의 태도에 관한 것이다.

> 족하께서 본성을 말씀하시면서 "물의 본성은 흐름이다. 불의 본성은 타오름이다. 사람의 본성은 구함이다"라고 하셨는데, 대저 짐승의 본성 역시 어찌 구함이 아니겠습니까. 으르렁거리는 개 돼지, 앵앵거리는 모기 파리는 그 구함이 사람보다 열 배는 되는데, 그렇다면 '동물의 성질은 구함이다'라고 해서 무어

안 되겠으며, 하필 사람만을 말합니까? 족하께서 앞뒤로 말씀하신 본성은 한 마디로 만족할 것이 아닙니다만, 혹은 사람을 동물의 단계로 깎아내리거나, 혹은 동물을 추어올려 사람과 나란히 놓는 것입니다.

—조긍섭, 「변영만에게 답함」[14]

조긍섭이 앞에서부터 제기한 반론들의 핵심에는 인간의 본성에 도덕이 포함되어 있다는 인식이 자리잡고 있다. 도덕을 통해 인간은 다른 만물보다 우월한 존재가 되는 것이다. 그런데 변영만은 인간의 본성에서 도덕을 제외한 것이다. 그리고 인간의 본성은 그저 구하는 것일 뿐이라고 하였다. 인간의 본성과 동물의 본성을 동등하게 보는 변영만의 태도가 드러난 것이다. 조긍섭은 다른 부분을 적출하여 여러 번 언급했을 뿐이지, 사실 이 편지에서 조긍섭이 변영만에 대해 품는 의문은 바로 인간이 근본적으로 도덕적인 존재가 아니라고 여기는 듯한 변영만의 논리에 대한 것 한 가지라고 여겨진다. 변영만은 결정적으로 인간의 본성을 언급하면서 물의 '흐름[流]'이나 불의 '타오름[炎]'과 다른 인간의 '구함[求]'을 언급하고 있는데, 실상 물이나 불이 본성을 갖고 있는 것처럼 인간의 본성도 존재할 뿐이라는 표현으로서 물이나 불과 같은 만물의 차원에서 인간을 설명하고 있는 것이다. 도덕적 존재여서 인간이 존귀하다고 여기는 조긍섭이 이 부분에서 또 한 번 이의를 제기하는 것은 당연한 귀결이라 하겠다.

이 물·불·인간의 본성을 말하는 부분은 「인성론」에서 그 문장 그대로 발견된다.

물의 본성은 흐름이고, 불의 본성은 타오름이고, 사람의 본성은 구함이다. 고여 있다면 혹 막았기 때문이지 물의 본성은 아니요, 꺼져 있다면 혹 눌러

---

14) 曺兢燮, 「答卞穀明」. "足下之說性曰, 水性流, 火性炎, 人性求. 夫禽獸之爲性, 亦何嘗不求, 犬豕之狺狺, 蚊蚋之薨薨, 其爲求也, 或十倍於人. 則曰物性求, 有何不可, 而奚獨曰人. 足下前後言性, 不一而足. 或夷人於物, 或援物而儕於人."

껐기 때문이지 불의 본성은 아니요, 멈추어 있다면 혹 병이 들었거나 실성한 것이지 사람의 본성은 아니다. 그러므로 물은 지면을 따라 흐르면서 천천히 가기도 하고 거세게 요동치기도 하는 것이며, 불은 기세를 따라 타오르면서 서서히 타기도 하고 맹렬히 불꽃을 튀기기도 하는 것이며, 사람은 사태를 따라 구하면서 온화하게도 되고 난폭하게도 되는 것이다.

―변영만, 「인성론」15)

이 부분에서 변영만이 말하고 있는 내용은 본성에 관한 것이다. 그 본성은 상황에 따라 저절로 드러나는 것이기 때문에 표현된 본성이 요동치거나 맹렬하거나 난폭하다고 하여 본성이 아니라고 할 수도 없고, 억지로 온화하게 만들 수는 없는 것이라 하였다. 본성은 스스로 제어되는 것이 아니라 상황을 따라 이렇게도 저렇게도 발현되는 것이라는 것이다. 그렇지 않다면 그것은 잘못된 존재이다. 왜 본성을 스스로 제어할 수 없는지 이 부분만으로는 분명히 이유를 파악할 수 없다. 물·불·인간의 본성에 관한 부분은 앞서 보던 「여시관」에도 같은 내용을 언급하는 부분이 있다.

불의 성질은 타오르는 것이고, 물의 성질은 흘러 움직이는 것이고, 사람의 성질은 쾌락을 구하여 그치지 않는 것이다. 인생의 궁극적 의의는 물을 수 없는 것인데, 물을 수 있다면 물과 불의 궁극적 의의도 물을 수 있을 것이다. 불·물과 사람은 모두 개별적인 표적이나 개별적인 노력이 있는 것이 아니고, 자연스럽게 타고 흘러 움직이고 쾌락을 구하는 것이다. 이것은 모두 인온씨 (氤氳氏)의 일이지 불·물과 사람이 스스로 알 수 있는 바는 아니다.

―변영만, 「여시관」 下16)

---

15) 卞榮晚, 「人性論」. "水性流, 火性炎, 人性求. 其淳也, 或障之, 非水之性也. 其熄也, 或撲之, 非火之性也. 其泊也, 或病狂之, 非人之性也. 故水隨地爲流, 或徐赴, 或駭溢. 火隨勢爲炎, 或漸焚, 或烈燬. 人隨事爲求, 或謔和, 或暴戾."

16) 卞榮晚, 「如是觀」 下편. "火性, 炎上, 水性, 流動, 人性, 求快樂而不止. 人生之究竟意義, 不可問也, 如可問也, 則水火之究竟意義, 亦可問矣. 火水與人, 擧無私有之標的, 私有之努力, 而自爾炎焉流焉求樂焉, 是皆氤氳氏之事也, 非火水與人之所能

바로 '인온씨'라는 따질 수 없는 궁극적 근본 원리가 있어서 만물을 움직이게 하는 동력이 될 뿐이지, 만물은 스스로 책임지고 행동하는 존재가 아니라는 것이다. 인온씨의 말단지엽적 존재들인 물·불·인간의 본성에 대한 책임은 물·불·인간이 아니라 그 근저에 있는 동력원인 인온씨가 지는 것이다. 지금까지 조긍섭의 질문은 대개 인간과 도덕의 관계이기에 변영만의 도덕의 상대성과 변화가능성들이 질문의 대상이 되었던 것인데, 여기서 볼 수 있는 변영만 논리를 살펴보면 조긍섭의 질문에 대한 변영만의 답변은 모두 '인온씨'의 문제로 환원된다. 모든 것의 책임은 인온씨가 지고 있다는 것이다. 궁극적으로 도덕이 상대적이고 변화가능하게 된 것은, 인간이 물과 불처럼 인온씨의 부수적 존재일 뿐 스스로 적극적으로 주재하여 행동할 수 있는 존재가 아니기 때문에 발생한 문제들이다. 이 인온씨에 대한 설명은 주로 「여시관」 상편에 집중되어 있다.

> 이런 까닭에 인온씨가 관할하는 곳에는 이른바 '쟁신(爭臣)'이 없고, 또 이른바 '위임책성(委任責成)'의 방도가 없으며, 그 사업에 있어서는 큰 것 작은 것, 겉과 속이 없이 인온씨가 항상 반드시 직할할 뿐이요, 친히 주재할 뿐이다. 그런즉 새와 짐승, 나무와 돌 같은 것이 더 천한 존재가 되지 않으며, 둥근 머리와 평평한 발바닥을 지닌 부류가 더 귀한 존재가 되지 않는다.
>
> —변영만, 「여시관」 上[17]

만물의 책임은 인온씨가 직접 담당하고 있다는 말이다. 그러므로 인간도 만물과 마찬가지로 전혀 책임을 갖고 있지 않다는 말이다. 여기서 둥근 머리와 평평한 발바닥을 지닌 부류라는 말이 사람을 가리키는 문

---

自知也."
17) 卞榮晩, 「如是觀」 上편. "是故, 氤氳氏之廷, 無所謂爭臣, 亦無所謂委任責成之道, 而事無鉅細表裏, 氤氳氏, 恒必直轄之而已矣, 親裁之而已矣. 然則鳥獸木石, 不爲加賤, 圓顱方趾, 不爲加貴."

학적 표현이다. 책임이 없는 존재임을 부각하기 위해 '쟁신'이니 '위임
책성'과 같은 전통적 어휘를 활용한 점도 주목된다. '쟁신'은 『효경』,
『순자』 등에서부터 그 용례가 발견되는 바 주재자 왕의 뜻을 거스르면
서까지 국가의 정의를 위해 나서는 신하를 뜻하는 말이고,[18] '위임책성'
은『사기』 등에서부터 그 용례가 발견되는 바 임무를 전적으로 맡겨 간
섭받지 않는 대신 성공하기만을 요구받는 것을 뜻하는 말이다.[19] '인온
씨'의 직할 통치를 설명하기 위해 이처럼 유래 깊은 어휘들과 문학적
표현을 활용하여 전통 지식인의 흥미를 돋우는 장치를 설치해 두었다.
어쨌든 결국 변영만에게는 모든 것의 책임은 돌릴 수 없는 것에 가 있
는 것이고, 인류도 마찬가지로 책임이 없는 존재일 뿐이기에 만물에 비
해 귀중한 존재가 될 수 없다는 논리를 펼친 것이고, 그에 비해 조긍섭
은 인간은 도덕적 존재이기에 만물의 가장 위에 존재하는 것이라는 입
장을 갖고 있었기에 변영만의 이 주장을 반박하고 있던 것이다.


## 4) 전통적 세계관의 입장 확인

도덕의 기원, 선악의 불변성, 인간의 우월성에 관한 질문을 잇달아
제기하고 나서 조긍섭은 자신이 이런 이의를 제기한 근저에 깔려 있는
심리를 서술하고 있다.

> 뜻이 어떠하신지 모르겠습니다. 지금 세상에선 사람의 길이 막히고 끊겨 천
> 하가 모두 금수의 세계로 들어서는 것은 아닌가 걱정됩니다. 족하의 이야기가
> 행해진다면 저는 천하의 사람들이 더욱 스스로 가벼이 여길까 두렵습니다. 족
> 하께서는 장자(莊子)의 문장으로, 순자(荀子)의 논리를 주장하며 수사(洙泗)의

---

18) 『孝經』「諫爭」. “昔者天子有爭臣七人, 雖無道, 不失其天下.”;『荀子』「子道」. “昔
　　萬乘之國有爭臣四人, 則封疆不削. 千乘之國有爭臣三人, 則社稷不危.”
19) 『史記』「張釋之馮唐列傳」. “委任而責成功, 故李牧乃得盡其智能.”

말씀을 판단하려는데, 모르겠습니다, 과연 타당함이 있을지 없을지.

―조긍섭, 「변영만에게 답함」[20]

　앞서의 이의제기를 정리하는 정도의 말이다. 조긍섭은 당시의 정세를 금수의 세계로 향해가는 것이 아닌가 하고 우려하고 있다. 서세동점의 완성 단계로서 동아시아 전통 질서는 철저히 붕괴되었고, 그것을 붕괴시킨 파괴적 세력은 서양으로부터 밀려온 것이고, 그 서양이라는 존재는 전통적 천하관에 의하면 중국을 중심으로 한 문명 세계의 외부 즉 오랑캐 금수의 영역에 있던 것이다. 조긍섭은 전통적 천하관의 입장에서 제국주의 침탈 속에 놓인 당시 정세를 금수의 세계로 들어가고 있는 것이라고 인식한 것이다. 당시 진화론 등을 앞세운 서구 제국의 근대화 논리는 전통적 지식을 철저히 파괴하거나 소외시키는 것이었고, 변영만의 논리에서 조긍섭은 근대화 논리의 일단을 발견하여 이런 비난을 하게 된 것이다. 조긍섭은 변영만에게 서양문학에 뜻을 두어 혹 서양에 동화되어 전통적인 상정구설(常情舊說)에 어긋나게 된 것은 아니겠느냐는 질문을 한 바도 있다.[21]

　이렇게 비난만 하고 나면 변영만으로서는 억울한 점이 있을 것이다. 변영만의 입장은 동양의 전통적 지식과 서양의 근대적 논리를 초월하는 새로운 담론을 모색하려는 데에 있었던 것이기에 전적으로 서양에 기대어 있는 것은 아니기 때문이다. 말하자면 전통을 기반으로 하는 사유를 포기하고 전적으로 근대주의의 논리에 포섭된 것은 절대 아니었다. 여기서 조긍섭은 그런 점을 인식하였는지 장자·순자의 논리로 주자(朱子)를 공박하고 있는 것이 아닌가 하는 말을 덧붙였다. 공자에서 주

---

20) 曺兢燮, 「答卞穀明」. "未知意欲以何爲, 今之世人道塞絶, 天下胥恐不入於禽獸. 足下之說行, 吾懼天下人之愈自輕也. 足下以莊生之文, 倡荀卿之論, 律之以洙泗家言, 未知, 其果有當否."
21) 曺兢燮, 「答卞穀明」. "意者, 足下留心西文之久, 不覺其與之化乎? 至其所論之指, 尤有與常情舊說異者."

자로 이어지는 전통에 대해 의심을 품지 않은 조긍섭의 입장에서 장자와 순자가 결국 이단의 논리이긴 해도 그래도 서양 근대의 논리와는 다른 것이다. 전통적 사유에서 이해할 만한 글을 작성하면서도 그 내용과 논리는 전통적 사유의 중심을 흐트러뜨리는 변영만의 문장에 대해 조긍섭은 미묘한 대응을 한다. 전통적 지식과 언어의 변용에 흥미를 보이게 된 것이다. 그래서 변영만이 펼친 논리에는 반박하면서도 글 자체에는 창조의 경지라고 인정하는 것이다.[22] 그러면서도 장자나 순자의 논리에 견인된 것은 아닌지, 서양 문학의 영향을 너무 많이 받고 있는 것은 아닌지, 그래서 전통 지식인들이 보편적으로 받아들인 주자의 견해를 너무 무시하는 것은 아닌지 하는 우려를 드러내었다. 애정과 우려가 동시에 담긴 자세라고 여겨진다.

또 변영만이 조긍섭에게 보낸 글 중에는 「사기(私記)」도 있었는데, 이 글에서는 공자와 묵자를 성인으로 대접하겠다는 말이 나온다.[23] 이에 대해 조긍섭은 장태염의 영향이 아닌가 하고 질문한다.

> 장병린의 논리가 대개 공자를 제쳐두고 묵자를 떠받든다고 들었는데, 족하께 그 영향이 있는 것은 아닌지요?[24]

장태염(장병린)의 영향을 어렴풋이 지적하고 있는 것인데, 실상 조긍섭이 장태염의 「구분진화론」과 「사혹론」 등을 읽었다면 더 적극적으로 변영만에게 장태염의 영향을 지적하였을 것이다. 변영만에게 반박했던 도덕의 상대성과 변화성에 대한 문제는 고스란히 장태염에게 옮겨 질의해도 될 정도이다.

---

22) 김진균, 앞의 글, 235~236면.
23) 卞榮晩, 「私記」. "文中及人, 孔墨二聖以外, 一切用名, 不用字."
24) 曹兢燮, 「答卞毅明 甲子」, 191면. "聞章炳麟之論, 多祧孔而祖墨, 足下其有所受之乎?"

## 3. 변영만에게 수용된 장태염의 언어

　장태염은 1906년 「구분진화론(俱分進化論)」을 작성했고, 1908년 「사혹론(四惑論)」을 작성했다. 이 두 편의 글은 제국주의 침략의 핵심논리인 사회진화론 등을 반박하기 위해 작성한 글이다.

　논의에 앞서 간략하게 주제를 정리해 본다. 「구분진화론」은 만물이 진화한다는 논리를 부정하는 글이 아니라, 진화를 인정하는 글이다. 그러나 그것이 사회진화론이 의미하는 진화는 아니다. 사회진화론이 갖고 있는 이데올로기적 속성은 진화가 만물의 숙명이듯이 인류도 진화의 숙명을 갖고 있고, 문명적으로 진화된 종족은 더 우등한 존재라는 주장을 하고 있는 점에 있다. 사회진화론은 다윈의 진화론과 멜서스의 인구론, 그리고 스펜서의 자연도태론 등이 결합하여 제국주의 침탈의 논리로 발전한 것이다.[25] 그리하여 20세기 초반 경제적 군사적으로 우월했던 서구는 그러므로 더 우등한 존재가 되고 유럽 밖의 열등한 세계를 정복하고 지배하여 인류를 진화시킬 도덕적 책임을 갖고 있다는 점을 주장하여 이데올로기적 속성을 갖게 되는 것이다. 「구분진화론」은 도덕적 우열에 진화를 관련시키는 부분만 공략하여 사회진화론 전체를 무력화시킬 요량으로 작성된 것이다. 장태염은 주장하기를 진화가 진행되면 악의 상태에서 선의 상태로 가는 것이 아니라 애초에 낮은 단계의 선악이 높은 단계의 선악으로 옮겨지는 것이라고 하였고, 고통에서 쾌락의 방향으로 가는 것이 아니라 고통과 쾌락이 더욱 극심해지는 방향으로 가는 것이라고 하였다. 서로 대립되는 모든 개념이 더욱 극단적으로 발전하는 것이 진화의 방향이라고 한 것이다. 사회진화론에서 주장하는 바의 진화된 서양문명이라는 것을 인정하더라도, 그 서양문명은

---

　25) 이승환, 「한국 및 동양에서 사회진화론의 수용과 기능」, 『중국철학』 9, 중국철학회 2002, 177~184면.

선과 쾌락의 상태가 아니고 단지 선이 큰 만큼 악도 발전하였으며 쾌락이 큰 만큼 고통도 깊게 된 상태에 불과한 것이다. 선악과 고락의 총량은 증가하였으되 그 합산 결과는 결국 영(零)이 되어 무익하게 된다는 주장이다. 선과 쾌락의 사회가 아닌, 악과 고통도 견딜 수 없이 확장된 사회가 무슨 도덕적 권리로 세계를 지도할 수 있느냐는 주장을 간접적으로 제기하고 있는 것이다. 「사혹론」은 근대적 논리의 핵심 개념 네 가지를 선정하여 그것의 오류를 설파하고 무화시키려는 의도로 작성된 것이다. 장태염이 주장한 네 가지 개념은 '공리(公理)', '진화(進化)', '유물(唯物)', '자연(自然)'이라는 근대성의 핵심 담론들이었다. '공리'는 말하자면 뭇사람들이 동의하는 논리인데, 근대주의자들이 허위의 사회와 국가를 위해 개인을 억압하는 데에 활용하고 있으며 약자와 소수자를 탄압하는 논리일 뿐이어서 뭇사람이 모두 동의하는 것도 아니라며 부정하였다. '진화'는 「구분진화론」의 요약 정도로 선악과 고락이 동시에 진화하는 것이므로 그것을 위해 인류가 희생할 필요가 없다는 논리로 부정하였다. '유물'은 물질주의 과학을 객관적인 듯이 묘사하지만, 실상 모든 것은 마음의 문제라는 방식으로 부정하였다. '자연'은 근대주의자들이 자연규칙이란 미명하에 약육강식 등의 논리를 강요하지만 그것은 강자들이 지어낸 논리에 불과하고 유물이 없는 것처럼 자연도 없으니 자연규칙이란 애초에 존재할 수 없는 것이라는 방식으로 부정하였다. 요컨대 「구분진화론」과 「사혹론」은 근대적 제 폐단을 논리의 차원에서 갈파하고 극복하려는 취지의 글이다. 본고는 변영만과의 비교를 위한 것이니, 두 장편의 논문을 정리하기보다는 변영만이 영향을 받은 언어들을 중심으로 적출해 보이고자 한다.

## 1) 도덕은 사회적 산물

우선 변영만은 도덕의 사회적 속성을 강조하며 동쪽에선 선이던 것이 서쪽에선 악이 될 수도 있고 과거에 선이던 것이 지금은 악이 될 수도 있다고 하였다. 여기에 뭇사람 즉 사회구성원이 인정하는 것이 선악의 중요한 기준이 된다고 한 것인데, 뭇사람의 동의는 장태염의 「사혹론」에서 그 유사한 논리를 발견할 수 있는 언어이다.

> 사(私)를 등지는 것을 공(公)이라고 하는데, 지금은 뭇사람이 함께 인정하는 것을 지칭한다. 옥을 다듬는 것을 리(理)라고 하며 확장되어 빗금[鰓理]이나 조리(條理)라는 뜻으로도 쓰였는데, 지금은 경계를 지칭한다. 공리라는 것은 말하자면 뭇사람이 함께 인정하는 경계를 말하는 것이다.
>
> —장태염, 「사혹론」[26]

장태염은 '공리'라는 논리를 격파하기 위해 이 글을 작성한 것이지만, 그는 공리의 개념 자체를 부정한 것이 아니라 공리를 내세우며 강자가 약자를, 다수가 소수를 억압하는 상황을 부정했을 뿐이다. 여기 '공리'의 개념을 규정하며 뭇사람이 동의하는 질서를 의미한다고 한 것까지 부정한 것은 아니다. 그래서 저 서양인들이 말하는 공은 "뭇사람이 동의하는 것이 아니라 자신의 학설이 취하는 바"[27]일 뿐이라고 한 것이다. 이 공리의 개념 규정에서 뭇사람의 동의라는 표현이 나왔다.

또 변영만은 도덕이 본성에 속하지 않는다는 주장을 펼쳤다는 것을 앞서 보았는데, 이 역시 장태염에게서 발견되는 논리와 흡사하다.

---

26) 章太炎, 「四惑論」, 『太炎文錄』, 上海書店, 1989. "背私謂之公, 今以爲衆所同認之稱. 治玉謂之理, 引伸爲鰓理條理, 今以爲界域之稱. 公理者, 猶云衆所同認之界域, 譬若棋枰, 方卦行棋者所同認, 則此界域爲不可逾."
27) 章太炎, 「四惑論」. "其所謂公, 非以衆所同認爲公, 而以已之學說所趣爲公."

선악은 어떻게 함께 진화하는가, 그 한 가지 이유는 훈습성(熏習性, 연기가 남듯 흔적이 남는 것, 인용자)이다. 생물의 본성에는 선악이 없는데, 그 작용이 선이나 악이 될 수 있는 것이다. 그러므로 아뢰야식(阿賴邪識, 모든 인연을 갈무리하는 근본 종자가 되는 인식, 인용자)은 무기(無記, 무기라는 것은 선악이 없음을 말한다, 장태염)를 뒤집은 것이 없고, 말나식(末那識, 객체를 자기로 여기는 잘못된 인식, 인용자)은 무기를 뒤집은 것이 있고, 의식에 이르면 비로소 선악을 함께 갖는다.

—장태염, 「구분진화론」[28]

장태염이 불교 언어를 사용하여 금방 이해하기 어렵긴 하지만, 만물의 본성에는 선악이 없다가 의식의 형성에 따라 선악 관념이 생긴다는 논리이다. 장태염이 사용한 불교 언어 중에 다른 것에는 스스로 주석을 달아 설명하지 않았는데, 유독 '무기'에는 주석을 달았다. 이 '무기'라는 불교용어는 사물의 본성 가운데에 있는 요소로서 선이라고 할 수도 없고 악이라고 할 수도 없는 것을 가리킨다. 만물의 본성에는 선악이 존재하지 않음을 주장하기 위해 활용한 어휘이다.


## 2) 사회적 가치 추구의 의의

조긍섭의 질의에는 포함되지 않았지만, 도덕의 후천성을 주장하기 위해 변영만이 「여시관」에서 구사한 또 하나의 중요한 어휘는 바로 '직락(直樂)', '직고(直苦)'와 '곡락(曲樂)', '곡고(曲苦)'라는 것이다.

태초 적에 웃음은 반드시 직락에 말미암은 것이고, 곡은 반드시 직고에 말미암은 것이다. '직(直)'이라는 것은 '곡(曲)'의 반대말이기에, 사고하는 것에

---

28) 章太炎, 「俱分進化論」. "善惡何以幷進, 一者由熏習性. 生物本性, 無善無惡, 而其作用, 可以爲善爲惡. 是故, 阿賴邪識, 惟是無覆無記, (無記者, 卽無善無惡之謂) 其末那識, 惟是有覆無記, 至於意識, 而始兼有善惡."

반대가 되는 것이다. 그때에는 웃고 곡하는 원인이 매우 간단하고 곧발랐기에 그 따르고 피하는 정도가 역시 대단히 가볍고 빨랐다. 이것은 대개 본연지성이니 비난하고 논의할 수 있는 것이 아니다. (…중략…) 거듭 말하건대, 곡락에 합치되는 것이 선이고 곡고에 합치되는 것이 악이다. ‘곡’은 ‘직’의 반대말이니 그것으로 미루어 헤아리는 방도가 되는 것이다. 그러나 이것은 그 대체를 말한 것일 뿐이다.

―변영만, 「여시관」, 下[29]

쾌락[樂]과 고통[苦]은 본능의 충족 여하에 따라 결정된다. 본능을 만족하여 쾌락을 느끼면 웃게 되고, 본능을 제한 당해 고통을 느끼면 울게 되어 있다는 것이다. 그런데 변영만은 단순히 쾌락과 고통이라 지칭하지 않고, 그 앞에 ‘직접적[直]’이라는 수식어를 붙여두었다. 변영만의 설명을 정리하면 한 개인이 자기 몸에서 직접적으로 느끼는 쾌락과 고통이 ‘직락’과 ‘직고’이다. 그러면서 이 ‘직접적’이라는 말에 대립쌍으로 ‘간접적[曲]’이라는 표현을 제시하면서, ‘간접적’인 것은 사고를 통하는 감정이라고 설명하였다. ‘직접적’인 차원의 쾌락과 고통은 그 자체로 본능에 맞닿아 있기 때문에 도덕이 개입된 것은 아니다. 변영만은 도덕적 차원의 선악을 설명하기 위해 ‘간접적’이라는 수식어를 붙여야 하는 후반의 논리와 대비하려는 의도로, 도덕이 개입되지 않은 본능 상태를 ‘직접적’이라는 수식어를 붙여 해설한 것이다. 간접적이고 우회적이며 사유를 통해 달성되는 쾌락과 고통이 ‘곡락’과 ‘곡고’이다. 사회적 쾌락 즉 곡락을 추구하는 것이 선이고, 사회적 고통 즉 곡고를 유발하는 것이 악이라는 주장을 제출한 것이다.

그런데 이 ‘직접적 / 간접적’의 대립쌍은 장태염에게서도 발견이 된다.

---

29) 卞榮晩, 「如是觀」, 下편. “太初之時, 笑必由於直樂, 哭必由於直苦, 直也者, 曲之反, 所以爲反於思考者也. 於是, 笑哭之爲故, 甚簡徑, 而其趨避之度, 亦極其輕迅焉. 此盖本然之性, 無可非議者也. (…중략…) 申言之, 合於曲樂, 爲善, 合於曲苦, 爲惡. 曲也者, 直之反, 所以爲揣摩之道者也.”

토지며, 금전이며, 고관대작 등등의 이것은 원래 직접 쾌락을 구할 수 있는 것이 아니고, 쾌락을 구하는 방편이 반드시 이들에서 시작된다. 이들을 갖춘 후에는 배부르고 등따시고 짝을 얻으려는 욕구가 가서 이루어지 않을 수 없게 된다. 비록 그렇지만 애초에 이것을 즐긴 것은 간접적으로 배부르고 등따시고 짝을 얻으려는 욕구를 만족시키기 위함이었는데, 끝에 가서는 드디어 이것만을 즐길 수 있게 되어 배부르고 등따시고 짝을 얻으려는 욕구까지도 간혹 이 것으로 인해 희생하게 된다. 더욱 심한 경우는 명예를 쾌락으로 삼는 경우이니, 토지며 금전이며 고관대작까지도 간혹 이것으로 인해 희생하게 된다. 이 즐거움을 어찌 다른 동물들이 감히 바랄 것이겠는가.

―장태염, 「구분진화론」[30]

여기서 변영만이 보여주었던 '직접적 쾌락[直樂] / 간접적 쾌락[曲樂]' 대비의 원형을 발견할 수 있는바, 장태염도 쾌락을 '직접적 욕구 만족[直接以求樂]'과 '간접적 욕구 만족[間接以求樂]'으로 나누어 설명하고 있는 것이다. 사용한 어휘는 약간 차이가 있지만, 사유의 구조는 유사하다. 장태염이 「구분진화론」에서 '직접적 욕구 만족'과 '간접적 욕구 만족'의 대비를 사용한 것은, 인간의 쾌락과 고통의 정도가 동물보다 더 심각하다는 논리를 펴기 위한 것이다. '직접적 욕구 만족'은 오관 즉 감각기관의 만족을 의미하는데, 이것은 인간과 동물이 동일한 것이라고 하였다. 인간은 감각기관의 만족을 넘어서 보다 고차원적 만족을 추구하는데, 바로 감각기관을 만족시킬 수 있는 능력을 추구하는 방식이다. 장태염이 예로 든 토지나 금전, 관직 등의 재물과 권력은 그것 자체로 쾌락이 되는 것은 아니지만, 소유한 재물이나 권력을 사용하여 쾌락을 추구할 수 있는 것을 취득하거나 장악할 수 있다. 이런 우회적 도구를 추구하는 이유는, 감각기관의 쾌락은 지속되지 못하는 한계가 있기 때문이다.

---

30) 章太炎, 「俱分進化論」. "土地歟, 錢帛歟, 高官厚祿歟, 此固不可直接以求樂者, 而求樂之方便, 必自此始. 有此而後飽暖妃匹之欲, 可以無往不遂也. 雖然, 其始之樂此者, 爲間接以得飽暖妃匹之欲, 其卒則遂以此爲可樂, 而飽暖妃匹之欲, 亦或因此而犧牲之. 又其甚者則以名譽爲樂, 而土地錢帛高官厚祿, 亦或因此而犧牲之. 此其爲樂, 豈佗動物所敢望者."

이렇듯 처음에는 그 우회적 도구의 소유가 감각기관의 만족을 위해 추구되었는데, 차츰 우회적 도구의 소유 자체에서 쾌락을 얻는 경향이 발생한다. 동물은 본디 감각기관의 만족만을 쾌락으로 여기지만, 인간은 감각기관의 만족을 얻기 위한 도구에서까지 쾌락을 느끼며 도구를 얻기 위해 행동하게 되는 것이다. 그래서 감각기관의 만족을 위해 우회적 도구의 소유를 추구하는 것이 아니라, 우회적 도구의 소유를 위해 감각기관의 만족을 희생하는 일까지 발생하게 된 것이라고 장태염은 설명하고 이 현상을 '간접적 욕구 만족'이라는 어휘로 지칭하였다. 장태염은 이 '간접적 욕구 만족'의 가장 극적인 상태를 '명예 추구'라고 보았다. 재물이나 권력은 감각기관의 만족을 위해 추구되는 우회적인 도구인데, 다시 명예는 재물이나 권력보다 더욱 우회적인 도구라서, 오히려 명예를 얻기 위해 감각기관의 만족이나 재물과 권력을 기꺼이 희생하는 일이 발생한다. 명예 그것 자체에서 쾌락을 얻는 존재가 인간이기 때문이다. 감각기관의 만족은 순간적이기에 비교적 작은 쾌락이고, 감각기관의 만족을 얻을 수 있는 도구는 지속적이기에 비교적 큰 쾌락인데, 더욱더 추상적인 명예는 가장 큰 쾌락이다. 장태염은 이 쾌락의 크기만큼 그에 따른 고통도 커진다고 한다.

　　도덕과 업적과 학문의 명예는 명예 중에서도 최고여서 그것을 구하는 것도 역시 더욱 어렵고 힘들다. 어떤 때에는 이 도덕과 업적과 학문의 이름을 구하기 위해 부득불 이 도덕과 업적과 학문의 실상을 일으키려다가 죽기도 하고, 어떤 때에는 이 도덕과 업적과 학문의 이름을 구하기 위해 부득불 이 도덕과 업적과 학문의 이름을 얻을 수 있는 것을 일으키려다가 역시 죽기도 한다. 몸을 죽이고 종족이 망하는 것은 걱정하는 바가 아니다. 이것의 고됨은 전에 것들보다 심함이 있어서, 저러한 고통을 통해 이러한 쾌락을 얻게 되면 그 얻은 자는 오히려 스스로 즐길 수 있는 것이지만, 얻지 못하는 자가 열에 여덟아홉이다.

—장태염, 「구분진화론」[31]

모든 생물은 개체의 생명과 종족의 번식을 존재의 기반으로 하는 것인데, 명예를 위해 자신의 목숨을 버리고 종족이 멸망하는 일까지 감수하게 만드는 것이 바로 명예라고 하였다. '간접적 욕구 만족'의 최고의 상태는 '직접적 욕구 만족'을 포기하는 정도를 넘어서 생명을 버리는 일까지 감수한다는 것이다. 이 부분에서 다시 변영만의 문장을 대비해 볼 필요가 있다.

> 혹은 말한다. "여기 어떤 사람이 있는데, 여러 사람의 쾌락을 위해 몸을 떨쳐 종사하여 온갖 고통을 받아들인다면 이 사람은 오로지 남을 위한 것이다. 무슨 쾌락을 구하는 것인가?"
>
> 나는 말한다. "그렇지 않다. 쾌락은 육체에서 끝나지 않고 정히 마음속에 있는 것이다. 이 사람은 이런 일을 통해 마음속의 쾌락을 삼은 것이다. 남들이 어찌 그가 쾌락이 없다고 단정할 수 있겠는가. 이 사람의 마음속에 있어서 쾌락이 정히 식어지지 않았다면 단지 그가 입은 것이 비참하고 고통스러운 한 벌의 옷일 뿐이다. 만약 당신이 인류의 복리와 문화의 개혁을 위해 몸을 떨쳐 고난을 받아 창칼 아래 쓰러져 죽는다면 만백성의 찬탄이 장차 높아질 것이고, 당신이 마음으로 웃는 그 고운 얼굴을 하늘과 땅 사이에 들어 올려 해와 달과 나란히 길이 걸 것이니 당신으로서야 다시 무슨 유감이 있겠는가. 마음으로 웃음이여. 마음으로 웃음이여. 이것이 바로 인생의 비의(秘義)라. 늙지 않을 수 있는 것도 이것이요, 영원히 살 수 있는 것도 이것이다."
>
> ―변영만, 「여시관」 下32)

---

31) 章太炎, 「俱分進化論」. "道德功業學問之名譽, 於名譽爲冣高, 其求之亦愈艱苦, 有時而求此道德功業學問之名, 乃不得不擧此道德功業學問之實而喪之, 有時而求此道德功業學問之名, 乃不得不擧此可以受用道德功業學問之名者而亦喪之. 殺身滅種所不恤矣. 此其爲苦則又有甚於前者, 以彼其苦而求是樂, 其得之者猶可以自喜也. 而不得者十猶八九, 藉令得之猶未知, 可以攝受否也. 藉令可以攝受, 受之愈樂則捨之也愈苦."

32) 卞榮晩, 「如是觀」 下편. "或曰, 有人於此, 而能爲多人之快樂, 奮身從事, 備受痛苦, 則斯人也, 則專專爲人爾, 何樂之求焉? 曰, 不然. 樂不止於體軀, 正亦在乎心中. 斯人, 將以是爲心中之樂者也. 它人, 安得以斷其無樂也哉? 在斯人心中, 樂正未央, 特其所被之衣裳, 爲慘痛之一襲焉爾. 設爾爲人類之福利, 文化之改革, 奮身蒙難, 僵斃於刀槍之下, 則萬衆之讚嘆將高, 擧爾心笑之嬌容於天壤之間, 幷日月而長懸之矣,

이 부분은 「여시관」의 결론부이다. 「여시관」 전체를 통해 선악이 인간의 본성이 아니고 후천적으로 형성된 역사의 산물이라 하여, 도덕의 위상을 주자학적 전통보다 상당히 낮게 평가하였다. 그런데 결론부에서는 혹자의 입을 빌어 죽음을 감수하고 타인을 위해 희생하는 사람, 즉 목숨 바쳐 선을 추구하는 사람은 어찌 보아야 하느냐고 질문을 하게 한 다음 그것이 인생의 숨은 뜻이라고 하였다. 그 고귀한 희생자에게 어찌 쾌락이 없겠느냐며 만백성의 찬탄과 일월처럼 오래 가는 이름이 남을 것이라고 하였다. 다른 말로 하면 바로 장태염이 언급한 바의 '명예'이다. 장태염이 간접적 쾌락 추구의 최고 경지를 '명예'에 두었는데, 변영만도 간접적 즐거움 즉 '곡락'의 최고의 상태를 '명예'에서 구한 것이다.

## 4. 변영만이 수용한 장태염 사유의 의의

앞 장에서 변영만 「여시관」의 문장 언어가 장태염의 「구분진화론」 및 「사혹론」에서 원용된 바가 있음을 보였는데, 물론 소재적 차원에서 우연히 흡사하게 될 수도 있는 것을 영향 관계에 있는 것으로 확대 해석한 것은 아닌가 생각할 수도 있다. 그런데 변영만은 장태염을 여러 번 칭송한 일이 있을뿐더러 실제 만나본 일도 있었기에, 우연히 서로 닮게 된 것을 넘어서는 어떤 관련이 있을 것으로 짐작된다.

---

爾則復何憾焉. 心笑乎, 心笑乎. 此乃人生之秘義矣. 可以不老者, 此也, 可以永生者, 此也."

## 1) 변영만과 장태염의 관계

변영만은 일제강점 직후인 1911년부터 1918년까지 중국에 망명한 일이 있었는데, 망명 중인 1913년 장태염에게 편지를 보낸 바 있다.

> 그런데 제가 여기에 온 것은 진실로 이에 그치는 것이 아닙니다. 사는 것은 교통이 편리한 읍과 대도시에서 보고 듣는 것을 넓히고자 하고, 추종해 노는 것은 현명하고 호걸스러운 장자들에게서 그 기량을 넓히고자 하고, 살펴봄은 그 거대하고 화려함을 다하고, 표현함은 그 굉장하고 자유분방함을 다하고자 함입니다. (…중략…) 저는 평소 선생의 큰 명성을 듣고 매양 가서 만나 뵙기를 간절히 바랐더니 이에 일전에 비로소 얼굴을 뵙는 영광을 얻었으나 그 때에 좌중이 마침 빽빽이 앉아 있음으로 인하여 발설하지 못했습니다. 이에 감히 서신으로써 대신 펼치오니, 선생은 행여 그 심정을 헤아리고 회포를 살펴 그 외람되고 망령됨을 후하게 용서하고, 앞뒤로 보살펴 주십시오.
>
> ─변영만, 「장태염께」[33]

인용된 부분 앞에서 나라가 망하여 고국을 떠나왔으나, 그래도 유럽의 여러 나라로 가지 않고 중국으로 온 것은 같은 문명권을 지나온 동질성에서였음을 말하고, 이어서 이곳 정도면 죽을 때까지 있을 수 있기를 희망한다고 말하고 있었다. 그러나 그것만이 여기에 온 목적이 아니라 견문을 넓히고 기량을 넓히고 화려하고 대국적인 자유분방함을 만끽하고 싶은 희망도 있다고 말하였다. 그럴 수 있도록 주선해달라고 장태염에게 부탁하고 있는 것이다. 이때 장태염은 황제가 되려는 원세개와 대립하면서 국학 강의를 진행하고 있었다. 변영만이 좌중에서 만났다는 말은 강의에서 청중으로 참여한 것을 가리키는 것으로 보인다.

---

33) 卞榮晩, 「柬章太炎」. “然榮晩之來此也, 非苟焉已也. 居之, 欲其通邑大都廣聞見也. 遊之, 欲其賢豪長者, 恢氣量也. 覽之, 欲其盡鉅麗, 發之, 欲其宏而肆. (…중략…) 榮晩, 素耳先生大名, 每切向往, 乃於日者, 始得覿面之榮, 而因其時, 座間適稠, 未得以有所洩矣. 兹敢以書替伸焉, 其幸先生諒其情察其懷, 厚恕其狂妄, 而有以先後之也.”

장태염은 강유위·양계초 등 개혁파 지식인과 대비되는 혁명파 지식인이었다.[34] 그런 혁명적 사상과 더불어 국학연구를 기본으로 하고 있어, 가장 전통적인 지식인인 동시에 가장 근대적인 지식이라고 할 수 있다.[35] 「구분진화론」이 '적자생존'과 '약육강식'과 같은 제국주의 논리에 대한 대안 논리였듯이, 장태염이 국수(國粹)를 부르짖으며 '국학 대사'의 칭호를 얻게 된 데에는 소위 '퇴수주의'적 사유와는 다른 경로가 존재한다. 그는 생각하기를 당시 중국에서 서구를 따라가자고 주장하는 자들의 주장은 모두 중국이 서양에 비해서 너무 뒤떨어져 있다고 하는 것인데 그 주장은 그 먼 거리만큼 자포자기하게 되어 결국 중국은 멸망하고 말 것이라는 말과 같다고 여겨서, 중국 민족의 정수 즉 국수를 기본으로 신지식을 수용해야 한다는 입장을 갖게 되었다.[36] 장태염은 국수의 학 즉 국학을 국가성립의 원천으로 국가존망에 직접적으로 관계되는 것으로서 중시하였던 것이다.[37] 당시 대부분의 중국 지식인들이 중국문명을 타자화하여 서구문명의 관점으로 재단하는 입장을 취한 반면에, 장태염은 서구문명과 중국문명을 상대화하여 전통지식과 신지식에 서로 장점과 단점이 존재하므로 보완적 관계로 보는 입장을 취한 것이다. 이러한 장태염의 행보에 변영만은 상당한 매력을 느꼈던 듯하다. 그래서 김택영(金澤榮)이 중국 명망가 장건(張謇)에게 투탁하여 여생을 의

---

34) 이때의 革命은 이념적 전환을 추구한다기보다는 전통적인 의미에서의 왕조 교체를 의미하는 것이다. 만주족의 통치를 벗어나자는 주장을 혁명이라고 표현한 것이다. 그렇긴 해도 강유위·양계초의 타협주의에 비하면 급진적 성격을 띠고 있는 것이라 할 수 있다. 장태염 혁명사상의 한족민족주의적 성격에 대해서는 박종현, 「장병린에게 있어서의 개혁과 혁명」, 『역사교육』 45, 역사교육연구회, 1989; 오철숙, 「장병린의 민족주의 형성의 학술적 배경」, 『인문학연구』 33-3, 충남대 인문과학연구소, 2006; 박경실, 「장태염 산문에 나타난 현실의식」, 『중국어문논역총간』 21, 중국어문논역학회, 2007 등을 참조.

35) 鄭世根, 「평등, 국수, 무정부-장병린의 혁명철학」, 『공자학』 3, 한국공자학회, 1998, 68면.

36) 戴明璽, 「章太炎與二十世紀初中國思想裂變」, 『南京社會科學』, 2003.4, 34면.

37) 임형택, 「20세기 동아시아의 국학」, 『창작과비평』, 창비, 2004년 여름, 366면.

지하였듯이,38) 자신도 장태염에게 의지하고 싶었던 듯하다. 이후 구체적인 정황이 어떻게 흘러갔는지 드러난 자료는 없으나, 이 시기 이후 장태염도 원세개(袁世凱)와의 대립 등으로 경황이 없어39) 변영만의 청을 제대로 들어주긴 어려웠을 것이다. 그래도 변영만은 그를 강유위·양계초 무리들이 따를 수 없는 중국에서 본 유일한 선비라고 극구 칭찬하기도 하는 등40) 장태염에게 대단히 경도되어 있었던 것을 볼 수 있다.


## 2) 반사회진화론 연대

변영만은 진화론을 반대하는 견해를 제출하기도 했다. 이점 역시 장태염의 「구분진화론」의 주장과 관련하여 해석할 근거가 있다. 근대 계몽기의 신문 잡지들에서 적자생존의 논리에 크게 휩쓸려 '약육강식' 자체를 비판하기보다는 약자로서 강자가 되기를 바라는 논리가 유행한 것은, 근대계몽기 지식인들이 양계초의 『음빙실문집』의 지대한 영향 아래 있었다는 것과 무관하지 않다.41) 다윈의 자연진화론의 일정한 영향 하에 발생한 스펜서와 헉슬리 등의 사회진화론은 개체보다 국가와 인

---

38) 최혜주, 「창강 김택영 연구」, 『한국사연구』 35, 한국사연구회, 1981, 94~95면.
39) 1913년 이 시기 원세개가 장태염을 회유하기 위해 훈장을 내렸지만 장태염이 거절했고, 원세개가 대총통의 직위에 오르자 장태염이 강도 높게 비난하여 원세개로부터 구금과 감시를 받게 되었다. 姜義華, 『章太炎』, 臺北 : 東大圖書公司, 1991, 261~262면.
40) 卞榮晩, 「私記」. "予嘗廣遊中州, 惟見有一士焉, 誦革命之章太炎, 其人也. 章子學極宏博, 奧衍自處, 亦慕高, 其視康有爲梁啓超之徒, 直無異乎市井無賴之子矣. 章子果非自傲也? 有其實也, 中國之名, 未沫於史牒, 章子之名, 當與之俱長, 吾不疑焉." 章太炎은 學識이 지극히 크고도 넓고, 深奧함으로 자처하였고, 氣魄이 대단히 높아 康有爲·梁啓超 같은 무리를 바로 市井의 무뢰배들과 다름없다고 여겼는데, 章太炎은 스스로 오만한 것이 아니고 그 내실이 있었으니, 中國이라는 이름이 史冊에서 소멸되지 않는 한, 그의 이름이 응당 사책과 더불어 길이 전하리라는 것을 나는 의심하지 않는다고 하여 대단히 칭송하고 있다.
41) 양계초가 근대계몽기 지식계에 미친 영향의 실증적인 검증은 牛林杰, 『한국 개화기 문학과 양계초』, 박이정 2002에서 상세히 이루어졌다.

종을 강조하며 약자에 대한 강자의 지배를 당연시하는 논리로 전개되었고, 제국주의 침탈을 정당화하는 이론으로 발전하였다. 이 이론은 일본의 가토 히로유키(加藤弘之)를 열렬한 추수자로 만들었고, 중국의 엄복(嚴復)을 자극하여 『천연론(天演論)』을 역술하게 만들었다.[42] 이 엄복의 저술을 사회적으로 널리 알린 것이 바로 양계초이다.[43] 그는 『음빙실문집』을 통해 진화·생존경쟁·적자생존·자연도태 등의 용어와 일본식 번역어인 약육강식(弱肉強食)·우승열패(優勝劣敗)라는 용어를 사용하였고, 이에 자극받은 근대계몽기 조선 지식인들은 이 용어를 거침없이 사용하였던 것이다.[44] 물론 제국주의의 위협에 대항하는 저항적 민족주의의 형성 과정이었지만, 결론적으로 제국주의 용어를 구사하여 제국주의에 대항하는 모순에 찬 상황을 만들어냈던 것이다. 근대계몽기 지식인들은 이 사회진화론을 비롯하여 세계정세에 대한 정보를 상당 부분 양계초로부터 획득하였는데 양계초의 신문명 추수주의도 대부분 근대계몽기 지식인들에게 전수되었던 것이고, 양계초의 용어인 '경쟁(競爭)', '우승열패(優勝劣敗)', '진화(進化)' 등의 용어로 세계 정세를 인식하고 별 저항 없이 사용한 것이었다. 여기에는 박은식·안창호·신채호·윤효정 등 대부분의 실력양성론자들이 포함된다.[45] 그러나 변영만은 진화론은 생물계에만 적용될 뿐이라고 하여 다른 견해를 제출하기도 하였다.

나는 결코 종교를 비호하고자 하는 자가 아니요, 다만 진화론자의 교만한 주둥이를 꺾어놓고자 하는 것이다. 가령 내가 진화론자를 향하여 묻기를 우주가

---

42) 일본에서 사회진화론의 수용에 관해서는 윤건차, 「일본의 사회진화론과 그 영향」, 『역사비평』 34, 역사비평사 1996, 313~324면; 중국에서 사회진화론의 수용에 관해서는 조경란, 「중국에서의 사회진화론 수용과 극복」, 『역사비평』 34, 역사비평사 1996, 325~338면.
43) 양계초의 사회진화론 홍보에 관해서는 양일모, 「동아시아 사회진화론 재고」, 『한국학연구』 17, 인하대 한국학연구소, 2007, 102~107면.
44) 한국에서 사회진화론의 수용에 대해서는 전복희, 「사회진화론의 19세기말부터 20세기 초까지 한국에서의 기능」, 『한국정치학회보』 권27 1호, 한국정치학회, 1993, 405~425면.
45) 최기영, 「한말 사회진화론의 수용」, 『한국 근대계몽사상 연구』, 일조각, 2003, 25면.

어떤 까닭으로 이렇게 성립되었는가 한다면, 그는 반드시 답하기를 "우주는 어떤 물질의 한 작은 점으로부터 끊임없이 진화하여 성립되었다"라고 할 것이다. 그러면 내가 이에 대하여 물을 한 마디 말이 다시 있으니 "그렇다면 한 작은 점은 어디에서부터 진화한 것인가" 하는 것이다.

—변영만, 「학계쇄담」[46]

진화론자에 대하여 최초 진화의 원인 물질을 물어보면 답을 할 수 없을 것이란 논리다. 비록 장태염의 「구분진화론」과 논리적으로 흡사하지는 않지만 이 시기 사회진화론이 갖고 있는 폐단을 인식하고 그 대안을 모색하는 과정에서 나온 것이라는 점에서, 의도의 동질성이 없지 않아 보인다. 다윈의 진화론은 자연계의 법칙으로 인정할 수밖에 없지만 스펜서류의 사회진화론은 취하지 말아야 한다는 점을 장태염이 주장하였다면, 다윈의 진화론은 인정하되 최초의 원인을 물음으로서 진화론이 우주론이나 철학적 근거로 확대 해석되는 것을 막고자 한 것이 변영만의 의도였던 것이다. 진화론에 대한 이러한 딴지걸기는 당시 중국에서 엄복이 스펜서의 사회진화론을 소개한 이래 '우승열패'의 논리로 서구적 자본주의 근대화를 따르자는 열풍이 결국 강자의 논리 즉 제국주의의 논리에 이용당하고 마는 것임을 간파하고 대안으로 제시된 것이라 할 수 있겠다.[47]

---

46) 卞榮晩, 「學界瑣談」, 『법정학계』 10, 1908.3. "余가 決코 宗敎를 庇護코자 하는 者가 아니요, 單히 進化論者의 驕嘴를 摧折코자 하노니, 假令 余가 進化論者를 向하여 問하기를 宇宙가 何由로 如斯히 成立되었는가 하면, 반드시 答하여 曰 '宇宙는 某物質의 一微点으로부터 進化不已하여 成立하였다' 할지라. 然則 余가 此에 對하여 問할 一言이 更有하니 '卽 一微点은 何로 從하여 進化한 者인가' 함이 是라."

47) 천성림, 『근대중국 사상세계의 한 흐름』, 신서원, 2002, 153면.

## 3) 전통과 근대의 회통(會通), 자득의 추구

　　전통적 언어를 활용하여 근대 담론의 대안을 만들려 한 것도 장태염과 변영만이 닮아 있는 지점이다. 중국에서는 20세기 초에 양계초 류의 신문체(新聞體)와 장태염(章太炎)·엄복(嚴復) 류의 논리문(論理文)이 대립각을 세우며 경쟁하였다. 양계초는 문장을 '후세에 전하는 문장[傳世之文]'과 '현세를 깨우치는 문장[覺世之文]'으로 나누어, 전자는 고아하건 아름답건 기이하건 공교롭게 꾸미는 어떤 것도 안될 것이 없는데 후자는 말을 통하게 하기 위해 조리를 자세히 갖추고 언어를 날카롭게 하는 것을 상책으로 삼고 공교롭게 꾸밀 필요가 없다고 한 바 있다.[48] 이 중에서 양계초는 바로 후자의 문장을 추구하였다. 이에 대해 엄복은 양계초의 문장이 암살과 파괴 위주이기에 사람들로 하여금 성내며 암살하고 다투고 파괴하게 하였다고[49] 하면서 선동적인 글쓰기에 대해 반발하였다. 신해혁명 이후 10여 년간 주도적인 문체를 이룬 것은 장태염류의 논리문이었다. 그것은 양계초의 신문체 산문을 경박하다고 여긴 부류들에게 장태염의 고아하고 강렬한 고전적 문체가 크게 매력을 주었기 때문이며, 이렇게 매력을 느낀 부류인 전통적 사인(士人)들이 당시 중국에는 적지 않았기 때문이다. 양계초가 글을 읽을 수 있는 모든 중국인을 계몽해야 할 대상으로 글을 썼기에 문장은 평이하고 주장은 과격한 방향으로 문체를 세웠다면, 장태염은 전통적 사인들만 계몽해도 중국이 변화할 수 있다고 여겨 문언(文言)의 고전적 품격을 갖춘 문체를 세운 것이다.[50] 변영만도 조긍섭과 같은 당시 일류 한문지식인들에게 자신의 한

---

48) 梁啓超,「湖南時務學堂學約」,『梁啓超全集』57면. "或務淵懿古茂, 或務沈博絶麗, 或務瑰奇奧詭, 無之不可, 則辭達而已矣, 當以條理細備, 詞筆銳達爲上, 不必求工也."

49) 嚴復,「與熊純如書札」,『學衡』第8期. "主暗殺·主破壞, 其筆端又有魔力, 足以動人. 主暗殺則人因之而悍然暗殺, 主破壞則人又群然爭爲破壞, 敢爲非常可喜之論, 而不知其種禍無窮."(김월회,「신체산문이 매체와 만나는 두 양상」,『대동문화연구』45, 성균관대 대동문화연구원, 2004, 206면에서 재인용)

문산문을 읽히고 그것을 통해 문명(文名)을 얻어갔던 점이 장태염과 흡사하다.

이러한 사상적 지향과 문장 추구의 동질성 속에 더욱 각별한 의미를 갖는 동질성이 있으니, 바로 자신을 중심에 놓고 타인에게 의지하지 말라는 주장이다. 변영만은 '자득'을 강조한다.

> 그런데 나로 하여금 마음에 자득함이 있어 문에 그것을 표현하게 한다면 설령 구절마다 거의 옛사람과 같더라도 사람들이 장차 표절이라고 여기진 않을 것입니다. 그러한 것이 아니라면 비록 글자마다 거의 자기 스스로의 표현인 것 같아도 눈 밝은 사람이 또한 능히 그 유래를 살펴 알아낼 것입니다. 요점은 그 마음에 자득함이 있어야 한다는 것입니다.
>
> ─변영만, 「김정기 정오에게 답한 편지」[51]

자득의 언어라면 당연히 과거에 존재하였던 표현이 아니겠지만 혹시 과거에 존재하였던 표현과 닮아 있더라도 표절이 아니라고 하고, 자득의 언어가 아니라면 당연히 과거에 존재하였던 표현에서 유래한 것이겠지만 혹시 전혀 닮아 있지 않더라도 표절이라고 하였다. 무엇을 전범으로 삼아 문장의 수법을 익히는가 하는 점은 전혀 중요치 않고, 자신의 마음 속에서의 자득으로부터 표출된 언어인가 아닌가만이 중요한 문제라고 강조하고 있는 것이다. 변영만에게 있어 문장의 다양한 지향이 궁극적으로 통합되는 단어가 바로 자득(自得)인 것이다. 그런 점에서 장태염의 사상적 지향에 동의하면서 한편으로 장태염의 언어의 몇 가지를 용사(用事)한 것도 변영만의 이 주장에 의해 자득의 범주로 전환될 수 있다고 여겨진다. 어쨌든 변영만의 자득과 유사한 범주의 단어가 장

---

50) 김월회, 앞의 글, 211~215.
51) 卞榮晚, 「答金定基靜吾書」. "然而使吾有自得於中而發之於文焉, 設句句幾同古人, 而人將不以爲剽竊. 非然者, 則雖字字幾若已出, 而明眼者, 亦能察知其所來. 要在愼其中而已."

태염의 '의자불의타(依自不依他)'이다.

> 대개 중국의 도덕교리로 보면 비록 각각 다른 길이었지만, 근원이 놓인 곳은 모두 한 곳으로 귀착되니, 말하자면 자신에게 의지하고 남에게 의지하지 않는다는 것이다. (…중략…) 공자 이후 유가·도가·명가·법가가 만단으로 변하였지만, 그 궁극적인 근본을 따져보면 자신에게 의지하고 남에게 의지하지 않는다는 한 마디일 뿐이다.
>
> ―장태염, 「철쟁에게 답함」52)

장태염은 서양의 유신론 종교가 신이라는 남에게 의지한다는 점을 들어 서양의 사유를 비난하기 위해 이 '의자불의타'가 중국의 기본 정신이라는 점을 강조하고 있다. 유신론을 거부하는 무신론을 통해 서세동점의 제국주의 근대 논리에 반항하는 동시에 자신의 존재 의의를 확보할 수 있는 논리를 개발한 것이다. 비록 민족성을 거론하는 차원에서 남에게 의지하지 않는다는 중국의 특징을 거론한 것이긴 하지만 역사적으로 존재했던 훌륭한 사상가들이 그런 정신을 갖고 있었다는 주장으로 이어지면서, 새로운 학문적 창조 혹은 도덕적 창조는 독립심으로부터 나온다는 보편적인 격언으로 승화할 여지를 만든 것이다. 변영만이 창조의 정신을 갖고 자득의 경지를 강조한 것과 취지상 상통할 수 있는 견해가 아니라 할 수 없는 것이다.

---

52) 章太炎, 「答鐵錚」. "蓋以支那德教, 雖各殊途, 而根原所在, 悉歸於一日 依自不依佗耳. (…중략…) 孔氏而後, 儒道名法, 變易萬端, 原其根極, 惟依自不依佗一語."

## 5. 맺음말

지금까지 1910년을 전후한 시기 변영만이 작성한 「여시관」과 「인성론」을 중심에 놓고, 조긍섭과 변영만, 장태염과 변영만의 유사 혹은 대비점들을 살펴보았다. 「여시관」과 「인성론」은 문장의 측면에서는 한문전통의 언어를 구사하고 있지만, 그 사유구조는 한문전통의 가치관을 파괴하는 것이었다. 그런 점에서 조긍섭은 변영만의 언어에 대단히 흥미를 보이며 창조의 경지를 인정하였지만, 내용에 있어서는 강력하게 반발하였다. 변영만이 전통을 무시하지 않으면서도 동서양을 아우르며 새로운 가치관을 찾으려는 지향을 보이고 있었기에 일견 당연한 일이라 할 수 있겠다. 또 한편 「여시관」과 「인성론」의 언어에서 장태염의 영향을 발견할 수 있었는데, 전통에 기반하여 근대의 제 문제를 섭렵하고 전통과 근대를 아울러 초극하려는 지향이 두 사람에게 공통되는 바, 사상적 지향의 유사성 측면에서 변영만이 장태염에게 일정 정도 경도되어 나타난 현상으로 보인다.

이택후(李澤厚)는 장태염의 방대하고 번잡한 주장에서 오차와 자기모순을 너무도 많이 발견하게 된다고 하였다. 그의 저술 한 권 안에서조차 그러하고 그 일생은 더더욱 그렇다고 하였다.[53] 청나라 통치로부터 혁명을 추구하다가, 황제의 야욕을 보이는 원세개를 지지하기도 하고 또 금방 비난하여 그를 난처하게 만들기도 하였다. 공자를 중국 몰락의 원흉으로 배척하다가 말년에는 국수의 원조로서 받들기도 하는 장태염의 삶이 모순되지 않았다고 하기는 어렵다.[54] 변영만도 근대계몽기에는

---

53) 이택후 저·임춘성 역, 『중국근대사상사론』, 한길사 2005, 614~615면.
54) 『동아일보』의 「章炳麟氏 時局談」(1924.12.14)이란 글은 장태염이 국학부흥운동에 몰두하던 시기에 기자가 장태염을 만나 시국에 관한 이야기를 나누는 글인데, 장태염이 양치질을 하지 않는다든가 책 자랑을 한다든가 하는 기자의 관찰을 적어 놓아 장태염을 희화화하고 있다. 갈팡질팡하던 말년의 장태염에 대한 사회적 조롱이 어느 수

철저한 계몽주의자로서 약육강식의 논리에 일정 정도 추동되다가, 한때는 사회진화론을 반대하며 문명적 대안을 추구하기도 하다가, 한때는 조선민족을 중심으로 하는 종교를 꿈꾸기도 하다가, 불교에 귀의하기도 하는 등 끊임없는 자기변화 속에 상당히 모순된 행보를 걸었던 셈이다. 그런데 가만히 생각해 보면, 이 두 사람은 삶의 중심을 자신에 두고 자신만의 경지를 찾고자 헤맨 것이었다. 그 과정이 동서와 고금을 넘나들고 아우르려는 학문적 탐구이며, 그 결과물이 자득의 경지이고 자신에게만 의지하라는 격언인 것이다. 그 와중에 헤매던 길이 모순으로 남아 있는 것이리라.

「여시관」과 「인성론」은 근대 초기 전통적 세계관의 몰락과 근대적 서구 담론의 유행 속에서 새로운 도덕률을 수립해 보려는 변영만의 독특한 사유 실험이었고, 일정 정도 장태염의 사유 실험에 동조한 결과이기도 하다. 여기에 독자로 참여하는 조긍섭과 같은 일류의 한문지식인의 존재도 전통적 언어를 기반으로 한 독특한 실험적 사유의 한 성립조건이 됨을 간과할 수 없다.

---

준이었던가를 가늠해볼 수 있는 기사이다.

| 참고문헌 |

卞榮晚, 실시학사 고전문학연구회 역주, 『변영만전집』 상·중·하, 성균관대 대동문
　　　화연구원, 2006.
＿＿＿, 「學界瑣談」, 『법정학계』 10, 1908.3.
曹兢燮, 『巖棲集』, 『한국문집총간』 350.
章太炎, 『太炎文錄』, 上海書店, 1989.
梁啓超, 『梁啓超全集』, 北京出版社, 1999.

姜義華, 『章太炎』, 臺北 : 東大圖書公司, 1991.
李澤厚, 임춘성 역, 『중국근대사상사론』, 한길사, 2005.
김월회, 「신체산문이 매체와 만나는 두 양상」, 『대동문화연구』 45, 성균관대 대동문
　　　화연구원, 2004.
김진균, 「변영만의 문예의식－조긍섭과의 고문논쟁을 중심으로」, 『민족문학사연구』
　　　23, 민족문학사학회, 2003.
＿＿＿, 「변영만의 비판적 근대정신과 문예추구」, 성균관대 박사논문, 2004.
류준필, 「변영만의 문예론과 그 사상적 기저」, 『대동문화연구』 55, 성균관대 대동문
　　　화연구원, 2006.
박경실, 「장태염 산문에 나타난 현실의식」, 『중국어문논역총간』 21, 중국어문논역학회, 2007.
박종현, 「장병린에게 있어서의 개혁과 혁명」, 『역사교육』 45, 역사교육연구회, 1989.
양일모, 「동아시아 사회진화론 재고」, 『한국학연구』 17, 인하대 한국학연구소, 2007.
오철숙, 「장병린의 민족주의 형성의 학술적 배경」, 『인문학연구』 33－3, 충남대 인문
　　　과학연구소, 2006.
우림걸, 『한국 개화기문학과 양계초』, 박이정, 2002.
윤건차, 「일본의 사회진화론과 그 영향」, 『역사비평』 34, 역사비평사, 1996.
이승환, 「한국 및 동양에서 사회진화론의 수용과 기능」, 『중국철학』 9, 중국철학회, 2002.
임형택, 「20세기 동아시아의 국학」, 『창작과비평』 124, 창비, 2004.
＿＿＿, 「변영만의 글쓰기 형식과 문학 사상」, 『대동문화연구』 55, 성균관대 대동문
　　　화연구원, 2006.
전복회, 「사회진화론의 19세기 말부터 20세기 초까지 한국에서의 기능」, 『한국정치
　　　학회보』 27－1, 한국정치학회, 1993.
정세근, 「평등, 국수, 무정부－장병린의 혁명철학」, 『공자학』 3, 한국공자학회, 1998.
조경란, 「중국에서의 사회진화론 수용과 극복」, 『역사비평』 34, 역사비평사, 1996.
천성림, 『근대중국 사상세계의 한 흐름』, 신서원, 2002.
최기영, 『한국 근대 계몽사상 연구』, 일조각, 2003.
최혜주, 「창강 김택영 연구」, 『한국사연구』 35, 한국사연구회, 1981.